비극의 원흉이 되는 최강악역

최종보스 여왕은
국민을 위해 헌신합니다 *4*

비극의 원흉이 되는 최강악역
최종보스 여왕은 국민을 위해 헌신합니다 4

텐이치

illustration 스즈노스케

CONTENTS

비극의 원흉이 되는 최강악역
최종보스 여왕은 국민을 위해 헌신합니다 4

제1장 악덕 왕녀와 동맹 협상

'너와 한 줄기 빛을' 이라는 여성향 게임이 있다. 시리즈화되어 팬들에게 '너한빛' 이라고도 불린 대인기 게임. 그것이 18년간 수수하게 살아왔던 '전생에서의' 내 은밀한 즐거움이었다.

"아서!"

나는 근위기사 앨런 대장이 "아마 저기 있을 걸요." 하고 손가락으로 가리킨 쪽을 보며 아서를 향해 제일 먼저 소리를 질렀다. 의붓 남동생 스테일과 여동생 티아라와 함께 급히 기사단 연습장을 방문한 것도 아서와 만나기 위해서다. 아서는 인파의 중심에 서서 어깨와 등을 두드리는 에릭 부대장과 다른 기사들의 손길을 받았다.

"프라이드 님! 스테일…… 님, 티아라 님, 앨런 대장님, 칼럼 대장님……."

아서 베레스포드. 올해로 열아홉 살이고 프리지아 왕국 기사단에 소속된 주력부대 기사다.

내 갑작스러운 외침에 아서는 하나로 높게 올려 묶은 은발을 어깨와 함께 흔들며 파란색 눈동자로 재빨리 우리 쪽을 돌아보았다. 다른 기사 앞이라서 왕족에게 '님'을 붙여 불렀지만 평소에는 스테일, 티아라와 스스럼없이 대화할 정도로 친한 사이다. 그렇다…… 우리는 왕족이다.

제1왕자 스테일, 제2왕녀 티아라. 그 둘의 누나이자 언니가 바로 나, 프라이드 로열 아이비다. 새빨간 웨이브 머리와 치켜 올라간 보라색 눈을 지닌 나는 이 나라의 제1왕녀다.

세계에서 유일하게 특수 능력자가 태어나는 나라, 프리지아 왕국. 여왕제 국가인 이 나라의 제1왕녀인 나는 8년 전에 왕위 계승자의 증거인 예지 능력이 각성했고, 지금은 차기 왕녀이기도 한 제1 왕위 계승권자다.

그런 나의 의붓 남동생 스테일과 여동생 티아라도 당연하지만 이 나라의 왕족으로 각각 제1왕자와 제2왕녀다.

우리가 등장하자 모여 있던 기사들이 눈을 휘둥그레 뜨고 차례로 한 걸음씩 물러서듯이 길을 열며 무릎을 꿇었다.

"방금, 스테일한테, 들었는데……! 그…… 정말……이야?"

나는 양손으로 정신없이 쿵쾅대는 심장을 누르고서 숨을 헐떡이며 물었다.

아서는 우리가 이미 알고 있다는 사실에 놀랐는지 눈이 수정처럼 동그래져서 먼저 정보원인 스테일에게 시선을 던진 뒤, 우리 눈을 똑바로 바라보며 고개를 끄덕였다.

"네……. 이번에, 정식으로 기사단장님으로부터 8번대 부대장으로 임명받았습니다……!"

나는 숨을 삼켰다. 나뿐만 아니라 양옆에 선 스테일과 티아라에게서도 같은 소리가 들려왔다. 시끄럽게 뛰는 심장으로 혈류가 밀려오는 것이 볼의 열기에서 느껴졌고, 어느새 발이 지면을 박찼다. 나도 티아라도 함께 장신인 아서를 향해 양팔을 벌리고 뛰어들었다.

"축하해, 아서!"

겨우 열아홉 살밖에 안 된 아서가 이례적인 속도로 사상 최연소 부대장으로 임명받았다.

처음으로 그 사실을 안 사람은 스테일이었다. 베스트 숙부님의 방에 도착한 오늘 자 인사이동 서류에 아서의 이름이 있었던 모양이다. 열여섯 살이 된 스테일은 차기 여왕의 오른팔인 섭정이 되기 위해 약 1년 전부터 섭정인 베스트 숙부님을 따라다니고 보좌하면서 업무를 배우고 있다.

아서의 승진 사실을 알자마자 내 방으로 날아온 스테일의 미소는 눈부시게 반짝였다.

"으으…… 저, 저기……. 읍…… 프라이드…… 님……!"

문득 아서의 목소리가 들려 고개를 들었다. 왠지…… 내게 두른 팔이 뜨거운 기분이 드는걸.

나와 티아라에게 안긴 아서는 그 기세에 밀려 넘어지지 않도록 다리에 필사적으로 힘을 주고 버텼다. 갈 곳을 잃은 팔이 움찔거리며 떨렸다. 위를 올려다보니 팔 안쪽으로 엿보이는 아서의 얼굴이 색칠이라도 한 듯이 새빨갰다. 기쁨에 겨운 나머지 너무 세게 끌어안은 걸지도 모른다. 티아라는 아서의 가슴께에 달려들어서 괜찮았지만, 나는 아서의 목에 있는 힘껏 팔을 둘렀다. 최근 들어 옷의 가슴 부분이 꽉 끼기 시작해서 제대로 힘을 주지 않으면 가슴 때문에 옛날처럼 상대를 단단히 끌어안을 수가 없다. 저번에도 전속 시녀 롯테와 마리가 만든 지 두 달밖에 안 된 운동복의 시착이 끝나자마자 "가슴께가 조금 답답해 보이시니 수선해 드릴게요!"라면서 가져갔고 드레스도 차례로 새로운 것을 준비했다. 그러니 1년 전에 그곳이 얼마나 납작했는지 쉽게 알 수 있었다……. 그렇게 가슴이 납작했을 때의 감각 그대로 아서에게 있는 힘껏 매달렸으니 짓눌려서 괴로울 만도 하다.

"앗…… 미안해 아서! 힘들었어?!"

서둘러 팔을 놓고 물러서자 티아라도 동시에 팔을 풀었다. 아서는 티아라의 포옹이 아쉬웠는지 "아……아뇨, 그렇지는…….' 하고 중얼거리면서도 얼굴이 빨갰다. 그러더니 손등으로 입가를 가리고 고개를 돌리고 말았다. 화난 건가 싶었지만 수십 초 정도 지나자 "감사합니다……." 하고 작게 대답이 돌아왔다.

"축하드립니다, 아서 님."

목소리가 들려서 뒤를 돌아보니 스테일이 뻔뻔한 미소를 지으며 아서에게 다가오고 있었다.

스테일 로열 아이비. 칠흑색 머리카락과 눈동자에 도수가 없는 검은 테 안경을 쓴 사람은 이 나라의 제1왕자다. 특수 능력자로 '순간이동' 능력도 우수하지만 어린 시절부터 친우 아서와 연습을 거듭한 덕에 열여섯 살인 지금은 두뇌도 명석

하고 검 실력도 일류인 나의 자랑스러운 남동생이다.

아서와 마찬가지로 스테일도 기사들 앞에서는 경어를 계속 쓸 생각인 듯했다. 아까까지만 해도 숨을 헐떡거리던 게 거짓말처럼 매우 침착한 동작으로 아서에게 손을 내밀고 악수를 나누었다.

"감사합니다……. 스테일 '제1왕자 전하'."

언뜻 보면 제1왕자와 기사가 평범하게 악수하는 것 같지만, 말없이 주고받은 서로의 시선은 분명 많은 것을 이야기했다. 스테일도 사실은 좀 더 직접적으로 이야기를 나누고 싶었겠지만 아서를 위해 기사들 앞에서는 말을 너무 많이 하지 않게 자제하는 눈치였다. 1년 전에 그만 스스럼없이 대화하는 모습을 앨런 대장 일행에게 들킨 모양이다. 아서는 서민이자 기사인 자신이 왕족 스테일과 친구라는 사실이 알려지면 황송하기도 하고 분수에도 안 맞으니 죄송스럽다면서 지금도 주위 사람에게 스테일과의 관계를 숨기고 싶어 한다. 지금은 아서가 내 근위기사고, 공적으로도 스테일과 가까운 사람인데.

"이제 아서도 부대장인가~. 참 빠르네……."

"그러게. 아서가 신병으로 입단한 지 5년밖에 안 지났는데. 해리슨도 콧대가 높겠어."

감개무량한 듯이 중얼거린 앨런 대장과 칼럼 대장도 약 1년 전에 내 근위기사가 되었다. 갈색 기가 도는 짧은 금발에 오렌지색 눈동자를 지닌 앨런 대장은 1번대 기사대장. 붉은 기가 도는 머리에 적갈색 눈동자를 지닌 칼럼 대장은 3번대 기사대장이다. 두 사람 다 아서가 존경하는 우수한 기사로 아서가 근위기사가 되기 전부터 우리에게 자주 이야기했었다.

그리고 지금 칼럼 대장이 화제에 올린 해리슨이라는 사람은 아서의 직속 상사인 8번대 기사대장이다. 나도 기사단 시찰 때 몇 번 얼굴을 마주한 적이 있는데 매우 쿨한 인상의 기사였다. 실제로 몇 번인가 인사를 하거나 눈이 마주쳤을 때도 대화가 한마디로 끝나거나 아예 눈을 피해서 제대로 대화한 적이 없다. 전투 중에만 말을 많이 한다는 모양이니 딱히 날 싫어하진 않는 듯하지만. 아마도……. 등을 덮는 길고 곧은 흑발을 풀고 다니는 탓에 앞머리는 가지런히 잘랐음에도 고개를 숙이면 옆 머리에 가려서 얼굴이 안 보였다. 보라색 눈동자는 이따금 빛나 보일 정도라 밤에 만나면 완전히 TV에 나오는 유령 같은 느낌이었다. 아서 왈, 아주아주 무서운 사람이라고 한다.

"저도 기사단장님의 발표를 들었을 때는 놀랐습니다. 이례적인 출세라고요!"

다른 기사와 함께 무릎을 꿇은 자세에서 일어선 에릭 부대장이 기쁜지 목소리를 높였다. 에릭 부대장은 신병 기간이 아서보다 길었다지만 입단 후 부대장이 되기까지의 기간은 비슷할 텐데도 진심으로 기뻐 보였다. 지금도 짧은 밤색 머리를 흔들며 같은 색 눈동자를 반짝반짝 빛냈다. 마치 자기 일처럼 기뻐해 주는 이 사람 역시 내 근위기사다.

아서, 앨런 대장, 칼럼 대장, 에릭 부대장. 이 네 사람이 근위기사로 하루에 두 명씩 교대로 나를 지킨다. 오늘은 오전이 앨

런 대장과 칼럼 대장 차례고 오후에는 에릭 부대장과 아서가
교대할 예정이다.

"뭔가…… 아직…… 실감이 안 나요……."

아서는 그렇게 말하면서도 앨런 대장과 칼럼 대장에게 "선
배님 덕분이에요." 하고 고개를 숙였다.

"무리도 아니지. 방금 막 발표됐을 테니까."

"8번대는 저보다…… 경험이 많은 선배들뿐이니까요……."

아서는 칼럼 대장의 말에 고개를 끄덕이면서도 아직 당황을
감추지 못한 기색이었다.

아서가 소속된 8번대는 다른 부대와는 다른 특수 부대다. 우
리 나라 기사단은 부대에 따라 대략적인 역할과 특화된 부분
이 다른데, 아서의 8번대는 전투에서 '개인'의 능력을 중시
한다. 대장과 부대장이 있지만 기본적으로는 부대 단위로 움
직이지 않고 각자 판단해서 행동하는 것이 허용된다. 한마디
로 말하자면 전투 정예 부대로 전투 중에도 본인이 판단해서
각 부대를 지원하거나 특공까지 하는 엄청난 부대다.

그 때문에 8번대는 다른 부대에 비해 개인주의가 매우 강해
서 대원끼리 별로 접점이 없다는 듯했다. 나도 지금까지 아서
가 같은 부대 사람과 대화하는 모습을 본 적이 없다.

"하지만 말이야, 모든 기사대장이 만장일치로 내린 결정이
라고?"

앨런 대장은 "그렇지?" 하고 칼럼 대장에게 화제를 돌리더
니 뒤이어 "나는 부대장으로 승진했을 때 펄쩍 뛰어오르면서

기뻐했었는데!" 하고 아서의 등을 몇 번이나 두드렸다.

"만장, 일치……? 어, 그렇다는 건…….”

아서가 갑옷 너머로 철썩철썩 때리는 앨런 대장의 손길을 받으며 되물었다. 뭔가를 이해했는지, 한 번 색이 가라앉았던 얼굴이 다시 점차 붉어졌다.

"그래, 나와 앨런은 물론이고 8번대 대장인 해리슨도 동의했으니 모두의 의사야.”

칼럼 대장이 전한 충격적인 사실에 아서의 눈 안쪽이 반짝였다. 해리슨 대장과는 어떤 관계인지 잘 모르겠지만 존경하는 칼럼 대장과 앨런 대장에게까지 인정받은 게 주체할 수 없을 만큼 기쁜 듯했다. "감사합니다!" 하고 단숨에 목소리가 커졌다.

"뭐, 8번대는 다른 부대와 달리 부대장이 하는 일이 그렇게 안 많다고 하니까 아서라도 괜찮을 거야.”

"8번대는 부대장, 대장을 정하는 기준이 알기 쉬우니까요.”

앨런 대장이 고개 숙인 아서의 머리를 거칠게 쓰다듬었고 에릭 부대장도 아서의 어깨를 다시 두드리며 쓴웃음 섞인 표정으로 고개를 끄덕였다. 다른 부대 사람에게 정말 사랑받고 있구나…….

"네? 알기 쉽다, 니요……?"

내가 고개를 갸웃거리자 스테일과 티아라도 궁금한지 흥미롭다는 듯이 앨런 대장과 에릭 부대장 쪽을 보았다. 두 기사는 얼굴을 마주 보더니 아직도 고개를 숙인 아서에게로 시선을 던졌다. 그리고 자기 입으로 말하려 하지 않는 아서 대신에 우리를 향해 나란히 말했다.

““'강함'이에요.””

오오오오오오오오오?! 완전히 전투 부대라는 느낌이잖아! 어떤 면에서는 뇌도 근육으로 되어 있다고 해야 하나.

나는 너무나도 단순한 기준을 듣고 미소를 지은 채 입가가 굳고 말았다. 티아라는 입을 양손으로 가렸고, 스테일은 눈이 살짝 커졌다. 항상 냉정한 스테일도 놀라는 게 당연했다.

기사단 중에서도 개인의 전투 능력에 특화된 형태의 8번대. 그곳에서 아서가 두 번째로 강하다고 인정받았다는 뜻이니까. 심지어 최연소로! 입단한 지 겨우 5년 만에! 그야말로 미래의 기사단장님이라고 말할 수밖에 없다.

"뭐, 아서는 이미 몇 번인가 대장인 해리슨한테도 이겼으니 승진하는 건 시간문제였다고 할까."

"확실히 전 부대장보다 승률이 높았으니까요."

"사실상 전투 능력만 따지면 우리 기사단에서도 다섯 손가락 안에 들어갈 거예요."

앨런 대장, 에릭 부대장, 칼럼 대장이 마치 당연하다는 듯한 말투로 터무니없는 말을 했다. 마지막의 다섯 손가락 발언에는 아서도 얼굴이 새빨개져서는 "아니, 그건 표현이 지나치다니까⋯⋯." 하고 겸손해했다.

"언니! 오라버니! 아서는 정말 대단한 사람이었군요!"

티아라의 반짝거리는 눈빛이 우리를 향했다. 티아라 로열 아이비. 나보다 두 살 어리고 금색 웨이브 머리카락과 눈동자를 지닌 여동생이자…….

이 세계의 '주인공'.

"뭐, 프라이드 제1왕녀 전하의 근위기사라면 당연하죠."

스테일이 검은 안경테를 밀어 올리면서도 기쁨을 다 감추지 못했는지 미소를 지었다. 그 말을 듣고 아서도 스테일 쪽으로 고개를 돌렸다. 그리고 눈이 마주친 순간, 입꼬리를 씨익 끌어 올렸다.

"……파트너에게 질 수 없다고 생각했거든요."

아서의 말에 스테일의 미소가 더욱 깊어졌다. 눈빛으로 '당연하다'고 말하는 것이 내게도 느껴졌다.

"오라버니도 무척 기뻐했어요! 아서의 승진 소식을 알고 서둘러……."

"티아라, 슬슬 돌아가자……. 아서 님도 부대장이 돼서 여러모로 바쁠 테니까."

스테일이 재빨리 한 손으로 티아라의 입을 막고 허둥지둥 이야기를 마무리했다. 그 당황하는 모습이 왠지 웃겨서 웃음을 꾹 참으며 흐뭇한 두 남매를 바라보았다.

"그럼 오후에 다시 만나자, 아서."

"아서! 또 봐요!"

나와 티아라가 손을 흔들었고, 스테일은 모든 기사를 향해 인사하고는 근위기사 앨런 대장, 칼럼 대장과 함께 타고 온 마차로 돌아갔다.

9년 전…… 내 인생은 180도 바뀌었다.

왕의 계시라 여겨지는 예지 능력이 각성하여 제1 왕위 계승권자로 인정받고 전생의 기억을 떠올렸다. 전생에서 수수한 열여덟 살 소녀였고, 이 세계가 내가 빠졌던 여성향 게임 '너한빛' 시리즈의 첫 번째 게임 속 세계라는 걸 깨달았다. 티아라는 주인공이고, 아서와 스테일은 공략 대상이다. 전생에서 너한빛 시리즈를 망라했던 나지만 진심을 다해 좋아했던 건 세 번째 게임뿐이었다. 첫 번째 게임을 할 때의 기억은 상당히 흐릿해서 처음에는 줄거리 말고는 거의 기억나지 않았다. 바로 떠오른 사실은 자신이 주인공 티아라의 언니라는 것. 그리고…… 이 게임에서는 최악의 악역 최종보스라는 것뿐이었다.

공략 대상의 마음에 사라지지 않는 상처를 입힌 만악의 근원이자 마지막에는 단죄당하는 여왕. 그런 공략 대상의 마음의 상처를 치유하고 함께 프라이드 여왕에게 맞서는 것이 주인공 티아라다.

벌써 게임의 내용이 시작되기 1년 전이지만 이대로 아무도 불행해지지 않았으면 좋겠다. 공략 대상 다섯 명 중 네 명과는 주인공 티아라와 함께 원만한 관계를 구축했고 말이다. …… 그래.

다섯 명 중 '네 명'과.

"으으…… 이런……."

떠올리기만 했는데 아직도 얼굴이 화끈거렸다. 풀어질 듯한 입가를 한 손으로 꾹 누른 아서는 고개를 숙인 채 빠른 걸음으로 다음 연습을 하러 갔다. 프라이드 일행의 마차를 배웅하고 축하해 준 기사들과 인사를 마치고 혼자가 된 지금이기에 아까 상황을 곱씹을 수 있었다.

지금 이 순간까지도 몇 번이고 울고 싶었다. 아버지인 기사단장과 부단장 클라크에게 8번대 부대장을 임명받고, 선배 기사들에게 진심으로 축하받고, 승진 사실을 안 프라이드 일행이 축하하러 왔다. 프라이드와 티아라는 오후가 되면 근위 임무를 교대해서 만날 수 있다. 스테일이 섭정 업무로 바쁘다는 걸 아서도 알고 있다. 그럼에도 불구하고 스테일은 일부러 왕거에서 마차를 타고 기사단 연습장까지 오며 시간을 내주었다.

존경하는 선배 기사 앨런과 칼럼에게도 칭찬받았다. 아서의 승진은 기사대장 모두가 찬성했고 실력은 다섯 손가락 안에 들어간다고 프라이드 앞에서 칭찬받았을 때는 기쁘면서도 부끄러워서 얼굴에서 불이 나오는 줄 알았다.

프라이드 님…….

양팔을 벌리고 자신만을 바라보며 달려오는 꽃과 같은 미소를 떠올리기만 해도 가슴이 크게 두근거렸다. 프라이드의 품에 안겼을 때의 감촉이 아직도 몸에 남아있었다.

새삼스레 요 1년 동안 프라이드가 더욱 여성스러워졌다는 생각이 들었다. 감도는 기품과 분위기에서도 요염함이 느껴졌고 차분해진 눈매와 촉촉한 입술과 함께 이목구비도 변했다. 심지어 몸매는…….

"으으…….."

그 생각을 한 순간, 프라이드와 몸이 밀착했을 때의 감촉이 떠올라 다시 얼굴이 뜨거워져서 머리를 끌어안고 제자리에 주저앉고 말았다. 끌어안긴 것만으로도 심장에 무리가 가는데, 당사자가 자기 신체 변화를 전혀 깨닫지 못했는지 예전처럼 몸을 밀착했으니. 예전과는 명백히 다른 프라이드의 감촉에 정말 심장이 터져서 죽는 줄 알았다. 이제 프라이드는 처음 만났을 때의 열한 살 소녀가 아닌, 열일곱 살의 훌륭한 여성이라는 걸 실감했다. 전체적으로 용모가 여성스럽게 성장해서 최근에는 프라이드의 평판을 몰라도 한눈에 반해 동경심을 품는 신병이 있다는 것을 아서는 잘 안다.

"그런데 예전처럼 안기다니……!"

'엄청 좋은 냄새가 났어!' '엄청 부드러웠어!' '엄청 가까웠어!' '엄~청 귀여웠어!!' 하고 머릿속으로 외치며 입으로 뱉지 않도록 이를 악물었다. 코앞에서 본 프라이드의 미소만으로도 머리가 가득 차서 포화 상태였다. 이대로는 이후에 있을 연습에도 지장이 생기겠다며 아서가 제어되지 않는 사고에 초조해지기 시작했을 때…….

"아서 베레스포드."

머리 위에서 목소리가 들린 순간, 단숨에 머리가 맑아지며 반사적으로 앞쪽으로 튀어 나갔다. 그 직후에 박찬 땅을 확인해 보니 잠깐 사이에 열 개에 가까운 나이프가 꽂혀 있었다.

그와 동시에 시선 너머로 기사 한 명이 착지했고, 아서는 망설임 없이 검을 뽑고 자세를 취했다.

"호오……."

기사는 아서의 신속한 반응에 약간 감탄하듯이 얼굴의 각도를 위로 올렸다. 그리고 이번에는 나이프가 아닌 허리춤에 차고 있던 검을 뽑아 아무렇게나 일직선으로 휙 내던졌다. 당연히 치켜들 줄 알았던 칼날이 날아오자 아서도 아슬아슬하게 칼날을 튕겨내 궤도를 비틀고 검을 내던진 상대를 향해 달려갔다.

움직임을 읽고 있던 상대도 아서를 기다리기보다는 품으로 파고들었다. 상대가 응전하자 아서도 다음 행동으로 들어가 단숨에 공중으로 뛰어올랐다. 여기서 정직하게 검을 휘두르면 텅 빈 배에 주먹이 꽂힌다는 걸 알고 일부러 검을 쥔 채 상대를 기다렸다. 그러자 상대는 품속에 손을 넣나 싶더니, 처음과 똑같이 나이프 여러 개를 내던졌다. 공중이라 피할 수 없던 아서는 검을 휘둘러 한 번에 모두 튕겨 냈다. 아서는 여러 개의 금속이 떨어지는 소리와 함께 낙하함과 동시에 상대의 머리 위로 일격을 내질렀다. 상대가 한 걸음 물러나 회피하자, 그 기세 그대로 그 기사의 목에 칼끝을 겨누었다.

"수고하셨습니다……. 해리슨 대장님."

"말하는 걸 잊었군. 오늘 중으로 부대장의 업무에 관해 전 부대장인 이지도어 비튼에게 인수인계를 받도록."

두 사람은 자세를 풀고 서로 검을 허리춤에 돌려놓았다. 짧게 대답한 아서에게 해리슨은 "오늘은 시간이 좀 걸렸군, 다음에는 더 빨리 끝내도록."이라고 지시하고 그대로 아무 일도 없었다는 듯이 연습장으로 떠났다.

8번대 기사대장 해리슨. 아서의 직속 상사인 그가 8번대 대원과 만날 때마다 기습하는 것도 아서에게는 이제 일상이었다. 그리고 그건 8번대의 전통적인 특별 연습도, 8번대 대장의 역할도 아니다. 하물며 해리슨이 부하를 싫어해서 하는 행동도 아니다. 본인 왈 '실력 확인'이라나.

8번대에 처음 입대했을 때는 아서도 놀라서 몇 번이나 죽는 줄 알았다. 해리슨과 함께 전투 임무를 하러 갔을 때 처음으로 진심으로 죽이러 오는 게 아니라 적당히 봐준다는 사실을 깨달았다.

엄청나게, 무서웠어…….

아서는 당시에 있었던 일을 떠올리자 등골이 오싹해졌다. 해리슨의 '그런 모습'을 보면 자신들을 대할 때 봐주는 것임을 뼈저리게 알 수 있었다. 아서는 희망 부대를 잘못 골랐나 싶기도 했지만 반드시 하고 싶은 일이 있었기에 8번대밖에 선택지가 없었다.

"다음부턴 그 사람과도 더 많이 이야기할 수 있겠지……."

생각한 게 무심코 입 밖으로 나왔다. 아서는 지금껏 8번대 기사와 대화를 나눈 적이 별로 없었다. 아서가 대화를 나누고 싶어도 8번대는 모두가 최소한의 이야기만 할 뿐이다. 아서도 입대 초기에는 환영받지 못하는 줄 알았지만 단순히 완전 개인주의인 집단이어서 그런 것일 뿐이었다. 처음에 앨런에게서도 다른 부대와 달리 대원간의 연계가 필요 없어서 붙임

성이 떨어지는 실력파만 많이 지망한다고 들었었다.

"………. 으으~! 제길!"

안 되겠어, 점점 더 불안해지잖아──!

아서는 자신의 뺨을 있는 힘껏 때리며 새로이 기합을 넣었다. 대장인 해리슨, 선배 기사들, 형 같은 클라크, 기사단장인 아버지의 기대를 저버릴 수는 없다고 자기 자신에게 일갈했다.

──프라이드 님, 스테일, 티아라. 모두가 기뻐했다.

1년 전부터 섭정 업무를 배우는 스테일과의 대련은 줄었지만 그만큼 앨런과 칼럼, 에릭과 질베르, 아버지와 대련한다. 그리고 앞으로 해리슨과의 대화가 늘면 동시에 방금과 같은 대련을 할 기회도 늘 거라고 생각을 고쳤다.

──8번대가 원하는 것은 '강함' 단 하나. 그럼 나는…….

"바라던 바다……!"

누구에게도 지지 않을 만큼 더, 더 강해지겠다.

'축하해 아서!'

소중한 사람을 지키기 위해. 스테일이 앞으로 나아가고 있는데 자신만 느긋하게 있을 수는 없다.

──두 번 다시 아무것도 잃지 않기 위해.

입안을 깨물며 맹세를 삼켰다. 힘찬 눈빛으로 앞을 노려본 아서는 다음 연습을 하기 위해 지면을 박찼다.

"그러고 보니…… 프라이드. '하나즈오 연합왕국' 기억나?"

갑작스러운 단어를 듣고 놀라서 무심코 어깨를 떨었다. 객실에서 손님을 응대하던 프라이드는 아직 프리지아가 교류하지 못한 나라의 이름에 긴장했다. 눈앞에서 자신과 마찬가지로 의자에 편히 앉은 맹우를 바라보았다. 파란색 머리에 비취색 눈동자를 머금은 중성적인 이목구비의 그 청년은 부드러운 미소로 그녀를 마주 보았다. 레온 아도니스 코로나리아. 프리지아 왕국과 동맹을 맺은 아네모네 왕국 제1왕자. 지금은 대륙 최대의 무역 국가인 아네모네 왕국의 제1 왕위 계승자인 그는 아네모네 왕국과 프리지아 왕국 간의 정기 방문을 위해 프라이드를 만났다.

1년 전, 레온은 프라이드를 위해 하나즈오 연합왕국 대표자에게 프리지아 왕국이 동맹을 타진하고 싶어 한다는 뜻을 전했으나, 프리지아는 지금까지 정기적으로 보내던 서신의 답장조차 받지 못했다. 하나즈오 연합왕국이 무역을 하는 나라는 바다로 이어진 최대 무역 국가인 아네모네 왕국뿐이었다.

그래, 기억나. 그렇게 대답하며 프라이드는 들키지 않도록 숨을 골랐다.

"6일 전에 교역으로 하나즈오의 서시스 왕국에 상품을 도매하러 갔는데…… 그때, 그곳의 제2왕자로부터 갑자기 이야기가 들어왔어. 동맹 타진을 위해 적극적으로 친목을 다지고 싶대."

특히 너랑. 레온의 마지막 말이 유독 낮게 들려왔다.

하나즈오 연합왕국의 전신이었던 두 나라 중 하나인 서시스 왕국. 그 나라에서 무역 타진에 관해 적극적인 대답이 왔다는 것 하나만으로도 기쁜 일이다. 동석했던 티아라가 "해내셨네요, 언니!" 하고 프라이드의 옆에서 목소리를 높였다. 등 뒤에 있는 근위병 잭과 근위기사 칼럼, 앨런도 놀란 듯이 감탄했다. 프라이드 역시 "그래, 꼭 그러고 싶어." 하고 미소로 대답했다. 여러 가지 생각이 들었지만 이쪽에서 바라던 친목을 거절할 이유는 어디에도 없었다.

"그래서 오늘부터 세서…… 5일 뒤려나. 프리지아 왕국에 찾아뵐 테니 잘 부탁한다고 전해달래."

어? 레온의 입에서 나온 말에 이번에는 프라이드가 눈이 휘둥그레졌다. 그 충격은 티아라도 마찬가지였다. 타국 사자가 사전 연락도 없이 방문하는 일 자체는 드물지 않다. 하지만 지금까지 프리지아 왕국에서 몇 번이나 교류를 타진하려고 해도 묵묵부답이었던 상대가 갑자기 직접 찾아오겠다니. 사자라면 몰라도 왕족이 사전 연락도 없이 방문하는 일은 몹시 드물다. 동맹국 같은 친한 국가라면 가능하지만 지금까지 계속해서 교류를 거절했던 나라의 왕족이 갑자기 온다는 것은 말이 안 된다. 그리고 무엇보다…….

"레온, 설마…… 너한테 전언을 부탁한 거야?"

"응, 나도 조금 놀라긴 했어. 뭐…… 머지않아 프리지아에 간다고 말했고 프라이드도 교류하고 싶다고 했던 나라였으니까."

질문의 뜻을 이해한 레온은 그렇게 말하며 약간 곤란한 듯이 웃었다. 그 역시 그게 얼마나 비상식적인 짓인지는 알았다. 사자라면 몰라도 아네모네 왕국의 제1왕자에게 전언을 부탁하다니 무례하기 그지없다. 같은 왕족이라고는 하지만 상대는 특별히 친한 사이도 아닌 그저 교역 상대국일 뿐인데.

"왠지…… 미안하네."

거북한 나머지 프라이드는 고개를 움츠리고 말았다. 레온이 "프라이드가 사과할 일이 아니야." 하고 웃으며 대답해도 역시 미안함이 더 컸다. 서시스 왕국에서 프리지아 왕국까지는 왕족용 마차로 가면 10일이 걸린다. 그리고 서시스 왕국에서 아네모네 왕국까지 해로로 순조롭게 항해해도 5일은 걸린다. 즉 레온은 귀국하고 바로 다음 날인 오늘 이웃 나라 프리지아까지 전언 때문에 방문했다는 뜻이다.

레온이 "빨리 프라이드의 얼굴을 보고 싶었거든." 하고 솔직한 마음을 전해도 프라이드의 걱정은 늘어날 뿐이었다. "그럴 정도로 급한 용무라도 있었던 걸까……?" 하고 고개를 갸웃거리는 티아라에게 레온이 맞장구치는 동안, 프라이드는 무심코 고개를 끄덕일 뻔한 것을 필사적으로 참았다.

──그래, '그 사람'은 서두르고 있어.

프라이드는 이 난폭한 행동이 너무나도 게임 시작 1년 전 그 사람이 할 법한 일이라고 조용히 생각했다. '게임'에서는 사전 연락은커녕 말 그대로 갑자기 프리지아 왕국에 쳐들어왔었다. 그에 비하면 사람을 통해서라도 사전 연락을 했으니 훨씬 낫다. 왕족을 상대로 그랬다는 점은 무례하기 짝이 없지만.

"필요하면 내가 당일에 중개할까……?"

프라이드가 무심코 한 손으로 머리를 부여잡자, 레온이 프라이드의 얼굴을 조심스레 들여다보았다. 레온이 자신을 걱정하자 프라이드는 황급히 괜찮다고 말하며 고마움을 담아 웃어 보였지만, 그래도 레온은 걱정스럽게 눈썹을 늘어뜨렸다.

"동맹 협상……이라면, 3일 정도 걸리려나. 좋아……. 프라이드……. 8일 뒤에 다시 프리지아에 방문해도 될까?"

레온은 이미 제2왕자의 불경함을 직접 경험해서 알기에 안심할 수 없었다. 그는 조용히 혼잣말을 중얼거리며 계산을 마쳤다. 8일 뒤라면 방문과도 안 겹치고, 프라이드에게서 자세한 이야기를 들을 수 있다.

흔쾌히 승낙한 프라이드에게 레온은 "뭐 곤란한 일 있으면 언제든지 사자를 보내. 언제라도 중개하러 달려갈 테니까." "그의 언동으로 뭔가 곤란한 점이 생기면 바로 나를 불러." 하고 귀국할 때까지 몇 번이고 다짐을 받았다. 프라이드가 바라는 동맹이라면 응원하고 싶지만, 예의도 모르는 왕자를 상대로 마음씨 착한 그녀가 기분 나쁜 일을 당할지도 모른다고 생각하니 방관할 수 없었다. 경우에 따라서는 자신이 그 사이에 끼어들어 견제해도 괜찮을 듯했다. 그녀는 자신에게도 소중한 존재니까.

만일 그녀가 중개를 원한다면 바로 달려가게 일정을 조정해 두자. 무역 국가의 다망한 제1왕자는 돌아가는 마차 안에서 빠르게 자국 재상과의 일정을 변경했다.

"아시겠죠, 프라이드. 저에게 한 방 먹이면 프라이드의 승리, 아서가 올 때까지 한 방도 못 먹이면 제 승리입니다. 특수 능력은 사용하지 않을 테니 마음껏 쫓아오십시오."

점심 식사를 마치고 휴식 시간을 얻은 스테일은 연습복 차림으로 프라이드를 돌아보았다. 연습장 끄트머리에는 티아라와 함께 교대하기 전인 앨런과 칼럼이 서 있었고, 스테일 앞에서 준비하는 사람은 평소와 같은 연습 상대가 아닌 의붓 누나 프라이드였다. 신체가 빠르게 성장한 탓에 전속 시녀들에게 운동복 수선을 맡긴 그녀는 드레스 차림으로 검을 들고 고개를 끄덕였다.

휴식 시간일 터였던 아서가 업무 인수인계 때문에 약속 시간에 늦어지는 동안, 할 일이 없었던 스테일에게 이 시합을 제안한 사람은 티아라였다. 심심하면 언니와 대련하는 건 어때? 하고 손뼉을 친 여동생의 제안에 스테일은 그렇게 위험한 짓을 할 수는 없다며 처음에는 거절했으나, 약간 흥미를 보이던 프라이드가 눈에 띄게 어깨를 떨어뜨리자 스스로 물러섰다. 단, 드레스 차림의 프라이드와 대련하다니 당치도 않다고 여긴 스테일이 제안한 타협안에 프라이드도 동의했다. 도망치거나 피하기에만 전념하는 남동생을 쫓아다니며 검을 휘두르다니, 그야말로 게임 속 최종보스 프라이드 같다고 내심 생각하면서도 양쪽이 사용하는 무기는 가짜 검이라고 스스로 되뇌었다. 어디까지나 대련 흉내니까 스테일이 지루하지 않도록 자신도 최대한 진심으로 응해야겠다고 생각한 프라이드는 다시 한번 오른손으로 검을 쥐었다.

티아라의 개시 신호에 두 사람은 단숨에 한 방향으로 달려나갔다. 넓은 연습장 끝에서 끝까지 전력 질주해 도망치는 스테일을, 프라이드도 달리기 불편한 드레스 차림으로 쫓아갔다. 순수한 다릿심으로는 남자인 스테일을 이길 수 없다. 프라이드의 실력을 알기에 필요 이상으로 무리하지 못하게 하겠다는 스테일의 책략대로였다. 순간이동을 사용하지 않아도 드레스를 껴입은 프라이드와 움직이기 쉬운 연습복 차림인 스테일 사이에는 핸디캡이 크다. 스테일은 벽까지 달려가더니 거기서부터 트랙을 달리듯이 벽을 따라 그저 뛰기만 했다. 이대로 일정 속도를 유지하기만 하면 되겠다고 계산하며 검보다 다리에 의식을 집중했…….

　──탁.

　자신이 낸 것이 아닌 지면을 박차는 가벼운 소리에 스테일의 어깨가 움찔 올라갔다. '아차' 하고 뒤를 돌아보기도 전에 사고가 먼저 움직였다. 소리보다도 갑작스레 자신을 덮치는 그림자를 좇아, 등 뒤가 아니라 머리 위로 턱을 쳐들었다. 그 순간, 드레스 차림의 프라이드와 머리 위에서 시선이 마주쳤다. 연습장 바깥쪽에서 대기하던 티아라와 근위기사들이 감탄하는 목소리를 내는 와중에 스테일은 여유가 없었다. 원래부터 도약력이 매우 뛰어난 프라이드이니 점프할 가능성도 염두에 두었다. 그러나 지금 이 순간, 그녀는 상정했던 것보다 훨씬 더 빠르게 거리를 좁혔다.

　당연하다. 그녀는 단순히 스테일을 향해 점프한 게 아니라, 점프한 다음 앞쪽의 벽을 박차고 날아온 거니까. 우수한 머리로 위쪽에서 발을 디디는 소리를 듣고 어떤 상황인지 이해했으나, 몸은 대처하기 벅찼다. 몸을 움직일 수 없는 공중임에도 불구하고 프라이드는 머리를 아래로 향하며 매서운 박치기를 시도했고, 스테일도 반사적으로 몸통을 비틀며 뒤를 돌아보았다. 그저 들기만 했던 검을 고쳐 쥐고 내리꽂히는 칼날을 아슬아슬하게 흘렸다. 완전히 허를 찔린 상태에서 예상하지 못했던 각도로 공격을 받으니, 아무리 스테일이라도 보기 좋게 땅에 구를 수밖에 없었다. 낙법은 취했으나 무릎을 꿇은 것이 분해 이를 악문 스테일은 흘러내린 안경을 재빨리 올렸다. 검은 테에서 손가락을 뗌과 동시에 양손으로 검을 쥐고 프라이드가 휘두른 공격을 막았다. 끼익, 하고 울리는 금속음 사이로 약간 즐거워 보이는 프라이드의 목소리가 들려왔다.

"역시 스테일이야!"

게임에서 최강의 최종보스이기 때문에 가진 전투력 치트. 게임 속 여왕 프라이드가 다루던 격투술이나 총, 검을 기반으로 한 전투술과 몸놀림은 인간의 영역을 벗어난 수준이었다.

그러나 프라이드는 진심 어린 칭찬을 내뱉으면서도 일방적으로 공격하는 게 허용된 자신과 도망치거나 피할 수밖에 없는 스테일의 상황이 평등하지 않다고 생각했다. 그는 순간이동도 공격도 금지된 상태니까. "드레스 차림으로 뛰어다니지 마십시오." 하고 반쯤 분함이 섞인 말투로 받아치는 스테일에게 프라이드는 짧게 웃었다.

순식간에 자세를 고친 스테일은 이번에는 같은 수법에 당하지 않겠다는 듯이 벽에서 떨어진 위치로 달려 나갔다. 그녀가 위험한 행동을 하지 못하게 이런 승부를 제안한 건데 이러다가 한 수 지게 되면 아서에게 고개를 들 수가 없다. 스테일이 이번에야말로 붙잡히지 않으려고 전력 질주하자, 프라이드가 지면을 박찼다. 이 스타트 대시를 이용해서 뛰면 스테일의 머리 위를 넘어 막아설 수 있겠다 싶어서 다시 뛰어올랐다.

두 왕족의 승부에 "오오오!" 하고 눈을 반짝이는 앨런 옆에서 칼럼은 말없이 앞머리를 손가락으로 넘겼다. 살짝 봤을 뿐이지만, 양측의 실력은 핸디캡을 설정했음에도 불구하고 왕족이 갖춰야 할 수준을 초월했다. 그런 그들을 지키는 기사단도 한층 더 실력을 가다듬어야겠다고 다시금 의식했다.

왕족인 그들이 전장에 노출되는 사태야말로 일어나기 힘들겠지만 말이다.

"그건 그렇고…… 설마 그 하나즈오에서 5일 뒤에 우리 쪽으로 올 줄이야~. 지금까지 계속 묵묵부답이었으면서."

심야가 되어, 앨런은 자기 방에 있던 술을 유리잔에 따르며 중얼거렸다. 레온을 배웅하고 5일 뒤에 있을 하나즈오 연합 왕국이 방문한다는 소식을 여왕에게 전하러 가던 프라이드의 뒷모습을 떠올렸다.

"저도 놀랐어요. 이렇게 갑자기 방문하다니 전무후무한 일이에요."

에릭이 고개를 끄덕였다. 그는 술이 든 유리잔을 조금씩 기울이면서도 똑똑히 앨런을 보고 있었다.

"프라이드 님은 예전부터 하나즈오와의 교류를 꾀하기 위해 서신을 보내셨어. 그런데 어째서 이렇게 갑자기…… 심지어 동맹에 적극적이라니."

칼럼이 레온이 한 말을 떠올리며 말을 잇더니 동의를 구하듯 이 맞은편에 앉은 기사에게 시선을 옮겼다.

"네. 저도…… 이상하다고 생각해요. 하나즈오는 왕족용 마차로 가도 편도로 10일은 걸리잖아요."

아서도 고개를 끄덕이며 고개를 갸웃거렸다. 손에 든 유리잔을 한 모금 기울이며 "그렇지?" 하고 옆에 있는 청년에게로 화제를 돌렸다.

"그래, 다시 말해, 레온 왕자에게 전언을 맡긴 다음 날에 바로 프리지아 왕국을 향해 출국했다는 뜻이야. 아무리 생각해도 이상해."

청년이 아서의 뒤를 따르듯이 술을 한 모금 마셨다. 그리고 술을 삼킴과 동시에 잠시 유리잔을 내려놓더니 팔짱을 끼고 등받이에 몸을 기댔다. 뒤이어 오늘 들은 이야기를 확인하려고 앨런, 칼럼을 보며 입을 열었다.

"오늘 레온 왕자 이야기로는 심지어 누님과 친목을 다지고 싶다고 했다면서요?"

제1왕자 스테일의 말에 앨런과 칼럼은 각자 즉답했다.

스테일은 1년 전부터 섭정 업무를 마치고 방에 돌아간 뒤, 이따금 아서와 근위기사 세 사람과 함께 앨런의 방에서 술잔을 나누게 되었다. 주로 아서에게 순간이동 했을 때가 어떤 상황인지에 따라 다르지만 다른 기사와 마실 때면 몰라도 근위 기사 네 명만 있을 때는 사양하지 않고 대화에 참가했다. 그리고 그들에게서 프라이드의 최근 동향을 듣는 게 스테일의 은밀한 즐거움이 되었다.

"네, 맞아요. 솔직히…… 지금은 프라이드 님에게 그런 제의가 들어오는 게 이상한 일도 아니지만요……."

칼럼이 조용히 괴로운 표정을 지었다. 그리고 스테일의 눈을 피하듯이 유리잔 안으로 시선을 떨어뜨리고 말을 흐렸다. 다른 기사도 그 말에 각자 작게 신음했다. 프라이드가 약혼을 파기한 뒤로 국내 귀족은 물론이고, 타국 왕족으로부터도 속속들이 교류와 약혼 희망 제의가 들어왔다. 다만 프라이드에게는 두 번째 약혼이 되니까 한층 더 신중하게 선택할 필요가 있었다. 또, 서신을 훑어본 프라이드가 스스로 '만나고 싶다'고 희망한 적이 없어서 약혼자 자리는 아직도 비어 있는 실정이다.

"그럼 역시 제2왕자도 그런 이유로 이번에 프리지아와의 회담을 꾀한 거라는……?"

에릭이 대장과 스테일의 안색을 살피며 물었다. 신기한 일은 아니다. 타국 왕자들이 그렇듯이 서시스 왕국 제2왕자가 설사 프라이드와의 약혼을 노리고 무거운 엉덩이를 뗐다 해도 프리지아 왕국과 제1 왕위 계승권자인 프라이드에게는 그럴 만한 가치가 있다.

"제2왕자는 올해로 열일곱 살. 누님과 동갑이야……."

약혼자가 꼭 연상이어야 한다는 법은 없다. 열일곱 살이라면 프리지아에서도 약혼하기 딱 좋은 나이다. 오히려 약혼자 후보로 이름을 올릴 수 있는 나이가 되어서 교류를 시도하려는 거라면 납득이 간다.

"섭정 업무를 하면서 하나즈오에 관한 소문을 들은 적 없어?"

문득 뭔가 떠올랐는지 아서가 스테일에게 물었다. 세계정세와 외교 전문인 섭정 베스트에게 교육을 받는다면 그런 정보나 소문이 귀에 들어와도 이상하지 않다.

"백 년 가까이 외부와의 교류를 거의 차단했던 나라니까……. 유일하게 무역을 유지하는 나라도 무역 대국인 아네모네 정도야. 금과 광물이 풍부해서 폐쇄적인 국가가 되기 전부터 그걸로 번영했지만……. 베스트 숙부님이 현 국왕인 랜스 전 제1왕자는 세계정세에 관심이 있는 뛰어난 국왕이라고 말씀하셨어. 하지만 세드릭 제2왕자의 정보는 거의 없어."

스테일의 말을 듣고 기사들이 작게 신음했다. 그 표정에 제2왕자에 대한 약간의 불신이 배어 있었다. 특히 지금 이 자리에 있는 다섯 명은 1년 전, 우수한 형이 있는 제2, 제3왕자의 추태를 두 눈으로 직접 목격한 적이 있다.

"뭐…… 뛰어난 제1왕녀의 남동생이 우수한 차기 섭정인 나라도 있잖아요."

잠시간의 침묵 후, 모두의 기분을 눈치챈 아서는 스테일의 어깨를 가볍게 두드렸다. 그 말에 선배 기사들이 "그건 그래." 하고 고개를 세차게 끄덕이며 아서와 눈이 살짝 커다래진 스테일에게 조용히 웃었다.

설마 자신이 화제에 오를 줄은 몰랐던 스테일은 바로 대답하지 못했다. 그러나 한 박자 뒤에 아서를 향해 '뭘 좀 아네.'라고 말하는 듯한 뻔뻔한 미소를 지어 보였다.

"뭐…… 어차피 앞으로 5일만 있으면 알게 될 거야. 너도 왕자가 방문할 때는 반드시 근위기사로 참가할 수 있게 일정을 조정해 둬."

스테일은 부끄러움을 숨기듯이 술을 두 모금 연달아 마시더니, 아서뿐 아니라 칼럼 일행에게도 그렇게 하라는 뜻을 담아 눈짓했다. 세 기사는 그 뜻을 알아채고 고개를 끄덕였고, 칼럼이 "조정해 두겠습니다." 하고 한 마디를 덧붙였다. 그들도 스테일이 얼마나 아서를 우선적으로 생각하는지 잘 알았다. 그 와중에 아서 본인만이 혼자 불안한지 눈살을 작게 찌푸렸다. 그는 예전에 자신의 눈썰미 때문에 레온에게 괜한 의심을 품게 하고 스테일에게 불필요한 걱정을 끼쳤던 것을 아직도 마음에 두고 있었다.

그러나 스테일은 그것을 지워 버리듯이 스스로 아서의 유리잔에 술을 따랐다. 그리고 쾅 하는 소리를 내며 술병을 테이블 위에 내려놓았다. 스테일은 놀라 어깨를 편 아서를 향해 몸을 돌리고 "그런 것보다 말이야." 하고 말을 꺼냈다. 검은 안경테를 손끝으로 밀어 올리며 파란색 눈동자를 마주 봤다.

"아서. 나는 아직 만족하지 않았다고."

스테일은 일부러 낮은 목소리로 전했다. 둘 사이를 모르는 인간이 보면 스테일이 아서를 질타하는 것처럼 보일 듯한 분위기였다. 눈빛으로 그에 응한 아서는 입을 다물고 다음 말을 기다렸다.

"8번대 부대장이 된 정도로 내가 만족할 거라고 생각 마."

술 때문인지 아니면 일부러인지 스테일은 시선을 고정한 채 칠흑색 눈동자로 아서를 가만히 바라봤다. 아서는 부대장이 된 '정도'라는 말에 침을 꿀꺽 삼켰다.

그 반응에 만족한 스테일은 뻔뻔한 미소를 지으며 입꼬리를 끌어 올렸다.

"아직, 아직 부족해."

약간 즐거운 듯이 읊조리며 테이블에 팔꿈치를 괸 스테일은 긴 검지를 아서 쪽으로 뻗었다.

"나를 더 만족시켜 봐, 아서."

'역시 살짝 취했구나.' 아서는 그렇게 생각했지만 입 밖으로는 내지 않았다. 평소보다 기분이 좋아 보이는 스테일의 목소리가 방 안을 작게 가로질렀다.

아서가 승진했을 때는 많은 기사 앞이어서 만족스럽게 대화를 나눌 수 없었다. 연습 후에도 친한 기사들이 늦게까지 아서의 승진을 축하해서 아무 말도 전하지 못했다. 낮에도 섭정 업무 시간과 겹치는 바람에 아서와 직접 만날 기회를 놓친 스테일이 드디어 파트너인 아서에게 하고 싶은 말을 직접 전할 수 있는 순간이었다.

"하……! 당연하지……."

아서 역시 스테일의 손끝을 손등으로 가볍게 뿌리치며 자신 만만한 미소를 지으며 대답했다.

항상 마시는 양을 스스로 조절하는 스테일이 남들 앞에서 취한 모습을 보이는 건 처음이었다. 세 기사는 '그만큼 아서의 승진이 기뻐서 한마디 하고 싶었던 모양이다.'라고 생각하며 마음속으로 몇 번이고 고개를 끄덕였다.

"아⋯⋯. 참고로 스테일 님은 아서가 어디까지 승진해야 만족하시나요?"

앨런이 문득 떠올랐다는 듯이 말을 꺼냈다. 스테일이 살짝 취한 기색이어서 할 수 있는 질문이었다. 그 말에 스테일은 고개를 가볍게 돌려 아서를 보며 "글쎄." 하고 짓궂게 웃었다.

"뭐, 기사단장 정도까지 가면 만족할게."

아서가 "푸웁!" 하고 방금 입에 머금은 술을 멋지게 내뿜었다. 선배 기사들은 어느 정도 예상했던 바여서 스테일의 난제와 아서의 반응에 쓴웃음을 지으며 얼굴을 마주 보았다.

"야⋯⋯! 너! 대장님들 앞에서 무슨 소리를⋯⋯!"

사실상 눈앞의 대장들조차 뛰어넘으라는 발언에 아서는 스테일과 선배들을 번갈아 보다가 몸을 돌렸다.

"뭐야, 기사단장님을 이길 자신은 없는 거냐?"

"8번대와 기사단은 다르지! 기사단장 자리가 검 실력만으로 감당할 만큼 호락호락할 리가 없잖아!"

해석하기에 따라서는 검술로만 보면 기사단장에게 이길 자신이 있다고 들리는 아서의 말에 앨런이 그만 참지 못하고 웃음을 터뜨렸다. 그 모습을 본 에릭과 칼럼도 "아서답네." 하고 웃음을 참으며 서로의 얼굴을 마주 보았다. 그러는 동안에도 스테일이 가차 없이 "알면 종합적인 능력을 더 올려." 하고 아서를 몰아붙였다.

"뭐…… 기사단장이 되는 게 쉬운 일이 아닌 건 맞죠."

에릭이 아서에게 구원의 손길을 내밀려고 먼저 말을 걸었다. 그 모습에 고개를 끄덕인 칼럼이 뒤이어 웃으며 말했다.

"당연히 능력도 필요하지만, 각 부대의 규정이나 현 대장의 의사에 따라 수시로 교대가 가능한 대장과 부대장과는 달리 기사단장과 부단장은 본인이 순직하거나 은퇴, 해임되지 않는 한 안 바뀌니까요."

"로데릭 기사단장님도 클라크 부단장님도 아직 한창 현역이니까~!"

앨런이 턱을 괴고 웃으며 동조했다. 대장의 눈으로 봐도 나이 들었다는 느낌이 거의 안 드는 그 두 사람은 적어도 10년, 길면 20년은 현역으로 뛸 거라는 생각이 들었다.

대장들의 말에 아서도 안심했는지 한숨 돌리고 유리잔을 기울였다.

"그럼 나를 만족시키려면 아직 멀었군."

스테일이 심술궂게 웃으며 아서의 어깨 위에 손을 올렸다. 그러자 어깨에 손이 놓인 쪽이 술을 마셔서 살짝 달아오른 얼굴을 스테일에게 돌리고 가볍게 째려보았다.

"바아아아보, 나는 내가 할 수 있는 일을 할 거라서 상관없거든. 프라이드 님을 지키는 게…… 근위기사인 내 역할이잖아."

말한 내용과는 반대로 어딘가 토라진 듯한 아서의 말투에 그 자리에 있는 선배 기사들은 흐뭇하게 웃었다. 사실상 지금 자신의 능력으로는 승진이 힘들다는 말을 듣고 삐진 아서의 모습을 보니, 그의 겉모습과는 다른 속마음이 느껴졌다.

"……검으로는 안 질 거지만."

아서가 고개를 툭 돌리며 작게 중얼거린 말을 듣고 모두가 미소 지었다. 약간 유치한 아서의 발언에 그가 아직 10대라는 사실을 다시금 실감했다. 앨런이 아직 내용물이 남은 술병을 들고 자리에서 일어나 토라진 아서의 등 뒤에 섰다. 그리고 한 갈래로 묶은 은발을 정수리부터 거칠게 흐트러뜨렸다.

"그래? 역시 그렇지~?! 요즘은 맨손 격투로도 나랑 맞먹잖아!"

앨런의 갑작스러운 습격에 아서가 "으악?!" 하고 뒤를 돌아보고 황급히 "그, 그만하시라니까요!" 하고 소리를 질렀다.

"그럼 남은 과제는 사격과 작전 지휘 능력이려나요. 차기 기사단장님."

에릭이 앨런에게 합세해서 웃으며 아서를 놀리자, 이번에는 칼럼도 아서를 돕지 않고 고개를 끄덕였다.

"아서의 사격 성적은 에릭만큼은 아니어도 좋은 편이잖아. 순간적인 판단력도 뛰어나고. 남은 건 작전 지휘 능력이려나. 괜찮으면 다음에 내가 가르쳐 줄까……?"

"오! 좋네! 앞으로 10년, 20년 내로 그 부분도 더 성장해야지! 그렇지 않으면 엘리트인 칼럼에게 선수를 뺏길지도 모른다고? 차기 기사단장님."

아서는 유리잔이 넘칠 듯이 술을 콸콸 쏟아붓는 앨런에게 저항하지 못하고 고개를 숙였다. 한 손으로 입가를 가린 얼굴은 술 때문인지 아니면 부끄러워서인지 아까보다 더욱 달아올라 있었다.

"좀 봐주세요……."

"하지만 작전 지휘는 꼭 지도 부탁드립니다." 하고 아서가 웅얼거리는 목소리로 뒤이어 말하자 칼럼도 고개를 끄덕이며 "앨런, 슬슬 아서한테 술 그만 먹여." 하고 말을 걸었다.

"기사와는 다르겠지만 책략이라면 나도 가르쳐 줄게. 네가 내 두뇌를 따라올 때의 이야기지만 말이야, 차기 기사단장님."

아서가 스테일의 말을 듣고 결국 "그만하라니까!" 하고 박치기를 내질렀다. 빡! 하는 아플 듯한 소리와 함께 앨런이 흐트러뜨린 긴 은발이 휘날렸다.

"뭐…… 밤에 시간 있으면 부탁할게."

아서는 아직 달아오른 볼이 식지는 않았지만 대답했다. 그리고 스테일과도 시선을 피하며 머리끈을 완전히 풀어 다시 한번 머리를 고쳐 묶었다.

"맡겨 둬……. 바보도 이해할 만큼 엄격하게 가르쳐 주지."

스테일은 안경이 안 깨진 것을 확인하고 이번에는 얻어맞은 이마를 부여잡으며 아서를 노려보았다. 그리고 아서가 다시 하나로 묶은 은발을 붙잡고 앙갚음 삼아 휙 잡아당겼다.

"으악?! 뭐, 뭐 하는 거야 스테일!"

머리를 잡아당기는 바람에 고개가 뒤로 젖힌 아서에게 스테일이 "안경이 깨지면 어쩔 뻔했어?!" 하고 소리 질렀다. "따지고 보면 네가 먼저……!" 하고 아서도 의자에서 넘어지지 않으려고 필사적으로 저항하며 받아쳤다.

"정말…… 제1왕자에게 저런 짓을 할 사람은 왕족을 빼면 아서 정도일 거야."

둘의 싸움을 피해 슬~쩍 칼럼과 에릭의 등 뒤로 피난한 앨런이 두 사람에게 말을 걸었다. 최근에는 이들 앞에서는 아서도 스테일과 스스럼없이 대화했다.

"정말로요. 심지어 옛날부터 저런 분위기였나 봐요."

"반대로 말하면 우리가 아는 한 아서가 저런 말투로 이야기하는 상대도 스테일 님 정도지만."

"뭐…… 아서와 스테일 님은 아직 10대니까요."

에릭의 말에 앨런과 칼럼이 깊고 무겁게 고개를 끄덕였다. 10대, 이미 자신들과는 연이 없는 나이라고 생각하니 눈앞에 있는 두 청년의 파릇파릇함이 세 선배 기사에게는 한없이 눈부셔 보였다. 그들은 서로 유리잔에 술을 따른 뒤, 별 신호도 없이 건배를 나누고 동시에 들이켰다.

너무나도 파릇파릇한 차기 섭정과 차기 기사단장의 모습을 술안주 삼아.

하나즈오 연합왕국.

원래 연합왕국의 두 나라는 싸움이 끊이지 않는 밀접한 소국이었다. 그러나 약 100년 전, 동시에 타국에 침략당해 위기를 맞은 것을 계기로 서로가 동맹 협정을 맺고 한 연합왕국이 되었다. 지금도 하나즈오 연합왕국이라고 자칭하지만, 양국 모두 원래 국가명과 문화를 그대로 유지하고 있는 상태다.

오래된 소문으로는 국민은 둘째 치고 양국 왕족과 귀족끼리 아직 원한이 남아서, 100년이 지난 지금도 형식뿐인 동맹 관계를 지속한다고 한다.

서시스 왕국과 차이넨시스 왕국.

나라 규모는 양쪽 모두 아네모네 왕국에도 못 미치는 소국이지만, 양국을 합친 전 영토는 프리지아의 3분의 1에 달하는 규모를 자랑한다. 세계에서 손꼽히는 대국인 프리지아의 3분의 1이니 상당한 규모다. 그 덕분에 두 나라 간의 무역으로 필요 자원의 대부분을 조달한다. 성 바깥 마을의 가장자리가 바다에 면한 덕분에 해로로 아네모네 왕국과 무역하는 서시스 왕국과는 달리, 차이넨시스 왕국은 육로로 이어진 데다가 국교 문제로 서시스 왕국 이외의 나라와 전혀 교류하지 않는 게 현 상황이다. 그리고 서시스 왕국 역시 차이넨시스 왕국과 아네모네 왕국하고만 교류한다.

그것은 우리 프리지아 왕국과도 마찬가지다.

"프라이드 님, 방금 서시스 왕국의 마차가 도착했다 합니다."

근위병 잭이 방 밖의 위병에게 받은 보고를 나에게 전했다.

하나즈오 연합왕국 중 하나인 서시스 왕국과의 회합. 이것을 기회 삼아 우리 나라의 동맹 관계를 서시스 왕국, 나아가서 차이녠시스 왕국까지 넓힐 수 있을지도 모른다.

"가요, 언니."

일부러 방 앞에서 기다리던 티아라가 나를 맞았다. 이번 회합은 우리 왕족도 예를 다해야 해서 나와 티아라도 동석한다. 특히 나는 이번에 어째선지 제2왕자에게 지명까지 받았다.

스테일은 섭정 교육 때문에 베스트 숙부님과 함께 먼저 가 있을 것이다. 나는 근위병, 근위기사 아서와 칼럼 대장, 전속 시녀 마리와 롯테, 그리고 티아라와 함께 알현실로 향했다.

하나즈오 연합왕국 중 하나, 서시스 왕국. 1년 전에 국왕이 바뀌고 제1왕자가 즉위했다. 우수하고 선견지명이 뛰어나며, 교역을 통해 세계의 흐름을 알기 위해서라며 무역 대국인 아네모네 왕국과의 교역을 진행시킨 것도 그 사람이라고 한다. 그 국왕의 친동생이기도 한 제2왕자가 우리 나라를 방문했다.

이미 알현실에 들어가 정해진 위치에 선 어머님, 아버님, 베스트 숙부님, 스테일, 그리고 질베르 재상과 함께 나와 티아라도 왕자를 맞이하려고 나란히 섰다.

이번 일로 서시스 왕국 및 하나즈오 연합왕국과 동맹을 맺는다면 큰 성과가 된다. 하나즈오 연합왕국은 금맥과 광물의 보물창고. 서시스든 차이녠시스든 한쪽만이라도 좋으니 교역을 하고 싶어 하는 나라도 많다. 쇄국하기 100년 전까지 다뤄지던 서시스 왕국의 황금과 차이녠시스 왕국의 보석은 희소할 뿐만 아니라 질도 매우 뛰어나서 아직도 전 세계에서 원하는 왕족과 귀족이 끊이질 않는다. 게다가 멀리 떨어진 하나즈오 연합왕국과 동맹을 맺으면 그 주변 국가에도 어필이 된다. 많은 나라와 연결되고 신뢰를 얻으면 그것만으로도 자국의 입지와 가치가 올라간다. 쇄국 중인 나라와 교류한다면 더욱 그렇다. 우리 나라가 타국에 경계심이 강한 나라로부터 신뢰를 얻었다는 뜻이니까.

문이 열렸다. 금빛 청년이 하인들을 데리고 새빨간 카펫 중심을 당당히 걸어왔다.

어깨 근처까지 기른 금색 머리카락을 나부끼는 그 사람은 귀와 목, 손목 등 온몸 이곳저곳에 장신구를 차고 있었다. 발소리는 걸을 때마다 카펫에 흡수되어서 장신구만이 짤랑거리는 소리를 냈다. 모든 장신구가 자국에서 만든 황금인 듯했고 멀리서 봐도 금색으로 반짝반짝 빛나는 것이 느껴졌다. 양 귀에는 금색 피어스, 목에도 금색 목걸이, 손목에는 금색 팔찌, 양손에는 금색 반지에, 자신의 눈동자 색과 같은 붉은색 보석과 금장식이 달린 반지를 끼고 있었다. 중지처럼 한 손가락에 금반지를 두 개나 끼운 곳도 있었다. 자기 머리 색에 맞춘 건지 아니면 자기 나라의 특산품 때문인지는 모르겠지만 마치 온몸이 금색으로 빛나는 듯했다. 불타오르는 듯한 붉은 눈동자만이 금빛 속에서 강렬히 돋보여서 더욱 인상적으로 보였다. 얼굴도 장신구에 결코 지지 않을 만큼 화려했는데, 코가 높고 속눈썹이 긴 것이 더없이 남성적이면서도 단정한 이목구비였다. 곱슬기가 있는 듯 살짝 거칠게 뻗친 머리카락이 어우러져서 동물에 비유하자면 흡사 사자 같았다.

"하나즈오 연합왕국, 서시스 왕국의 제2왕자 세드릭 실버 로 웰이라고 합니다."

그 사람이 팔로 우아하게 인사했다. 크고 느릿한 그 움직임으로 장신구들이 다시 짤랑거렸다. 옷 안쪽에 '게임의 설정'에서 본 기억이 있는 펜던트가 있어서 가볍게 고개를 숙이면 살짝 엿보였다. 엄청난 전신 장신구 무장이었다.

"이번에 알현 기회를 내주셔서 진심으로 감사드립니다. 여왕 폐하."

단정하고 아름다운 얼굴이 어머님에게 향했다. 반짝이는 광택이 느껴지는 눈부신 미소였다. 어딘가 자신에 찬 그 미소는 왕족 특유의 뻔뻔한 미소이기도 했다. 드디어 나타났다…….

여성향 게임 '너와 한 줄기 빛을' 시리즈, 통칭 너한빛의 첫 게임 속 다섯 명의 공략 대상 중 최후의 1인이자 게임이 시작될 때 여왕 프라이드에게 더욱 구석으로 내몰리는 피해자.

이 세계의 주인공, 티아라의 미래 약혼자.

너한빛 시리즈 첫 게임은 티아라의 열여섯 살 생일부터 시작된다. 그래, 티아라의 열여섯 살 탄생제다. 잔학무도한 여왕 프라이드가 여왕이 된 후로 한 번도 안 열렸던 티아라의 탄생제. 티아라는 그때 비로소 몇 년 만에 멀리 떨어진 탑에서 벗어나 공식 석상에 모습을 드러내는 것이 허락되었다. 바로 여왕 프라이드가 준비한 약혼자와 티아라의 약혼을 발표하기 위해서였다.

그 약혼자가 바로 지금 우리 눈앞에 있는 세드릭 제2왕자다.

다른 나라와 달리 여왕제 국가인 프리지아 왕국은 다음 여왕이 정해지면 다른 왕녀는 프리지아 왕성에 있을 수 없다. 그중에는 국내 귀족이나 상류 계급 인간과 결혼하는 이도 있었지만, 그 경우에는 시집을 가는 것이라서 지금보다 입지가 좁아진다. 시집을 보내는 것 자체가 여왕 자리를 넘볼 수 없게 해서 지위를 노린 반란이나 암살을 막기 위해서니까 문제는 없다. 하지만 그보다는 동맹 관계를 위해 같은 왕족인 타국의 제1, 제2왕자에게 시집보내는 경우가 더 많았다. 어머님은 외동이지만 과거에는 타국으로 시집갔던 여왕의 자매들의 아들 중 한 명이 우리 나라 부군으로 돌아오는 경우도 있었다고 한다.

게임에서는 프라이드 여왕의 목적은 방해되는 여동생인 자신을 세드릭 제2왕자와 약혼시켜서 프리지아 왕국에서 쫓아내는 것이라고 티아라가 서두에서 이야기했었다. 그리고 게임을 모두 클리어한 나는 그 진상을 안다. 우리 나라에서는 탄생제를 개최함과 동시에 여왕이 처음으로 왕족의 약혼자를 알린다. 나도 어렸을 때 역사 수업에서 옛날부터 내려온 관습이라고 배우긴 했지만…….

사실은 그게 게임의 시작 장면이어서 알고 있었다.

프라이드로 인해 얼굴도 모르는 약혼자가 정해져 탄생제 때 발표되는 티아라. 상대는 이국의 멋진 왕자님. 일시적으로 멀리 떨어진 탑에서 나오는 것이 허용되고, 약혼자와의 달콤한 나날이 시작되나 싶었지만……. 이런 흐름이 그대로 우리 나라 왕족 특유의 관습이라는 설정이 되었다. 물론 지금의 나는 억지로 티아라의 약혼자를 정할 생각은 없다. 오히려 티아라가 지금 세드릭 제2왕자에게 1년 빨리 사랑에 빠진다면 언니로서 최선을 다해 응원할 생각이다. 스테일이나 아서, 레온 루트로 가지 않는 건 조금 아쉽지만!

무엇보다 티아라는 그 사람과의 연애 루트를 탈 가능성이 가장 높다. 일단 게임 속 약혼자이기도 하지만 게임 패키지에도 세드릭과 티아라의 투샷이 크게 그려져 있었고, 만화와 특전 드라마 CD, 미니 소설도 세드릭과 티아라의 연애가 주축을 이뤘다. 그리고 이야기에도 그 사람이 크게 연관되어 있다. 너한빛 시리즈 첫 게임의 메인 남주 캐릭터가 바로 세드릭이기 때문이다. 게임에서 약혼자가 된 티아라에게 공략 분기점에 들어가기 전부터 마구 작업을 걸었었다. 어떤 이유 때문에 티아라의 마음을 자신에게 돌리기 위해서…….

"음…… 이번에 프리지아 왕국 및 여왕 폐하와의 알현을 희망한 이유는 다름이 아닙니다."

어머님과 세드릭 제2왕자의 대화를 들으며 나는 조용히 그의 설정을 반복해 떠올렸다. 그래, 세드릭이 우리 나라에 온 이유는 명백하다. 게임 설정에서도 그는 1년 전…… 즉 올해, 갑자기 프리지아 왕국에 나타났다. 지금부터 그가 이야기할 내용을 듣고 아마 어머님을 포함해 이 자리에 있는 모든 이가 놀라겠지 싶어 혼자 마음의 준비를 했다. 나도 모르는 척하며 제대로 놀라야 하니까.

입 속의 침을 꿀꺽 삼키고 다시 한번 세드릭 제2왕자에게로 시선을 돌렸다. 마침 말을 끊은 그의 불타는 눈동자와 눈이 마주친 기분이 들어서 심장이 약간 빨라졌다. 그는 우아하게 웃으며 다시 입을 열었다.

"부디 저희 서시스 왕국 및 하나즈오 연합왕국과의 동맹을 검토해 주십사 하여 프리지아 왕국을 찾아뵀었습니다."

어? 그게 다야……?

나는 너무 놀란 나머지 입이 떡 벌어질 뻔한 것을 입술에 힘을 주고 필사적으로 참았다.

"다만 실로 죄송하오나 저희 서시스 왕국의 국왕은 사정이 있어 국외로 나갈 수 없습니다. 하여 날인을 위해 부디 저희 나라까지 발걸음해 주시기를 부탁하고 싶습니다."

그 말에 어머님이 "사정이란……?" 하고 물었지만, 그는 "그건 나중에 설명하겠습니다."라며 미소 지었다. 왕자의 그런 능글거리는 모습에 나는 약간 혼란스러웠으나, 당사자는 더 이상 그 화제를 꺼내려 하지 않았다.

"저희 서시스 왕국은 금맥의 땅. 그리고 차이넨시스 왕국은 광물의 땅. 동맹이 이뤄지면 반드시 프리지아 왕국에 막대한 보답을 드리겠다고 약속하겠습니다."

자신만만하게 그렇게 이야기하는 그에게 나 혼자 여러 가지로 반박하고 싶어서 입이 근질거렸다. 아직 본론도 말 안 했으니까 미뤄 봤자 말하기만 더 힘들어질 텐데!

"프리지아 왕국은 저희 하나즈오 연합왕국과 마찬가지로 노예제에 반대하는 국가지요. 제 형인 랜스 국왕도 세계정세가 변하고 있는 지금이야말로 같은 사상을 지닌 타국과 함께 손을 맞잡아야 한다고 생각합니다."

그래…… 앞뒤는 맞는다. 그리고 발언 자체는 거짓말이 아니다. 하지만 그게 갑자기 프리지아에 온 이유는 아니다. 게임에서는 상당히 긴박하게 다짜고짜 본론부터 꺼내면서 절실하게 호소했었는데 지금은 왜 이렇게 느긋한 걸까. 분명 게임과 똑같은 상황일 텐데. 여러 가지로 의아한 점이 많아서 떨떠름했다.

어머님은 그 뒤로도 세드릭 제2왕자와 몇 가지 문답을 나눈 뒤 조약 체결을 위해 형식대로 3일의 유예기간을 가지기로 했다. 오늘 하루는 서로 조약을 확인하고 내일은 구체적인 내용을 협상하고 마지막 날에 재확인한다. 원래대로라면 조약에 그대로 날인해야 하지만, 이번에는 제2왕자가 국왕 대리로서 허가를 받지 않은 상태여서 어머님이 세드릭 제2왕자와 함께 서시스 왕국에 날인하러 가야 한다.

그리하여 세드릭 제2왕자는 3일 동안 우리 성에 손님으로 머물기 위해 방을 안내받았다. 왕자가 퇴실하는 것을 배웅하고 오랜 침묵이 흐른 뒤에 어머님이 천천히 입을 열었다.

"어떻게…… 생각하나요. 프라이드, 스테일, 티아라."

무거운 한숨을 내쉰 어머님이 뒤도 안 돌아보고 우리에게 물었다. 왠지 조금 지친 기색이었다. 위병과 기사들 앞이 아니었으면 분명 고개를 더 숙였을 것이다.

어머님은 1년 전부터 우리에게도 조금씩 솔직한 모습을 보여 주시게 되었다. 예전에 사람을 물리고 가족만 남자, "피곤해……." 하고 테이블에 엎드렸을 때는 솔직히 놀랐다.

"동맹…… 자체는 나쁜 이야기는 아니라고 생각해요. 서시스뿐만 아니라 하나즈오 연합왕국과의 연결도 약속할 모양이었고."

뭐, 동맹을 맺고 싶은 진짜 이유가 약간 문제긴 하지만. 나는 그런 말을 꾹 삼키며 어머님에게 고개를 끄덕였다. 결국 나도 하나즈오 연합왕국과 프리지아 왕국이 동맹 맺길 진심으로 바라니까.

"누님의 의견에 저도 찬성합니다. 다만 동맹을 제안하겠다면서 왜 국왕도 아니고 섭정이나 재상조차 동반하지 않고 제2왕자 혼자만 방문한 건지 신경 쓰이는군요."

스테일의 말에 티아라가 고개를 끄덕였다. "저도 호위나 시녀만 데리고 있어서 신기했어요." 하고 말을 잇자 어머님도 고개를 깊이 끄덕였다. 역시 모두가 위화감이 들었던 모양이다. 국왕 대리로 다른 왕족이 오는 일은 드물지 않지만, 보통 공식적으로 타국에 협상하러 갈 때는 반드시 섭정이나 재상을 데리고 간다. 그러나 왕자는 처음 방문하는 대국의 동맹을 맺고 싶은 상대에게 단신으로 왔다. 지금까지 외교를 거의 단절했던 탓에 타국을 대하는 예의나 상식이 아직 부족한 건 아닐까 하는 생각마저 들었다.

"설마…… 허가도 없이 단독으로 우리 나라와 동맹을 맺으려고 방문한 것도 아닐 텐데."

어머님이 약간 신음하듯이 중얼거렸다. 아무리 왕의 동생이라지만 무단으로 동맹 협상을 하러 오다니 있을 수 없는 일이다. 하지만……

있을 수도 있단 말이지…….

나는 표정에 드러나지 않도록 얼굴에 필사적으로 힘을 주며 게임의 회상 장면을 떠올렸다. 어째선지 방문한 용건과 모습은 달랐지만, 게임에서도 세드릭은 편지만 남기고 단신으로 프리지아 왕국에 협상하러 왔었으니까.

공략 대상자 세드릭 실버 로웰. 색기 담당 왕자 레온과 반대로, 세드릭은 거만한 나르시스트 왕자다. 태어날 때부터 쇄국 국가였던 곳의 제2왕자로 자라며 온 나라 국민에게 예쁨을 받았고 훌륭한 별명까지 있다. 타고난 미모까지 어우러져서 자신의 아름다움에 절대적인 자신감과 긍지를 가진 거만한 나르시스트다. 그런 그에게는 1년 전까지 결정적인 약점……아니, 결점이 있었다.

무시무시할 만큼 무지했다. 어떠한 이유로 그는 면학을 거의 하지 않았다. 그 때문에 심각할 정도로 철없고 무지했다. 솔직히 현시점에서 알고 있는 지식과 상식만으로 판단하면 바보라 해도 될 정도다. 주위 사람이 아무리 공부를 권유해도 굳이 배우려 하지 않았다.

게임 시작 시에는 괴로운 경험을 거쳐서 거만한 성격에 걸맞은 완벽한 왕자가 되었지만, 그래도 가끔 지식이 편향될 때가 있어서 박식한 티아라에게 여러 가지로 세상사를 배우는 장면이 있었다. 게임에서 거만한 그가 순순히 말을 듣는 상대는 회상 장면까지 봐도 악덕 여왕 프라이드, 그 보좌인 스테일, 주인공 티아라를 포함해서 고작 다섯 명밖에 없었다. 그는 여왕 프라이드에게 마음에 심한 상처를 입었고, 심지어는 게임이 시작되고 1년 후 성장하고 나서도 좋을 대로 이용당해 괴로워했다. 회상 장면에서는 겨우 1년 전인데 아직도 거만하고 철없는 티가 나는 나르시스트 왕자님이었으나 게임 시작 시에는 거만한 나르시스트이기는 해도 많이 어른스러워진 모습에 왕족의 위엄과 지식도 제법 갖춘 믿음직한 왕자님이었다. 다만…… 그와 동시에 중증의 인간 불신이 생겼지만. 게임 후반에는 본인 입으로 "1년 전의 나는…… 아무것도 모르는 그저 멍청한 꼬맹이였어."라고 이야기했다.

1년 전에 마음에 심한 상처를 입은 그는 단 한 사람을 제외하고 모든 타인을 믿을 수 없게 되었다. 티아라는 그런 거만한 고집에 휘둘리면서도 계속해서 다정한 미소와 마음으로 그를 대했다. 어느새 세드릭은 티아라에게 마음을 빼앗기고 사랑을 느끼며 사람을 믿게 되었다. 후반에 무거운 짐을 짊어진 반전 매력이 있는 왕자라는 사실이 밝혀지면서 인기가 많은 캐릭터였다. 박식한 티아라에게 세상사를 배울 때 엿보이는 어린애 같은 일면과 티아라에게 몇 번이고 선보이는 달콤한 대사와 특유의 고집이 거만한 캐릭터를 좋아하는 유저의 마음을 흔들어놓았다. 그런데…….

"아름다운 프라이드 제1왕녀 전하. 괜찮으시다면 잠시 시간을 내 주시겠습니까?"

대체 이게 어떻게 된 거지…….

회합 후, 알현실을 나와서 티아라와 방에서 뒹굴거릴 때였다. 갑작스러운 세드릭 제2왕자의 방문에 나뿐만 아니라 티아라, 근위기사 아서와 칼럼 대장, 근위병 잭에 전속 시녀 마리와 롯테까지 입을 떡 벌렸다.

"네…… 네, 저라도 괜찮으시다면 기꺼이."

'어째서 티아라가 아니라 나인데?!'라고 생각했지만 어쩌면 전생의 표현을 빌려 '장수를 잡으려면 말부터 쏘아야 한다'와 같은 상황일지도 모르니 일단은 고개를 끄덕였다. 세드릭 제2왕자는 금색 머리카락을 나부끼며 뻔뻔하게 웃더니 그대로 나에게 손을 내밀었다. 손을 잡고 걸으려나 싶어서 거부하지 않고 그 손을 잡자, 부드럽게 감쌌다. 그는 내 손을 이끌며 성안을 안내해 달라고 부탁했고, 내가 승낙하자 만족스럽게 웃다가…… 내 등 뒤로 시선을 돌렸다.

"이 사람들은……?"

그 시선 너머에는 근위기사 아서와 칼럼 대장이 있었다. 그러고 보니 근위기사라는 제도는 우리 나라에서 처음 도입했으니 기사가 시종일관 왕족 곁에 있는 게 이상해 보일지도 모른다.

"제 근위기사예요. 3번대 칼럼 대장님과 8번대 아서 부대장님, 두 분 다 제 몸을 지켜 주는 든든한 아군이에요."

내가 손으로 두 사람을 가리키며 소개했다. 그러자 세드릭 제2왕자는 아서와 칼럼 대장을 잡아먹을 기세로 얼굴을 코앞에서 들여다보았다.

"호오…… 제법인걸. 하지만, 뭐……."

그는 가볍게 웃으며 혼잣말처럼 중얼거렸다. 칼럼 대장도 아서도 영문을 모르겠다는 표정으로 반응하기 곤란한지 눈만 깜빡였다. 아마 얼굴을 말하는 거겠지……. 그는 자신의 용모에만은 확고한 긍지가 있는 나르시스트 왕자니까.

두 사람이 그러거나 말거나 세드릭 제2왕자는 "그럼 가시죠." 하고 다시 내 손을 잡았다. 일단 어디부터 안내받고 싶은지 물으려 했을 때.

"저……저도 같이 갈게요!"

티아라가 약간 다급한 목소리로 말하며 달려왔다. 뒤를 돌아보자 티아라는 싱긋 웃으며 나와 세드릭 제2왕자 뒤에 멈춰 섰다.

"하나즈오 연합왕국에 관해 이것저것 듣고 싶은데 괜찮을까요? 세드릭 제2왕자 전하."

티아라의 미소에 세드릭 제2왕자가 놀랐는지 눈이 휘둥그레졌다. 그러나 곧장 훗, 하고 웃으며 "물론이죠." 하고 흔쾌히 승낙했다. 티아라는 기쁘게 감사 인사를 하고 내 옆을 걷기 시작했다. 혹시 티아라…… 이미 세드릭 제2왕자에게 마음을 빼앗긴 걸까. 역시 메인 남주 루트란 참 무시무시하구나.

등 뒤에 있던 아서도 티아라를 두고 가는 게 걱정됐었는지 안도의 한숨을 내쉬는 모습이 힐끔 보였다. 티아라가 세드릭 루트를 탈지도 모른다는 위기인 것도 모른 채.

"그건 그렇고 프라이드 제1왕녀 전하도 티아라 제2왕녀 전하도 아름다우시군요. 두 분은 항상 같이 다니시나요?"

"네! 항상 같이 있어요. 언니는 다정해서 항상 같이 있어 주셔요."

티아라가 나보다 빠르게 달려들 기세로 대답했다. 세드릭 제2왕자가 그에 응하듯이 "우연이네요, 저도 형과 함께 자랐습니다."라며 미소를 지었다. 금발끼리 붙어있으니 한 폭의 그림이 되는걸.

역시 세드릭 제2왕자에게 한눈에 반한 걸까. 그렇다면 내 손을 꽉 잡은 티아라에게 세드릭 제2왕자가 잡은 반대쪽 손을 놓고 넘겨줘야 하는 게…….

스륵…….

그런 생각을 하는데…… 갑자기 누군가가 내 머리를 만졌다.

놀라서 어깨를 떨며 뒤를 돌아보니, 세드릭 제2왕자가 내 머리카락을 잡고서 웃고 있었다.

"아름다운 진홍색 머리칼이군요. 좋은 향기가 나네요……."

그는 너무 놀란 나머지 굳은 나를 확인하듯이 큰 키의 몸을 숙이고 내 얼굴을 올려다보았다. 불타는 눈동자와 눈이 마주쳤나 싶은 순간, 그의 입술이 내 머리카락에 닿았다.

"엑……?!"

예상치 못한 행동에 무심코 몸이 굳었다. 그에 비해 세드릭 제2왕자는 우쭐거리듯이 나를 향해 멋진 표정을 지어 보였다. 그가 고개를 살짝 숙이면서 장신구가 다시 짤랑거리는 소리를 냈다. 그의 가슴께에서 십자가 펜던트가 모습을 빼꼼 드러냈다.

머리……머리카락?! 머리카락에 입맞춤한다고?! 손등이랑은 달리 딱히 감촉이 느껴지진 않아! 하지만……하지만하지만 하지만 엄청나게 부끄러워! 심지어 티아라와 아서와 칼럼 대장의 눈앞에서……! 점점 부끄러워서 얼굴이 뜨거워지는데, 왕자가 우아하게 웃더니 내 머리카락을 살며시 쓸어 올렸다.

"실례했군요. 머리카락이 너무나도 아름답기에 그만."

'그만'으로 끝낼 게 아니잖아요?! ……라고 말하고 싶었지만 분하게도 말이 나오지 않았다. 굳이 말하자면 전혀 반성하지 않는 그 미소가 짜증이 나! 그가 뒤이어 이번에는 "이쪽이 더 좋았으려나요?"라며 손등에 입맞춤했다. 갑작스러운 연속 공격에 얼굴이 뜨거워지는 와중에 문득 기억이 났다.

'실례했군. 머리카락이 너무나도 아름답기에, 그만.'

'이쪽이 더 좋았으려나?'

분명 게임 속 세드릭이 약혼 발표 후 3일 동안 성에 체재할 때 티아라에게 했던 대사다.

"실례합니다, 세드릭 제2왕자 전하. 아무리 왕자 전하라도 그 이상은……."

칼럼 대장이 조용히 눈치를 살피며 왕족을 상대로 말을 걸었다. 그와 동시에 아서가 나를 감싸듯이 내 앞에 섰다. 그리고 티아라도 뒤로 물러나라는 듯이 등 뒤에서 드레스 자락을 잡아당겼다.

그래, 레온 때와는 다르다. 레온과도 1년 전에 많은 일이 있었지만, 그건 약혼자이기에 허용된 행위였다. 설령 이국의 왕자라 해도 그런 행위를 가볍게 저지르는 것은 허용되지 않는다.

"실례했습니다. 아무래도 프라이드 님의 매력에 사로잡힌 모양입니다."

전혀 반성하는 기색 없이 꽃미남 오라를 마구 내뿜으며 미소를 지어서 분했지만 눈이 부셨다. 역시 메인 공략 대상이다.

"프라이드 제1왕녀 전하. 저는 당신의 아름다움의 노예가 되고 말았습니다. ……3일 동안 아주 즐거워질 것 같군요."

동맹은 어쩔 거야, 동맹은? 그리고 진짜 목적이 뭔데?

하고 싶은 말을 꾹 참고서 다시 세드릭 제2왕자의 손을 잡고 마지못해 성 안내를 재개했다. 일단 왕거 안을 안내하면 되겠지. 우선은 도서관부터 가려고 왕자를 이끌고 함께 걸었다.

이런, 머릿속이 정리가 안 돼. 전생에서 거만한 나르시스트 캐릭터는 싫어하지 않았고 실제로 티아라와 연애하는 모습에 두근거리기도 했다. 하지만 그의 진짜 사정을 아니까 아무리 애써도 생각이 그쪽으로만 향했다. 뭐랄까, '그러고 있을 때냐!' 하고 때려 주고 싶어서 몸이 근질거렸다. 이러다가 세드릭 루트가 1년 빨리 시작될 기세다. ……어째선지 상대가 나지만.

게임에서도 티아라에게 약혼자로 소개된 세드릭은 처음 3일 동안 갑자기 초면인 티아라에게 맹렬히 들이댔다. 의붓 오빠 스테일 이외의 남자에게 전혀 면역이 없는 티아라가 허둥대는 모습과 그녀를 강제로 리드하는 세드릭의 모습은 전형적인 연애 루트 그 자체였다. 하지만 그건 세드릭이 티아라에게 아무 조건 없이 한눈에 반해서가 아니었다. 그에게는 티아라에게 맹렬히 들이대야만 하는 이유가⋯⋯.

　"아."

　무심코 목소리가 흘러나왔다. 생각에 잠긴 채 "무슨 일이십니까?" 하고 나를 들여다보는 세드릭 제2왕자의 얼굴을 바라보고 말았다. 설마 이 사람, 티아라 때와 같은 이유로⋯⋯? 아니, 그건 진짜 말도 안 된다. 하지만 티아라 때처럼 나에게도 이런 짓을 할 만한 '계획'이 있다면⋯⋯.

　세드릭 제2왕자가 자신을 바라보는 나에게 우아한 미소를 지었다. 아마 자신에게 반했다는 착각이라도 한 거겠지. 머릿속을 고속으로 회전시키느라 경직된 내 뺨을 왕자가 쓰다듬더니 남성적이고 단정한 얼굴이 천천히 나에게로 다가왔⋯⋯ 응??

　정신을 차리고 보니 왕자의 입술이 내 입가 근처에 있었다.

　잠깐, 엑?! 이런 장면이 분명히 있었어! 티아라와 마주 본 세드릭이 티아라에게 입을 맞추려 하는 장면이야, 게임에서 공략 대상 분기가 진행되기 전 이벤트였고 분명 그때는 입을 맞추기 직전에 오빠인 스테일이 말리러 끼어들었⋯⋯.

　"시⋯⋯실례합니다⋯⋯!"

세드릭 제2왕자의 입술이 2cm 앞까지 다가온 순간, 우리 사이에 손이 나타났다. 갑자기 눈앞을 가로막힌 세드릭 제2왕자가 반사적으로 몸을 돌렸다. 나도 놀라 내민 손의 주인을 돌아보았다.

나의 기사, 아서였다. 입을 맞추려 한 순간은 나도 반응하지 못했을 정도로 찰나였는데 훌륭한 반사 신경을 발휘해 끼어든 모양이다. 아서는 내 얼굴 앞에서 내민 손을 치우지 않겠다는 듯이 치켜들고 천천히 나와 세드릭 제2왕자 사이에 끼어들어 등 뒤에 나를 숨겼다.

아서의 기백이 등 뒤에서도 알 수 있을 만큼 강렬히 느껴졌다. 방금 칼럼 대장이 주의를 주자마자 바로 또 손을 대려던 것에 화가 난 듯했다. 아무 말도 하지 않았지만 모든 것이 담긴 듯한 무시무시한 패기였다. 날카로운 시선이 꽂히고 있을 세드릭 제2왕자도 한 걸음 물러나더니 안색이 변했다. ……혹시, 자신이 지금 무슨 짓을 저지르려 한 건지 모르는 건가. 제1왕녀의 입술을 빼앗다니, 무례하다는 말로 끝날 이야기가 아니다. 앞으로의 나라 간 관계가 걸린 문제로 이 행위가 중죄가 되는 나라도 있다.

"세드릭 제2왕자 전하, 아무래도 긴 여행으로 지치신 거라고 판단하겠습니다. 오늘은 방으로 돌아가서 쉬시는 편이 좋지 않을는지요."

칼럼 대장이 침묵을 깨듯이 세드릭 제2왕자에게 진언했다. 나는 아서의 등 뒤에 있어서 안 보였지만 세드릭 제2왕자는 뱀에게 노려지는 개구리처럼 아서에게서 눈을 떼지 못한 채 말없이 작게 고개를 끄덕였다. 그리고 두 걸음 정도 물러나 나에게 인사를 하더니 먼저 위병들과 함께 방으로 돌아갔다.

"프라이드 님! 괜찮으세요……?!"

세드릭 제2왕자의 모습이 사라지자 아서가 기세 좋게 내 쪽을 돌아보았다. 괜찮고 뭐고, 아서가 감싼 덕분에 아무 일도 없었다.

"그래, 괜찮아. 고마워, 아서."

아까까지 조용했던 게 거짓말처럼 부산스럽게 걱정하는 아서가 우스워서 쓴웃음을 짓고 말았다.

"죄송합니다, 프라이드 님. 설마 지적하자마자 그런 짓을 할 줄은……!"

칼럼 대장도 서둘러 나에게 고개를 숙였다. 나도 "아니에요, 대응해 줘서 고마워요." 하고 미소와 함께 대답했다. 정말 아서와 칼럼 대장이 있어서 다행이다. 제2왕자를 앞에 두고 여러 가지로 생각에 잠기느라 빈틈투성이가 된 나에게도 책임이 있다.

근위병 잭이 "바로 여왕 폐하와 부군 전하께도 보고를……!" 하고 말하는 것을 내가 말렸다. 아무리 그래도 방금 있었던 일이 들켰다가는 큰일이다. 최악의 경우에는 모처럼의 동맹 이야기에 파문이 일 수도 있다. 칼럼 대장도 "하지만……!" 하고 말했지만, 그 자리에 있던 모두에게는 부디 마음속에 넣어두라고 부탁했다. 이런 사사로운 일 때문에 동맹이 결렬되는 건

심각한 일이다.

"최소한 교대할 때 앨런과 에릭에게는 이 일을 이야기해도 되겠습니까?"

나는 마지못해 칼럼 대장에게 승낙하며 '만일을 위해서.' 라고 말하며 고개를 끄덕였다. 확실히 그러는 게 좋을지도 모른다. 이번에는 나한테 했지만 다음번에는 티아라한테도 똑같이 들이댈 수도 있으니까. 아무리 미래의 약혼자라지만, 아직 되기도 전에 제2왕녀에게 방금 같은 무례를 저질러서는 안 된다.

"언니, 다음에는 무슨 일이 있으면 꼭 소리를 지르세요!"

티아라가 내 손을 잡고 진지한 눈빛을 보냈다. 마음은 기쁘지만…… 미래의 약혼자가 완전히 변질자 취급을 받는 듯한 느낌이 든다. 내가 웃으면서 고맙다고 대답하고 문득 시선을 돌리자, 아서가 내 옆에서 몹시 복잡한 표정을 짓고 있었다. 분명 나와 티아라를 걱정하는 거겠지.

내가 이름을 부르자 바로 고개를 들고 대답한 아서와 시선을 마주했다.

"고마워. 아서와 기사들이 있으면 무슨 일이 일어나도 안심이 돼."

말에 분명하게 절대적인 신뢰를 담아 전했다. 그리고 웃어 보이자, 아서는 눈을 휘둥그레 뜨더니 점차 얼굴이 발그레해졌다. 손등으로 입가를 가리며 "아뇨…… 그런……." 하고 웅얼거렸다. 분명 '아서와 기사들' 이라고 동경하는 선배 기사와 함께 칭찬받은 게 기쁜 거겠지. 나는 아서가 쑥스러워하는 모습에 무심코 미소를 지으며 방금 있었던 세드릭 제2왕자와의 일을 떠올렸다.

그 사람이 나에게 이상할 정도로 호의적으로 행동하는 이유. 만약 게임과 똑같은 이유로 그런다면 그 목적은…….

"………………."

아냐, 그럴 리가…….

아무리 거만한 나르시스트라도 그렇게 멍청하고 단순한 생각을 하지는 않을 것이다. 게임에서도 과거에는 협상에 서툴렀지만, 이건 그런 정도를 뛰어넘어서 어린애보다 못한 수준의 어리석은 계획이다. 애초에 궁지에 몰린 상황에서 그렇게 느긋하면서도 장난 같은 작전을 세울 리가. 아니…… 하지만 '그 사건'을 아직 겪지 않은 세드릭 제2왕자라면 어쩌면…… 아냐아냐아냐아냐아냐!

나도 모르게 혼자서 고개를 가로젓자, 티아라가 내 손을 잡고 "왜 그러세요?" 하고 걱정했다. 아무것도 아니라며 미소를 지은 나는 방금 떠올린 세드릭 제2왕자의 어리석은 계획이 단순한 망상이기를 바랐다. 그러다 우연히 사정을 알게 된 스테일이 검은 패기를 휘감고서 어딘가로 향하게 될 줄, 이때는 전혀 몰랐다…….

자, 그럼…….

어떻게 해야 할까. 질베르는 복도를 걸으며 조용히 생각했다. 하늘색 머리카락과 같은 색의 날카로운 눈을 가늘게 뜨고, 어깨 정도 높이에서 한 갈래로 묶어서 늘어뜨린 긴 머리를 휘날렸다. 프리지아 왕국의 우수한 재상인 그는 회합 후에도 부군인 알버트의 보좌로서 열심히 일했다. 해가 저무는 지금도 세드릭에게 이후에 동맹을 맺을 때의 조건과 예정을 확인받으려고 발걸음을 옮겼다. 맡겨진 업무를 막힘없이 진행하며 사고가 쉼 없이 움직였다.

오전 회합에서 세드릭이 협상에 뛰어난 인간이 아니라는 사실을 금방 알아차렸다. 그러나 이번에는 어째서 그 혼자서 동맹 협상을 하러 왔는가 하는 또 다른 의문이 생겼다.

어째서 회합에서 모든 것을 밝히지 않고 계속 숨겼는가. 어째서 갑자기 우리 나라와의 동맹에 손을 내밀기 시작했는가.

어째서…….

비공식적이기는 하나 지금, 상대국가의 제2왕자와 우리 나라의 제1왕자가 대화를 나누는가.

세드릭의 방을 눈앞에 둔 질베르가 그늘에서 숨을 죽인 채 벽에 등을 대고 귀를 기울였다. 시선 너머에는 방금 섭정인 베스트에게서 프라이드에게 보고하는 업무를 받은 스테일이 서 있었다.

때마침 위병에게 세드릭의 방문을 열라고 명령한 스테일의 온몸에서 범상치 않은 시커먼 패기가 흘러나오고 있었다. 방에 들이려 하는 세드릭의 권유를 거절한 스테일은 그 자리에서 대화를 시작했다.

처음에는 별것 없는 인사치레였다. '인사를 제대로 하지 못해서 죄송합니다.' '동맹은 부디 긍정적으로 검토해 주십시오.' '무슨 일이 있으면 언제든지 상담하셔도 좋습니다.' 등등. 그러나 평범해 보이는 대화를 나누다가 스테일의 검은 패기가 급격히 거세졌다.

"그렇게 말씀해 주시니 감사합니다. 프리지아 왕국은 타국과 문화가 다른 부분도 많으니까요."

"그런가요. 그건 흥미롭군요. 예를 들면 어떤 부분인가요?"

"세드릭 제2왕자 전하도 알고 계시는 특수 능력자의 존재가 크지만, 그와 더불어서 기사단의 편성과 여왕 제도, 그에 기반한 양자 제도 및 약혼자 선정과 공표…… 그 외에도 알려 드리자면 끝이 없군요."

저도 아직 공부 중이지만요. 그렇게 꾸며진 미소를 지으며 겸손을 떠는 스테일에게서 둔하고 검은 살기와도 같은 기척이 계속해서 느껴졌다. 질베르의 눈에도 훤히 보이는 그것을 세드릭은 눈치채지 못하고 맞장구만 쳐 댔다. 그리고 드디어 스테일의 음색까지 미묘하게 바뀌기 시작했다.

"뭐, 타국 왕족에게 무례를 저지르면 안 된다는 최소한의 금기 사항은 만국 공통이니 안심하십시오. '폭력을 휘두르지 않는다.', '비공식적인 자리라도 절도를 중요시한다.', '함부로 만지지 않는다.' 맹세를 하는 것도 아닌데 친하지도 않은 사이에 손등 이외의 신체 부위에 입맞춤을 하는 건 논외지요.

입술을 빼앗으려 한다거나, 그 외에도 무례를 저지르면 즉시 중형, 최악의 경우에는 사형까지 집행합니다. 어느 나라에서도 당연해서 말할 필요도 없는 암묵적인 예의니까요……."

싱긋 웃는 스테일에게서 무지막지한 살기가 흘러나왔다. 방금 프라이드에게 보고도 할 겸 그녀를 만나러 갔던 스테일은 티아라 일행에게 세드릭의 어리석은 행동에 관해 들었다. 프라이드의 머리카락을 만지고, 심지어는 그 입술까지 빼앗으려 한 남자에게 으름장을 놓아야만 했다.

벽과 한 몸이 된 질베르의 각도에서 세드릭은 보이지 않았다. 하지만 질베르는 아마 스테일이 예상과 똑같은 표정을 짓고 있을 거라고 생각했다. 그리고 더욱 머리를 회전시키면 세드릭이 지금 스테일이 늘어놓은 금기 중 무언가를 저질렀거나, 혹은 미수로 끝났으리라는 사실을 알아차리는 것도 어렵지 않았다.

질베르는 그 모든 게 대강 예상이 갔다.

대화의 흐름으로 보아 스테일도 방금 안 모양이라고 추측했다. 프라이드에게 들었거나, 아니면 티아라나 근위기사에게 들었거나. 어느 쪽이든 그라면 상황을 파악하는 게 어렵지 않았을 것이다.

으름장이라는 걸 깨달았는지 아니면 자신의 행동에 짚이는 데가 있는지 스테일의 말에 세드릭은 시종일관 대답이 없었다. 그러거나 말거나 분노가 식지 않은 스테일이 계속해서 말했다.

"물론 그런 당연한 사실을, 하나즈오 연합왕국의 서시스 왕국 제2왕자 전하가 모르실 리 없겠지요. 저도 어릴 때 당연하게 배운 내용이고…….”

쉴 새 없이 쏘아붙이는 걸 보니, 아무래도 머리를 식히지도 못한 채 세드릭의 방까지 직행한 모양이라고 질베르는 다시 한 번 추측했다. 그가 어디까지 세드릭을 몰아붙일지 보고 싶지만, 지금은 재상으로서 두 입장을 지켜야 한다. 하지만…….

프라이드 님에게 세드릭 제2왕자가 그런 짓을…….

그분께, 말이지. 다른 누구도 아닌 프라이드의 얼굴이 머릿속을 스친 순간, 질베르는 아무것도 없는 허공을 향해 눈을 흘기고 말았다.

“………. 이런, 저도 어른스럽지 못하네요…….”

질베르는 후우, 하고 한숨을 한 번 내쉬고 벽에서 몸을 일으키더니 눈을 잠시 감았다가 날카로운 눈빛으로 다시 앞을 바라보았다.

“대화 중에 실례합니다……. 스테일 님, 슬슬 시간이 되지 않으셨는지요.”

웃으며 세드릭을 몰아세우던 스테일은 갑자기 들리는 목소리에 뒤를 돌아보았다. 뒤에서 질베르가 온화한 미소를 지으며 다가오고 있었다. 귀찮은 녀석에게 들켰다는 생각에 스테일의 가슴속에 짜증이 일었다.

“질베르 재상. 언제부터 그쪽에……?”

스테일은 혀를 차고 싶은 기분을 억누르고 미소를 유지하며 질베르를 맞이했다. 조금 더 철저하게 말을 쏘아붙여서 꼬챙

이 신세를 만들고 싶었지만 질베르가 끼어든 이상 스테일이 더 불리했다.

"아까부터입니다, 갑자기 목소리가 들려서 그만. 스테일 님, 무례를 무릅쓰고 한마디 올리자면 서시스 왕국의 제2왕 자 전하에게 방금 같은 말을 하는 건 그래도 조금 무례하지 않을까 싶습니다만."

스테일은 방금 티아라 일행에게 들은 정보를 떠올리며 분명 질베르는 세드릭이 무슨 짓을 했는지 모를 거라고 예상했다. 아직 더 말하고 싶었지만 여기서 일일이 상황을 설명할 수도 없어서 어쩔 수 없이 의식적으로 미소를 지어 보이며 얌전히 물러나려 했을 때……

"왕족을 향한 폭력, 입맞춤, 무례는 '지극히 당연한 금기' 지요. 그걸 굳이 타국 왕족에게 설명할 필요가 있을까요."

질베르의 단어 선택과 너무나도 온화한 미소에 스테일은 모든 것을 이해했다.

눈앞의 세드릭이 희미하게 숨을 삼키는 소리가 들린 순간, 스테일의 입가가 풀어졌다. 질베르의 손을 빌리는 건 스테일이 바라던 바는 아니다. 하지만…… 지금만큼은 나쁘지 않았다.

"아, 확실히 그 말씀대로군요. 실례했습니다, 세드릭 제2왕 자 전하. 너무 당연한 말만 했군요…… 저도 아직 공부가 부족한 모양입니다."

"뭐, 가끔 그런 예의를 모르는 자도 있지만…… 대부분이 엄 하게 처벌받았으니 걱정할 필요는 없겠지요. 게다가 세드릭 제2왕자 전하는 동맹을 위해 우리 나라를 방문하신 책임감 있는 입장이시니까요."

"그렇죠. 절대로 그런 일은 없을 테지요. 정말 죄송합니다, 세드릭 제2왕자 전하. 누님은 사정이 있어서 아직 약혼 전인 몸인지라 그만 과민 반응을 하고 말았습니다."

"스테일 님이 걱정할 만도 하지요. 프라이드 님은 다름 아닌 차기 여왕이 되실 분이니까요. 무엇보다 온 나라 사람들이 따르는 소중한 분이니까요. 그분께 무슨 일이 생기면 그야말로 우리 나라를 적으로 돌리는 거나 마찬가지입니다. 뭐…… 이건 말이 좀 지나쳤을까요……?"

"아닙니다, 질베르 재상. 적어도 저와 티아라, 아버님과 어머님…… 성 사람들에게도 누님은 소중한 분입니다. ……그래요, 아주 소중합니다."

마치 신호라도 한 듯이 두 사람의 얼굴이 동시에 움직이더니 서로 미소를 유지한 채 천천히 세드릭을 정면에서 바라봤다. 세드릭은 맞장구치며 어떻게든 표정을 무너뜨리지 않고 유지했으나, 아까보다 핏기가 가시고 땀이 한 줄기 흐르는 것을 스테일과 질베르는 놓치지 않았다.

"……아, 그렇죠. 스테일 님, 분명 '이제부터' 프라이드 님에게 간다고 하지 않으셨나요?"

"네, 그렇습니다. 아까 알현실을 나오고부터 베스트 숙부님과 붙어 있었으니까요. '이제부터' 누님과 배달 건으로 수속을 밟으러……."

"그러시군요. 이쪽으로 오는 도중에 프라이드 님이 아직도 스테일 님이 오지 않는다고 찾고 계시던데요. 인사 전해 주시기 바랍니다."

"감사합니다. 그럼 전 서둘러야 하니 이만 실례하겠습니다."

스테일은 세드릭에게 인사한 후, 질베르가 재촉하는 대로 빠르게 자리를 떠났다. 어차피 이미 프라이드에게 보고를 마친 지금은 서둘러 베스트 곁으로 돌아가야 한다.

등 뒤에서 질베르가 천연덕스러운 목소리로 세드릭에게 앞으로의 예정과 동맹에 관해 확인하고 싶다고 말하는 것이 들려왔다. 숨 돌릴 새도 없이 이번에는 질베르와 대화해야 한다니, 꼴 좋다는 생각이 들었다. 무슨 일이 있었는지는 프라이드의 허가를 받은 게 아닌 이상 말 못 하지만, 오늘 밤에라도 기분이 내키면 고맙다고 한마디 정도는 해도 괜찮을 듯했다. 질베르 덕분에 하고 싶은 말을 거의 다 쏟아냈다. 게다가 스테일이 이제부터 프라이드를 만나러 간다는 말에 분명 세드릭은 자신이 저지른 짓을 스테일에게 들키는 건 아닐까 하는 걱정에 안절부절못하게 될 것이다. 이랬는데도 다시 프라이드에게 손대려 한다면 그건 어쩔 도리가 없는 바보다.

"……흥. 논할 가치도 없어."

무심코 머릿속에서 생각한 말이 입 밖으로 나왔다. 그런 남자는 프라이드와 안 어울린다. 자신과 질베르에게 살짝 압박받은 정도로 동요하는 남자 따위. 게다가 섭정인 베스트가 조사한 바로는……. 거기까지 생각한 스테일은 "아." 하고 한마디를 흘렸다. 아직 프라이드에게 보고를 못 했다. 만나자마자 바로 말하려 했는데 티아라 일행에게 들은 세드릭의 어리석은 행동에 모든 사고가 쏠리고 말았다. 다음에 만났을 때 프라이드에게도 제대로 이야기해야겠다고 다짐한 스테일은 베스트에게 얻은 정보를 머릿속에 새겨 넣었다.

그 정보는 12일 전에 하나즈오 연합왕국 방문을 허가받았다는 소문이 도는 코페란디 왕국에 관한 것이었다.

"항상 고마워, 티아라. 도와달라고 해서 미안해."

"당치도 않아요 언니! 저, 언니랑 요리하는 거 정말 기대했거든요!"

한밤중에 식재를 늘어놓는 나에게 티아라가 웃으며 대답했다. 요리사에게 주방을 빌렸지만, 지금 우리 옆에 있는 사람은 잭, 마리, 롯테를 포함한 전속 시녀와 위병뿐이었다. 원래라면 얌전히 자야 할 시간이라 근위기사는 기사단 연습장으로 돌아갔다.

"오늘 만들 건 예전에 만든 돼지고기 요리와 수프죠?"

"응, 내가 만드는 건 처음이지만……."

돼지고기 생강구이와 된장국. 나는 그 정석적인 가정식을 떠올리며 기합을 넣었다. 오늘 밤, 왕녀인 우리가 주방에 선 이유는 다름이 아니라 부대장으로 승진한 아서를 축하하기 위해서였다.

　모처럼 승진했는데 어떻게 축하하면 좋을지 의견을 나눴을 때, 앨런 대장이 요리를 해 주는 건 어떻겠냐고 제안했고 칼럼 대장이 아서가 특히 돼지고기 생강구이와 된장국을 좋아했다고 조언했다. 그 결과, 레온에게서 식재료가 도착한 오늘 아서에게 깜짝 요리를 선보이기로 했다. 연습 후 방에 아서를 대기시키는 역할이 근위기사, 요리 담당이 나와 티아라다. 식재료는 레온에게 부탁했더니 배달부인 바르를 통해 전달해 주었다. 전생의 요리를 만들 때 필요한 식재료가 우리 나라에서 유통되지 않는 게 많아서 최대 무역 국가인 아네모네 왕국에 의지한다. 레온의 말에 따르면, 1년 전에 내가 전한 전생 요리 레시피를 레온이 국민에게 공유해서 엄청난 인기를 끌었다고 한다. 결과적으로 식재료 수요가 늘어서 그 뒤로는 아네모네 왕국에서도 정기적으로 수입하고 있다나. 바르의 고속 배달 덕분에 신선도도 보장된다. 이제 빠르게 만든 다음 스테일과 합류해서 순간이동으로 아서의 방까지 같이 가기만 하면 된다.

　"그리고…… 실은 스테일에게도 쿠키를 구워 줄까 하는데."

　내가 그렇게 제안하자, 티아라의 눈이 반짝 빛나더니 "멋져요!" 하고 목소리를 높이며, 분명 오라버니도 기뻐하실 거라며 대찬성했다. 스테일도 최근 1년 동안 열심히 섭정 공부를 하고 있으니, 그 수고도 치하할 겸 쿠키 한두 개 정도 구워 준다고 해도 오래 걸리지는 않을 것이다. 일단 돼지고기 생강구이 밑 준비를 한 다음에 쿠키를 만들기로 했다. 굽는 걸 스테일에게 들키면 깜짝 요리가 무용지물이 된다. 사실은 티아라와 내가 요리를 분담하면 좋겠지만, 주인공인 티아라의 치트급 섬세함이 없으면 나 혼자서는 식재료가 순직은커녕 참살당하고 만다.

저번에 과자를 만들었을 때와 똑같이 먼저 요리용 볼 안에 재료인 돼지고기와 조미료를 집어넣었다. 여기서 최대 포인트는 티아라가 볼을 단단히 붙잡고 있는 것이다. 그렇지 않으면 분명 치트급으로 저주받은 손 때문에 무슨 일이 일어날 테니까. 일단 이렇게 고기를 마구 주물럭대고 간하는 동안 이번에는 쿠키 반죽 만들기를 시작했다. 이쪽도 포인트는 티아라가 볼을 잡으면 내가 반죽을 힘껏 뒤섞고, 티아라가 생지를 늘리는 것이다.

"오라버니한테 줄 쿠키, 어떤 모양으로 하실 거예요?"

"으음…… 글쎄. 모처럼 주는 선물이니 뭔가 특별한 걸로 하고 싶은데…….."

티아라가 작은 손으로 열심히 균일하게 생지를 늘리다가 뱉은 질문을 듣고 나는 고개를 갸웃거렸다. 쿠키 틀을 준비해 티아라 옆에 늘어놓자, "언니가 생각해서 모양을 정하면 오라버니도 분명 더 기뻐할 거예요!" 하고 열기를 가득 담아 말했다. 기쁨과 동시에 허들이 확 높아졌다. 남자아이니까 너무 귀엽게 만들어도 곤란하려나. 아니 하지만 귀여운 여동생 티아라가 만든 쿠키라면 오히려 엄청나게 귀여운 모양이 더 기쁠지도 몰라. 꽃이라든가 동물이라든가 하트라든가. 아니면 식상하지만…….

"얼굴 모양……이라든가?"

전생에서 어릴 때 친구와 함께 학교 선생님께 선생님 얼굴을 본뜬 쿠키를 만들어 드렸더니 매우 기뻐하셨던 기억이 있다. 별로 닮지는 않았지만, 그건 그거대로 귀엽다며 기뻐하셨다. 조금 유치하긴 하지만 여성스러움 치트 캐릭터인 티아라도 있으니 의외로 스테일과 똑 닮게 만들지도 모른다.

고개를 갸웃거리는 티아라에게도 설명하자, 티아라는 몹시 두근거리는지 눈을 반짝였다. "해보고 싶어요!" 하고 목소리를 높이더니, 빨리 다음 과정으로 넘어가기 위해 처음이라고는 믿기지 않는 속도로 반죽을 평평하게 늘렸다.

"남은 반죽은 어떻게 할까요?"

"일단 스테일 몫부터 굽고, 요리를 다 만들고 시간이 남으면 전부 동그란 쿠키로 만들까 해. 남으면 먹겠다고 했으니……."

오늘 바르가 재료를 배달하러 왔을 때, 오늘 밤 아서에게 깜짝 파티를 열어 주고 싶다는 이야기를 했더니 다들 꼭 먹어 보고 싶다고 말했다. 정확히는 앨런 대장과 에릭 부대장은 바로 먹길 원했고, 바르는 포장해 가고 싶어 했지만. 원형 쿠키라면 스테일에게 들켜도 심심풀이로 구운 거라고 넘어갈 수 있으니까 문제없다. 티아라가 "근위기사랑…… 바르와 세펙, 케멧 몫도 만드는 거예요?!"라고 묻기에 쓴웃음을 지으며 고개를 끄덕였다. 아서의 이번 축하 파티에 바르 일행은 오지 않지만, 모레 내 서신을 가지러 올 예정이니 그때 전하면 되겠지. 티아라는 요즘에도 바르와 함께 세픽, 케멧과 방에서 노는 모양인지 셋이서 사이가 좋았다.

티아라의 손재주의 도움을 받아 스테일 얼굴 모양 쿠키가 형태를 갖춰 나갔다. 나 혼자서 반죽했다간 아예 액체가 될지도 모르니, 최대한 티아라의 손을 빌려서 각 부위를 만들고 내가 반죽 위에 살며시 올려놓는 식으로 작업했다. 역시 티아라다. 각 부위가 모두 스테일의 특징을 매우 잘 살렸다. 하지만 입 모양만은 "오라버니는 질베르 재상이랑 바르 앞에서는 이 표정만 짓는걸요!" 하고 시옷 자 모양으로 구부려서 만들었다. 똑 닮긴 했지만 선물용이니 거꾸로 뒤집어 V자 모양으로 바꿨다. 모처럼 만드는 쿠키니까 웃는 얼굴로 만들고 싶기도 하고 나와 티아라, 아서 앞에서는 이런 표정을 더 많이 지으니까.

손재주가 좋은 티아라 덕분에 예상 이상으로 빠르게 아주 귀엽고 완성도 높은 쿠키가 완성됐다. 사실 코코아 파우더 같은 게 있으면 검은색 머리도 제대로 표현했겠지만 아쉽게도 그런 건 없어서 모양만 만들었다. 괜히 다른 재료를 섞어서 맛이 이상해지는 것도 무섭다. 그래서 티아라가 돼지고기 생강구이용 간장을 들고 "이거 색이 똑같은데요!"라고 말했을 때 몹시 당황스러웠다. 치트급 요리 실력을 가졌지만, 본인은 아직 인생에서 요리를 세 번밖에 안 해 봤기 때문에 긴장을 늦출 수 없다.

그럼에도 정말 예쁘게 완성된 것 같다. 시녀들이 준비한 솥에 모양이 무너지지 않도록 반죽을 내려놓고 살며시 닫았다. 타지 않기를 빌며 이 작업도 티아라와 함께했다.

스테일 쿠키를 마무리하고 이번에는 돼지고기 생강구이와 된장국 만들기에 들어갔다. 이것도 분담하는 편이 더 빠르지만 아까 설명했던 이유로 티아라에게 천천히 가르쳐 주는 척하며 함께 만들었다. 고기는 이제 굽기만 하면 되니, 먼저 냄비에 물과 티아라가 자른 채소 및 건더기를 집어넣었다. 물이 끓자 불 위에서 내려서 가정 수업 때처럼 국물을 내는 것부터 시작했다. 티아라와 함께 된장을 녹여서 넣으니 모락모락한 김과 함께 매우 그리운 냄새가 나서 왠지 흰 쌀밥이 사무치게 먹고 싶어졌다.

돼지고기 생강구이는 스테일이 온 다음에 구울까 했지만, 섭정 수업 중인 스테일이 합류하려면 아직 한참 남았고 바로 들고 갈 수 있게 안 하면 최악의 경우에는 아서가 먼저 잠들 수도 있다. 용무가 없을 때는 규칙적으로 일찍 자고 일찍 일어나는 모양이니까.

저번처럼 식은 상태로 제공하겠지만, 바로 먹을 수 있는 쪽을 우선해서 굽기로 했다. 내가 프라이팬을 들고, 티아라가 고기를 하나씩 올려서 구웠다. 치이익, 하고 격렬한 소리가 나며 기름이 튀었다. 단숨에 향긋한 냄새가 퍼져서 무심코 티아라와 함께 침을 삼켰다. 아냐…… 집어 먹으면 안 돼. 대식가인 아서를 위해 많이 준비했지만, 그래도 딱 아서가 먹을 양 정도밖에 없으니 하나라도 많이 먹여야 한다. 역시 레온에게 식재료를 더 많이 부탁할 걸 그랬다.

도중에 스테일 쿠키가 완벽하게 구워졌을 때 티아라와 함께 가져오고 포장하기 전에 식히려고 불 옆에서 멀리 떨어진 곳에 놓았다. 그리고 다시 돼지고기 생강구이를 불에 구워 접시에 담고 또 새로운 고기를 구웠다. 프라이팬에 한 번에 다 구울 수 없는 양이니 여러 번으로 나눠서 구울 수밖에 없었다. 티아라가 기름이 튈 때마다 즐겁게 비명을 질러서 나까지 즐거워졌다.

마지막 하나를 접시에 담고 보니 전생에서 본 만화에 나온 것처럼 고기가 산더미처럼 있었다. '이게 바로 남자의 밥이다!'라는 느낌이 들어서 내가 만들었지만 아주 만족스러웠다. 티아라는 냄새만 맡아도 행복하다는 표정으로 돼지고기 생강구이 산을 바라보았다.

"그럼 시간이 조금 남았으니까, 다른 사람들 몫 쿠키도 만들까요?"

손이 빠른 티아라 덕분에 의외로 빨리 완성했다. 이러면 지금부터 만들어도 여유롭게 시간에 맞출 것 같았다. 쿠키 재료라면 잔뜩 있으니 아예 생지를 더 만들어서 대량으로 구울까 하고 티아라에게 제안했다.

"좋네요! 그럼 재료를 가지러 갈까요!"

요리는 시녀들에게 봐 달라고 하고, 우리는 열쇠를 빌려준 전속 시녀와 위병과 함께 식재료 창고로 향했다. 달걀, 설탕, 밀가루, 버터, 우유. 각각의 보관고를 돌아다니며 양팔로 식재료를 든 잭 일행과 종종걸음으로 주방으로 향했을 때.

"저기…… 그러니까! 그건……!"

"그만두세요! 그 요리는 소중한 분이……."

"프라이드 제1왕녀 전하가 만든 요리지? 음, 특이하긴 하지만 모두 맛이 좋군……."

……아주, 아주 좋지 않은 예감이 들었다. 시녀들이 소란을 피우는 목소리와 들어본 적 있는 목소리에 무심코 티아라와 얼굴을 마주 보았다. 티아라도 같은 생각이었는지, 우리는 둘이서 주방으로 달려갔다. 뒤에서 식재료를 끌어안은 위병들도 같이 쫓아왔다. 그리고…….

예상한대로 요리는 그릇에서 사라져 있었다.

방금까지 우리가 있었던 접시 앞에 어째선지 세드릭 제2왕자가 서 있었고, 그는 시녀들이 제지해도 무시하고 접시의 고기를 반 이상 먹어 치우고 된장국까지 다 마신 상태였으며 스테일 쿠키는 놓아둔 장소에서 모습을 감춘 뒤였다. 말할 필요도 없이 범인은 왕자였다. 입을 벌린 채로 넋이 나간 나와 티아라를 확인한 세드릭 제2왕자는 미안해하는 기색도 없이 우리를 향해 웃었다.

"프라이드 제1왕녀 전하…… 아까는 실례했습니다. 숙녀에게 함부로 손을 대는…….."

"왜, 그걸 당신이 먹고 있는 거죠……?"

나는 세드릭 제2왕자의 말을 끝까지 듣지도 않고 물었다. 그러자 왕자는 어리둥절한 표정을 짓더니 우아하게 웃었다.

"프라이드 님에게 사죄드리려고 방을 나왔을 때, 향긋한 냄새가 나더군요. 무심코 발걸음을 옮기다 보니 프라이드 님의 모습이 보였습니다. 제1왕녀 전하가 요리를 하시다니 놀랐지만, 이것도 프리지아 왕국의 풍습…….”

“그러니까, 왜 당신이 그걸 먹고 있는 거죠?”

나도 모르게 낮은 목소리가 나왔다. 주위 시녀들이 새파랗게 질린 얼굴로 죄송하다고 나에게 사과했다.

“프라이드 님이 열심히 만드신 요리니까요. 쿠키도 맛있었지만, 이 고기 요리도 무척…….”

빠직.

“그건 당신이 먹으라고 만든 요리가 아니에요!!”

몇 년 만에 내 안에서 무언가가 폭발해서 그 순간 있는 힘껏 소리를 질렀다.

내 외침에 티아라의 눈이 동그래졌고, 세드릭 제2왕자가 경악한 채 굳었다. 시녀들은 어쩔 줄 몰라 당황했고 위병들이 품에 식재료를 든 채 움직임을 멈췄다.

갑자기 소리를 지른 탓에 단정치 못하게 어깨를 들썩였다. 매무새를 정돈하지도 않고 숨을 거칠게 내쉬며 세드릭 제2왕자를 노려보았다.

게임에서도 성 밖으로 도망쳐서 프라이드의 추격자로부터 숨어 지낼 때 티아라가 만든 요리를 먼저 집어 먹는 이벤트가 있었다. ‘음, 맛이 좋군.’ 하고 처음으로 만든 요리를 맛있게 먹는 세드릭과 기쁜 듯이 쑥스럽게 웃는 티아라의 장면은 훈훈했지만…… 지금은 전혀 훈훈하지 않았다. 왜냐하면, 이번 요리는 세드릭 제2왕자를 위해 만든 요리가 아니니까! 그건 승진한 아서와 열심히 섭정 업무를 하는 스테일을 위해 만든 건데! 심지어 티아라도 협력했는데…… 둘이서 아서와 스테일을 위해서……. 레온도 식재료를 조달하고, 바르가 배달하고, 모두 덕분에 최고의 요리가 완성됐는데…… 모처럼 두 사람이 기뻐해 줄 거라 생각했는데…… 선물하는 걸 기대했는데…….

그런데, 그런데, 그런데!

굳어 있던 세드릭 제2왕자는 어느새 표정이 변하고 눈도 휘둥그레져 있었다. 왜 표정이 변했나 했는데 왕자의 시선 너머에 있는 내가 이를 악물고 눈물을 뚝뚝 흘린다는 것을 한 박자 늦게 깨달았다.

안 돼, 누가 음식 좀 집어 먹은 정도로 다 큰 여자가 울다니! 하지만…… 하지만 그건 정말 특별한…… 정말…… 아서에게 주려던 요리는 이제 조미료나 식재료도 없고, 하물며 스테일의 쿠키는 세상에서 하나뿐인 거였는데!

"어……….."

눈물을 닦기도 분해서 드레스 자락을 꼭 쥐고 세드릭 제2왕자만 계속 노려보았다. 세드릭 제2왕자는 내 목소리가 작아서 잘 안 들렸는지 되물을까 고민하는 것처럼 혼란스러운 표정을 지었다.

"프라이드, 오래 기다리셨습니다. 예정보다 빠르게……?"

문득 옆에서 스테일의 목소리가 들린 것 같았다. 그러나 대답을 하기도 전에 나는 다시 분노를 담아 세드릭 제2왕자에게 있는 힘껏 고함쳤다.

"정말 싫어!!!"

어린애 같은 내 외침이 그를 똑바로 관통했다.

"하아……."

세드릭 제2왕자의 집어 먹기 사건이 지나 날이 밝은 오늘, 아침부터 우울해진 나는 몸을 웅크리고 한숨을 내쉬었다. 어젯밤에는 엄청나게 실패한 데다가, 다시 떠올려 보니 부끄럽기까지 해서 정말 엉망진창이었다.

세드릭 제2왕자에게 고함치며 운 나에게 티아라와 스테일이 "오늘 행사는 연기해요." 하고 배려한 덕분에 우리는 전속 시녀와 위병과 함께 방으로 돌아갔고 모처럼의 깜짝 파티는 연기되었다.

세드릭 제2왕자. 남의 성에서 멋대로 요리를 먹다니 이게 말이 되는가. 왕족, 아니 사람으로서 말도 안 된다. 하지만 세드릭 제2왕자는 그게 허락되는 환경에서 자랐겠지. 현 시점에서 그는 무지하고 세상 물정을 모르는 상태, 다시 말해 정신 연령이 상당히 낮다는 뜻이다. 공부나 검술은커녕 왕족의 매너나 교양을 공부하는 것조차 계속 소홀히 했으니까. 아무리 멋진 별명이 있어도 이래서야 장식일 뿐이다. 그의 지금 성격이 교정되려면 1년이 남았다. 어떤 의미에서는 프라이드가 남긴 상처가 그를 교정시켰다고도 할 수 있다.

아마 어젯밤의 집어 먹기 사건도 왕자에게는 악의가 없었을 것이다. 오히려 잘했다고 생각했을 수도 있다. 나와 티아라가 요리를 만드는 광경을 목격했으니 자신이 먹고 칭찬하면 반드시 기뻐하리라 믿어 의심치 않았던 거겠지. 성안에서 여자들에게 떠받들어지며 자랐을 테니 쉽게 상상이 갔다.

하지만 아무리 비상식적인 행동이었다 해도 이유도 말하지 않고 고함쳐서는 안 됐다. 나도 몰래 규칙을 위반하고 요리한 거나 마찬가지다. 애초에 요리하던 게 새어나가면 곤란해지는 건 나와 티아라 쪽이다. 그렇기에 더더욱 고함친 걸 사죄하면서 입막음도 해야 한다.

그런데…….

"괜찮으세요? 언니."

마음씨 착한 티아라가 축 늘어진 나를 걱정했다. "고마워, 괜찮아."라고 대답하며 최소한 자세 정도는 고쳐야겠다 싶어서 구부정한 등을 활짝 폈다.

나는 아침에 방에서 나온 뒤로 티아라와 스테일을 시작으로 전속 시녀 마리 일행과 위병 잭, 근위기사 에릭 부대장 일행에 어젯밤에 협력한 시녀와 위병에 이르기까지 계속 사과만 하고 다녔다. 모두 흔쾌히 용서하며 위로와 격려를 해 준 게 불행 중 다행이었다. 그리고 겨우 마지막으로 세드릭 제2왕자에게 사죄와 입막음만 하면 되는 상황인데…… 어젯밤 이후로 한 번도 마주치지 못했다.

아니, 정확히 말하자면 마주치기는 했다. 그러나 모습이 살짝 보였다 하면 내가 말을 걸기도 전에 어딘가로 사라져 버렸다. 어제 갑자기 접근했던 게 거짓말처럼 나를 멀리했다.

세드릭 제2왕자에게 외면당해 우울한 나에게 티아라가 "사과할 필요 없어요!"라며 의외로 세게 내 손을 끌었다. 티아라도 모처럼 아서를 위해 만든 요리와 스테일 쿠키를 남이 먹어서 마음에 두고 있는 듯했다.

"그런 것보다 오늘은 공부 외에는 계속 성안을 돌아다니느라 피곤하실 테니 정원에서 한숨 돌려요!"

티아라는 눈부신 미소를 지으며 정원까지 나를 데려갔다. 정말 다정하구나. 정원의 화초와 어우러져서 마치 천사 같아. 세드릭 제2왕자와의 일을 '그런 것'이라고 한마디로 정리하는 것에서 약간의 가시가 느껴지지만.

정원의 나무를 바라보며 심호흡하자, 그것만으로도 마음이 개운해졌다. 티아라가 "저쪽 나무 그늘이 시원해 보이는데…… 아니다, 저쪽 수풀이라면 아무한테도 안 보일 거예요!" 하고 나를 위한 가장 좋은 휴식 장소를 열심히 물색했다. 휴식 장소가 정해지자 전속 시녀 롯데, 마리와 근위병 잭은 평소처럼, 근위기사 앨런 대장과 에릭 부대장은 약간 거리를 두고 물러났다. "사양 말고 쉬시면 좋겠습니다." 하고 우리를 배려해서, 모두가 다정함을 절실히 느꼈다. 녹음이 가득한 나무와 귀여운 노란색 꽃에 둘러싸인 것만으로도 무척 안정됐다.

"언니! 제 무릎을 빌려드릴게요!"

티아라가 반짝이는 눈동자를 하고 나를 향해 잔디 위에 앉은 자신의 무릎을 두드려 보였다. 예전에 나도 모르게 티아라에게 응석 부리며 무릎베개를 벤 뒤로 티아라 안에서 나를 위로 하는 법=정원에서 무릎베개 해 주기가 된 듯했다. 기쁘긴 하지만 나잇값을 못 하는 것 같아서 조금 부끄럽다. 그래도 거절하지 못하고 기꺼이 티아라의 무릎을 빌리기로 했다. 누워서 다시 심호흡하듯이 숨을 내쉬자, 단숨에 몸이 나른해졌다. 티아라에게서 부드러운 꽃향기가 나서 더욱 졸음이 몰려왔다.

눈꺼풀이 점차 무거워지더니 어느새 깊은 잠 속으로 빠져들었다. 깊이, 더 깊이…….

"아. 그거, 기사……가…….'
"……렇죠. ……마…… 와…… 대일까요.'
한 마디, 두 마디 목소리가 들려왔다…….

이 목소리…… 앨런 대장과…… 에릭 부대장……인가……?
뭔가 술렁거리는 사람들의 목소리가 여럿 들려왔다. 거기까지 생각하고 나서야 내가 방금까지 자고 있었다는 걸 깨달았다. 눈을 살며시 뜨고 몸을 돌려 위를 보자, 내 쪽으로 고개를 숙이고 잠든 티아라의 귀여운 얼굴이 눈에 들어왔다. 아무래도 나를 따라서 그대로 잠든 듯했다.

서서히 잠이 깨고 눈을 몇 번 깜빡인 뒤에 이대로라면 티아라가 자기 불편하겠다는 생각이 들었다. 그래서 무릎에서 고개를 살짝 들고 티아라가 깨지 않게 그 몸을 천천히 눕혀 편한 자세로 만들려고 유도했다. 아무리 날씬한 티아라도 역시 한 사람 분의 몸무게여서 그런지 아니면 드레스 때문인지 제법 무거웠지만 손을 떨어서 깨우지 않도록 필사적으로 힘을 줬다. 힘이 약하다는 프라이드의 설정이 원망스러웠다. 티아라의 "언니……?" 하고 잠이 덜 깬 목소리가 들렸지만 금방 다시 잠들었다. 티아라는 마치 독사과를 먹은 것처럼 잔디 위로 아름답게 풀썩 쓰러졌다. 분명 내 사과 릴레이에 어울리느라 지친 거겠지.

내가 다시 한번 귀를 기울이자, 여러 명의 목소리와 기척이 분명하게 느껴졌다. 심지어 상당히 많았다. 가끔 혼잡한 소리에 섞여 "4번대는 여기서 배치 확인을…….""8번대는 각자 판단으로……." 하고 지시하는 듯한 목소리도 들려왔다. 기사단인가 싶어서 수풀 너머로 건너편을 엿봤는데 역시 기사단이 있었다. 뭔가 서로 의견을 나누거나 지시를 내리며 흩어지는 듯했다. 내가 무슨 일이 있었는지 물어보려 할 때였다.

"설마…… 어째서……?!"

기사단의 모습이 보이는 곳과는 전혀 다른 방향에서 익숙한 목소리가 들려왔다. 설마 하면서도 뒤를 돌아 나무 사이로 살며시 내다보니 세드릭 제2왕자가 있었다. 그는 기사단 쪽을 보며 확실하게 동요한 표정으로 나무와 나무 사이에 파묻히듯이 서 있었다. 배를 한쪽 팔로 감싼 채 고개 숙인 얼굴은 멀리서 봐도 느껴질 만큼 핏기가 가신 상태였다. 그는 무의식적으로 생각을 입 밖으로 내는 것처럼 중얼거리더니 뭔가 고민하듯이 혼자서 눈을 이리저리 돌렸다.

"세드릭 제2왕자 전하……?"

숨죽인 목소리로 그를 부르자, 그것을 들은 세드릭 제2왕자가 고개를 번쩍 들었다. 흔들리는 붉은 눈동자로 "프라이드 제1왕녀 전하……!" 하고 나를 바라보며 급히 나에게 다가왔다. 약간 경계하는 내 눈 바로 앞에서 멈춰 선 그는 입을 열었다가 바로 다시 닫았다. 뭔가 말하고 싶은데 뭐라 해야 할지 모르는 듯한 모습으로 몇 번이고 입을 열었다가 닫으며 해답을 찾듯이 시선을 이리저리 움직였다.

"아…… 당신을…… 그, 어제 일에 대한 사죄를……. 저…… 저는 정말 죄송하게……."

아무래도 사과하려는 모양이었다. 아무리 그래도 너무 더듬거리는걸. 애초에 아까까지는 도망쳤으면서 왜 갑자기 사과하려는 걸까. 혹시 내가 혼자가 되기를 기다렸나? 아니, 왕녀인 내가 혼자가 되는 일은 웬만하면 없다. 지금이 살짝 특별한 경우일 뿐이다.

"그러니…… 부디 앞으로도 친하게 지냈으면…… 합니다. 동맹을 부디, 꼭 긍정적으로……."

에잇, 감질나네. ……안 되겠다. 어제 일 때문에 아직도 세드릭 제2왕자에 대한 짜증이 사라지지 않았다. 다시 한번 이렇게 마주 보니 음식을 먹힌 원한이 재차 끓어올랐다.

내가 내면의 분노와 싸우는 동안에도 세드릭 제2왕자는 더듬거리며 말을 이었다. 그는 나를 향해 말하고 있었지만, 잘 보니 시선이 아직도 정신없이 움직이며 마치 누군가에게 들키지는 않을지 걱정하듯이 내 주위를 힐끔힐끔 둘러봤다. 적어도 사과할 때는 상대를 보면서 하라고 명치에 주먹을 한 방 먹이고 싶어졌다. ……정말 나도 참 어른스럽지 못하다. 내가 도대체 왜 이러는 걸까. 지금까지 이런 생각이 든 적은 한 번도 없었는데.

그는 무엇을 신경 쓰는 걸까. 기사단이 왔다고 해서 무슨 문제가……. 설마…….

문득 한 가지 예감이 내 뇌리를 스쳤다. 만일 그가 우리 나라에 온 진짜 목적이 어딘가에서 새어 나갔다면 지금 이 왕거에 기사단이 파견된 이유도 납득이 간다. 하지만 그렇게 되면 기사단을 발견한 그가 지금 갑자기 나에게 사과할 이유는…….

게임 시작 시의 세드릭은 티아라의 약혼자로 탄생제에 나타난다. 그리고 첫 3일 동안 티아라의 사랑을 손에 넣으려고 오만가지 방법으로 맹렬히 들이댄다. 그러나 그것은 진짜로 사랑에 빠졌기 때문이 아니다. 프리지아 왕국의 여왕, 프라이드의 명령이었기 때문이다.

프라이드가 세드릭에게 내린 명령은 두 가지. 티아라가 그와 사랑에 빠지게 만들 것. 그리고…….

그를 사랑하게 된 티아라를, 그의 손으로 직접 죽일 것.

그는 오로지 여왕 프라이드의 눈엣가시인 티아라에게 무엇보다 잔혹한 죽음을 선사하겠다는 목적을 위해 이용당한다. 단한 사람을 빼고 남을 신용할 수 없게 된 세드릭은 프라이드의 협박까지 받아 그 조건을 받아들인다. 죄 없는 제2왕녀 티아라를 속이고, 사랑에 빠뜨리고, 죽이려고 그녀에게 다가간다.

설마 그런 조건을 나 이외의 누군가가 제시했을 것 같지는 않았다. 하지만 그가 게임에서처럼 자신의 용모만을 이용해 이번 일이 어떻게든 되리라고 착각하는 거라면.

"설마, 당신⋯⋯."

놀람과 어이없음이 섞여 나도 모르게 말이 먼저 튀어나왔다. 아직도 더듬더듬 말을 잇던 그는 겹쳐 들리는 내 목소리에 입을 닫고 그제야 놀란 듯이 눈동자를 이쪽으로 향했다.

"제 마음에 들면 '진짜 목적'을 말해도 동맹이 순조롭게 진행될 거라고 진심으로 생각한 거예요?"

어제 스쳐 지나갔던 생각을 직구로 내뱉고 말았다. 이 질문을 부정했다면 참 좋았겠지만 그의 동공은 분명히 활짝 열려 있었고 입에서는 "어떻게 그걸⋯⋯."이라는 말이 흘러나왔다. 설마 했던 게 정답이었다니.

어이없음이 점차 분노로 바뀌며 끓어올랐다. 내 눈매가 날카로운 건 알지만, 그런 눈을 더욱 날카롭게 치켜뜨며 그를 노려보았다.

"바보 아니에요?!"

짜증이 치밀어 고함을 지르자, 이번에는 그의 표정이 경악으로 굳다가 몇 박자 후에 일그러지더니 붉은 눈동자가 더욱 활활 타오르기 시작했다.

"네가⋯⋯ 뭘 알아?!"

세드릭 제2왕자가 분노로 얼굴을 빨갛게 물들이고서 이도 감정도 훤히 드러낸 채 내 어깨를 붙잡았다. 갑작스러운 상황에 놀라 밀쳐내려고 양손을 들자, 이번에는 양 손목을 붙잡혔다. 그리고 그대로 내 몸을 옆에 있는 나무에 밀어붙였다. 저항하려 해도 프라이드의 유일한 약점인 약한 힘 때문에 그 힘을 이길 수 없었다.

이를 악물고 팔과 어깨를 비틀며 날뛰었지만 꿈쩍도 하지 않았다. 그러는 동안에도 그는 나에게 코끝이 닿을 만큼 얼굴을 가까이 들이대고 낮은 목소리로 분노를 드러냈다.

"내가, 형님이, 얼마나 필사적인지! 이 동맹에 어떤 게 걸려 있는지! 형이 얼마나 궁지에 몰렸는지 알아?!"

단단히 잡힌 손목이 아팠다. 안 돼, 눈이 완전히 돌아갔어. 나를 쳐다보는 불타오르는 눈빛은 왕족의 상도를 벗어나 있었다.

"너희에게는 동맹국을 늘리려고 말을 꺼냈겠지만 우리는 달라! 여기에 모든 게 달렸다고! 형님의, 형의, 우리의 모든 게!"

억눌린 목소리로 고함치는 그 모습에 분노가 더욱 두드러졌다. 그만두라고 소리 지르려 했지만 손목이 아파서 말이 나오지 않았다. 소리를 지르면 근위기사가 오리라는 걸 머리로는 알았다. 하지만 이런 광경을 보였다가는 그가 정말 체포되고 말 것이다. 혼자서 체포당하는 거라면 그나마 낫다. 하지만 그러면 동맹은 결렬된다. 그것만은 절대로 안 된다. 나 혼자서 어떻게든 해야 한다. 그런데 바로 눈앞에서 왕자의 태도가 돌변한 것을 목격하니 도저히 사고가 쫓아가질…….

사샤샤샥!

갑자기 바람을 가르는 소리가 스쳤다. 그 직후에 투두두둑! 하고 뭔가가 꽂히는 소리가 들려서 사고가 완전히 멈췄다. 나뿐만 아니라 세드릭 왕자도 마찬가지였다. 소리가 들린 곳을 보니 마치 나를 피하듯이 여러 개의 나이프가 세드릭 제2왕자의 몸에 닿을 듯 말 듯 한 위치에 꽂혀 있었다. 1cm라도 잘못 던졌으면 왕자는 분명 나이프 칼날에 꿰뚫렸을 것이다.

바로 옆에 내리꽂힌 나이프에 세드릭 제2왕자가 몸을 부들부들 떨며 긴장시켰다. 그 순간, 내 손목을 붙잡던 힘도 약해졌다. 나는 그가 나이프 칼날에 시선을 빼앗긴 틈을 타 등 뒤의 나무에 있는 힘껏 체중을 실어 등을 부딪쳤다.

"이거…… 놔!!"

그리고 오른 다리를 세드릭 제2왕자의 복부에 꽂아 넣고서 온 힘을 다해 걸어찼다.

주춤한 틈에 허를 찔린 데다가 내가 등 뒤의 나무에 체중을 실은 덕분에 세드릭 제2왕자의 몸은 쾅, 하는 소리와 함께 작게 튀어 나가 엉덩방아를 찧으며 무너졌다.

"무슨……!"

세드릭 제2왕자는 아직도 분노가 완전히 식지 않았는지, 이를 훤히 드러낸 채 나를 노려보며 곧장 일어섰다. 이번에는 다가오는 저 사람에게 허를 찔리지 않을 것이다. 일단 어떻게 그의 움직임을 막을지 생각…….

"만지지 마……!"

갑자기 날카로운 목소리가 들려왔다.

그 순간, 머리 위에서 나와 세드릭 제2왕자 사이로 하얀 그림자가 내려왔다. 땅이 갈라지는 소리와 함께 진동이 울렸고 눈을 크게 뜨자 그곳에는 익숙한 뒷모습이 있었다.

"아서!"

갑작스러운 아서의 등장에 나도 모르게 소리를 지르고 말았다. 나에게 등을 돌린 아서의 하나로 묶은 은발이 흔들렸다. 우리를 가르듯이 지면에 내리꽂힌 검이 반 가까이 땅속에 묻혀 있었다. 아서는 그 검을 가볍게 뽑더니 망설임 없이 검 끝을 세드릭 제2왕자에게 치켜들었다. 표정은 안 보였지만 뒷모습에서 무시무시한 적의가 흘러나와 나까지 무심코 긴장했다.

갑자기 검으로 위협받은 세드릭 제2왕자도 아서에게서 한 걸음 물러나 동요를 숨기듯이 외쳤다.

"무례한 놈! 이 자식, 이 몸을 누구라고……."

"정말 죄송합니다, 세드릭 제2왕자 전하."

"하지만 저희 '근위기사'는 프라이드 님의 신변을 지키는 것이 최우선인지라."

철컹, 하고 또다시 두 칼날이 울리는 소리가 들려왔다. 고개를 돌리니 이번에는 세드릭 제2왕자의 등 뒤에 앨런 대장과 에릭 부대장이 서 있었다. 게다가 근위병 잭도 후위로 대기 중이었다. 모두 아까 전 소동을 듣고 달려온 듯했다. 먼저 한마디 한 앨런 대장이 등 뒤에서 팔을 둘러 세드릭 제2왕자의 목덜미에 검을 가져다 댔고, 에릭 부대장이 등에 검 끝을 댔다.

"이분은 이 나라의 소중한 분입니다."

아서가 등을 돌린 채 단호한 말투로 내뱉었다.

그리고 나를 감싸듯이 뒷걸음질 치며 내 옆으로 다가왔다. 나도 아서에게 달려가 등 뒤에 바짝 붙었다는 걸 알 수 있을 만큼 딱 달라붙었다.

굴욕과 동요로 얼굴을 일그러뜨린 세드릭 제2왕자는 앨런 대장과 에릭 부대장 때문에 앞으로도 뒤로도 못 움직이고 이를 악물 뿐이었다.

"이대로라면 어제 프라이드 님께 저지른 무례도 포함해 여왕 폐하께 보고드릴 수밖에 없습니다. 부디 방으로 돌아가 주시지요, 세드릭 제2왕자 전하."

"이 이상 무례를 저지르시면 설령 제2왕자 전하라 할지라도 우리 나라의 법으로 심판해 구속되실 수도 있습니다. 방금까지 우리 나라의 제1왕녀 전하께 무슨 짓을 했었는지에 따라 달라집니다만……."

에릭 부대장에 이어 앨런 대장까지 평소의 정갈한 말투와는 달리 거센 말투와 표현으로 제2왕자를 붙들었다. 둘 다 세드릭 제2왕자의 등 너머로 엿보이는 눈동자가 가차 없을 만큼 살벌한 적의로 가득 차 있었다.

'구속'이라는 앨런 대장의 말에 세드릭 제2왕자도 숨을 삼키며 땀을 한 줄기 흘렸다. 순식간에 머리가 식었는지, 온몸에서 긴장이 풀리는 대신 얼굴이 새파랗게 질리기 시작했다. 두 사람의 말에 아서가 어깨를 돌려 내 쪽을 살짝 돌아보았다. 대답을 기다린다는 걸 알아차리고 나도 입을 열었다.

"잠깐, 말다툼이 일었을 뿐이에요. 부디 세드릭 제2왕자 전하는 방으로 돌아가 주세요. 그리고…….."

나는 잠시 말을 끊고 아서의 등 뒤에서 얼굴을 내밀어 왕자를 노려보았다. 그는 내가 난폭한 짓을 당했다고 말하지 않아서 놀랐는지 눈이 휘둥그레져서 내 쪽을 바라보았다.

"어젯밤에 당신은 아무것도 보지 못한 거예요. 그 점을 절대로 잊지 마시길…….."

나도 있는 힘껏 걷어찼으니 피차일반이다. 이건 없었던 일로 하자. 그러니까 내가 요리하던 것도 입 밖에 내지 마.

세드릭 제2왕자에게 그렇게 전하듯이 눈을 부라리며 단호하게 말하자, 그는 뭔가를 삼키듯이 목울대를 울리며 무겁게 고개를 끄덕였다. 에릭 부대장과 앨런 대장, 그리고 아서가 천천히 경계를 풀고 검을 검집에 집어넣었다. 그러나 눈빛만은 세드릭 제2왕자에게 단단히 꽂혀 떨어지지 않았다.

에릭 부대장이 소리를 지르자, 근처에 있던 위병과 기사 몇 명이 달려와 세드릭 제2왕자를 데려갔다. 제2왕자는 호위받는 게 아니라 마치 연행되는 범인 같은 표정으로 끌려갔다. 그리하여 그의 등이 시야에서 완전히 사라진 순간…….

""죄송합니다!""

아까까지 꼿꼿이 서 있던 에릭 부대장과 앨런 대장이 순식간에 내 앞에 무릎을 꿇었다. 고개를 깊이 숙이는 그 모습에 오히려 내가 어안이 벙벙해졌다.

"근위 임무 중에 이런 일이……!"

"프라이드 님을 위험에 노출시키다니 기사로서 있을 수 없는 실태입니다……!"

앨런 대장에 이어 에릭 부대장도 목소리를 높였다. 고개를 푹 숙여서 표정은 잘 안 보였지만, 목소리만 들어도 그들이 진심으로 분해하는 게 절절히 느껴졌다. 이야기를 듣자 하니 기사단이 갑자기 왕거 안에 모이면서 잠시 시선이 분산되는 바람에 내가 자리에서 벗어난 것을 눈치채지 못했다고 한다. 확실히 그때는 사람이 잔뜩 왔다 갔다 했으니 나 한 명의 기척이 사라져도 위화감이 없었을 것이다. 애초에 두 사람은 주변이 신경 쓰이지 않도록 우리에게서 떨어져 있었으니까. 우리의 모습이 잘 안 보이는 상태에서 강인한 기사 다수의 기척이 북적거리면 내가 살짝 움직인대도 눈치채기 힘들다. 정원 안에 세드릭 제2왕자가 있었다는 사실을 못 알아차린 것도 같은 이유겠지. 애초에 경비가 엄중한 왕거 안에서 왕족을 습격하는 자가 있다는 것 자체가 말이 안 되기도 하고.

"아니에요! 잘못을 따지자면 제가 멋대로 자리에서 벗어난 게 더 잘못이죠! 저야말로 정말 죄송해요!"

"고개를 드세요!" 나도 목소리를 높이며 두 사람에게 필사적으로 사과했다. 왠지 오늘은 사과만 하는 것 같다. 어찌어찌 두 사람이 고개를 드나 했더니, 뒤쪽에서 잭까지 고개를 숙이는 바람에 또 사과하기 바빴다.

"아서, 잘했어."

"역시 부대장님이야. 근데…… 왜 너까지 여기에 있는 거야?"

내가 잭과 이야기를 마치자, 아서가 에릭 부대장과 앨런 대장에게 칭찬을 받았다.

　아서는 선배 기사들이 고개를 숙이는 모습을 보고 칭찬도 받아서 약간 당황한 기색이었다. 에릭 부대장이 등을 두드리고 앨런 대장이 머리를 거칠게 쓰다듬어서 살짝 쑥스러운 듯했다.

　"방금 4번대와 8번대에 왕거 내 왕족과 세드릭 제2왕자를 호위 및 경호하라는 지령이 들어왔거든요……. 저희 8번대는 각자 알아서 판단하니 일단 도착하자마자 흩어졌는데…… 프라이드 님의 비명이 들려서……."

　맞다, 아직 아서에게는 고맙다고 말하지 않았네. 나는 잭 앞에서 "아서!" 하고 말을 걸며 달려갔다. 내 목소리를 듣고 아서는 눈을 동그랗게 뜨고 뒤돌아보았다.

　"아까는 고마워. 정말이지 덕분에 살았어."

　나는 고마움을 담아 아서의 손을 꼭 쥐었다. 그러자 아서의 얼굴이 단숨에 달아오르더니 나에게서 도망치듯이 등을 돌렸다. 그리고는 "아, 아닙니다……. 당연한 일인걸요." 하고 약간 웅얼거리며 대답했으나, 내가 미소를 짓자 부끄러운지 입을 다물었다. 동경하는 대장들 앞에서 칭찬받는 건 아직 쑥스러운 모양이다.

　"저기…… 프라이드 님. 한 가지 여쭤도 괜찮겠습니까?"

　에릭 부대장이 조용히 나에게 말을 걸었다. 아서의 손을 잡았다가 놓으며 그러라고 짧게 대답하자, 에릭 부대장이 더욱 목소리를 죽이고 말을 이었다.

"그…… 실제로 세드릭 제2왕자 전하와 무슨 일이……?"

에릭 부대장의 말을 듣고 아서와 앨런 대장도 진지한 표정으로 고개를 끄덕였다. 역시 세 사람은 다 눈치채고서도 나의 '말다툼' 변명을 묵인한 듯했다. 어제 그런 일도 있었으니 말할 수밖에 없겠지.

잠에서 깬 뒤에 세드릭 제2왕자를 발견하고 내가 먼저 말을 건 것. 세드릭 제2왕자와 실제로 말다툼이 벌어진 것. 그리고 격노한 그가 나를 붙잡고 밀쳤다는 것까지 솔직하게 이야기했다. 마지막 부분에서 세 사람의 눈빛이 순식간에 바뀌고 입이 굳게 다물어지며 동공이 살짝 열리기 시작했다. 이건 좀 위험한 상황인 것 같아서 황급히 "그래도 아서가 나이프로 구해 줬어요! 제가 왕자를 걷어찬 다음에 바로 모두가 끼어들어서 덕분에 아무 일도 없었고요!" 하고 큰 목소리로 외치며 추가 설명을 했다. 위험해, 자업자득이긴 하지만 세드릭 제2왕자의 평가가 점점 땅바닥으로 곤두박질치고 있어!

그러자 작게 안도의 한숨을 내쉰 에릭 부대장과 앨런 대장과 달리, 아서는 잠시 고민하듯이 눈살을 찌푸리며 고개를 갸웃거렸다.

"저, 나이프는 안 쓰는데요……."

어?

아서가 무심하게 내뱉은 폭탄 발언에 나뿐만 아니라 에릭 부대장과 앨런 대장까지 엄청난 기세로 뒤를 돌아보았다. 내가 구속됐던 나무를 확인하니, 그곳에는 여전히 작은 나이프 네

개가 꽂혀 있었다.

"제가 프라이드 님의 비명을 듣고 달려왔을 때는 이미 세드릭 제2왕자가 프라이드 님에게 걷어차여 날아간 뒤였어요. 그래서 제가 뛰어올라서 두 분 사이로……."

기억을 떠올려 보면 분명 나이프는 아서가 나타난 방향과 정반대에서 날아왔다. 그렇다면 그 방향으로 보아 아서보다 앨런 대장 일행이었을 쪽이 더 가능성이 높다. 하지만 두 사람의 반응을 보면 그것도 아닌 듯했다.

"설마 침입자가 이미……?"

내 입으로 말하고서도 무심코 오싹해졌다. 만일 정말로 우리 성에 누군가가 침입했던 거라면…….

"아니요, 그렇지는 않을 겁니다. 아서와 마찬가지로 지금 왕거 내에는 8번대가 흩어져 있으니까요. 그중 누군가가 프라이드 님이 궁지에 몰리신 것을 보고 조력했을 수도 있다고 생각합니다."

에릭 부대장의 침착한 말에 마음이 놓였다. 듣고 보니 나이프는 우리에게 맞지 않았기보다는 일부러 아슬아슬하게 빗나간 느낌이었다. 침입자라면 그때 상처 하나 정도는 입혔을 것이다.

"8번대에 나이프를 쓰는 녀석이 어느 정도 있더라? 아서."

"절반 가까이 될걸요. 입대하고 나서 해리슨 대장님을 따라서 사용하기 시작하는 사람이 많거든요."

"나이프에도 다른 무기처럼 프리지아 왕국 기사단 문장이 새겨져 있었으면 적어도 그 주인이 외부인인지 내부인인지 판단할 수 있었을 텐데…… 기사단 연습 항목에 나이프 던지기는 없으니까요."

이야기에 따르면 나이프 같은 기사단 연습 항목 외의 무기도 실전에서 쓸 만큼은 소지 및 사용이 허가된다고 한다. 다만 나라에서 그 무기가 지급되는 게 아니라 각자 소유한 것을 그대로 사용한다는 듯했다.

"나이프는 다들 적당히 쓰다가 버리고 새로 사곤 하니까. 같은 나이프를 가지고 있어도 진짜 그 녀석 것인지 알 수가……."

앨런 대장이 곤란한 듯이 머리를 긁적였다. 확실히 이 나이프 자체는 정말로 평범하기 짝이 없는 단순한 디자인이었다. 시장에 가서 찾으면 어디에서나 살 수 있을 듯했다.

"하지만 저를 구한 거라면 왜 이 자리에 나오지 않은 걸까요……? 아무 말도 없이 사라지다니……."

서시스 왕국 제2왕자에게 칼을 던진 것이 마음에 걸리기라도 했나? 아니, 근위기사가 아니라 해도 제1왕녀가 그 지경에 처했으면 구하려고 위협으로 나이프를 던지는 건 당연한 조치다. 나도 세드릭 제2왕자도 무사하니까 누가 나무랄 리도 없다. 이름을 밝히지 않을 이유는 없을…… 텐데.

"아……."

"……. 아무래도 8번대……니까, 요."

"죄송합니다, 짚이는 사람이 너무 많네요……."

앨런 대장, 에릭 부대장이 쓴웃음을 지으며 말을 흐렸고, 아서가 이마에 손을 대며 고개를 숙였다. 설마 8번대 전원이 용의자라니.

"8번대는 기본적으로 개인주의자거나 남들과 엮이는 걸 피하는 경향이 있는 사람이 많거든요. 임무만 완수하면 그만, 이라는 사람도……."

"해리슨이 대장이 된 뒤로 특히 그런 녀석이 늘었지? 아서가 조금 특수한 편이고."

그 히든 캐릭터 같은 포지션은 뭐지. 전생에서 본 애니메이션이나 만화에 나오던 수수께끼 스타일의 남자 캐릭터가 여럿 떠올랐다. 8번대는 대부분이 전대물로 따지자면 블랙에 해당하는 포지션인 사람의 모임인 걸까.

"일단은 해리슨 대장님에게도 보고하고 8번대 전원에게 확인하겠지만…… 이름을 밝힐지는……."

"정말로 소통을 지극히 꺼리는 분들뿐이라……." 하고 미안한 듯이 말하는 아서에게 이번에는 내가 쓴웃음을 짓고 말았다. 에둘러서 포장하긴 했지만 약간 대인기피증이라든가 의사소통 장애라든가 그런 부류에 속하는 분들도 계시는 게…….

"언니!"

갑작스러운 목소리에 뒤를 돌아보니, 마침 티아라가 풀숲에서 뛰쳐나오고 있었다. 티아라는 곧바로 내 품에 뛰어들며 나를 끌어안았다.

"죄송해요…… 제가 잠드는 바람에……!"

그렇게 말하며 진심으로 걱정스러운 듯이 표정을 일그러뜨리는 티아라에게 몹시 미안해졌다. 내가 자는 티아라를 두고 몰래 옆 풀숲으로 이동한 거니까. 잠에서 깼는데 내가 사라졌으니 분명 걱정했겠지.

"나야말로 걱정 끼쳐서 미안해. 너를 두고 움직인 내가 잘못이야."

고개를 가로저으며 나를 꼭 안는 티아라를 나도 안아 주었다.

에릭 부대장 이야기에 따르면, 내 비명을 듣고 일행이 뛰쳐나왔을 때, 이미 티아라는 잠에서 깼다고 한다. 그대로 시녀와 위병에게 티아라를 맡기고 근위기사와 근위병 세 사람만 내 곁으로 달려온 모양이다. 내가 사라진 데다 비명까지 들리더니 근위기사가 뛰쳐나오고 위병과 시녀에게 보호받고 놀랍게도 세드릭 제2왕자가 풀숲 너머에서 위병에게 끌려와 나타났으니. 마음씨 착한 티아라에게 걱정하지 말라고 하기가 미안한 수준이었다.

티아라의 머리를 쓰다듬으며 슬슬 궁전으로 돌아가자고 말을 걸었다. 기사단이 경호하러 온 걸 보니 우리도 궁전 안에 있는 편이 좋을 듯했다. 지금쯤 성의 위병이 우리를 부르러 이쪽으로 오고 있을 것이다. 게다가 오늘은 바르 일행이 서신을 가지러 오기로 했다.

아서가 "궁전 안까지 동행하겠습니다."라고 말해서 다 같이 왕거로 가기로 했다. 나에게 매달린 티아라와 이번에는 손을 맞잡고 걸었다.

"아……."

그때, 문득 무언가가 떠올라 목소리가 흘러나왔다. 아서 일행이 "무슨 일이십니까?!" 하고 기세 좋게 동시에 반응했다. 아까 있었던 일 때문인지 걱정해 주는 게 기뻐서 나도 모르게 쓴웃음을 지으며 등 뒤의 세 근위기사와 근위병 잭을 돌아보았다.

"아까는 달려와 줘서 고마워요. 아서, 앨런 대장님, 에릭 부대장님, 잭. 모두 정말 멋있었어요."

고개를 돌리고 웃은 다음 티아라와도 얼굴을 마주 보며 한 번 더 웃었다.

진심으로 모두가 있어서 다행이라고 생각했으니까.

"여어, 주인. 꽤 늦었네."

궁전으로 돌아가 객실에 들어가니 갈색 피부의 남자가 한가한 듯이 바닥에 누워 있었다. 위병의 이야기로는 우리가 돌아오기 조금 전에 왔다고 한다. 객실까지는 위병과 시녀들이 안내한 모양이다.

우리 나라에서 보기 드문 갈색 피부의 소유자인 바르는 왕족 직속 배달부다. 짙은 갈색 머리와 눈동자, 송곳니 같은 이를 지닌 사악해 보이는 얼굴이지만 정식으로 우리 성에서 고용했다.

"안녕하세요, 주인님."

"오늘도 일하느라 수고하셨어요!"

세펙과 케멧이 방에 구비된 의자에서 일어나 인사했다. 여기저기 뻗친 검은 머리를 한 케멧은 몸집은 작지만 올해로 아홉 살이고 긴 갈색 머리에 날카로운 눈매를 한 세펙은 올해로

열세 살이다.

두 사람에게 인사한 뒤 먼저 바닥에 누운 바르에게 너무 늘어진 거 아니냐고 나무랐다.

"주인이 늦어서 기다리다가 지쳤거든."

그는 씨익 웃으며 기다리게 한 네 잘못이라는 듯이 대답했다. 뭐라 반박할 말이 없는 게 분해서 나도 입을 삐죽였다.

"그렇게 오래 기다리지는 않았잖아요?!"

" '주인이랑 만나지 않는 시간은 천 년보다 길게 느껴져……' 라고 말하면 여자들은 만족하나?"

이렇게 말하면 저렇게 빠져나가고! 저렇게 말하면 이렇게 빠져나가고! 낄낄 웃으며 나를 놀리는 바르의 모습에 나도 모르게 콧구멍을 부풀렸다. 그걸 보고 바르가 즐겁게 비웃는 소리는 더욱 커졌다. 최근에는 레온의 영향인지 가끔 이렇게 시적인 말까지 섞어서 놀리기 시작했다. 최소한 레온에게는 바르의 성격이 영향을 끼치지 않았으면 좋겠다.

"아무튼! 오늘 맡길 서신이에요, 잘 부탁해요."

전속 시녀 마리와 롯테가 내 방에서 가져온 서신 세 장을 건넸다. 바르는 서신을 손끝에 끼우듯이 받아들더니 품에 집어넣고 느릿하게 바닥에서 일어나 앉았다.

"그러고 보니 주인, 그 요리는 제대로 완성됐어?"

으윽! 생각난 김에 묻는다는 듯한 질문에 세드릭 제2왕자와의 일이 떠올라 말문이 막힌 채 주먹만 부들부들 떨었다. 이 자리에 아서가 없어서 다행이었다. 만약 있었다면 깜짝 파티

실패가 들켰을 뿐만 아니라 그 짜증 나는 사건을 이야기해야 했을 테니까.

내 반응에 위화감이 들었는지, 바르가 한쪽 눈썹을 치켜올리며 "뭔데?" 하고 물었다. 그러자 입을 꾹 다문 나 대신 티아라가 입을 열었다.

"어, 언니가 만든 요리는 잘 완성됐어요! 그런데…… 누가 먹는 바람에…….."

"엉?"

바르가 맥 빠지는 목소리로 되물었다. 그가 "누가?" 하고 영문을 모르겠다는 투로 묻자, 티아라는 답해도 될지 몰라서 말문이 막힌 듯했다. 에릭 부대장과 앨런 대장도 눈치를 살피듯이 내 쪽을 보았다.

"세드릭 제2왕자한테요…….."

결국 침묵을 견디지 못하고 나 스스로 눈을 돌리고 말았다. 이번에는 바르가 더 크게 내뱉은 "뭐라고?!" 하는 목소리와 케멧의 "에엑?!" 하는 목소리, 세펙의 "왕자님이?" 하는 목소리가 딱 겹쳤다.

"미안해요…… 모처럼 배달해 줬는데."

내가 어떻게든 말을 짜내듯이 말하며 사과하자, 세펙과 케멧이 엄청난 기세로 "아니에요!" "기운 내세요!" 하고 위로했다. 바르가 의아하다는 듯이 눈살을 찌푸리며 "식재료는 아무래도 상관없는데." 하고 나와 티아라를 번갈아 보았다.

"그래서? 또 주인이 왕자를 길들여서 사이가 좋아진 거야?"

"아니거든요."

도대체 나를 뭐라고 생각하는 건지.

약간 짜증 내듯이 대답하자, 의외였는지 바르의 눈이 살짝 동그래졌다.

"오히려 아까는 말다툼에 불이 붙었던 참이었어요."

"일단 이번 일은 모두 누설 금지예요." 내가 바르 일행에게 거듭 주의를 주자 케멧과 세펙이 고개를 끄덕였다. 내가 한숨을 내쉬자 바르가 약간 재밌다는 표정으로 입을 열었다.

"호오~ 그럼 이번에야말로 주인의 짝사랑이 나타났다는 건가. 별일도 다 있……."

"아아아주 싫어요!"

짝사랑이라는 말 자체도 여러 가지로 반박하고 싶었지만, 지금은 이런저런 일로 도화선에 불이 붙었다. 바르의 말을 자르듯이 소리를 지른 순간 방 안이 고요해졌다. 세펙과 케멧이 멍하니 입을 벌렸고 나를 놀리던 바르 본인마저 입을 떡 벌린 채 눈을 휘둥그레 뜨고서 몇 번이나 깜빡였다. 볼을 부풀리며 분노를 드러낸 내 머리와 등을 티아라와 전속 시녀 롯테, 마리가 쓰다듬으며 달랬다.

한 차례 깊게 심호흡을 하며 진정하려는 나에게 바르가 여전히 어안이 벙벙한 표정으로 "나한테 말하는 거야? 아니면 그 왕자님한테 말하는 거야?" 하고 물었다.

"세드릭 제2왕자요……."

나는 큰 소리를 내서 미안하다고 사과하며 다시 한숨을 내쉬었다. 안 돼, 빨리 머릿속을 정리해야겠어. 왠지 이렇게 짜증이 날 때면 나이를 먹으면서 점점 최종보스 여왕 프라이드처럼 속이 좁아지는 건 아닌지 스스로 걱정이 됐다.

"주인이 그렇게까지 말하다니……."

"대단하네, 그 바보 왕자." 하고 바르가 반쯤 감탄하듯이 팔짱을 끼고 내 얼굴을 뚫어져라 쳐다보았다. 세펙과 케멧도 동조하듯이 둘이서 바르의 팔에 찰싹 매달려 몇 번이고 고개를 끄덕였다. 뒤이어 바르가 무슨 짓을 했길래 저렇게까지 화가 난 거냐고 티아라에게 물었지만, 그 질문에는 티아라는 "뭐, 여러 가지로 좀……." 하고 쓴웃음을 지으며 말을 흐렸다. 그런 티아라가 정말 고마웠다.

세드릭 제2왕자. 설마 정말로 게임 속 티아라에게 내뱉었던 말대로 3일 만에 나를 반하게 만들 셈이었을 줄이야…….

그는 게임 속에서도 3일 만에 티아라를 사랑에 빠지게 만들 작정이었다. 1년이 지나 성격이 어느 정도 개선된 뒤에도 자기 용모에 관한 자신감만은 절대적이었기 때문이다.

그리고 이번에 그는 내가 반하면 진짜 목적을 말해도 제1왕녀의 뒷배로 동맹이 순조롭게 통과되리라 여기고 그 방법을 쓰려고 했다. 그래서 첫날에는 진짜 목적을 말하지 않았다. 분명 동맹 결성 전에 나를 사랑의 포로로 만든 다음에 말할 셈이었겠지. 정말 바보도 이런 바보가 없다.

내가 여왕이 됐다면 달랐을 수도 있겠지만 제1왕녀인 내 의견만으로 동맹을 결정할 만큼 어머님과 아버님은 무르지 않다. 심지어 오히려 뻔뻔하고 무례하게 음식을 훔쳐 먹은 데다가 폭행하기까지 하다니! 반하게 만들기는커녕 화만 나게 해서 어쩔 건데?!

'내가, 형님이, 얼마나 필사적인지! 이 동맹에 어떤 게 걸려 있는지! 형이 얼마나 궁지에 몰렸는지 알아?!'

"……."

왕자가 필사적인 이유와 사정은 전부 안다. 하지만 궁지에 사로잡힌 시점에서 필사고 뭐고 소용없었다. 어쩌다 이렇게 된 걸까……. 게임 속 왕자는 좀 더 필사적이고 절실하며 긴박한 모습으로 동맹 체결을 호소했었는데. 아니면 게임에서는 협상 상대가 극악무도하고 공포스러운 여왕 프라이드였기 때문에 그런 모습으로 나왔던 걸까. 상대만 다를 뿐 상황은 같은데 태도가 이렇게까지 바뀌다니, 조금 질린다. 게임에서는 단순하게 좋아하는 캐릭터였는데.

"그러고 보니 도착했을 때 기사가 우글거리던데…… 웬 소란이야?"

내가 아무 말도 하지 않아서인지 바르가 혀를 차며 다른 화제를 꺼냈다. 내가 고개를 번쩍 들자, 그는 귀찮다는 듯이 나를 노려보았다.

"분명…… 왕족과 세드릭 제2왕자의 호위 및 경호, 때문이었죠."

아서의 말을 떠올리며 확인하듯이 에릭 부대장 쪽을 보았다. 에릭 부대장은 "네, 아서는 그렇게 말했습니다." 하고 바로 고개를 끄덕였다.

"그 바보 왕자를 지킬 가치가 있어?"

바르의 실례되기 짝이 없는 발언에 모두가 부정하지 못하고 입을 다물었다. 내가 대표로 "앞으로 동맹을 맺을 상대니까요."라고 대답하자, 바르는 납득이 가지 않는다는 듯이 뚜둑거리며 고개를 꺾었다.

세드릭 제2왕자는 분명 다수의 기사가 배치되자 자신의 진짜 목적이 들킨 줄 알고 당황했을 것이다. 게다가 들킨 것도 모자라 타이밍이 최악이었다. 나를 반하게 만들기는커녕 화만 나게 만들고, 심지어는 '정말 싫어!'라는 유치한 폭언까지 내뱉게 만들었으니까. 그래서 그는 나를 발견하자마자 불리한 상황을 원래대로 되돌리기 위해 간절히 사과하기 시작했다. 이후의 동맹 회담에서 어머님에게 진짜 목적을 지적받아도 최소한 화가 난 내가 동맹을 반대하거나 방해하지는 않게.

정말 실례되기 짝이 없다…….

긴 한숨을 내쉬며 머리를 부여잡는 나를 본 티아라가 앉으라고 권했다. 사양하지 않고 시녀가 가져온 의자에 걸터앉았다. 이미 어제부터 내 안의 프라이드가 '아주 따끔한 맛을 보여 주고 싶어', '그냥 내던져 버리고 싶어'라고 투덜거렸다. 하지만 그럴 수는 없다. 왜냐하면 자국에만 계속 틀어박혔던 왕자가 굳이 우리 나라에 방문한 이유는…….

똑똑.

갑작스러운 노크 소리에 모두가 시선을 돌렸다. 그러자 "누님, 실례합니다." 하는 목소리와 함께 스테일이 서류 다발을 한 손에 들고 차분한 모습으로 들어왔다.

"스테일. 무슨 일이야? 베스트 숙부님과의 업무는 어쩌고?"

이번에 스테일은 부르지 않았다. 바르에게는 서신을 건네기만 하면 됐고, 스테일에게 확인받아야 하는 질베르 재상에게 줄 서류는 어제 막 받은 참이니까.

"베스트 숙부님께서 제게 맡기신 일입니다. 제1왕녀와 제2왕녀인 누님과 티아라와 관련된 내용이니 제가 설명하고 보고하라고 하셨습니다."

그리고 스테일은 "뭐, 관계없는 자도 있지만 상관없겠죠." 라고 말하고 바르를 가볍게 흘겨보더니 다시 한번 서류를 들고 내용을 확인했다. 뒤이어 단호한 말투로 요약한 내용을 우리에게 전했다.

"지금 우리 성에 체재하는 하나즈오 연합왕국 서시스 왕국의 제2왕자, 세드릭 전하와의 동맹 협상 말입니다만……."

그 말에 마음이 조금 놓였다. 아무래도 오늘 있을 동맹 협상 이야기인 듯했다. 아마 우리도 다시 동석을…….

"일시 중단하기로 했다는군요."

"일시…… 중단……?!"

세드릭 제2왕자가 앉아 있던 의자가 덜컹 하는 소리를 냈고 왕자가 그 자리에서 멍하니 일어섰다. 경악해서 표정을 굳히고 이따금 경련하듯이 움찔거렸다.

"어떻게 된 겁니까……?! 어제까지만 해도 분명히 서로의 조건에 문제는 없지 않았습니까?! 질베르 재상님!"

그는 너무 동요한 나머지 소리를 지르며 믿을 수 없다는 듯이 나를 노려보았다. 분노해서 안색이 약간 붉어졌고 온몸이 단단히 긴장했다.

"예, '어제까지' 는요."

나는 동요를 넘어 흥분하기 시작한 세드릭 제2왕자를 달래려고 천천히 대답했다. 그는 아직도 납득 못 하겠다는 듯이 홀로 고개를 저으며 이를 악물었다.

"설마, 프라이드 제1왕녀 전하가……!"

갑자기 등장한 프라이드 님의 이름에 이번에는 내가 고개를 갸웃거렸다. 어제 스테일 님이 타박한 자신의 행실 때문이냐고 말하고 싶은 걸까. 설마 그 보복으로 프라이드 님이 동맹 협상을 일시 중단시키려고 손을 썼다고 생각하나.

"프라이드 님이 어쨌다는 거죠? 아마 지금쯤이면 프라이드 님에게도 통보가 가긴 했을 테지만……."

내가 일부러 영문을 모르겠다는 표정을 짓자, 그는 입을 잘못 놀렸다는 듯이 눈을 크게 뜨고 시선을 내렸다. "아무것도 아닙니다."라고 말하면서도 그의 표정은 명백히 곤혹과 의혹으로 뒤덮여 있었다.

그의 열이 조금 가라앉았을 즈음 다시 한번 앉으라고 권유했고, 그가 의자에 앉은 뒤에 나도 테이블을 사이에 두고 맞은편 자리에 앉았다.

"세드릭 제2왕자 전하…… 저희에게 아직 밝히지 않은 게 있지는 않으신지요."

자리에 앉아 고개를 푹 숙이던 그가 내 말을 듣자 순식간에 고개를 들고 꿀꺽 하는 소리가 들릴 만큼 크게 숨을 삼켰다. 어제 알현에서도 그랬지만, 역시 그는 이런 협상에는 맞지 않는다.

"방금 새로운 정보가 들어왔습니다. 코페란디 왕국, 아라타 왕국, 라플레시아나 왕국……. 모두 하나즈오 연합왕국의 인근 국가라고 알고 있습니다."

베스트 섭정에게 도착한 사자의 정보다. 최근 수십 년 동안 많은 나라와의 교류를 거부했던 하나즈오 연합왕국. 그런데 그가 우리 나라에 동맹 협상을 요청하기 위해 나라를 나오기 이틀 전에 하나즈오 연합왕국이 어느 나라의 방문을 허가했다는 정보가 우리 나라의 사자를 통해 들어왔다. 그 나라가 바로 코페란디 왕국이다.

그 나라의 마차가 하나즈오 연합왕국에 입국을 허가받는 광경을 우연히도 우리 나라의 사자가 목격했다. 게다가 코페란디 왕국에 체재하던 우리 나라의 다른 사자도 왕족의 마차가 국외로 나가는 것을 확인했다. 쌍방의 사자가 기록한 대략적인 시각도 맞물렸다. 그리고 오늘 아침에 사자에게서 새로운 정보가 도착했다. 마찬가지로 하나즈오 연합왕국의 인근 국가인 아라타 왕국과 라플레시아나 왕국.

이 두 나라가 전쟁 준비를 시작했다는 정보였다.

갑작스러운 침공 준비. 두 인근 국가가 거의 동시에 군사를 일으키다니 우연이라고 보기는 힘들다.

"코페란디 왕국이 하나즈오 연합왕국을 방문한 것도, 그리고 아라타 왕국과 라플레시아나 왕국이 전쟁 준비를 시작한 것도 이쪽은 이미 파악했습니다."

당연히 이 세 나라의 거대한 연결고리도 우연은 아닐 것이다. 물론 거기까지는 굳이 말하지 않았지만, 세드릭 제2왕자는 이를 악물며 주먹을 쥐었다. 역시 그도 알고 있었다. 그리고…… 숨기고 있었다.

"부디 자세하게 설명해 주시기 바랍니다. 세드릭 제2왕자 전하."

이 세 나라와 하나즈오 연합왕국의 관계. 그것이 밝혀지지 않는 이상 신뢰와 동맹은 이루어질 수 없다.

그러나 세드릭 제2왕자는 시선만 이리저리 움직이며 입을 열 기색이 없었다. 그가 침묵한다는 건, 다시 말해 베스트 섭정의 염려가 적중했다는 뜻일까. 그렇다면 더더욱 프리지아는 하나즈오 연합왕국과의 동맹 협상을 백지로 돌릴 수밖에 없다.

"그 말인즉슨…… 설명에 따라서는 '동맹 협상을 일시 중단한다는 이야기를 취소할 수도 있다'는 말씀입니까…….."

세드릭 제2왕자는 단정한 얼굴을 괴로운 듯이 일그러뜨리고 양 눈썹을 힘껏 찌푸리고 팔과 어깨, 온몸을 긴장시키고서 쥐어 짜내듯이 겨우 입을 열었다. 내가 그 말에 무례를 범하지 않도록 세심한 주의를 기울여 긍정하자, 그는 다시 침묵했다. 그래서 하는 수 없이 내가 먼저 입을 열었다.

"세드릭 제2왕자 전하……. 물론 동맹의 행방은 어디까지나 '사실이 어떻느냐'에 달렸습니다. 하나즈오 연합왕국과 우호 관계를 바라는 저희로서도 최대한 서로 동맹 관계를 이루고 싶다고……."

"뭐가 '평화'란 거야! 이만한 힘을 가지고 있으면서 긍지를 위해 전장에 몸을 던지는 것조차 망설이는 겁쟁이 나라 주제에!"

쾅! 하고 세드릭 제2왕자가 내 말을 지워 버리려는 것처럼 눈앞의 테이블을 있는 힘껏 내리치며 소리를 냈다. 그는 흥분한 듯이 어깨를 들썩이며 불타는 눈동자로 나를 노려보았다.

"전장……?"

역시 아라타 왕국과 라플레시아나 왕국의 전쟁 준비는 하나즈오 연합왕국과 무관하지 않았던 모양이다. 내가 그렇게 확신하며 되묻자, 세드릭 제2왕자는 말문이 막혔는지 입을 다물고서 쏟아낸 말을 후회하듯이 훤히 드러낸 이를 악물었다.

"'겁쟁이 나라'라는 말은 제 가슴속에만 담아 두겠습니다. 부디 자세히 설명해 주시기 바랍니다. 전장이라니, 역시 하나즈오 연합왕국은 머지않아……."

"이제 됐어……!"

다시 내 말이 끊겼다. 테이블에 손을 짚은 채 고개를 숙인 그의 목소리는 자포자기한 말투로도 비통한 말투로도 들렸다.

"프리지아 왕국이 그럴 생각이 없다는 건 충분히 이해했어……! 동맹을 맺지 않겠다면 이 이상 당신들에게 할 이야기는 없어. 나는 이만 실례하지."

그는 의자에서 힘차게 일어나 뒤를 돌아보더니, 자신의 시녀와 위병에게 귀국을 준비하라는 명령을 내리기 시작했다.

"기다려 주십시오, 세드릭 제2왕자 전하."

분명히 여왕 로자 님은 왕자를 귀국시키든지 장기로 머물게 하든지 하라고 말씀하셨다. 하지만 이런 식으로 분노에 몸을 맡긴 채 귀국하면 서로 여한도 남고, 이후의 관계에도 상흔이 남는다. 어떻게든 그를 다시 한번 진정시키려고 말을 걸었으나, 열이 잔뜩 오른 그의 주위에서는 이미 시녀들이 바쁘게 짐을 정리하기 시작한 상태였다.

"우리 나라가 서시스 왕국과의 동맹을 바라는 점에는 변함 없습니다."

그는 나를 노려보며 흐트러진 숨을 조금씩 가다듬었다. 내 말에 아직 귀를 기울이는 걸 보면 이성이 약간은 남은 듯했다.

"저희가 얻은 정보가 확실하다고는 할 수 없습니다. 당신과 저희 사이에 사실의 불일치가 발생했을 가능성도 충분히 있겠지요."

지금 이런 상황에 처한 그를 이대로 나라로 돌려보내서는 안 된다. 나는 확신에 가깝게 그렇게 믿고 부디 그를 붙잡을 수 있기를 바라며 말을 이었다. 무엇보다…… 지금 그의 흐트러진 모습은 내가 잘 아는 어느 바보와 몹시 닮아 보였다.

"아직 여왕 폐하도 저희도 조사 단계입니다. 그렇기에 자세한 정황을 아는 당신께 이야기를 들려 달라고 부탁하는 겁니다."

"하지만 사태가 당신들이 예상한 대로라면 프리지아 왕국은 동맹을 맺을 생각이 없어. 그래서 일시 중단한 거잖아……."

어느 정도 진정된 듯한 그가 한 말에 이번에는 내가 입을 다물었다. 부정은 할 수 없다. 하지만 지금은 그것을 확실히 하기 위해서도 그의 정보가 하나라도 더 필요하다. 로자 님은 베스트 섭정과 부군 알버트와 함께 한창 심의 중이다. 이후 서시스 왕국과의 동맹을 위해서라도 제2왕자의 정보는 꼭 필요하다.

그러나 그는 입을 다문 나에게 등을 돌리고서 문을 향해 걸어가기 시작했다. 빠르게 짐을 정리한 시녀들이 세드릭 제2왕자를 따라가려고 짐을 들었다. 내가 다시 그의 등에 대고 말을 걸려 했을 때였다.

쾅쾅! 제2왕자의 방임에도 불구하고 문을 세게 두드리는 소리가 울려 퍼졌다. 세드릭 제2왕자가 놀라 문 앞에서 멈춰 섰다. "실례하겠습니다." 하는 목소리가 들리자 위병이 문을 열었다. 그 자리에 당당히 나타난 분에게 나뿐만 아니라 세드릭 제2왕자까지 눈이 휘둥그레져서 뒷걸음질을 쳤다.

"프라이드 제1왕녀…… 전하."

경악한 표정으로 작게 내뱉은 그는 프라이드 님에게서 눈을 떼지 못했다. 그리고 그녀의 뒤를 따라 스테일 님, 티아라 님, 근위기사, 근위병이 안으로 들어왔다. 마지막 한 사람이 들어옴과 동시에 닫힌 문 앞을 프라이드 님이 막아서자, 세드릭 제2왕자는 당황을 감추지 못하고 경직됐다.

"아무래도…… 늦지 않았나 보네요."

프라이드 님은 그렇게 중얼거리며 짐을 정리한 방 안의 시녀와 위병들을 보며 작게 한숨을 내쉬었다. 차분한 그 눈빛이 마지막으로 천천히 세드릭 제2왕자를 향했다.

"세드릭 제2왕자 전하. 당신은 아직 나라로 돌아가서는 안 돼요."

뭣, 하고 세드릭 왕자가 프라이드 님의 말에 숨을 삼켰다. 붉게 타오르는 눈동자가 자신을 노려보아도 프라이드 님은 눈 하나 꿈쩍하지 않고 정면으로 그 시선을 받아쳤다. 저분에게 그 눈빛 정도는 두려워할 만한 가치도 없을 것이다.

"미안하지만 그건 거절하겠어……. 프리지아 왕국과 우리나라는 동맹 협상이 결렬됐어. 내가 이곳에 있을 이유는 없어. 따라서 이 이상 우리 나라의 사정을 설명할 의무도 없어……."

그렇게 말하고는 프라이드 님을 외면하듯이 나에게 시선을 돌렸다. 아마 그게 나를 향한 대답이겠지.

"안 됩니다. 당신의 입으로 저희 어머님에게 모든 것을 이야기할 때까지 돌려보낼 수 없어요."

단호히 내뱉은 프라이드 님의 말에 세드릭 제2왕자의 눈이 휘둥그레졌다. 그도 뭔가 대답하려 했지만 아직 자기 감정이 말로 다 정리되지 않는 듯했다.

"만약 당신이 무슨 짓을 해도 떠나겠다면 저에게도 생각이 있어요."

뒤이어 그렇게 말한 프라이드 님은 보기 드물게 강한 적의로도 느껴지는 번뜩이는 눈빛으로 세드릭 왕자를 응시했다. 의문이 앞섰는지 그의 입에서 "생각……?" 하고 겨우 말이 흘러나왔고, 프라이드 님이 고개를 끄덕이자마자 두 근위기사가 양옆을 지키듯이 등 뒤로 섰다. 그리고 프라이드 님의 옆에는 스테일 님이 나란히 서서 세드릭 제2왕자를 경계하듯이 노려보았다.

"당신이 며칠 동안 저에게 저지른 무례와 폭력. 그 모든 것을 어머님에게 보고하겠어요."

프라이드 님의 말에 이번에야말로 세드릭 제2왕자가 잠시 호흡을 멈춘 채 말을 잃었다. 입을 물고기처럼 뻐끔거렸고, 휘둥그레진 눈동자가 희미하게 떨리며 프라이드 님에게 고정되었다.

"우리 나라가 정식으로 당신의 신변을 구속하기에 충분하고도 남을 이유고…… 더 나아가서는 나라 간의 분쟁으로도 이어질 수 있겠죠."

프라이드 님의 발언에 이번에는 세드릭 제2왕자뿐만 아니라 이 자리에 있는 모두가 숨을 삼켰다. 그 말은 틀림없는 협박이었다. 프라이드 님이 서시스 왕국의 제2왕자를 말로 옥죄려 했다. 하지만 나는 이미 프라이드 님의 이러한 의도치 않은 말을 들어본 적이 있다…….

나는 안다. 이분이 말로 상대를 옥죌 때, 이분이 다른 사람에게 자신의 권력을 휘두를 때,

그것은 그 사람을 위해 움직일 때라는 사실을.

오늘로 세드릭 제2왕자가 우리 나라에 방문한 날로부터 드디어 3일.

어제는 무사히 귀국을 늦출 수 있었다. 하지만 우리를 방에서 쫓아낸 그는 그대로 방에 온종일 틀어박혔다.

"세드릭 제2왕자 전하, 저예요. 어제 일로 드리고 싶은 이야기가 있어서 찾아왔어요."

그리고 하룻밤 머리를 식힌 오늘, 나는 한 번 더 그의 방을 찾아갔다. 아서가 근위기사로 붙어 있는 시간대를 골라 티아라와 스테일에게도 부탁해서 휴식 시간을 맞췄다. 솔직히 나 혼자였다면 오기 꽤 무서웠을 것이다……. 어제는 허를 찔린 것도 있지만 힘으로 전혀 대적할 수 없었으니까. 어제도 오늘도 이렇게 세드릭 제2왕자를 방문하는 건 든든한 이들이 곁에 있기 때문이다.

세드릭 제2왕자의 방 앞에 서서 문 너머로 말을 걸었다. 위병 말로는 어제부터 한 번도 나오지 않았다고 한다. 나 대신 위병이 몇 번이나 노크를 했지만 문을 열 기색이 없었다.

몇 분 동안 노크를 해 댄 끝에 겨우 돌아온 대답은 "할 이야기 따윈 없어."라는 한마디뿐이었다. 아무리 내 탓이라지만 남의 성에 틀어박혀서 아무 말도 하지 않겠다고 고집을 부리다니 삐진 어린애나 다름없다. 아니…… 실제로도 그런가. 그는 스스로의 의지로 자신의 시간을 멈추었으니까.

이래서는 평생 끝나지 않는다. 어쩔 수 없이 우리 성의 열쇠를 사용해 강제로 안에 들어가기로 했다. 이 방도 우리 성안이니 안에서 문을 잠가도 기본적으로 왕족인 우리가 들어갈 수 없는 곳은 없다.

"실례하겠습니다." 하고 말을 걸며 다 같이 들어갔다. 세드릭 제2왕자의 시녀와 위병이 곤란하다며 막아섰지만 억지로 밀고 들어갔다. "무례한 놈!" 하는 그의 고함이 울렸으나, 나는 개의치 않고 방을 가로질러 세드릭 제2왕자 앞에 섰다.

소파에 몸을 묻은 그의 불타는 눈동자가 나를 노려보았다. 알고 있다. 그는 나를 싫어한다.

그리고 나도 그를 싫어한다.

"언제까지 쓸데없는 고집을 부릴 생각이에요?"

소파에 걸터앉은 그를 마주 노려보며 소리쳤다. '쓸데없는'이라는 말에 그가 반응하며 몸을 일으키려 했으나, 그 직후에 스테일과 아서가 눈을 부릅떴다. 그는 몸을 긴장시키고 소파의 팔걸이를 꽉 붙잡았다. 우리 나라의 왕자와 근위기사 앞에서 이 이상의 폭거는 아무리 그래도 위험하다고 여겨서 멈춘 듯했다.

"프라이드 제1왕녀 전하…… 당신의 요구대로 하고 있을 뿐입니다. 하지만…… 동맹을 맺을 의사가 없는 프리지아 왕국에 이 이상 국왕의 허가 없이 우리 나라의 이야기를 할 수는 없습니다."

"국왕에게 알리지도 않고 무단으로 우리 나라에 협상하러 찾아왔으면서 이제 와서 무슨 소리신지."

뭣?! 하고 세드릭 제2왕자가 몸을 일으켜 자리에서 벌떡 일어났다. 뿐만 아니라 시녀와 위병, 그리고 그 사실을 몰랐던 스테일 일행까지 경악해서 말을 잃었다.

곧장 마음속으로 말투가 격해진 것을 조금 반성하며, 그의 얼굴을 올려다보듯이 바라봤다. 휘둥그레진 눈 안쪽이 흔들리고 있었다. 무언가를 말하려던 입이 쓸데없는 말은 하지 않겠다는 듯이 굳게 닫혔다. 표정에 드러나지 않도록 애쓰고는 있지만 볼에는 땀이 한 줄기 흘렀다.

"어떻게, 그걸……."

겨우 흘러나온 말은 그 한마디뿐이었다. 정곡을 찔려서 화가 났는지 신음하는 듯한 탄식도 함께 흘러나왔다.

"그런 건 아무래도 좋아요. 됐으니까 지금 당장 당신의 사정을 어머님에게 이야기하세요. 전부 이야기하면 저도 당신의 질문에 대답할게요."

안 돼, 그의 얼굴을 보기만 해도 요리에 대한 원한이 부글부글 끓어올랐다. 나는 언제부터 이렇게 속이 좁아진 걸까. 아니…… 원래부터 이랬나.

"웃기지 마!"

그가 결국 소리를 질렀다. 그에 반응한 아서와 에릭 부대장이 동시에 검을 뽑아 들고 내 앞으로 나왔다. 세드릭 제2왕자의 위병도 지지 않겠다는 듯이 앞으로 나왔으나, 패기로 완전히 밀리고 있었다. 그들 역시 세드릭 제2왕자의 입장이 좋지 않다는 사실은 아는 모양이었다.

흥분한 탓인지, 세드릭 제2왕자의 거친 숨결이 내 눈앞으로 뿜어져 나왔다. 동요하고, 고함을 지르고, 콧김까지 내뿜는 모습은 나와 같은 나이라는 게 믿기지 않을 만큼 어려 보였다. 게임 속 1년 뒤의 모습이 거짓말 같았다.

"……시간이 없는 거죠?"

조용히 건넨 질문에 갑자기 그의 어깨가 크게 떨렸다.

"지금, 우리 성에서 당신의 입장이 어떤지 아나요?"

협박으로도 들리는 질문에 단정한 얼굴이 매우 추하게 일그러졌다. "누구 앞……."이라고 무언가 웅얼거리다가, 마지막에는 말을 목구멍 안쪽으로 집어삼켰다.

"말해 두겠는데 저는 당신이 저지른 짓을 용서하지 않았어요. 입맞춤도, 요리도, 정원에서의 폭력도, 그리고……."

한 마디 한 마디 훈계하듯이 말했다. 그 행실을 언급할 때마다 그의 표정에 괴로움이 늘어났다. 그는 금색 머리를 스스로 쓸어 올리듯이 꽉 움켜쥐었다. 나는 말을 끊고 시선을 피하려는 그의 눈동자를 놓치지 않게 한 번 더 들여다보았다.

"당신이 저를 이용해서 진짜 목적을 이루고 어머님께 동맹 허가를 받아내려 한 것도, 전부."

정원에서의 사건을 반복해서 말하듯이 내뱉자, 하얗고 가지런한 이가 까드득 하고 매서운 소리를 냈다.

"하지만 그거랑 이번에 당신을 붙잡은 이유는 완전 다른 건이에요.”

딱히 지금까지 있었던 일을 앙갚음하려고 이러는 건 아니다. 뒤이어 “당신이 아직 자신의 입장을 깨닫지 못한 것 같았거든요.”라고 전하자, 그는 여전히 괴로워 보이는 표정으로 고개를 숙이고 다시 낮게 중얼거렸다.

“그런 건…… 나도 알아……!”

그는 소리를 지르지 않도록 세심한 주의를 기울여 말을 잇는 듯했다. 어딘가 가냘파 보이는 모습에 티아라가 약간 놀랐는지 뒤로 물러났다.

“아뇨, 모르고 있어요.”

나는 단호하게 선언했다. 세차게 내뱉자 그가 고개를 들고 이번에는 못 참겠다는 듯이 소리를 질렀다.

“알아!”

“모른다고 했잖아요!”

나도 지지 않을 기세로 소리를 지르자, 그는 등을 뒤로 젖히면서까지 대꾸하려고 어깨를 몇 번이고 들썩였다. 그가 머리와 호흡을 진정시키는 동안에도 나는 추가타를 넣었다.

“그럼 당신은 우리 나라가 어째서 서시스 왕국과의 동맹 협상을 중단시켰는지 알아요?!”

“알아! 내 목적을 알아내서 그런 거잖아?! 기회주의 대국 주제에! 함께 전쟁할 각오도 없이 동맹을 바라다니 어이가 없어 말도 안 나오는군!”

그의 말에 이번에는 내가 이를 악물었다. 또 짜증이 났다. 이쪽이 하고 싶은 말의 뜻을 전혀 이해하려 하지도 않고 스스로 결정 내려서 화가 났다.

"그러니까……!"

드레스가 허락하는 데까지 다리를 넓게 벌리고 양발로 바닥을 내디뎠다. 그대로 나보다 훨씬 키가 큰 그의 멱살을 붙잡고 끌어당겼다. 갑작스러운 상황에 놀랐는지 아무런 저항 없이 내 눈앞까지 끌려온 그 단정한 얼굴의 눈이 동그랗게 떠졌다. 코와 코가 부딪힐 만큼 얼굴이 가까워지니, 문득 입맞춤을 당할 뻔했을 때가 떠올랐다.

그의 안면을 향해 입을 열고서 고막을 찢을 기세로 배에 힘을 주고 외쳤다.

"당신의 그 '목적' 을 우리 나라가 오해하고 있다고요!!"

날카로운 목소리에 귀가 울렸는지 찌푸려졌던 그의 얼굴이 말이 끝난 직후에 경악으로 물들었다. 마치 고양이처럼 커다란 눈동자가 번쩍 뜨였고 괴로운 듯이 일그러졌던 얼굴이 원래대로 돌아왔다.

"뭐, 라고……?"

그는 눈을 깜빡이며 내 말을 확인했다. 그 표정마저 짜증이 나서 기세에 맡겨 그를 밀치듯이 멱살을 놓고 거리를 두었다.

있는 힘껏 소리를 지른 탓에 호흡이 가빴다. 이번에는 내가 어깨를 들썩일 수밖에 없었다.

"어제…… 당신은 질베르 재상에게 뭐라고 들었죠?"

필사적으로 스스로를 진정시키려는 나에 비해, 그는 허를 찔렸는지 커다란 눈을 깜빡였다. 그러더니 얼빠진 표정으로 담담히 입을 열었다.

"프리지아 왕국은 코페란디 왕국이 하나즈오 연합왕국을 방문한 것, 아라타 왕국과 라플레시아나 왕국이 전쟁 준비를 시작한 걸 안다고 했어. 그래서 우리 나라와의 동맹 협상을 중단시킨 거잖아……."

"그 후에…… 질베르 재상이 당신에게 자세한 이야기를 들려 달라고 요청하지 않던가요?"

내 질문에 그의 시선이 알기 쉽게 얼굴째로 움직이며 흔들렸다. "아니, 설마…… 그럴 리가……." 하고 작게 중얼거리는 목소리가 들려왔다. 짚이는 데가 있는 게 분명하다. 나 역시 어제 그 후에 질베르 재상에게 확인받았고, 동맹 중단에 관한 대화를 나눴다는 건 알고 있다. 그가 질베르 재상의 말을 완전히 무시하고 귀국하려 했다는 것도…….

"세드릭 제2왕자 전하……. 이제 슬슬 번거로운 표현은 빼고 이야기할까요. 당신도 그러는 게 더 편하죠? 제 호칭도 마음대로 하세요. 당신이 저를 어떻게 부르든 저는 신경 안 쓰니까요."

어차피 일이 어떻게 되든 나도 그도 서로를 싫어한다는 점에는 변함이 없다. 메인 주인공 루트인 그와 최종보스인 나는 분명 절대로 양립할 수 없는 운명인 거라고 멋대로 결론 짓기로 했다.

나는 심호흡을 한 뒤 내 말의 의도를 파악하지 못했는지 눈살을 찌푸리는 그를 있는 힘껏 노려보았다.

"세드릭……."

일부러 이름으로 부르며 낮은 목소리로 읊조렸다. 갑작스러운 상황에 그는 얼굴을 살짝 뒤로 젖히며 눈을 휘둥그레 떴다.

"지금 우리 나라에서는 네가 동맹을 맺고 나라를 함정에 빠뜨리려 한다고 여기고 있어. 코페란디 왕국과 결탁하고 마찬가지로 코페란디 왕국과 연결고리가 있는 아라타 왕국, 라플레시아나 왕국과 함께 타국으로 쳐들어가려 한다고. 혹은 동맹 협상이라는 명목으로 우리 나라에 단신으로 들어와서 세 나라와 결탁해 프리지아 왕국을 침공하려 한다고."

나는 지금까지 숨겼던 의혹을 시원하게 내뱉었다. 이젠 에둘러서 표현해 봤자 뜻이 전해지지 않는다는 걸 아니까. 그리고 예상대로 그는 점차 안색을 바꾸었다.

"뭐라고?! 뭐야 그건! 왜 그런 짓을 형님이…… 우리 나라가 한다는 건데?!"

역시. 그는 눈에 띄게 당황하며 핏기가 가신 얼굴로 나에게 한 걸음 다가왔다. 그 뒤에 있던 시녀와 위병들도 억울함을 호소하듯이 필사적으로 고개를 저었다.

"계속 틀어박혀 있던 하나즈오 연합왕국이 갑자기 코페란디 왕국의 방문을 허가하면 누구라도 동맹이나 친교 관계를 맺었다고 생각하지!"

"멋대로 결론 짓지 마! 우리 나라가 왜 하필이면 그런 노예제 국가랑…… ."

"마찬가지로 노예 제도가 있는 아네모네 왕국과 무역하잖아!"

"아네모네는 원래 노예 제도를 장려하지는 않아! 노예 취급

자체는 금지해! 게다가 지금도 노예 제도를 폐지하려 움직이고 있어! 우리 나라가 라지야 제국의 앞잡이 따위와 동맹이나 친교를 맺는다니 말도 안 되는…….”

“그렇다면 왜 질베르 재상이 물었을 때 그렇게 대답하지 않았어?!”

“재상이 물어보지 않았을 뿐이야!”

“자세하게 알려 달라고 물었잖아!”

“그런 나라와 우리 나라가 동맹이나 친교를 맺었냐고는 묻지 않았다고! 코페란디 왕국이 방문한 건 결코 그런 게…….”

“그것도 포함해서! 설명하라고 질베르 재상이 물어봤잖아!”

어린애 같은 시끄러운 말다툼이 이어졌다. 영역 싸움을 하는 동물처럼 서로에게 짖어 대기만 했다.

“게다가! 코페란디 왕국과 마찬가지로 라지야 제국의 식민지인 아라타 왕국과 라플레시아나 왕국이 같은 시기에 전쟁 준비를 하면! 세 나라와 하나즈오 연합왕국이 손을 잡고 어딘가를 침략하려는 거라고 생각하는 게 당연하지!”

거기까지 말하자, 세드릭은 더는 받아칠 말이 떠오르지 않는지 주먹을 꽉 쥐었다. 내가 고함치는 동안에도 “우리 나라가…… 그런 의심을…….” 하고 억울한 듯이 입술을 희미하게 떨었다.

“그래서! 어머님이 동맹 협상을 중단시킨 거야! 동맹을 체결한 뒤에 하나즈오 연합왕국과 라지야 제국의 관계가 밝혀져서 우리 나라가 불필요한 타국 침략에 연관되지 않도록! 너도 동맹을 맺은 다음에 전쟁에서 그 연결고리가 발휘되기를 바랐잖아?!"

만일 서시스 왕국과 동맹을 맺은 뒤에 하나즈오 연합왕국이 다른 세 나라와 함께 라지야 제국이 바라는 대로 어딘가를 침략하려 했다면 프리지아 왕국도 동맹이라는 이름 아래에 군사를 일으킬 수밖에 없게 된다.

실제로 지금까지 없었던 이야기가 아니다. 과거에 나라 간의 다툼이 활발했을 때는 프리지아 왕국의 특수 능력자를 노리고 동맹을 맺은 다음 바로 타국에 침공을 시도해 우리 나라가 그 침략 전쟁에 휘말린 적도 있었다. 프리지아 왕국에는 아무런 이득도 없는 그 전쟁 때문에 많은 국민이 희생되었다.

동맹은 그저 사이좋게 지내기 위한 약속이 아니다. 다양한 조약과 함께 적이 되지 않겠다고 맹세하는 계약이다. 서로의 나라를 침공하거나 뭔가를 강요하지 않겠다고, 한 나라가 전쟁 등의 다툼에 연관되면 반드시 아군이 되겠다고 맹세하는 것이다.

"네가 처음부터 제대로 솔직하게 이야기했다면 이렇게 되지는 않았어! 네가 멍청하게 하찮은 긍지에 정신이 팔리지 않았다면!"

게임의 회상 장면처럼 호소했다면……. 그렇게 말하고 싶은 것을 꾹 누르며 몰아세웠다. 어째서 그가 이렇게 가식적으로 굴면서 게임처럼 움직이지 않는지는 모른다. 하지만 이번 일이 그가 처음에 사실을 숨긴 탓에 생겨난 오해라는 것만은 확실하다.

내가 고함치자 세드릭은 입술을 떨며 눈을 부릅떴다. 또 날 붙잡으려는 건 아닐까 싶어 몸이 굳었으나, 그 전에 아서와 에릭 부대장이 우리 사이에 끼어들었다.

"'멍청해'…… '하찮다'고……?!"

세드릭이 갈 곳 없는 주먹을 부들부들 떨며 나를 노려보았다. 그러자 이번에는 스테일과 티아라까지 나를 지키듯이 옆에 나란히 섰다. 하지만 나는 모두에게 고맙다고 전한 뒤 그 앞으로 나섰다.

세드릭이 한 번 더 코가 닿을 만한 거리에 섰고, 나는 그에 정면으로 맞섰다. 남들 뒤에 숨어서 말해서는 분명 닿지 않을 것이다. 숨을 있는 힘껏 들이쉬고 다시 그를 향해 소리쳤다.

"하찮아! 아주 멍청해! 넌 뭘 위해 혼자서 프리지아에 온 건데?! 딱히 나와 연애를 하려는 것도 우리 나라보다 우위에 서려는 것도 아니잖아!"

이번에는 몸을 내밀어서 양손으로 그의 옷깃을 붙잡고 끌어당겼다. 그가 작게 소리를 질렀지만 신경 쓰지 않았다. 옷깃을 힘껏 쥐고 이마를 맞부딪친 채 큰불처럼 불타오르는 눈동자를 바로 코앞에서 들여다봤다.

"자신의 목적을 잊지 마! 수치와 체면을 전부 내팽개쳐서라도 지키고 싶은 게 있으니까 온 거잖아?! 그렇다면 처음부터 그렇게 해!"

소리를 너무 질러 대서 얼굴이 뜨거웠다. 하도 고함을 친 탓에 분명 내 얼굴이 새빨개졌을 것이다. 왕녀답지 않은 행동에 놀랐는지 세드릭은 눈이 휘둥그레졌지만 이번에는 시선을 한 번도 피하지 않았다.

"그런데 하찮은 데다가 허접한 작전에나 매달리고! 쓸데없이 입장을 악화시키고! 그러다가 소중한 사람들을 지키지 못하면 아무것도 안 남잖아! 그래서 멍청하다는 거야!"

"하아, 하아, 허억." 말을 끝마치고 나자 한심할 정도로 숨이 가빠졌다. 내가 끌어당긴 세드릭이 입을 떡 벌린 채 굳어 있었다. 이번에는 밀쳐내지 않고 천천히 손을 푼 뒤 거리를 두었다. 그 순간, 아까까지 참고 있었다는 듯이 다시 아서와 에릭 부대장이 사이에 끼어들었고 스테일과 티아라가 달려왔다.

한동안 침묵만이 흘렀다. 나도 숨을 고르느라 필사적이었고, 세드릭도 멍한 표정으로 움직이지 않았다. 끌어당겼을 때의 엉거주춤한 자세 그대로 굳어 있었다. 나는 몇 분 동안 호흡을 가다듬고서 그에게 마지막 말을 내뱉었다.

"이제부터…… 저는 어머님에게 갈 거예요. 당신도 따라오겠다면 마음대로 하세요. 이번 기회를 놓치면 당신이 어머님과 직접 이야기할 기회는 없다고…… 아니."

나는 도중에 말을 끊었다. 그에게는 단호하게 말해야 전해진다.

나는 자세를 고치고 가슴을 편 채 세드릭을 바라보며 말했다.

"딱 한 번만 더, 다시 기회를 얻고 싶다면 지금밖에 없어 세드릭. 앞으로 평생 자신을 부끄럽게 여기며 살고 싶지 않다면 당장 나를 따라와."

"어머님, 실례하겠습니다."

나는 어머님에게 허가를 받아 알현실에 발을 들였다. 베스트 숙부님과 아버님, 질베르 재상도 심의 중이었는지 어머님과 함께 있었다. 모두가 우리를 맞이하려고 지정된 위치에 섰다.

"무슨 일인가요? 프라이드."

어머님이 고개를 작게 갸웃거리며 물었다. 내 옆으로 스테일과 티아라가 다가왔고, 근위기사 아서와 에릭 부대장도 그 옆에 섰다. 그리고 세드릭이 그 뒤에 섰다.

뒤를 돌아보고 나서 안심했다. 고개를 살짝 숙인 그의 표정은 읽을 수 없었지만 도망치진 않았구나.

"세드릭 제2왕자 전하가 어머님께 간절히 드리고 싶은 이야기가 있다고 합니다."

우리는 그를 그 자리에 두고 그대로 어머님에게 다가가 지정된 위치에 섰다. 세드릭을 처음 맞았을 때와 같은 태세였다. 우리가 자리에서 빠져 우두커니 혼자가 된 세드릭은 처음에는 고개를 살짝 숙인 채 움직이지 않았다. 아직도 체면을 버리지 못했나 싶어 가슴이 쿵쾅거렸지만 그를 바라보았다. 어머님과 아버님도 자세한 이야기를 듣고 싶었는지 그대로 입을 다물고 세드릭의 말을 기다렸다.

"동맹 협상에 관해 알려 드리지 않은 게 있습니다……. 우선, 그 무례를 사과드립니다."

패기 없는 그 목소리가 알현실에 나지막이 울려 퍼졌다. 뒤이어 그는 천천히 제자리에 무릎을 꿇었다. 죄송합니다, 라고 중얼거린 그는 이제 무언가와 싸우고 있는 것 같았다.

"서시스 왕국 및 하나즈오 연합왕국이 지금 어떤 상황인지 말씀해 주시겠습니까…… 세드릭 제2왕자 전하."

어머님이 조용히 입을 열었다. 작게 열린 입술에서는 상상할 수 없을 만큼 또렷한 음색이 나왔다. 세드릭도 그걸 듣고 각오를 다졌는지 짧게 대답하고 멀리서도 보일 만큼 주먹을 세게 움켜쥐더니 엎드렸다.

서시스 왕국의 제2왕자가, 그것도 프리지아 왕국 왕족들 앞에서 엎드린 것이다.

그 모습에 모두가 놀라고 숨을 삼켰으며 어머님까지 눈이 휘둥그레졌다. 왕자가 타국 왕족 앞에 엎드리다니 보통은 말도 안 되는 소리다. 분명 세드릭 자신도 알 것이다. 그럼에도 그는 그 자세를 유지한 채 외쳤다.

"제발…… 구해 주십시오……!"

지금까지 듣지 못했던 진지하게 호소하는 목소리였다.

카펫에 짚은 양손은 이미 떨리고 있었지만 주먹을 쥐지 않으려고 필사적으로 견디는 듯했다. 고개를 바닥에 조아리고 있어서 표정은 보이지 않았다. 하지만 그 목소리만 들어도 얼굴이 얼마나 괴롭게 일그러져 있을지 쉽게 상상이 갔다.

"저희 서시스 왕국과 마찬가지로 하나즈오 연합왕국의 반쪽인 차이넨시스 왕국이 지금, 침략당할 위기에 빠졌습니다……!"

그의 목소리가 떨리기 시작했다. 손질을 게을리한 적 없을 긴 금색 머리카락이 바닥에 닿아도 그는 고개를 들려 하지 않았다.

"이주일 전에 코페란디 왕국이 차이넨시스 왕국에…… 복종하거나 유린당하거나 둘 중 하나를 선택하라고 강요했습니다……!"

복종하면 식민지가 되고 거역하면 유린당해 속주가 된다. 그렇게 말한 그는 결국 견디지 못했는지 주먹을 쥐었고 고급스러운 카펫에는 선명한 손가락 자국이 남았다.

"유예는 한 달…… 더는, 시간이 없습니다……! 서시스는 함께 저항할 생각이지만 우리 나라, 하나즈오 연합왕국은 무력합니다……! 군사력도 규모도 그 나라의 발끝에도 못 미칩니다……!"

이제 보름밖에 안 남았다. 더욱 큰 대국인 라지야 제국의 수중에 있는 인근 국가 아라타 왕국, 라플레시아나 왕국 역시 하나즈오 연합왕국으로 쳐들어오기 위한 침략 준비를 진행한다고 했다.

그 세 나라를 합치면 군사력과 인구, 유일하게 코페란디 왕국보다 넓던 국토까지 전부 하나즈오 연합왕국을 웃돌게 된다. 하나즈오 연합왕국의 영토는 합치면 그럭저럭 넓긴 하지만, 인근 국가 세 개를 합치면 확실히 하나즈오 연합왕국보다 넓다. 집중적으로 노려지는 건 차이넨시스 왕국. 심지어 세 나라 뒤에는 많은 식민지와 속주를 거느린 대국 라지야 제국이 버티고 있다. 이기기는커녕 제대로 저항할 수도 없을 것이다.

"이젠, 당신들밖에 없습니다……! 노예 제도가 없는 나라면서, 라지야에 필적하는 힘과, 군사력을 지닌, 프리지아 왕국밖에……!"

노예 제도가 있는 나라는 라지야를 적대할 수 없다. 라지야 제국은 노예 생산국 중에서 가장 큰 나라기도 하다. 라지야 제국의 침략을 방해하면 노예 판매라는 '장사' 에도 지장이 생긴다.

"구해 주십시오…… 제발……!"

처음에 나타났을 때와는 확연히 다른 그의 모습은 가냘파 보였다. 고개를 숙이고 목을 잔뜩 움츠린 채 중간에 말문이 막히면서도 필사적으로 말을 이어나가는 그 간절한 호소는 알현실에 비통히 울려 퍼졌다.

"제발……!"

왕자가 마지막으로 고개를 들었을 때는 가슴이 옥죄인 것처럼 표정이 몹시 험악하고 괴롭게 일그러져 있었다.

"무슨 이야기인지는 알겠습니다……."

이야기를 다 들은 어머님이 마무리하듯이 대답했다. 그 고요한 목소리만이 이 공간에 숨을 불어넣었다. 세드릭은 움직임 하나 놓치지 않겠다는 듯이 일그러진 얼굴로 여왕을 올려다보았고, 나는 숨을 삼키고 어머님의 결단을 기다렸다.

"하지만 이쪽으로서는 아직 그 이야기가 사실인지 확증이 없습니다. 조금만 더 시간을 주시면 좋겠군요."

"그럴 수가……!"

어머님의 말씀을 듣고 세드릭이 할 말을 잃었다. 하지만 당연한 일이다. 처음부터 그렇게 말했다면 이미지가 달랐을지도 모르지만 이미 의혹이 생긴 뒤에 그렇게 말해 봤자 쉽게 믿을 리가 없다.

말을 잃은 세드릭의 눈동자에서 불꽃이 사라져 갔다. 마치 어머님에게 모든 것을 거절당한 것 같은 반응에 나는 한숨을 내쉴 뻔한 것을 필사적으로 참았다. 이런 곳에서 포기하면 안되지!

"어머님……. 저는 예지했습니다."

목소리를 억누르고 진언했다. 내가 '예지' 했다는 말에 어머님과 아버님은 눈을 동그랗게 뜨며 나를 돌아보았다.

"제가 예지한 바로는 차이넨시스 왕국은 타국에 침략받았습니다. 아마 세드릭 제2왕자 전하의 말씀은 사실일 겁니다."

사실은 그 외에도 여러 가지로 하고 싶은 말이 많았지만 실제로 그렇게 될지는 잘 모른다. 안 그래도 이번에는 전생의 기억과 다른 점이 너무 많다. 지금의 내가 할 수 있는 말은 이것뿐이다. 물론 어머님 입장에서 이 정도로는 전혀 안심할 수 없겠지. 그래도 이 나라에서 '예지' 라는 단어에는 큰 힘이 있다.

어머님은 잠시 고민하더니 주위에 있는 우리에게만 들리게 작게 신음했다. 그리고…….

"그렇다면…… 그 미래를 바꿔야 하겠군요."

긍정한다고도 볼 수 있는 그 말에 세드릭이 눈을 반짝이더니 "그럼 설마……!" 하고 중얼거리며 어머님을 바라보는 눈동자에 다시 불을 붙였다.

그래, 원래 우리 나라는 세드릭이 처음부터 그 조건을 말했어도 받아들일 마음의 준비가 되어 있었다. 애초에 먼저 오랫동안 동맹을 제안해 왔던 것도 우리 쪽이니까. 오히려 동맹을 맺고 싶다고 했었으면서 '하나즈오 연합왕국이 타국에 침략당할 위기니 역시 동맹은 물러야겠네요' 라는 태도를 보이면 지금까지 다른 동맹국과 구축해 온 신뢰도 잃게 될 것이다. 그들도 타국의 침략 위협에 노출되면 꼬리 자르기 당할 거라고 여길지도 모른다. 단지 협력이나 우호 관계를 맺는 게 다가 아니다. 상대 국가가 침략 위기에 노출되면 아군이 된다. 그것 역시 동맹을 맺을 때의 큰 이점 중 하나다. 그렇기에 동맹 관계가 된 나라와는 단단한 결속이 생긴다. 정말이지…… 처음부터 제대로 털어놨으면 됐을 텐데. 그랬으면 분명 이야기가 문제없이 진행됐을 것이다. 상대는 극악무도하고 이기적인 프라이드가 아니라 완벽한 여왕인 나의 어머님이니까.

"우리 나라는 다시 조사를 진행하겠습니다. 그리고 진위가 판명되는 대로 동맹을 체결하기로 하지요. 국왕 폐하도 그 상황에서는 나라 밖으로 나오기 힘드실 테니까요……."

어머님의 말씀에 세드릭이 고개를 크게 끄덕였다.

하나즈오 연합왕국이 긴장 상태인 지금, 국왕이 타국으로 나가기는 힘들다. 그렇다면 세드릭이 국왕 대리로 날인하거나 혹은 어머님이 서시스 왕국으로 가서 날인해야 한다. 원래라면 이대로 세드릭이 국왕 대리로 날인하면 끝이지만…….

"원래대로라면 당신이 대리로 날인하는 것이 아니라 제가 서시스 왕국으로 가서 날인하기로 이야기한 걸로 기억합니다."

어머님이 질베르 재상과 베스트 숙부님과 시선을 나누며 확인을 받고 세드릭에게 그렇게 전했다. 그도 그 말에는 "죄송하오나 저는 이번에 국왕 대리로서 허가를 받지 않은 상태입니다."라고 대답하며 사죄했다. 오히려 국왕 대리 허가는커녕 말없이 나라를 뛰쳐나왔으니 당연하다.

"역시 진위 확인을 위한 시간이 필요하겠군요. 3일만 시간을 주실 수 있을까요. 서시스 왕국 및 차이넨시스 왕국에 관한 진위가 밝혀지는 대로 동맹을 맺고 최대한 노력해 보지요."

어머님이 "동맹의 조건은……." 하고 칼 같이 확인하자, 왕자는 눈을 반짝이며 "물론입니다."라고 대답했다. 어머님도 처음부터 그럴 생각으로 먼저 시간을 달라고 한 건데, 하여튼 이 사람은.

"감사드립니다!"라고 외친 세드릭은 다시 어머님과 우리에게 고개를 깊이 숙였다. 그런데 그러기 직전에 한순간 나와 눈이 마주친 듯한 기분이 들었다. 역시 나에게 고개 숙이는 걸 약간 망설인 걸까.

하지만 다행이다. 이제 베스트 숙부님이 사실 관계만 확인하시면 프리지아 왕국과 서시스 왕국은 동맹을 체결한다. 그렇게 되면 하나즈오 연합왕국이 노예 생산국이 되는 사태도 막을 수 있다.

라지야 제국. 게임 속에서도 종종 등장하던 이름이다. 첫 번째 게임에서는 이야기의 메인 스토리 후반부터 여왕 프라이드의 협력국이기도 했다. 다만…… 티아라와 공략 대상 앞을 막아서는 중간 보스 포지션인 스테일이나 아서, 세드릭, 레온과 비교하면 미니 보스나 엑스트라 포지션이었다. 심지어 미니 보스로서 앞을 막아선들 공략 대상에게는 흠집 하나 나지 않았고, 고전하자마자 바로 꽁지 빠지게 도망치거나 최후의 일격을 맞았으며, 프라이드가 단죄당하자 라지야 제국은 빠르게 후퇴하고 말았다. 이야기의 메인 스토리에는 연관되지만 출연 분량은 거의 인상에 안 남을 정도였다. 게임 속 위협은 어디까지나 최종보스 여왕 프라이드가 지배하는 '프리지아 왕국'이었으니까.

노예 대국인 라지야 제국이 쳐들어오는 거라면 모를까, 코페란디 왕국을 포함한 세 나라 정도라면 프리지아 왕국만으로도 충분히 맞설 수 있다. 라지야 제국은 침략과 노예 생산으로 규모를 확장하고 힘을 키웠지만 최근에는 프리지아 왕국과의 우호를 바라는 세력도 있는 모양이다. 하지만 라지야 제국은 노예 제도 지상주의인 데다가 우리 나라 국민도 라지야 제국에서 계속 거래되고 있어서 그렇게 되는 건 어려운 상황이다.

국내의 노예 제도는 그 나라의 자유에 맡긴다. 타국에서 유괴되거나 팔려 간 국민이 노예제 국가에서 노예가 되면 그 나라 소유가 된다. 설령 그 국민이 노예 제도 철폐 국가의 국민이라 해도 말이다. 질베르 재상이 타국에 팔린 우리 나라 국민들도 보호 대상으로 삼아 되찾아 오기 위한 법률과 시스템을 만들고 있으니 그게 완성되는 대로 상품이 된 프리지아 국민을 돌려받을 생각이다. 라지야 제국도 프리지아 왕국과의 우호를 바란다면 우리 나라와 동맹을 맺은 하나즈오 연합왕국에 침략의 손길을 뻗치기는 망설일 것이다. 사실상 프리지아 왕국에 선전 포고하는 거나 마찬가지니까.

"동맹을 체결하는 대로 원군을 보내겠습니다. 저도 라지야 제국에 하나즈오 연합왕국과의 평화협정과 회담을 요청해 보지요."

어머님이 시선을 던지자, 베스트 숙부님이 승낙의 뜻으로 고개를 끄덕였다. 그러나 라지야 제국 역시 우리 나라에서 가려면 오래 걸린다. 그 때문에 회담 자체에도 시간이 걸릴 거라고 이야기하는 어머님에게 세드릭은 "충분합니다……!"라며 다시 양손을 바닥에 짚고서 고개를 숙였다. 그 순간, 물방울이 바닥을 뚝뚝 적셨다.

어머님이 거기까지 내다보고 말씀하셨다는 건 세드릭의 말을 신뢰하셨다는 뜻이겠지. 분명 3일 뒤면 동맹을 위해 본격적으로 움직이실 것이다. 나는 무심코 안도의 한숨을 내쉬었다.

어머님이 세드릭에게 퇴실을 허가하자, 그는 무겁게 고개를 숙인 뒤 떠났다. 금색 머리칼 너머로 눈동자뿐만 아니라 그 주변까지 빨갛게 부은 것이 살짝 엿보였다.

너한빛 시리즈의 첫 게임. 세드릭 루트에서 그는 1년 전 처참한 과거를 티아라에게 털어놓는다.

그의 나라는 1년 전에 갑자기 나타난 코페란디 왕국에 항복하거나 유린당하거나 둘 중 하나를 선택하라고 강요받았다. 항복하면 라지야 제국의 식민지가 되지만 나라 이름과 문화는 유지할 수 있다. 저항하면 나라를 통째로 강탈당해 라지야의 속주가 되어 문화와 나라 이름을 잃게 된다. 어떤 선택지를 골라도 라지야 제국 산하로 들어가며, 차이넨시스 왕국은 강제로 노예 생산국으로서 라지야에 국민을 바쳐야 한다. 고민하던 국왕은 두 가지 결단을 내렸다.

그 결단을 들은 세드릭은 자기 나라를 뛰쳐나와 대국으로 유명한 프리지아 왕국에 하나즈오 연합왕국을 구해 달라고 간절히 부탁했다. 그러다가 여왕 프라이드의 함정에 빠져 결과적으로 지키려 했던 소중한 사람들마저 자신의 행동으로 인해 불행하게 만든다.

그는 스스로 그 고난과 후회를 딛고 일어서, 나라를 위해 노력하는 훌륭한 왕자로 성장한다. 두 번 다시 남을 믿지 않겠다는 결의와 사라지지 않는 마음의 상처와 함께. 그리고 1년 후…… 다시 프라이드에게 인생을 농락당한다.

"프라이드…… 제1왕녀, 전하."

어머님과 인사를 나누고 알현실을 나오자, 내 방 앞에 세드릭이 서 있었다. 아마 내가 돌아오기를 기다린 듯했다. 세드릭은 나를 확인하자마자 이쪽으로 몸을 돌리고 나를 똑바로 바라봤다.

"'프라이드'라고 불러도 돼. 너도 내 이름에는 경칭조차 붙이고 싶지 않잖아……?"

내가 서로 가식은 버리자고 제안하자, 그는 나에게 그런 말을 들어서 불쾌했는지 또 눈살을 찌푸리며 얼굴을 구겼다.

"프라이드……. 미안해…… 나 때문에 여러모로 수고를 끼쳤네."

세드릭이 아직 나와 눈을 마주치고 싶지 않은 건지 시선을 바닥으로 떨구며 말하자 티아라와 스테일이 내 양옆에 서서 경계했다. 등 뒤에서 아서와 에릭 부대장이 무기를 빼 드는 소리까지 들렸다.

"그런 건 아무래도 좋아."

머리로는 그러면 안 된다고 알아도 이상하게 자꾸 말이 시비조가 된다. 누가 내 뒤통수 좀 때려 줬으면 좋겠다.

세드릭은 내 말을 듣고 약간 놀랐는지 눈썹을 치켜올렸다. 그가 계속 입을 다무는 바람에 어쩔 수 없이 내가 말을 이었다.

"네가 지키고 싶은 사람과 국민이 구원받는다면, 딱히 나한테 얼마나 수고를 끼치든 상관없어. 내가 화난 건 네가 그 수고를 자신의 긍지를 지키는 데에만 쓰고 있었기 때문이야."

아무리 자기 용모에 자신이 있었다지만 나를 반하게 해서 손쉽게 동맹을 맺으려 하다니. '사랑스러운 세드릭 님의 나라가 위기에 처했다고?! 그럼 도와줘야지!' 같은 전개를 기대했겠지만 그렇게 생각했다는 것 자체가 부끄럽다.

　말투가 무의식적으로 날카로워지지 않게 세심한 주의를 기울였다. 세드릭도 이제야 자신의 행실을 깨달았는지 목울대를 울리더니 또 눈을 내리깔았다. 그리고 다시 작은 목소리로 "미안……." 하고 사죄하는 것이 들렸다.

　"그리고……."

　흐름을 타고 말을 잇다가 잠시 멈췄다. 다시 말하려던 순간 또다시 그때 느꼈던 분노가 생생히 떠오르고 말았다. 사실은 '일단 한 대만 때리게 해 줘.' 라고 말하고 싶은 기분이지만 제 2왕자에게 그런 말을 할 수 있을 리가 없다.

　"어떡하면 돼……?"

　그때, 갑자기 세드릭에게서 웅얼거리는 말소리가 흘러나왔다. 작지만 또렷이 들린 그 말에 이번엔 내가 눈살을 찌푸렸다.

　"어떡하면, 난 너한테 용서받을 수 있어?"

　마치 처음으로 혼난 어린애 같은 얼굴이었다. 눈썹은 축 늘어졌고 어딘가 슬퍼 보이는 눈동자가 나를 향해 미세하게 흔들렸다. 한순간 다시 태세를 전환해서 저자세로 나오려는 건가 싶었지만, 그 표정은 아무리 봐도 협상에 서투른 세드릭이 계산해서 지어낼 만한 것이 아니었다.

　"이제 너한테 허락 없이 손 안 댈게. 네 요리나 물건도. 지금까지 저지른 무례도 몇 번이고 사죄할게. 그래도, 안 돼……?"

　이 버려진 강아지 같은 눈동자는 뭐지…….

　"안 돼……?"라고 중얼거린 세드릭은 가냘픈 표정으로 희미하게 눈을 글썽이며 나를 보았다. 게임의 영상에서도 본 적 없는 표정이었다. 약해진 모습이 나오는 장면은 얼마든지 있었지만 이렇게 복잡한 표정은 처음 봤다. 분명 계속 그에게 화가 나 있었는데, 아까 분노가 끓어올랐던 게 거짓말처럼 겨우 음식을 먹은 정도로 앙심을 품고 세게 나갔던 것에 죄책감마저 들었다. 말문이 막힌 내 앞으로 스테일이 나왔다. 지금은 딱히 세드릭에게 무슨 짓을 당하지도 않았는데.

"저도 자세히 알지는 못하지만, 당신이 누님에게 저지른 수많은 무례는 도저히 용서받을 수 없습니다. 어머님께 조언을 드린 건 누님의 자비입니다. 부디, 그것만은 잊지 마시기를……."

어째선지 스테일이 나보다 더 적의로 가득해 보였다. 역시 아서의 요리에 대한 원한일까. 이렇게까지 명백히 적의를 드러낸 건 질베르 재상 이후로 처음일지도 모른다.

스테일의 말에 세드릭은 "그렇구나……." 하고 슬프게 시선을 떨구더니 "방 앞에서 실례했어."라고 중얼거리고서 우리에게 길을 열었다. 나도 스테일과 티아라의 재촉을 받아 그를 지나쳐 방으로 들어갔다.

그러는 동안에도 계속 그 자리에 우두커니 서 있는 세드릭이…… 조금 신경 쓰였다.

세드릭이 어머님에게 진실을 고백한 다음 날에도 우리는 경비를 위해 방에 근신했다.

하지만 오전이 지났을 무렵, 방에 틀어박혀 있어야 할 나는 호위 근위기사와 근위병과 함께 방을 뛰쳐나왔다. 최대한 빠르게 이동해 양해를 구한 뒤에 호위에게 객실 문을 열어 달라고 부탁했다.

"레온! 미안해, 성안이 어수선하지?"

"안녕, 프라이드. 아니…… 그건 괜찮은데…… 도대체 무슨 일이야?"

레온이 저번에 선언한 대로 우리 성에 방문했다. 아무리 성의 문지기라도 동맹국인 아네모네 왕국의 제1왕자를 쫓아낼 수는 없었고, 어머님에게 레온을 맞이해도 된다는 허가를 받았다. 다만 엄청난 수의 강력한 기사들을 호위로 붙인다는 조건으로……. 객실에서 기다리던 레온의 주위는 이미 4번대의 여러 기사들이 둘러쌌고, 거기다 레온이 데려온 아네모네의 호위까지 포함하면……. 언뜻 보면 우락부락한 사람들이 레온을 위협하는 것 같았다.

레온의 질문에 내가 말할 수 있는 범위 내에서 사정을 설명하자, 그의 비취색 눈이 점차 동그래졌다.

"설마 제2왕자가…… 그런 이유로 프리지아 왕국에……."

"그래. 그래서 일단 심의 중이고 이 기간 동안에는 엄중 경계 태세야. 미안해, 좀 진정된 다음에 이야기할 수 있었으면 좋았을 텐데."

정말이지, 레온이 일부러 발걸음 했는데 면목이 없다. 이런 상태니 분명 오래 있기도 힘들 것이다. 내가 사과하자, 레온은 웃으며 "나야말로 이렇게 바쁠 때 와서 미안해."라고 대답했다. 뒤이어 천천히 마음을 가다듬듯이 내 뒤에 붙은 아서 일행에게 인사했다.

"그리고 부대장 승진 축하해 아서. 저번에 프라이드한테 들었어."

레온이 진심으로 기뻐하며 싱긋 미소를 짓자 아서는 약간 황송한 듯이 "감사합니다……." 하고 고개를 숙였다. 그리고 "넌 아주 우수해, 프라이드와 티아라, 스테일 왕자가 자랑하는 이유를 알겠어."라는 말을 듣자, 조금 쑥스러운 듯이 시선을 피하며 얼굴을 빨갛게 물들였다. 레온의 직구는 정말 파괴력이 대단하다.

"아…… 승진이라고 하니까……."

레온이 문득 떠올랐다는 듯이 목소리를 흘렸다. 그 순간 나와 에릭 부대장이 거의 동시에 뭔가를 눈치채고 얼굴을 마주보았다. 위험해!

"프라이드의 축하……."

"꺄아! 꺄아아아아아아아아아!"

나는 레온의 말을 가로막듯이 영문 모를 괴성을 지르며 무심코 레온의 입을 양손으로 막았다. "으읍?!" 하는 짧은 목소리와 함께 레온의 눈이 다시 동그래졌다. 뒤를 돌아보니 아서가 눈을 깜빡이고 있었다. 에릭 부대장이 "왕족 간의 이야기라면 기밀 사항도 있을 테니, 저희는 방 밖에서 대기하겠습니다."라고 빠르게 말하며 아서와 호위를 억지로 끌고 방에서 나갔다. 그리고 문을 닫기 직전에 무슨 일 있으면 바로 불러 달라고 굳은 표정으로 웃으며 말했다.

쾅! 하는 시끄러운 소리와 함께 문이 닫혔다.

"미안해, 레온⋯⋯. 여러 가지로 좀, 일이 있어서⋯⋯."

레온의 입에서 살며시 손을 떼고서 그대로 자연스레 뺨 위에 손을 올렸다. 갑자기 입을 막아서 숨쉬기 어려웠던 탓인지 얼굴이 약간 빨개져 있었다.

"아⋯⋯아니, 그건⋯⋯."

"괜찮은데⋯⋯." 하고 레온이 작은 목소리로 대답했다. 동그래진 눈이 깜빡이며 나를 똑바로 바라보았다.

"어어⋯⋯ 그게⋯⋯ 실은 아서의 축하 파티가 실패했거든."

레온이 "실패?" 하고 고개를 갸웃거리는 모습에 나도 모르게 쓴웃음을 지으며 대답했다. 그러자 내 표정이 불안했는지 "식재료에 뭔가 부족한 점이라도 있었어??" 하고 걱정하기 시작했다. 나도 이 질문에는 "아니." 하고 고개를 저으며 부정한 뒤 말을 이었다.

"요리는 잘됐어. 그런데⋯⋯. 다른 사람이 먹었어⋯⋯."

아무리 그래도 범인이 세드릭이라고 말하기는 힘들었다. 그래서 손끝으로 볼을 긁으며 얼버무리자, 레온은 의아하다는 듯이 고개를 갸웃거렸다.

"제1왕녀인 네가 만든 걸⋯⋯ 마음대로 먹는다고? 그런 사람이 있어??"

'서시스 왕국의 제2왕자요.' 라고는 도저히 말 못 할 분위기가 되고 말았다. 레온의 말투에는 누가 봐도 진심 어린 의문이 담겨 있었다. 그래도 내가 굳이 밝히지 않으려는 걸 눈치챈 그는 웃으며 또 식재료를 조달하면 바로 보내겠다고만 말했다. 어쩌지…… 너무 다정해서 울고 싶어졌다.

"그보다…… 마침 아무도 없으니 확인하고 싶은 게 있는데. 그리고…… 제2왕자는 아직 여기에 있어?"

레온이 방을 둘러보며 목소리 크기를 살짝 줄이고 화제를 바꾸었다. 약간 의심쩍어하는 듯한 레온의 표정에 이번에는 내가 고개를 갸웃거렸다. 세드릭이라면 지금도 우리가 있는 궁전의 손님용 방에 있을 것이다.

"응, 앞으로 최소한 이틀은 머무르게 할 예정이야. 세드릭에게 뭔가 용무라도 있어……?"

필요하면 세드릭을 불러도 되는지 어머님께 허가받겠다고 말하자, 레온은 "아니, 그 사람은 됐어." 하고 부드럽게 미소를 지었다.

"내가 보고 싶은 건 프라이드뿐이니까."

또 엄청난 직구가 날아왔다. 그만 부끄러워진 내가 그걸 숨기듯이 마주 웃자, 레온의 미소에 점차 요염함이 섞이기 시작했다. 손으로 내 머리칼을 살며시 쓰다듬었을 뿐인데도 요염했다.

"제2왕자에게, 뭔가 실례되는 짓을 당하진 않았어?"

설마 갑자기 핵심을 찔릴 줄은 몰라서 어깨가 들썩였다. 예전부터 세드릭과 면식이 있는 레온은 그의 언동의 문제점을 알았을 테고 어쩌면 실수할 것도 어느 정도 예상했을지 모른다. 무심코 굳은 채 대답을 망설이는 내 모습에 레온의 미소가 조금씩 옅어졌다. 나에게 살며시 얼굴을 가까이 대고 서로의 얼굴을 교차시키더니 바로 옆에서 내 귓가로 입을 가져갔다.

"무슨 일…… 있었어……?"

조용히 묻는 그 목소리가 더 깊어졌다. 뭘까, 갑자기 춥다.

소곤소곤 이야기하려고 귓가에서 속삭인 탓일까. 내가 "어어……." 하고 우물거리자, 레온은 얼굴을 빼더니 이번에는 큰 키로 위에서 내려다보듯이 요염한 눈빛을 번뜩였다.

"무슨 짓이라도…… 당했어……?"

뭔가 불안한 듯하면서도 어딘가 탐색하는 듯한 야릇한 눈빛에 얼굴이 달아올라 눈을 피하고 말았다. 어쩌지, 아네모네 왕국의 제1왕자인 레온에게는 세드릭의 나쁜 인상을 별로 말하고 싶지 않은데.

이윽고 이름을 부르는 소리에 체념하고 고개를 들자, 나를 살피는 눈빛이 점차 불안하게 흔들렸다.

"괜찮아……?"

비취색 눈빛에 나도 모르게 시선이 고정됐다. 아차, 걱정을 끼치고 말았네. 어차피 이렇게 말을 흐렸으니 무슨 일이 있었다고 말하는 거나 마찬가지다.

"괜찮아. 처음에는 여러 가지로 일이 좀 있었지만 지금은 많이 진정됐으니까. 걱정 끼쳐서 미안해."

내가 어찌어찌 웃어 보이자, 레온도 그에 응하듯이 부드럽게 미소를…….

"무슨 일 있으면 나를 중개역으로 부르라고 했잖아……."

레온이 미소를 지은 표정 그대로 슬픈 목소리를 흘렸다. 어느새 그의 눈동자가 다시 야릇하게 번뜩였고 숨이 멎을 만큼의 색기가 온몸에서 뿜어져 나왔다.

"프라이드. 네가 걱정돼……."

레온에게서 시선을 떼지 못한 채 점점 색기에 눌리듯이 얼굴이 뜨거워졌다. 방심한 상태인 내 손을 레온이 부드럽게 잡았다.

"나는…… 계속 옆에 있을 수 없으니까."

손가락 힘만으로 손을 꽉 쥐나 싶었는데 레온의 표정이 슬프게 가라앉았다. 그러더니 아랫입술을 살짝 깨물고 나를 지그시 바라보았다.

"걱정해 줬는데 미안해……. 하지만 동맹국의 제1왕자인 레온에게 중개를 시킬 수도 없는 노릇이고, 게다가……."

"제1왕자로서가 아니야. 우리는 '맹우' 잖아?"

레온이 내 말을 끊듯이 강한 말투로 선언해서 변명하려던 입이 다시 오므라들었다. 말을 잃은 나에게 레온은 아차 하는 표정으로 미안하다고 사과했다. 레온의 잘못이 전혀 아닌데…….

잠시 침묵이 이어지다가 한순간 레온에게서 숨을 삼키는 소리가 들렸다. 무슨 일인가 해서 고개를 드니 아까까지는 없었던 강한 의지가 깃든 눈동자가 보였다. 무심코 눈을 휘둥그레 뜨자, 레온이 평소와 같은 부드러운 미소를 지으며 "프라이드." 하고 불렀다. 내가 짧게 대답하자…… 레온은 다정하게 싱긋 웃었다.

"다음부터는, 제대로 나를 의지해 줄래……?"

그 미소에서는 예전에 느껴졌던 덧없음이 티끌만큼도 없었다. 무언가에 떠밀리듯이 나도 몇 번이고 고개를 끄덕였다. 물론이라고 대답하자, 레온은 진심으로 안도한 듯이 포근히 웃으며 나에게 새끼손가락을 내밀었다.

"그럼…… 약속."

레온은 어린애처럼 방긋 웃더니 부드러운 미소를 지은 채 새끼손가락을 가만히 멈추고 내가 손가락을 내밀기를 기다렸다. 그가 뭘 하고 싶은지 깨닫고 나도 내 새끼손가락을 걸었다. 레온의 피부는 나보다 하얘서, 손가락이 얽히자 그 차이가 더욱 돋보였다.

"약속이야……."

마주 건 손가락에 조금 힘을 주고 나도 확실히 선언하며 약속했다. 그러자 스스로 내밀었던 레온의 하얀 피부가 점점 붉게 달아올랐다. 원래 하얀 탓에 발그레해진 뺨이 분홍빛으로 변했다. 얽힌 새끼손가락을 가만히 바라보는 레온의 눈이 보석처럼 반짝였다. 미소 짓는 입가가 부드럽게 풀어졌다.

레온은 어린애처럼 약속하는 게 쑥스러웠는지 뺨을 분홍빛으로 물들인 채 단단히 건 손가락에서 눈을 떼지 못했다. 나도 덩달아 부끄러워져서 이런 건 어디서 배웠냐고 물어보았다.

"성 밖의 어린아이가 가르쳐 줬어. 언제까지나 가슴을 펴고 아네모네 왕국을 자랑스럽게 여길 만한 좋은 나라로 만들겠

다고…… 그 아이들과도 이렇게 약속했어."

레온은 수줍은 표정으로 그렇게 말하더니 그때 일이 떠올랐는지 살며시 웃었다. 그 미소를 보고 나서야 나도 몸의 긴장이 풀렸다. 마음이 놓여서 마주 건 손가락의 힘을 천천히 풀자, 손가락이 자연스레 스르륵 풀려 나왔다. 레온이 무언가 위화감이 들었는지 풀린 자신의 새끼손가락을 눈앞까지 들어 올리더니 살짝 구부러진 손가락을 바라보았다.

"약속……."

그리고 끝으로 그렇게 중얼거리며 작게 미소를 지었다.

그 미소는 안도한 듯 보이기도…… 무언가 만족한 듯 보이기도 했다.

"프라이드 님, 오늘까지 온 편지는 어떻게 할까요?"

롯테의 목소리가 들려서 뒤를 돌아보았다. 롯테는 내 앞으로 온 편지 두 다발을 들고 확인하고 있었다. 아까 사자가 가져다준 것까지 포함해서 최근 며칠 분량의 편지다.

드디어 내일이면 어머님이 결단을 내리시는 날이다. 이틀 전부터 성안이 바빠서 오늘도 온종일 방에서 나오지 말라고 명령을 받았다. 스테일은 베스트 숙부님과 함께 국외의 정보를 정리하지만, 나와 티아라는 각자의 방에 있다. 지금 이 방에는 전속 시녀 롯테와 마리, 근위병 잭, 근위기사 아서와 칼럼 대장밖에 없다.

"고마워. 바로 읽어 볼게."

롯데가 건네준 편지 다발을 받아들고 각각 발신인을 확인했다. 애크로이드, 비글리, 네펜데스, 코르크혼…… 대부분이 여러 나라의 왕자나 귀족에게서 온 편지였다. 어느 나라에서 온 편지인지 알 수 없는 것들도 종종 있는데 이번에는 모두 발신인이 적혀서 그나마 나은 편이다. 가끔 발신국은커녕 발신인 이름조차 안 쓴 편지도 있다. 내용에 문제만 없으면 나한테 전달되지만…… 일방적으로 사랑의 말을 적었을 뿐이라 뭘 전하고 싶은지 알 수 없는 수수께끼나 마찬가지다.

처음에 편지가 오기 시작했을 때는 너무 신분이 높은 사람들 것밖에 없어서 적잖이 당황했지만 최근에는 감각이 많이 무뎌졌다. 스테일은 읽지 않고 버려도 된다고 했지만 간혹 중요한 이국의 정보나 이야기가 적혀 있기도 하고 무엇보다 편지를 읽지 않고 버리기에는 마음에 걸렸다. 전생에서는 문자와 SNS가 유행해서 편지의 고마움을 아는 나는 버릴 수 없었다. 그래도 답장까지는 못 쓰지만 최소한 한 번씩은 읽고 싶다. 이젠 정기적으로 읽는 게 완전히 습관이 되고 말았다. 아마 처음이자 마지막일 내 인기의 황금기일 테니 고맙게 생각해야 한다.

"저기…… 프라이드 님."

첫 번째 편지 봉투를 열었는데 아서가 말을 걸어서 뒤를 돌아보았다. "왜?" 하고 묻자, 아서는 뭔가 말하기 거북한지 입술을 움찔거리다가 다시 입을 열었다.

"저기, 편지에서…… 좋은, 분은 없으셨나요……?"

"응?" 갑작스러운 연애 화제에 얼빠진 목소리가 흘러나오고 말았다. 아서도 자기가 말해 놓고 부끄러운지 볼이 살짝 빨갰다. 칼럼 대장도 놀란 듯이 그를 바라보며 덩달아 볼을 붉혔다.

"아니…… 그, 항상 프라이드 님 앞으로 엄청난 양의 편지가 오고, 그걸 프라이드 님이 읽으시니까…… 어떤가, 해서요."

그러다 "죄송합니다." 하고 작게 사과한 아서는 눈을 돌렸다. 내 남편감 찾기가 그렇게 걱정됐나. 나는 "글쎄……." 하고 대답하며 다시 편지로 시선을 떨어뜨렸다. 그대로 편지를 열자, 평소와 같은 달콤한 사랑의 말이 적혀 있었다. 아마 이 편지도 평소처럼 나중에 스테일이나 질베르 재상이 선별할 것이다.

"아직까지는…… 없다고, 할까."

내가 생각해도 애매한 대답이었다. 아서가 "그러시군요……." 하고 작게 맞장구쳤고, 나는 "왜냐하면……." 하고 말을 이으며 두 근위기사를 돌아보았다. 내가 말을 이어서 놀랐는지 둘 다 눈이 살짝 동그래져서 이쪽을 바라봤다.

"내 주변에 있어 주는 사람들만으로도 충분하고 남을 만큼 행복하거든."

나도 아서의 연애 화제에 몰입했는지 스스로도 조금 부끄러운 대사를 치고 말았다.

말하고 나서 후회하며 멋쩍은 웃음으로 얼버무리자…… 어째선지 아서와 칼럼 대장의 얼굴이 새빨개졌다. 내가 봐도 부끄러운 대사를 쳤다는 걸 알아서 두 사람에게 이끌려 또다시 얼굴이 뜨거워졌다. 한 박자 늦게 아서가 손등으로 입가를 가렸고, 칼럼 대장도 한 손으로 입을 막았다. 뒤이어 둘 다 나에게서 얼굴을 돌려 완전히 시선을 피했다. 어쩌지…… 완전히 머릿속이 꽃밭인 왕녀라고 생각하고 있잖아! 아무리 봐도 '잘도 그렇게 부끄러운 대사를 치네.' 라고 생각하고 있잖아!

"바……방금 건 못 들은 걸로 하……세요……."

나도 부끄러워져서 손에 든 편지를 입가에 대고 두 사람에게서 시선을 돌렸다. 안 돼, 사랑의 편지를 쓴 사람에게 달콤한 문장이니 뭐니 하면서 남 일처럼 말할 때가 아니었다. 왕자님 캐릭터인 레온이나 세드릭이라면 몰라도 그저 최종보스 여왕일 뿐인 나에게는 너무 난도가 높았다.

두 사람에게서 알겠다는 말이 돌아왔지만 부끄러워서 아직도 눈을 못 마주치겠다. 일단 편지나 빨리 읽자 싶어서 두 사람에게 등을 돌리고 도망쳐서 다시 편지를 읽었다. 그때였다…….

"안 됩니다! 방으로 돌아가 주십시오!"

"세드릭 제2왕자 전하! 아직 외출은……!"

방 밖이 급격히 소란스러워졌다. 세드릭의 이름이 들리는 걸 보니 무슨 일이 있는 걸까.

잭이 방 밖의 위병에게 확인하러 나갔는데 돌아올 때 약간 의아한 표정을 짓고 있었다.

"아무래도…… 세드릭 제2왕자 전하께서 방 앞에서 위병에게 붙잡히신 모양입니다."

'외출 금지 중일 텐데?!' 나는 잭이 한 말을 듣고 귀를 의심했다. 심지어 지금 가장 위험한 사람은 세드릭인데 왜 갑자기 방을 나가려 한 걸까. 괜히 멋대로 움직이면 어머님의 노여움을 살지도 모르는데.

"설마, 프라이드 님께 오려는 게……?"

칼럼 대장의 작은 중얼거림에 아서가 안색을 바꿨다. 설마. 물론 사과했을 때 내가 튕기긴 했지만 그렇다고 위병의 제지까지 뿌리칠 리는 없다. ……그렇게 생각하고 싶다.

그러나 잭은 몹시 말하기 거북한 듯이 "그게……." 하고 말을 흐렸다. 무슨 소리를 하려나 싶어서 다 같이 잭을 주시하는 와중에 롯테는 내가 걱정됐는지 살며시 어깨 위에 손을 올렸다.

"지금 당장 자국으로 돌아가겠다고…… 말씀하시는 모양입니다……."

"뭐라고?!" 잭이 한 말에 나도 모르게 소리를 질렀다. 영문을 모르겠네!

아직 어머님께 동맹 승낙을 받지 않는데 그전에 나라로 돌아가겠다니, 동맹 협상 자체를 백지로 만들겠다는 거나 마찬가지다. 모처럼 여기까지 와 놓고 왜 갑자기 그런 말도 안 되는 일을 벌이지?!

서둘러 세드릭에게 가려고 의자에서 일어나 방문을 향해 달려가다가 잭과 칼럼 대장, 아서에게 붙잡혔다. 맞다. 나도 방에서 근신 중이었지. 하지만 그러는 동안에도 방 밖에서는 소란스러운 목소리가 울리더니 그 소리가 점점 멀어졌다.

아무리 그래도 서시스 왕국의 제2왕자다. 위병도 무리하게 제지할 수는 없겠지. 아, 진짜! 겨우 이틀 지났는데 이러기냐고! 세드릭에게 사과받은 뒤에 스테일이 쉽게 용서하면 안 된다고 해서 웬만하면 더는 연관되지 않기로 결심했는데! 어머님에게 제대로 부탁하는 모습을 보고 조금은 다시 봤는데! 진지하게 사과하기에 용서할까 싶기도 했는데!

이미 내 안의 세드릭의 이미지가 스스로도 영문을 알 수 없는 위치에서 우왕좌왕하기 시작했다. 아무튼 세드릭은 방에서 뛰쳐나왔고, 나는 방에서 나갈 수 없어! 그렇다면 지금은…….

"세드릭 실버 로웰!!"

배에 힘을 주고 목청껏 소리를 질렀다. 내가 들어도 날카로운 목소리여서 마지막에는 지잉, 하는 이명 같은 소리가 났다. 내가 갑작스럽게 지른 고함에 아서와 칼럼 대장은 눈이 휘둥그레졌고, 마리와 롯테는 깜짝 놀랐는지 귀를 막았다. 소리를 지르고 나서 숨을 헐떡이며 바깥에 귀를 기울이자, 아까의 소란은 멈춰 있었다.

"세드릭 제2왕자를…… 제 방으로…… 부르세요."

어차피 방을 나왔으니 내 방으로 불러도 문제없겠지.

잭에게 부탁하니 바로 방 밖에 있는 위병에게 전달했다.

'용서할 필요는 없습니다, 프라이드.'

'저도…… 세드릭 제2왕자가 프라이드 님에게 한 짓은 용서 못 해요.'

'저도 세드릭 제2왕자한테 화낼 거예요!'

'그자가 프라이드 님에게 저지른 무수한 불경은 그렇게 간단히 용서될 것이 아니라고 생각합니다.'

정말 미안해, 모두…….

스테일, 아서, 티아라, 에릭 부대장. 이틀 전에 나를 위해서 화낸 그 사람들에게 마음속으로 사과했다. 하지만 이대로 내버려 둘 수는 없다. 이 이상 세드릭의 폭거로 동맹에 영향을 주고 싶지 않다.

뒤를 돌아 아서를 바라보자, 역시 뭔가 말하고 싶은 듯한 표정을 짓고 있었다. 그럴 만도 하지. 불과 이틀 전에 충고했는데 바로 오늘 세드릭과 연관되려 하니까. 그러니까…….

나는 아서와 칼럼 대장에게 달려가 두 사람의 손을 각각 쥐었다. 갑자기 손이 붙잡혀 놀랐는지 둘 다 움찔거리며 팔을 살짝 떨었다.

"칼럼 대장님, 저번 일은 에릭 부대장님에게 들었을 거라고 생각해요. 부디, 필요하다면 망설이지 말고 저를 말리세요."

스테일이 인정하는 우수한 두뇌의 소유자인 이 사람이라면 분명 내가 섣부른 생각이나 실수를 해도 눈치챌 것이다. 그렇게 생각하고 부탁하자, 그는 갑작스러운 의뢰에 긴장했는지 볼을 살짝 붉히면서도 "알겠습니다." 하고 고개를 끄덕였다.

"아서."

다음으로 다른 쪽 손으로 쥐고 있는 그에게로 시선을 돌렸다. 내가 쥔 손을 바라보던 파랗고 동그란 눈동자가 이쪽을 향했다. 나를 몇 번이나 세드릭에게서 지켜 주고 스테일과 함께 세드릭을 타박한 아서니까.

"곁에 있어 줘."

아서의 눈이 이 이상 크게 뜨는 게 불가능할 만큼 휘둥그레졌다. 그리고 얼이 빠진 듯이 입을 작게 벌렸고, 그와 반대로 내 손을 강하고 단단하게 맞잡았다.

"네……." 하고 짧게 대답한 아서의 얼굴은 칼럼 대장보다 더욱 달아오르더니 점차 빨개졌다. 역시 아직 세드릭에 대한 경계가 풀리지 않은 건가. 그것도 나한테 많은 일이 있었던 탓이지만…….

칼럼 대장과 아서에게 고맙다고 인사하고 손을 놓았다. 그러는 동안 여러 발소리가 내 방에 가까워졌다.

"실례하겠습니다……."

노크 소리가 들려 허가를 내리자 문이 열렸다. 세드릭은 손에 서신 한 장을 들었다. 단정한 얼굴을 심하게 일그러뜨린 그는 무거운 발걸음으로 고개를 숙인 채 이를 악물고 있었다.

"무슨 일이야……? 갑자기 귀국하겠다니."

"미안해…… 부탁이야, 한 번만 하나즈오로 돌아가게 해줘……!"

"안 돼. 그런 짓을 하면 동맹이 어떻게 될지 너도 알잖아?"

나는 세드릭의 부탁을 단호히 거절했다. 그 순간, 그가 들고 있던 서신을 구기는 소리가 났다. 그러더니 "그래도……." 하고 중얼거리더니 다시 목소리를 높였다.

"나는…… 돌아가야만 해……!"

마치 쥐어 짜내는 듯한 목소리였다.

세드릭이 고개를 푹 숙이고 세게 가로젓다가 나를 향해 얼굴을 들었을 때는 이미 눈동자의 불꽃이 흔들리고 있었다.

"무슨 일 있었어……?"

범상치 않은 그 모습에 나도 모르게 침을 삼켰다. 세드릭은 말을 흐리듯이 입을 다물고 그 이상은 말하려 하지 않았다. 또 무언가를 숨기고 있었다…….

"우리 나라와의 동맹은 어쩔 건데?"

질문을 바꿨다. 어떤 이유가 있든 동맹 협상 도중에 돌아가는 건 용납되지 않는다.

세드릭은 하얗고 가지런한 이를 꽉 물며 눈을 질끈 감았다. 몇 초간의 침묵 후, 이번에는 억지로 움직이듯이 입을 열었다.

"이번에 동맹은…… 백지로 만들어도 상관없어. 이제부터 여왕 폐하께도 사죄를……."

"바보 아냐?!"

나도 모르게 또 목소리를 높였다. 아차, 또 폭언을 내뱉고 말았다. 이젠 싫어, 이 사람. 이유는 모르겠지만 왜 동맹을 백지로 만들겠다는 거야?! 그게 지금 어떤 사태를 불러일으킬지 모를 리 없을 텐데!

그는 내 폭언에도 반응하지 않고 눈을 감은 채 "미안해……."라고만 대답했다. 미안하다는 말만로는 끝나지 않는다. 이건 세드릭만의 문제가 아니다. 나라와 많은 국민이 걸린 문제다.

분노에 차서 세드릭의 어깨에 양손을 뻗어 난폭하게 잡고 흔들었다.

"웃기지 마! 너 개인의 판단으로 용납될 사태가 아니야! 하나즈오 연합왕국을 구하고 싶다며?!"

세드릭의 귀가 찢어질 만큼 가까이서 고함을 질렀다. 그래도 그는 저항하지 않고 흔들리며 고개를 숙였다.

"부탁이야……. 우리 나라로 돌아가게 해 줘……. 지금 내가 돌아가지 않으면……!"

"멋대로 뛰쳐나와 놓고 이제 와서 무슨 소리야! 애초에 네 나라에는 제대로 형님이……."

"형님이……!!"

세드릭이 이번에는 못 참겠다는 듯이 소리를 질렀다.

그제야 나는 제정신으로 돌아왔다. 붙잡았던 어깨는 어느새 희미하게 떨리고 있었고 푹 숙인 얼굴은 악문 이를 훤히 드러낸 채 귀까지 빨개진 상태였다. 세드릭이 목청을 높인 직후에 어깨가 눈에 띄게 떨리기 시작했고, 심지어 떨리는 목소리까지 또렷이 들려왔다.

내가 무슨 짓을 하고 있던 거지.

제정신으로 돌아오자마자 스스로가 부끄러워졌다. 사실 전생에서 게임을 했던 내가 세드릭이 어떤 사람인지 제일 잘 아는데. 이기적인 이유로 모처럼의 동맹을 내팽개칠 리가 없는데.

"무슨 일이야……?"

나 스스로를 진정시키듯이 살며시 목소리를 억눌렀다. 내 질문에 세드릭은 아직 목소리가 안 나오는지 고개를 저었다. 말할 수 없다고 온몸으로 나에게 호소했다.

"돌아가게 해 줘…… 부탁이야……!"

그저 한없이 용서를 구할 뿐이었다. 뭔가 나라와 관련된 중요한 이야기라도 있었나……. 아마 손에 든 서신에 모든 게 적혔을 것이다. 나라의 기밀 정보라면 나나 프리지아 사람에게 말하지 못할 만도 하다. 하지만 그래선 안 된다. 이대로 동맹이 무산되면 돌이킬 수 없는 일이 벌어지고 만다.

"안 돼, 제대로 사정을 이야기해 줘!"

"큭!"

세드릭이 거절한 순간, 갑자기 나에게 손을 뻗었다. 양어깨를 붙잡은 나를 떼어내려는 건지 내 어깨에 기세 좋게 손을…….

올리기 직전에, 멈췄다.

정말 올리기 딱 직전이었다. 어느새 아서와 칼럼 대장이 내 등 바로 뒤까지 다가와 있었다. 세드릭의 양손이 멈추자 두 사람도 동시에 움직임을 멈췄다.

마치 예속 계약이라도 발동한 듯한 부자연스러운 움직임이었다. 세드릭은 그대로 나에게 뻗었던 손을 꽉 쥐더니 천천히 내렸다.

'이제 너한테는 허락 없이 손대지 않을게.'

문득 이틀 전에 했던 말이 떠올랐다. 맞아, 세드릭이 나한테 그렇게 말했었지. 그리고 지금 확실히 그 말을 지켰다.

고개를 숙인 세드릭이 어떤 표정을 지었을지 상상이 가서 가슴이 아파 왔다. 그는 지금 분명 무언가를 끌어안고 있고 그걸 혼자서 짊어지려 한다.

전생의 게임과 똑같이.

"세드릭……. 난 네가 싫어, 용서하지 않았고…… 용서할 생각도 없어."

어깨에서 천천히 손을 놓은 나는 고개 숙인 그에게 말했다. "그래……." 하고 작고 낮은 목소리가 돌아왔다.

"하지만…… 네 힘은 될 수 있어."

아래를 향하던 그 얼굴이 살짝 들렸다. 숨을 삼키고 내 말에 귀를 기울이는 게 느껴졌다.

"약속할게, 세드릭. 네가 말하지 않기를 바라면 아무에게도 말하지 않을게. 네가 말한 건 이 자리에 있는 사람밖에 모르고 말하지도 않을 거야. 그러니까 이야기해 줘."

이번에 그는 고개를 젓지 않았다. 고민하고 있다. 아까에 비해…… 조금은 이야기할까 고심하고 있다.

나는 한 번 더 그에게 닿게 말했다.

"세드릭. 나도 하나즈오 연합왕국을…… 차이넨시스 왕국을 구하고 싶다고──."

"늦는단 말이야……!"

분출되는 듯도 울부짖는 듯도 한 목소리였다.

그 외침에 내 말이 가로막혔다. 하지만 그런 건 아무래도 좋을 만큼 목소리가 비통했다. 다시 나를 향해 고개를 든 두 눈에는 이미 눈물이 고여 흐르고 있었다. 눈물을 참으려 하는지, 이를 악물수록 얼굴이 새빨개졌다.

"형님이…… 형이……! 더는…… 멈출 수 없어……!"

마음이 앞서는지 그의 입에서 절규가 새어 나왔고, 그에 호응하듯이 엉망이 된 얼굴과 눈에서 굵은 눈물방울이 흘러나와 바닥을 적셨다.

"안 돼…… 이젠……! 형님…… 형님을, 나 때문에…… 형까지……!"

그렇게 입 밖으로 뱉은 순간 혼란스러워졌는지 눈물이 뚝뚝 넘쳐흘렀다. 단어를 말할 뿐이라 무슨 말을 하고 싶은 건지 알 수 없었다. 하지만 울고 몸을 떨면서도 그걸 견디며 말하는 그 모습은 확실히…….

도와달라고 말하는 것 같았다.

"부탁이야. 제대로 이야기해 줘."

세드릭을 진정시키려고 팔을 붙잡고 호소했다. 세드릭은 이미 감정에 휩쓸렸는지 끅끅대며 신음하며 머리를 끌어안고 떨다가 들고 있던 서신을 내밀었다. 읽어도 좋다는 뜻인가…….

구깃구깃한 서신을 받아들고 찢어지지 않게 조심스레 펼쳤다. 그러는 동안에도 세드릭은 양팔로 머리를 부여잡고 앞으로 몸을 숙인 채 당장에라도 쓰러질 듯한 걸 필사적으로 견디고 있었다. 더는 참을 수 없었는지 그의 입에서 "내가…… 나, 때문에…… 형님……!" 하고 억눌린 목소리가 흘러나왔다.

구깃구깃한 서신, 아마 방금 막 도착한 거겠지.

편지 속 날짜는 10일 전, 발신인은 서시스 왕국의 섭정이었다. 아까 세드릭의 말을 듣고 당연히 그의 형인 서시스 왕국 국왕이 보낸 서신일 줄 알았는데.

서신은 급하게 썼는지 정중한 글씨임에도 초조한 기색이 묻어 나왔다. 나는 서신의 문장을 보고 눈을 의심했다. 10일 전 날짜가 적힌 그곳에는 짧은 문장으로는 다 이해 못 할 정도의 이상 사태가 기록돼 있었다.

코페란디 왕국 사자로부터 처음에 정했던 기한을 9일 앞당기고 차이넨시스 왕국을 침공하겠다는 통보가 들어옴.

편지를 쓰기 이틀 전, 갑자기 랜스 실버 로웰 국왕이 정신착란을 일으킴.

차이넨시스 왕국이 서시스 왕국과의 동맹을 파기하고 전면 항복 의사를 굳힘. ……이라니.

하나같이 너무 충격적인 내용이라서 내 머리가 미처 따라가지 못했다. 눈이 문장에 못 박힌 채 떨어지지 않았다.

"뭐라고……?"

나도 모르게 중얼거렸다. 이런 건 이상해. 어쩌다 이렇게 전부 어긋난 거지. 게임 내용과 똑같으려면 애초에 차이넨시스 왕국이 동맹을 파기한 '후'에 세드릭이 우리 나라로 도움을 요청하러 와야 할 텐데.

"어떻게 된 거지……?"

새로운 정보를 머리가 쫓아가지 못해 망연해지고 말았다. 내 뒤에 있는 칼럼 대장과 아서가 내가 걱정됐는지 말을 걸었지만 서신 내용을 밝혀도 될지 고민이 됐다.

세드릭이 말하지 못할 만도 하다. 어느 문장을 봐도 하나즈오 연합왕국에 이상 사태가 발생했다는 내용뿐이었다. 아직 동맹을 맺지도 않은 타국에 이런 내용을 말할 수 있을 리가 없다. 지금 이렇게 나에게 보여 준 것조차 기적이다. 특히 국왕이 정신착란을 일으키다니…… 유하게 표현하긴 했지만 쉽게 말해 발광했다는 뜻이다. 동맹 파기 문제를 넘어서 타국에 이야기하면 국왕의 위신과도 연관된다.

"더는…… 시간이 없어……! 이제 6일밖에 없어……! 원군은커녕 지금부터 아네모네의 배를 빌린다 해도…… 침공 전에 돌아갈 수 있을지조차……!"

서신에는 빨리 서시스 왕국으로 돌아오라는 호소도 덧붙여져 있었다. 정신착란을 일으킨 국왕 대신 섭정이 서둘러 세드릭을 불러오려 한 듯했다.

편지에 적힌 날짜가 지금으로부터 10일 전. 즉 국왕의 정신착란은 세드릭이 나라를 뛰쳐나가고 겨우 이틀 뒤에 발생했다는 뜻이다. 그로부터 이틀 뒤에는 동맹이 파기되어 그날 섭정이 서둘러 편지를 보낸 것이다.

그리고 유예기간을 9일 앞당겼다면 침공당하기까지 앞으로 6일 남았다.

우리 나라에서 하나즈오 연합왕국까지는 지금부터 왕족용 마차로 가도 10일은 걸린다. 늦지 않을 최적의 방법은 이웃 나라 아네모네 왕국에서 배를 타고 가는 것이다. 순풍을 타면 빠르게는 5일 만에 도착한다. 하지만 아네모네 왕국에 배편이 있을지도 알 수 없고, 기상 상황에 따라서는 마차보다 오래 걸릴 가능성도 있다. 그런 상황에서 갑자기 배를 빌려서 5일

안에 가 달라고 해 봤자, 실력이 아주 뛰어난 선장과 항해사가 필요할 테니 바로 준비할 수 있을 것 같지도 않다.

그렇게 해도 아슬아슬하다. 그래서 세드릭은 지금 당장에라도 돌아가려 했다. 침략이 시작되기 전에 1분 1초라도 빨리 나라로, 형의 곁으로 달려가기 위해.

"나, 때문이야…… 내가, 멋대로…… 우리 나라에서 나온 탓에……!"

얼굴을 가린 세드릭의 떨리는 손가락 틈새로 눈물이 흘러나왔다. 숙인 얼굴에서 한탄하는 듯한 목소리가 울려 퍼졌다.

아니, 세드릭 때문이 아니야.

나는 서신의 양 끝을 잡은 채 그렇게 소리 내어 말하고 싶은 것을 꾹 참았다.

게임에서도 서시스 왕국의 국왕은 확실히 발광…… 정신착란을 일으켰다. 하지만 그건 세드릭이 나라를 뛰쳐나가서가 아니다. 국왕이 그렇게 된 이유는…….

하나부터 열까지 다 너무 이상하다. 게임 속에서는 코페란디 왕국이 침공을 앞당기지 않았는데. 게다가 아직도 차이넨시스 왕국이 서시스 왕국과 동맹을 파기하지 않았었다니.

세드릭이 어머님에게 호소했을 때 뭔가 내용이 부족하다 싶었던 게 이거였다. 게임에서는 세드릭이 회상하면서 차이넨시스 왕국으로부터 일방적으로 동맹을 파기당했다고 악덕 여왕 프라이드에게 말했었는데!

안 돼, 더는 전생의 기억이 도움이 안 된다. 스스로도 혼란스러워서 뭐가 어떻게 된 건지 영문을 모르겠다.

"부탁이야…… 돌아가게 해 줘……! 시간이 없어……! 형님의, 형과, 이야기를……!"

세드릭이 울어서 헐떡이는 목소리로 외치며 필사적으로 나에게 호소했다. 이젠 세드릭 자신도 어떻게 하면 좋을지 모르는 듯했다.

안 돼, 지금은 게임의 설정 따위를 신경 쓸 때가 아니야. 지금 이렇게 눈앞에서 괴로워하는 사람이 현실에 있으니까.

"세드릭, 내 말 잘 들어. 지금 이야기할 수 있는 것만이라도 어머님에게 이야기하자. 네가 나라와 형님을 위해서 말하고 싶지 않다는 건 잘 알아. 하지만 이 이상 어머님에게 숨기면 이번에야말로 신뢰의 문제가 돼. 지금은 일단 나라의 수치보다 나라 자체를 지키는 게 더 중요해."

"안 돼…… 정신착란을 일으킨 형님과…… 국왕과 날인을 하다니, 불가능해……! 사자가 말했어……! 형님은 이미, 말도 못 하는 상태라고……!"

격하게 고개를 젓는 세드릭의 눈에서 눈물이 튀었다. 그가 받아들일 수 있는 한계를 아득히 뛰어넘은 사태였다. 이마에서 범상치 않은 양의 땀을 흘리며 눈도 깜빡이지 못하고 다시 귀국을 호소해서 몹시 혼란스러워 보였다.

하지만 지금은 그런 말을 할 때가 아니다. 국왕이 정신착란을 일으켰다면 지금 서시스 왕국의 대표는 세드릭이니까.

"괜찮아, 괜찮아, 세드릭."

나는 어떻게든 그를 진정시키기 위해 다시 팔을 붙잡고 말을 걸었다. 천천히, 일단은 이 상황을 받아들이도록.

"안 돼…… 안 돼……. 시간이 없어……! 나 때문에…… 내가 몰아붙인…… 거야……!"

세드릭은 사고가 멈춘 것처럼 똑같은 말을 반복했다. 분명 형 생각으로 머릿속이 가득 차 있을 것이다.

자신을 책망하며 머리를 끌어안은 손가락이, 손톱이 아름다운 금발을 파고들듯이 헤집었다.

"세드릭, 괜찮아. 일단 진정해. 분명 늦지 않을 거야."

온몸을 떨며 등을 웅크린 그는 당장에라도 부서질 것 같았다. '안 돼, 시간이 없어, 형님, 나 때문에.' 라고 반복해서 중얼거렸고 이미 몸을 떠는 것 외에는 모든 움직임을 멈춘 상태였다.

"들어 줘. 지금은 일단 어머님과 상담하자. 그러면 분명히……."

"그만해!!"

노성이 울려 퍼졌다. 너무 울어서 다 갈라지고 아픈 듯한 목소리를 섞어 세드릭이 외쳤다. 너무나도 큰 고함을 듣자 그만 비틀거리며 한 걸음 물러나고 말았다.

활짝 뜬 눈에서는 눈물이 쉴 새 없이 흘렀고, 그 안의 불꽃은 몹시 거칠어져 있었다. 짐승 같은 숨소리가 내 귀까지 들려왔다. 이를 악문 세드릭은 이젠 우는 얼굴을 숨기려 하지도 않고 정면으로 나를 노려보았다.

"입발림은 집어치워……! 이미…… 글렀어……!"

세드릭의 눈물이 볼에서 턱을 타고 바닥으로 뚝뚝 떨어져 카펫에 흡수됐다. 너무 흐른 나머지 옷의 목덜미 부분까지 젖어 있었다. 그는 새빨간 얼굴로 코를 훌쩍이고 목을 울리며 오열했다. "나도 알아…… 이젠…….." 하고 또다시 중얼거리다가 숨을 크게 들이쉰 뒤 포효했다.

"구할 수 없어……!!"

세드릭이 흘린 눈물이 더욱 세차게 떨어졌다.

"못 해……."

생각이 입으로 먼저 나왔다.

나는 거칠게 숨을 내쉬며 우는 세드릭에게 한 번 더 가까이 다가갔다. 그리고 양어깨에 팔을 뻗어 움켜쥐고 발을 걸어 넘어뜨렸다.

경직되어 있던 세드릭의 몸은 너무나도 간단히 균형을 잃고 위를 보는 자세로 쾅, 하고 쓰러졌다. 나도 그를 바닥에 밀치듯이 함께 쓰러졌고 그대로 그 위를 감싸듯이 덮쳤다.

갑작스러운 상황에 세드릭뿐만 아니라 그의 하인들도 반응하지 못한 모양이었다. 그들은 나를 붙들려고 움직였으나, 세드릭이 손으로 신호를 보내 그것을 말렸다. 어깨를 움켜쥔 손에 힘을 주며 동그래진 눈으로 멍하니 나를 바라보는 세드릭을 나도 들여다보았다.

"포기하다니, 절대로 용납 못 해."

내 생각보다 낮은 목소리가 나왔다. 울어서 빨개졌던 세드릭의 안색이 점차 피가 빠져나간 것처럼 옅어졌다.

"'구할 수 없다'고 말하게 놔두지 않을 거야. 마지막의 마지막까지 발버둥 쳐."

이렇게 빨리 포기하다니 용납 못 해. 세드릭은 아무리 괴롭고 무서워도 일어서야만 한다. 그게 왕족의 사명이니까…….

"같이 어머님에게 가자 세드릭. 내 말대로 어머님에게 보고해. 그리고 어머님의 허가를 받으면 그땐……."

세드릭의 어깨에서 손을 떼고 세게 멱살을 잡아서 들어 올렸다. 그 순간, 모든 소리가 온몸으로 느껴졌다.

"세상에서 가장 널 싫어하는 내가 아군이 될게."

휘둥그레진 세드릭의 불타는 눈동자가 마치 거울처럼 나를 비쳤다. 내 눈이 이상하리만치 수상하게 빛났다. 세드릭은 그렇게나 흘리던 눈물을 그치고 얼빠진 표정으로 멍하니 나만 올려다보았다. 그가 머리를 식히게 일부러 차갑게 내리꽂듯이 심장을 향해 말을 찔러 넣었다.

"네가 이해할 때까지 몇 번이고 말할게. 아직 늦지 않았어. 서시스 왕국은 물론이고 차이넨시스 왕국도……."

세드릭은 내 말이 믿기지 않는다는 듯이 숨을 삼켰다. 땅바닥 위로 쓰러진 금색 머리카락이 부스스하게 흐트러졌다. 그 사이로 불타는 눈동자만이 똑바로 나를 바라보았다.

마지막으로 나는 가슴을 펴고 세드릭을 타이르듯이 짧게 끊어서 또박또박 전했다.

"구할 수 있어."

그 순간, 세드릭이 또 눈을 글썽이더니 다시 눈물이 뺨을 적셨다.

이젠 어떻게 해야 할지도 모르겠다.

"이야기는 이해했습니다……."

알현실. 그곳에서 우리 서시스 왕국의 현재 상황을 모두 보고한 나에게 프리지아의 여왕이 침묵하다가 조용히 고개를 끄덕였다.

오늘 아침, 서신과 함께 사자가 전한 소식 중 하나를 프라이드의 지시대로 꾸몄다.

'아직 늦지 않았어.' 그렇게 말한 그녀는 여왕과의 알현 허가를 받고 그대로 직접 내 손을 끌었다. 알현실에는 로자 여왕뿐만 아니라 우리 나라와 관련된 일로 심의 중이었을 알버트 부군, 질베르 재상, 베스트 섭정, 차기 섭정이자 공부 중인 스테일 제1왕자도 서 있었다. 그리고 프라이드는 여왕 옆이 아니라 내 옆에 나란히 서서 아직 각오를 다지지 못한 내 등을 두드렸다.

오늘 아침에 갑작스럽게 일어난 일이었다. 우리 서시스 왕국에서 서신과 함께 사자가 달려왔다. 당연히 혼자서 멋대로 우리 나라를 뛰쳐나온 나를 데려가려고 온 줄 알았는데…… 아니었다.

지금으로부터 12일 전, 코페란디 왕국의 사자가 다시 우리 나라에 발을 들였다. 내가 우리 나라에서 뛰쳐나간 지 겨우 이틀 뒤였다. 차이넨시스 왕국 침공을 9일 앞당길 것이니, 그때 항복할지 속주가 될지 결정하라는 선고를 받았다. 그리고 그 직후에 차이넨시스 왕성에서 서시스로 돌아가기 위해 마차에 타려던 나의 형…… 랜스 실버 로웰 국왕이 갑자기 발광했다고 한다. 지금까지 형님이 정신착란을 일으키는 모습은 본 적이 없다. 그런데 갑자기 발광한 것이다. 국왕으로 즉위한 지 아직 1년밖에 안 됐는데 이런 사태가 일어난 건 쓸데없는 걱정을 끼친 나 때문이다.

이틀이 지나도 형님의 상태는 변함없었고 차이넨시스 왕국의 국왕, 요안 린네 드와이트는 일방적으로 우리 나라와의 동맹을 파기했다. 궁지에 몰린 형님의 모습을 보고 우리만이라도…… 서시스 왕국만이라도 전쟁의 불꽃에 끌어들이지 않기 위해서. 차이넨시스 왕국은 코페란디 왕국에 전면 항복할 의사를 굳힌 듯했다. 이젠 늦었다. 겨우 6일밖에 안 남았다.

프리지아에서 우리 나라까지는 말을 타고 달려도 10일이 걸린다. 하지만 아네모네 왕국까지는 8, 9시간이고, 그곳에서 운 좋게 배를 빌리면 짧게는 5일이면 도착한다. 솔직히 지금 이러고 있는 시간조차 아까웠다.

내가 처음에 동맹 협상을 할 때 멍청한 짓을 한 탓에 우리 나라의 신뢰는 떨어지고, 프리지아는 오늘을 포함해 이틀이나 심의 시간을 가졌다. 결과가 나올 때까지 기다리다가는 아네모네에서 배를 빌린다 해도 무조건 늦는다. 만일 지금 당장 프리지아 왕국이 원군을 보낸다 해도, 그런 군대가 타고 갈 만큼 큰 선박을 아네모네 왕국이 바로 빌려줄지도 알 수 없다. 설령 빌린다 해도 우리 나라에 도착했을 때는 이미 모든 게 끝났을 수도 있다.

"절박한 상황인 거로군요. 하지만…… 어제도 전해 드린 대로 이쪽은 상황을 확인 중입니다. 베스트와 스테일이 많이 좁혀 주고는 있지만……."

"날짜를 앞당기기는 힘들겠군요."라는 여왕의 말에 나는 참지 못하고 주먹을 쥐었다. 역시 한 번 잃은 신뢰는 돌아오지 않는다. 내가 하찮은 긍지를 고집한 탓이다…….

"그러니 죄송하지만 내일까지 기다려 주셔야 할 필요가 있습니다."

기다리라고……?

여왕의 말에 귀를 의심했다. 기다려? 기다려서 어쩌자는 거지. 최대한 서둘러도 전쟁에는 늦는다. 아니면 차이넨시스 왕국이 속주가 된 다음에 코페란디 왕국이나 라지야 제국을 설득하기라도 할 셈인가. 하지만 한 번 빼앗은 영토를 포기하다니 쉬운 일이 아니다. 그랬다간 이번에는 프리지아와 라지야의 전쟁으로까지 번질 수 있다.

당황하느라 의문이 목에 걸려서 목소리도 안 나왔다. 그런데 여왕은 계속해서 말했다.

"방금 이야기로는…… 서시스 왕국의 국왕은 '급병' 때문에 지금 말도 제대로 할 수 없다고 하셨죠."

그래. 분명히 그렇게 말했다. 프라이드의 지시대로 형님의 정신착란을 숨기고 여왕에게 '급병'이라고 둘러댔다. 어차피 형님 일이 알려지는 건 시간문제다. 아마 프라이드가 형님이 정신착란을 일으켜서 평정심을 잃은 내 모습을 보고 배려한 거겠지. 나라의 수치를 감추고 싶어 하는 나를 위한 최소한의 동정이라는 걸…… 알고도 받아들였다. 멋대로 우리 나라를 뛰쳐나온 내가 나라의 사정뿐만 아니라 형님의 수치까지 폭로하고 싶지는 않았다.

"그렇다면 저희가 서시스 왕국에 방문했을 때도 국왕이 그대로인 경우, 저는 랜스 국왕 다음으로 제1 왕위 계승자인 당신과 동맹을 맺게 되겠군요."

"뭣……?!"

무심코 말문이 막혔다. 내가? 형님 대신?! 말도 안 돼, 내가 멋대로 타진한 동맹을, 형님의 허가도 없이 추진하다니!

"다만 한 가지 문제가 있습니다."

내가 당황하거나 말거나 주위 사람들은 여왕의 말에 아무런 의문도 가지지 않고 고개를 끄덕였고 이야기가 진행됐다. 왜 아무도 여왕의 말에 지적하지 않는 거야. 애초에 '한 가지 문제'라니 무슨 뜻이지? 시간이 촉박하고 셀 수 없이 많은 난제투성이인데.

"실은 어젯밤, 라지야 제국에서 서신이 도착했습니다."

"라지야 제국에서……?!"

갑자기 등장한 증오스러운 적의 이름에 나도 모르게 몸이 굳었다. 왜 하필이면 이 시기에 라지야에서······!

나뿐만 아니라 프라이드도 이 말을 듣고 놀라 처음으로 여왕에게 되물었다.

"네. 예전부터 라지야 제국에서도 교류를 증진하고 싶다고 했지만······ 이번에는 '어째선지' 구체적으로 우리 나라를 방문할 때 인사차 성을 방문하고 싶다고 하군요. 게다가 그 일시는 마침 오늘로부터 6일 뒤입니다."

여왕의 지시에 옆에 있던 베스트 섭정이 서신을 꺼냈다. 아마 라지야 제국에서 온 서신이겠지.

"9일이나 유예기간을 준 것도 그렇고······ 마치 이쪽의······ 아니, 하나즈오 연합왕국의 움직임을 훤히 꿰뚫어 보는 듯하군요."

"말도 안 됩니다! 우리 나라는 폐쇄적인 국가입니다! 유일하게 우리 나라에 발을 들인 코페란디 왕국의 사자 전원과 타고 온 마차 안까지 문지기가 확인했고, 위병이 국외로 나갈 때까지 감시했습니다!"

누군가가 국내로 숨어들다니 말도 안 된다. 설령 만에 하나 그랬다 해도 나나 형님······ 왕족의 움직임을 전부 파악할 리가 없다. 남은 가능성은 우리 나라에 배신자가 있다는 것 정도인가······ 하지만 그것도 말도 안 돼! 그럴 리가 없어! 아무리 그 썩어빠진 전 상층부라 해도 폐쇄된 우리 나라에서 그런 짓을 할 리가······.

"하지만 그렇게 생각하면 모두 딱 맞아떨어집니다. 세드릭 제2왕자 전하."

이번에는 질베르 재상이 내가 당황해도 신경 쓰지 않고 진언 했다. 하늘색 머리카락을 늘어뜨린 그는 서류와 함께 내 쪽을 돌아보았다. 무슨 뜻이냐고 묻자, 질베르 재상은 순서대로 이 야기하기 시작했다.

"전하께서 우리 나라로 향하기 위해 서시스 왕국을 나선 게 약 이주일 전. 어디까지나 예를 든 것입니다만…… 만약 전하 가 성을 나가시는 걸 확인한 누군가가 새를 날려 빠르게 코페 란디 왕국에 보고하고 코페란디 왕국이 그곳에서 다시 말을 타고 이틀이 걸리는 하나즈오 연합왕국에 침공 날짜를 앞당 기겠다고 보고했다면……. 말을 타고 이틀 정도 걸린다면 새 에게 연락을 맡기기도 쉬울 테지요. 또, 라지야의 중진이 침 략을 위해 코페란디 왕국에 체재한 것도 쉽게 예상이 갑니다. 전하께서 프리지아로 향한 것을 코페란디 왕국이 앎과 동시 에 라지야 제국 사람도 알았다면……. 코페란디 왕국에서 우 리 나라까지는 마차로 13일 정도 걸립니다. 이것도 딱 맞아떨 어지는군요."

이어서 재상이 "물론 모두 가정일 뿐입니다만." 하고 말하 자, 위가 몹시 뒤틀리는 것처럼 아팠다. 하지만 어째서…… 어떻게 내 행선지까지 안 거지……?!

"뭐…… 그건 나중에 생각하기로 하지요. 그보다 지금은 그 6일 뒤가 중요합니다."

질베르 재상의 말에 여왕이 고개를 끄덕였다. 6일 후, 즉 우리 나라가 침공당하는 날에 라지야 제국이 프리지아 왕국을 방문한다.

"라지야 제국은 세계 각지에 속주와 식민지가 있지만, 본국은 아주 먼 땅에 있지요. 그러니 협상을 진행하기 위해서 이 기회를 놓칠 순 없을 겁니다. 저는 6일 뒤에 라지야 제국과 협상하려 했으나…… 같은 날에 침공을 개시한다면 저는 원군을 이끌고 하나즈오 연합왕국으로 갈 수 없습니다."

"마치 미리 짠 것 같군요." 하고 중얼거리는 여왕의 말에 말문이 막혔다. 다시 말해, 프리지아 왕국이 원군을 보내도 그곳에 여왕의 모습은 없다는 뜻이다. 그래서는 동맹을 맺을 수 없다. 프리지아 왕국에서 라지야 제국을 기다리다가 평화협정을 맺는다 해도 코페란디 왕국에 그 사실이 알려졌을 무렵에는 이미 차이넨시스 왕국이 전면 항복하고 식민지가 된 뒤다. 그렇다면 동맹을 위해 여왕이 우리 나라로 원군을 끌고 와서 함께 지휘해 주면 더없이 든든할 것이다. 하지만 그 이전에 역시 6일 후에 시간을 맞출 수 있을지 없을지도…….

"어머님, 그렇다면 제가 제안드릴 것이 있습니다."

프라이드가 내 옆에서 진언했다. 낭랑한 목소리가 울려 퍼져서 뒤를 돌아보니 여왕을 똑바로 바라보는 그녀가 보였다. 그녀는 여왕이 발언을 허가하자 가슴을 폈다. 그리고 망설임 없는 올곧은 목소리가 나를 흔들었다.

"제가 '여왕 대리'로서 세드릭 제2왕자 전하와 함께 하나즈오 연합왕국으로 원군을 이끌겠습니다."

무슨 소리를, 하는 거지.

"그동안 어머님은 라지야 제국과 우리 나라의 평화협상을 진행해 주세요. 저와 기사단이 서시스 왕국, 차이넨시스 왕국과 함께 침공을 막겠습니다."

기사단에는 제가 이제부터 지령과 칙명을 내리겠습니다. 그렇게 전하는 프라이드가 제정신인지 의심됐다.

무슨, 소리지? 프라이드는 여왕조차 아닌 제1왕녀. 아무리 제1 왕위 계승권자라지만…… 아니, 오히려 그렇다면 더욱 나와 함께 우리 나라로 가서는 위험하다.

프라이드의 발언에 베스트 섭정과 알버트 부군, 질베르 재상…… 그리고 스테일 제1왕자까지 놀라움을 감추지 못하고 눈이 휘둥그레졌다. 유일하게 여왕만이 차분한 눈빛으로 그녀를 바라보았다.

"그건 저 대신 그대가 전장으로 간다는 뜻입니다. 위험도 동반됩니다. 당연히 알고 있겠지요?"

"예, 어머님. 하지만 차기 여왕으로서 언젠가는 지나야 할 길입니다. 우리 나라도 언제까지나 평화로운 세상이 이어질 거라고는 단언할 수 없으니까요."

프라이드의 말에 여왕은 "평화로운 세상이 이어진다면 그게 제일이지만요."라고 중얼거렸다. 작게 한숨을 내쉬는 그 근심 어린 얼굴에 처음으로 여왕의 사람다운 일면을 본 듯한 기분이 들었다.

"그대라면 그리 말할 거라고 생각했습니다. 허가하지요. 단, 스테일을 붙이겠습니다. 이게 무슨 뜻인지는, 알고 있겠죠?"

여왕은 뭔가 신호를 보내듯이 스테일 제1왕자와 프라이드를 번갈아 보았다. 스테일 제1왕자는 그 말을 받아 "물론입니다." 하고 고개를 끄덕였고, 프라이드도 무겁게 고개를 끄덕였다.

"기다려 주십시오……!"

나는 참지 못하고 그만 있는 힘껏 소리를 지르고 말았다. 왜 이 사람들은 이렇게 간단히 일을 정하는 거지?! 지금은 시시각각 일이 촉박해지고 있는데!

내 목소리에 모두가 시선을 나에게로 돌렸다. 단번에 열 개 이상의 시선이 나에게 쏠리자 나도 모르게 어깨가 떨렸다.

"우리 나라를 위해 많은 결단을 내려 주신 것에는 진심으로 감사드립니다. 하지만 더는 시간이 없습니다! 부디, 저에게 귀국 허가를……."

"그건 상관없지만 지금부터 귀국하러 배나 마차를 준비하는 것보다 우리 나라에서 내일까지 기다리는 게 훨씬 빠릅니다. 아직 시간은 충분해요."

여왕이 내 발언을 가로막고 한 말에 머리가 하얘졌다. 그게 무슨, 뜻이지……?

방금 들은 말은 이해하지 못해 할 말을 잃고 어떻게 의문을 던져야 할지 망설이는 나에게 여왕은 조용히 미소를 지었다.

"세드릭 제2왕자 전하. 아직 동맹 협상 중입니다. 모든 것을 밝힐 수는 없어요. 하지만 동맹 체결이 결정되고 나면……."

여왕이 조용히 일어섰다. 그 모습은 위엄으로 흘러넘쳤고, 그곳에는 나이가 느껴지지 않는 장엄한 인물이 서 있었다.

"동맹국을 위해서라면…… 우리 프리지아 왕국은 협력을 아끼지 않겠습니다. 우리 나라의 모든 수단을 동원해 하나즈오 연합왕국을 지지하겠습니다."

여왕이 나를 향해 당당한 표정으로 웃었다. 모두 그 말에 당연하다는 듯이 고개를 끄덕이며 여왕에게 고개를 숙였다.

이때 나는 아직 몰랐다…….

몇 년 전까지 주변 국가가 경계하던 프리지아 왕국이 어째서 토벌이나 침공 대상으로 여겨지지 않았는지. 이렇게 풍족하고 광대한 토지와 자원을 가진 데다 당시에는 동맹국도 거의 없었는데…….

그리고 어떻게 과거에 단 한 번의 침공도 허용하지 않고 이 광대한 토지를 그대로 유지할 수 있었는지.

"부디 기다려 주시지요, 세드릭 제2왕자 전하. 내일이면 우리 프리지아 왕국은 당신의 아군입니다."

여왕의 말에 압도된 나는 그저 고개를 끄덕일 수밖에 없었다.

"그렇군요. 이야기는 이해했습니다. 즉, 프라이드 님이 급히 저희 기사단을 이끌고 하나즈오 연합왕국으로 방위전을 하러 가신다는 거로군요."

프리지아 왕국 기사단장 로데릭은 프라이드의 말에 무겁게 고개를 끄덕였다.

알현을 마친 후, 여왕 로자에게 허가를 받은 프라이드는 기사단장인 로데릭에게 하나즈오 연합왕국의 원군 칙령을 전달하기 위해 기사단 연습장을 방문했다. 호위로 근위기사 아서와 칼럼, 근위병 잭, 보좌인 스테일. 그리고…… 스스로 지원한 세드릭까지 동행했다.

서시스 왕국 국왕이 정신착란을 일으킨 것, 차이넨시스 왕국의 동맹 파기, 코페란디 왕국의 침공. 어쩌다 현재 상황이 전생의 게임과 확연히 다른지 프라이드도 아직 원인을 알 수 없었다. 게임에서 세드릭의 입으로 들었던 참혹한 과거를 떠올렸지만 몇 번을 되짚어도 현재 상황과는 달랐다.

게임에서 세드릭에게는 과거, 소중한 존재가 두 명 있었다. 한 명은 친형인 국왕 랜스 실버 로웰. 다른 한 명은 차이넨시스 왕국의 국왕인 요안 린네 드와이트. 세드릭보다 네 살 많은 두 사람은 서로 친우였고, 형과 친우인 요안은 세드릭에게 형 같은 존재였다. 세드릭은 친형 랜스를 '형님'이라고 부르고 요안을 '형'이라고 부르며 잘 따랐다.

그러나 게임이 시작되기 1년 전에 모든 것이 끝났다. 코페란디 왕국이 복종하거나 속주가 되거나 둘 중 하나를 선택하라고 차이넨시스 왕국을 협박한 것이다. 이길 수 있을 리가 없다. 그렇다면 식민지가 되어 최소한 자국의 문화만이라도 남기고 싶다며 항복을 고민하던 요안에게 랜스와 세드릭은 뭔가 방법이 있을 거라며 함께 싸우자고 설득했다. 기한이 다가오자 요안은 서시스 왕국만이라도 전쟁의 불꽃을 피하도록 일방적으로 동맹을 파기했다.

그리고 세드릭은 태어나서 처음으로 나라를 뛰쳐나와, 대국으로 이름 높은 프리지아 왕국에 도움을 청했다. 수치를 버리고 여왕 프라이드에게 구해 달라고 하는 대신, 하나즈오가 할 수 있는 거라면 뭐든 하겠다고 간청했다.

프라이드는 그 자리에서 동맹을 승낙하고 군사를 일으켜 세드릭과 함께 하나즈오 연합왕국에 도착했다. 차이넨시스 왕국 방위전을 위해 진을 친 프리지아 왕국은 적국의 침공이 시작된 순간, 반기를 나부끼며 차이넨시스 왕국을 습격하기 시작했다. 모든 것은 그녀의 계략이었다.

프라이드는 세드릭에게 들은 이야기를 이용해 스테일의 순간이동으로 비밀리에 코페란디 왕국과 라지야 제국과 계약을 맺었던 것이다.

여왕 프라이드에게 배신당하고 이용당한 끝에 적국과 대국 프리지아의 침공을 받은 차이넨시스 왕국은 손쓸 도리도 없이 패배했다. 그리고 라지야 제국의 속주가 되어 나라 이름과 문화를 빼앗겼다. 설상가상으로 서시스의 국왕 랜스는 믿었던 대국에서 온 원군의 배신과 나라를 집어삼키는 듯한 맹공을 앞에 두고 발광하고 말았다. 침공이 시작되면 프리지아의 신호와 함께 기습을 가하려 했던 서시스 왕국은 신호는커녕 국왕의 정신착란으로 아무런 지시도 받지 못한 채 차이녠시스 왕국이 침략당하는 광경을 지켜볼 수밖에 없었다.

그 결과, 세드릭은 마음을 기댈 상대를 한 번에 두 명이나 잃었다. 랜스는 정신착란 상태로 계속 누워만 있게 되었다. 세드릭은 당시의 비극을 이렇게 이야기했다.

자신의 어리석음이 모든 것을 불행하게 만들었다고.

세드릭은 자신의 어리석음을 저주하며 미쳐 버린 형 대신 혼자서 나라를 지탱했다. 인간 불신이 생긴 그가 그럼에도 나라를 위해 일할 수 있었던 건 그게 국왕 랜스의 바람이었기 때문이다.

그리고 1년 후, 세드릭은 자책하는 마음과 형을 향한 마음마저 여왕 프라이드에게 이용당한다.

"네. 같은 날에 우리 성에서 어머님과 라지야 제국의 회합이 있어서 기사 전원을 타국으로 보낼 수는 없으니 어머님과 제가 병력을 균등하게 나누게 될 거예요."

프라이드는 로데릭에게 대답하며 필사적으로 의식을 눈앞에 집중시켰다. 라지야 제국도 경계해야 할 나라인 이상, 기사단 전원이 출병했다가 습격당하면 버틸 수 없을 것이다.

"즉, 저희 기사단의 절반이 프라이드 님과 함께 그 전장으로 향한다는 말씀이시군요."

로데릭이 긴 한숨을 내쉬었다. 그 모습에 역시 아무리 제1왕녀라 해도 자신 같은 계집아이가 중요한 기사단을 이끌 수 있을지 걱정되는 모양이라고 생각한 프라이드는 무심코 입술을 깨물었다. 지금까지의 호위나 경호와는 다르다. 행선지는 부상자와 사망자가 나오는 무시무시한 전장이니까.

"선별이라…… 앞으로 고생 좀 하겠네요."

로데릭이 작게 중얼거자 그 뒤에 있던 부단장 클라크가 숨죽여 웃었다. 그리고 로데릭의 등을 난폭하게 때렸다. 하지만 프라이드는 로데릭이 한숨을 내쉴 만도 하다고 생각했다. 열일곱 살인 제1왕녀와 전장으로 가느냐, 여왕과 성에서 안전히 대기하느냐 중 하나를 골라야 한다면 답은 정해져 있다. 일단 기사에 임명됐으니 다들 마음을 굳게 먹긴 하겠지만, 왕녀인 자신이 이끈다는 걸 알면 더욱 불안해지겠지. 그렇게 생각하니 프라이드의 위가 새삼스레 무거워졌다. 하지만 여왕이 회합하러 오는 라지야 제국의 대표를 맞아 주지 않으면 문제가 생길 수도 있는 이상, 역시 자신이 가야 한다며 프라이드는 스스로를 타일렀다.

"그런가요……. 죄송합니다."

최소한 사죄의 마음이라도 전하자 로데릭에게서 "아닙니다. 프라이드 님이 사과하실 필요는……."이라는 대답이 돌아왔지만, 그녀의 어깨는 움츠러든 채였다. 그렇게까지 낙담하는 로데릭을 보는 건 오랜만이었다.

하나즈오 연합왕국으로 기사단을 이끌 때도 기사단장인 로데릭이 프라이드와 동행한다. 전쟁에 관해서는 풋내기나 마찬가지인 왕녀기 때문에 로데릭이 실질적으로 최전선에서 기사들에게 지시를 내리며 전장에 설 것이다. 다시 말해 자신이 가장 민폐를 끼치게 된다는 뜻이니, 프라이드는 진심으로 미안해졌다.

나가기 싫어하는 기사들을 전장으로 끌고 가기는 망설여지겠지만 그렇다고 해서 '싫습니다.', '안 되겠군요.' 라는 말로 넘길 일이 아니다. 여왕이 내린 정식 칙명이니까. 로데릭이 마음이 무거운지 "오늘 중으로는 반드시 선별해 두겠습니다."라고 전해도 프라이드는 아직 미안한 마음이 가시지 않았다. 등 뒤에서 근위 임무 중인 아서와 칼럼을 돌아볼 수조차 없었다. 둘 다 화가 났거나, 로데릭과 마찬가지로 신물이 난 표정을 짓고 있을 듯한 기분이 들어서 견딜 수 없었다.

"인기가 많아도 고생이네요."

클라크가 손을 꽉 쥔 프라이드를 보고 그렇게 말하며 즐거운 듯이 웃어 보였다.

프라이드는 갑작스러운 말을 듣고 눈이 동그래졌다. 도대체 무슨 뜻일까 생각해 봤지만, 말투로 보아 빈정거림으로는 안 들렸다. 무슨 뜻인지 물어보려 했으나, 그전에 클라크가 "선발이라면 저도 관여할 테니 안심하십시오." 하고 프라이드를 향해 웃으며 친구이기도 한 로데릭의 어깨 위에 손을 올렸다. 그에 응하듯이 로데릭도 일어서서 "그럼, 이쪽으로 오시지요." 하고 프리지아 왕국 기사단의 전 부대를 둘러볼 수 있는 단상으로 프라이드를 안내했다.

"프라이드 님."

단상을 향해 걷는데, 로데릭이 뒤를 돌아보지 않고 말했다.

프라이드가 또 혼나는 건가 싶어서 어깨에 힘을 넣고 짧게 대답하자, 그는 부드럽게 웃으며 뒤를 돌아보았다.

"이제야 정식으로 저희 기사단의 힘을 필요로 해 주시는군요. 감사드립니다."

로데릭이 온화한 목소리로 그렇게 말하며 미소를 지었다. 부하들에게도 거의 보여 주지 않는 미소였다. 그 모습에 숨을 삼킨 프라이드는 세월의 흐름이 전혀 느껴지지 않는 모습과 그 강렬한 눈빛이 그의 아들인 아서와 매우 닮았다고 생각했다.

"이날을 기다렸습니다."

로데릭이 단상 계단 위에 먼저 올라가 프라이드에게 손을 내밀었다. 그녀가 어릴 때보다 훨씬 눈높이가 가까워졌지만, 그래도 그의 등은 높고 커다랬다. 단상 아래에서 기다리는 스테일과 세드릭, 호위하던 위병들을 남기고 아서와 칼럼, 클라크가 그녀의 뒤를 지키듯이 따라갔다.

아서는 아버지인 로데릭과 프라이드가 함께 위로 올라가는 뒷모습에 시선을 완전히 빼앗겼다. 계단을 오르는 발밑을 볼 여유도 없을 만큼 가슴이 벅차고, 충만해지고, 넘쳐흘렀다.

——나는 앞으로 이 두 영웅이 나란히 걷는 모습을 몇 번이나 볼 수 있을까.

아서가 기사가 되기 전부터 동경했던 두 사람이 나란히 계단을 오르는 모습이 꿈만 같았다. 쿵, 쿵 하고 계단을 밟을 때마다 아서의 심장도 그만큼 고동쳤다.

바람이 불었다. 머리카락이 흔들리며 계절의 향기가 코끝에 닿았다. 로데릭은 돌풍이 불어 무심코 앞을 바라본 프라이드를 지탱하듯이 그녀의 작고 가냘픈 손을 감싸 쥐었다.

"부디 가슴을 펴 주십시오."

낮고 강한 목소리가 귓가에 울리자, 프라이드는 자신도 모르게 심장이 두근거렸다. 긴장해서 손이 미약하게 떨렸지만 이상하게도 무섭지는 않았다. 로데릭의 손을 잡고 계단을 한 단, 또 한 단 올랐다. 기사단 첫 연습 시찰 때 올랐던 단상에 지금은 다른 목적으로 함께 올랐다.

"저희 기사단은 국민과 왕족분들을 위해 이곳에 있습니다."

로데릭의 낮은 목소리가 프라이드의 귓가에 당당히 울려 퍼졌다. 프라이드가 바람에 나부끼는 진홍색 머리칼을 귀에 걸며 위를 올려다보자, 마침 로데릭이 단상에 다 오른 참이었다. 뒤이어 프라이드도 로데릭의 손에 끌어올려지듯이 단상의 꼭대기에 섰다. 그리고 머리를 쓸어올리고 너저분해 보이지 않게 옷매무새를 확인하며 앞을 보는데…….

햇빛을 반사하며 반짝이는 순백색 단복을 입은 기사들이 가지런히 서서 자신들을 올려다보는 광경에 눈이 휘둥그레졌다.

프라이드는 몇 번이고 기사단 연습장에 왔었지만, 모든 인원이 나란히 선 광경을 보는 건 처음이었다. 눈으로는 다 셀 수 없을 만큼 많은 기사가 나란히 섰고, 하얀 인파가 지평선처럼 끝없이 이어졌다.

우리 나라의, 긍지 높은 기사단——.

그런 생각이 든 순간, 프라이드의 온몸에 순식간에 소름이

돋았다. 이렇게 많은 기사가 자신들을 계속 지키고 있었다니. 그리고 이제 자신이 이 사람들 모두를 향해 목소리를 높여야 한다는 생각이 들자 침을 삼켰다.

"기다리고 있었습니다. 프라이드 로열 아이비 제1왕녀 전하."

드넓고 깊은 하늘과도 닮은 로데릭의 파란 눈동자가 그녀를 지긋이 바라보았다.

그 울림에 아서까지 소름이 끼쳤다. 발끝부터 머리끝까지 순식간에 온몸이 떨리며 눈물이 나올 뻔한 것을 필사적으로 참았다. 아버지가 자신들의 총의를 한 문장으로 표현하자 눈 안쪽이 번쩍거렸다. 자신들은 줄곧 이때를 기다렸던 게 분명하다고 마음속으로 소리쳤다.

"여왕 폐하께서 우리 기사단에 칙명을 내리셨다!"

로데릭이 프라이드 앞에 서서 기사단장의 위엄과 패기로 가득 찬 목소리로 외치자 공기가 진동했다. 가까이에 서 있는 아서 일행뿐만 아니라 밑에 있는 기사들까지 피부가 떨렸다.

"지금으로부터 6일 후! 프라이드 제1왕녀 전하의 지휘 아래, 하나즈오 연합왕국의 방위전을 치를 것이다! 임명받은 기사는 신속히 준비하라!"

'멋있어.' 아버지의 그런 모습을 보고 아서는 입이 떡 벌어질 뻔했다. 아버지의 등을 볼 때마다 몇 번이고 생각했다. 그 목소리에 몸이 떨릴 때마다 생각했다.

'언젠가 나도…….'

'뭐, 기사단장 정도까지 가면 만족할게.'

'저렇게 되고 싶다.'는 생각이 들었다. 스테일의 말을 떠올리자 가슴이 급격히 뜨거워졌다. 아직 자신에게는 너무 분에 겨워서 입 밖에 낼 수 없다. 아직 실력도 능력도 모든 게 부족하다. 하지만 '아직'일 뿐이다.

그래도 언젠가는. 언젠가는 자신도 아버지와 같은 기사단장이 되어 뒤를 잇기에 부족함이 없는 훌륭한 기사가 되겠다고 결심하니 가슴 안쪽부터 온몸이 뜨거워졌다. 너무나도 뜨거워서 무심코 주먹을 쥐고 갑옷 너머로 가슴을 짓눌렀다. 입술을 깨물고 앞을 보자, 이번에는 로데릭이 몇 걸음 물러나 자리를 양보하고 프라이드가 교대하듯이 그 자리에 섰다.

물결치는 진홍색 머리카락이 햇빛을 받으며 나부끼는 광경은 마치 가슴 속 불꽃을 형상화한 듯했다.

"제1왕녀, 프라이드 로열 아이비입니다."

아서는 그 목소리가 낭랑하면서도 살짝 떨린다는 것을 눈치챘다. 그녀는 많은 기사를 앞에 두고 긴장한 티가 났지만 그래도 발을 내디디고 가슴을 폈다. 그리고 다시 힘 있고 열띤 목소리를 냈다.

"이번에…… 우리 나라와 동맹국이 되는 하나즈오 연합왕국이 우리의 힘을 필요로 합니다."

'우리'. 그렇게 말한 것만으로도 가슴속에 다시 불이 붙었다. 마치 그녀와 기사들을 하나로 묶는 듯한 표현이 아서와 기사들에게 크게 다가왔다.

"전 하나즈오 연합왕국에 갈 겁니다……! 많은 국민을 지키기 위해 부디 긍지 높은 여러분의 힘을 빌려주세요! 절……."

프라이드의 외침이 잠시 멎었다. 그녀는 숨을 크게 들이쉬며 가녀린 몸을 힘껏 부풀렸다.

아서는 프라이드가 무슨 말을 하려는 건지 전혀 예상이 가지 않았다. 그저 기사들을 향해 앞을 보고 선 그녀의 뒷모습이 6년 전과 변함없이 아름답게 느껴졌다. 숨을 다 들이쉰 프라이드는 더 멀리, 지평선 너머까지 늘어선 기사들에게 목소리가 닿게 고개를 치켜들었다. 그리고 내리꽂히는 목소리가 드높이 울려 퍼졌다.

"절! 도와주세요!"

그 순간. 공간 전체를 꿰뚫는 우렁찬 함성이 일었다. 모든 기사가 팔을 치켜들고 하늘을 향해 울부짖듯이 목을 울렸다. 성 밖까지 들릴 정도로 격렬한 환성이었다. 옆에 선 기사의 귀조차 멀어 버릴 듯한 날카로운 포효였다.

"오오오오오오오오오오오오오오오오오오오오오오오오오!"
물결치는 듯한 고함 소리만이 들리는 와중에 말로 표현하지 않은 기사들의 또다른 목소리가 그 자리에 선 모두의 귀에 메아리쳤다.

'기다리고 있었습니다!'

지금이야말로 그녀를 위해 싸울 때다. 6년 전, 많은 기사를 구한 프라이드를 위해 이번에는 자신들이 힘이 될 것이다. 무수한 기사들의 마음은 단 하나로 모였다.

프라이드도 기사들의 목소리에 놀랐는지 살짝 비틀거렸으나, 이윽고 자신을 채찍질하듯이 바로 자세를 고쳤다. 기사들의 목소리에 손을 흔들며 모든 방향으로 몸을 돌려 응했다. 그녀가 드디어 스스로 도움을 청했다는 사실에 그녀의 뒷모습을 지켜보던 아서는 눈동자가 저릿할 만큼 기뻐졌다.

"프라이드는 어떻게 저렇게 올곧은 걸까요."

단상 아래, 계단 밑에서 프라이드를 바라보던 스테일은 갑자기 들려온 말에 조용히 눈살을 찌푸렸다. 프라이드의 완벽한 연설이 주는 여운에 잠겨 있었는데, 갑자기 세드릭이 맥락도 알 수 없는 말을 중얼거려서 그냥 못 들은 척할까 싶었다. 하지만 입을 벌리고 그녀를 잡아먹을 듯이 바라보는 옆얼굴을 본 순간, 가슴 안쪽이 술렁였다. 세드릭이 자신과 같은 나이의 여자면서도 자신과는 하늘과 땅 차이가 날 만큼 왕족으로서 훌륭하게 행동하는 프라이드에게 압도된 건 납득이 갔다. 그러나 그의 눈에 깃든 불꽃에서는 아무리 봐도 패배나 존경이라는 말로는 정리할 수 없는 열기가 느껴졌다.

"프라이드 제1왕녀 전하니까요. 왕족의 긍지도 위엄과 청렴함. 그 모든 걸 겸비한 프리지아 왕국의 자랑스러운 제1 왕위 계승권자이자 여왕이 되실 분입니다."

'그러니 그걸 더럽히려 한 널 용서할 수 없어.' 스테일은 그런 원한과 생각을 담아 대화를 끊었다. 하나즈오 연합왕국을 구하겠다는 마음은 프라이드와 같지만, 그녀의 머리카락에 입을 맞춘 것도, 입술을 빼앗으려 한 것도, 아서에게 줄 요리를 먹어서 그녀를 울린 것도, 무엇 하나 용서하지 않았다. 마음씨 착한 프라이드 대신에 평생 용서하지 않는 역할이 되겠다고 이미 결심했다. 바르와 질베르, 눈앞에 있는 왕제(王弟)라고 부를 수도 없는 어리석은 제2왕자 역시 그러했다.

세드릭은 안경 안쪽에서 쏘는 차가운 시선을 눈치채지 못했다. 숨쉬는 것도 잊고 하늘을 우러러보듯이 단상을 올려다보느라 스테일이 한 말이 자신이 프라이드에게 저지른 무례와 어리석음을 넌지시 지적하고 훈계하는 말이라는 것도 깨닫지 못했다. 무지한 제2왕자는 그저 그 말을 표면 그대로의 의미로 받아들였다. 그리고…….

"아름다운 사람이야……."

맞장구가 아니었다. 스스로 되뇌듯이 혼잣말처럼 중얼거린 말은 환성에 묻혀 옆에 서 있던 스테일만 들었다. 프라이드가 칭찬받았음에도 불구하고 스테일의 내면에는 불안과 짜증만이 똬리를 틀고 남았다. 스스로도 어째선지 알 수 없었다. 그저, 지금 그가 할 수 있는 말은…….

"그 아름다움을 영원히 더럽히지 않기 위해 저희가 있는 겁니다."

스테일은 남을 용서하는 게 보통 일이 아니라는 걸 잘 안다. 하지만 계속 용서하지 않는 것도 때로는 몹시 답답하다. 그래도 프라이드를 지키기 위해 언제까지고 용서하지 않겠다고 결심했다. 6년 전 아서와 약속을 나눴을 때부터 그 결심은 변하지 않았다. 아서가 자신이 할 수 없는 일을 메워 주듯이, 자신 역시 아서가 할 수 없는 일을 해 나갈 것이다.

프라이드가 지금처럼 계속 순백을 유지한다면, 자신이 그만큼 검게 물들겠다. 그녀가 용서한 자도, 믿는 자도, 손을 내미는 자도 자신만은 용서하지 않겠다.

그녀가 '다정함'을, 내가 '엄격함'을 맡는다——.

환성은 한동안 그치지 않았다. 겨우 소리가 진정되기 시작했을 즈음 로데릭이 기사들에게 흩어지라고 명령했다. 기사들이 흥분이 가시지 않은 채로 다 같이 단상 아래로 앞다투어 모이기 시작하자, 세드릭과 스테일은 그 이상 아무 말도 하지 않았다.

용서받을 수도 용서할 수도 없음을 말하지 않아도 서로 알고 있었다.

"자, 그럼……. 이제 지원자가 쇄도하겠군."

기사들의 환성이 멎었을 때, 단상 위의 클라크가 목을 울리며 쿡쿡 웃었다. 그가 아서와 칼럼의 어깨 위에 손을 올리자, 그 뜻을 알아차린 칼럼도 작게 웃었다.

"그러게요……. 선발하는 과정에서 또 주먹다짐이 일어나지나 않았으면 좋겠네요."

"기사단 중에 프라이드 님과 함께 갈 수 있는 인원은 단 절반 '뿐'이야. 부단장인 나는 아쉽게도 성을 지키겠지만…… 칼럼, 아서, 프라이드 님을…… 그리고 로데릭을 꼭 부탁하마."

두 사람은 클라크의 말에 동시에 크게 대답했다. 그 직후, 아서는 클라크가 칼럼 앞인데도 불구하고 자신의 머리만을 쓰다듬자 눈을 치켜뜨며 노려보았다.

"아서!"

악센트가 있는 목소리에 뒤를 돌아보자, 프라이드가 로데릭의 경호를 받으며 아서 쪽으로 돌아오고 있었다. "수고하셨습니다." 하고 말을 건 아서는 눈앞에서 본 그녀가 이마에 믿기지 않을 만큼 많은 양의 땀을 흘린다는 사실을 깨달았다.

"괜찮았어? 나, 제대로 말했을까."

부끄러운 듯이 손으로 부채질하며 웃는 프라이드의 모습에 무심코 가슴이 아파 왔다. 이 사람은 왜 항상 이렇게 아름다운 걸까 싶어서 잠시 목구멍이 떨리고 어깨가 올라갔다.

"넵…… 아주, 훌륭했습니다. 저도, 다른 사람들도, 감동했어요."

아서는 가슴이 너무 벅차서 이런 어린애 같은 감상밖에 나오지 않는 게 답답했다. 그러나 솔직한 대답에 안심한 프라이드는 안도의 한숨을 내쉬며 그를 향해 웃어 보였다.

"다행이다. 한 명이라도 힘이 되어 주면 좋겠어."

'아니, 오히려 한 명이라도 더 줄이려고 아버지와 클라크가 고생할 것 같은데요.' 아서는 마음속으로 그렇게 생각했다. 프라이드의 이야기를 들었을 때 어떻게 절반으로 나눌지 고민했으니까. 로데릭의 보기 드문 곤란한 표정에 아서뿐만 아니라 칼럼까지 웃음을 참느라 필사적이었다.

"아! 맞다, 아서. 잠깐 귀 좀……."

프라이드가 문득 뭔가 떠올랐는지 목소리를 높이며 갑자기 아서의 어깨를 양손으로 끌어당겼다. 아서는 비틀거리며 프라이드와 얼굴이 가까워졌고 심장이 몇 배는 빠르게 두근거렸다.

"실은 부탁이 있어. 내일 밤⋯⋯."

짧게 전달하려고 빠르게 귓속말을 하는 프라이드의 숨결이 직접 닿아 귀를 간질이는 바람에 아서는 이야기보다 그쪽에 집중이 쏠릴 뻔했다.

하지만 프라이드가 한 말을 듣다가 단숨에 정신이 번쩍 들었다. 이야기를 마친 그녀가 "어때⋯⋯?" 하며 가까이에서 얼굴을 들여다보자, 아서는 얼굴의 열기를 떨쳐 내듯이 몇 번이고 바람을 가르며 고개를 끄덕여서 답했다. 프라이드가 기쁘게 웃기만 해도 숨이 멎었다. 의지해 준 것만으로도 기쁜데 웃는 얼굴을 코앞에서 보다니. 다음에는 심장이 멈출지도 모른다고 진지하게 생각했다.

"그럼 가시지요, 프라이드 님."

프라이드와 아서가 이야기를 마친 것을 확인한 칼럼이 그렇게 말하며 부드러운 미소와 함께 프라이드의 손을 잡았다. 아서는 이럴 때 자연스럽게 행동하는 칼럼이 진심으로 존경스러웠다. 이렇게 자연스럽게 프라이드의 손을 잡다니, 아서에게는 도저히 불가능한 일이었다.

'아직' 까지는.

제2장 악덕 왕녀와 제2왕자

　——그저 흡족하기만 했던 그때로 돌아가고 싶다고 진심으로 바랐다.

"세드릭! 또 교사한테서 도망친 거냐?!"

　랜스 실버 로웰. 작년에 막 국왕으로 즉위한 형님이 정원의 나무 위에서 낮잠을 자는 나를 향해 밑에서 고함을 질러 댔다. 나와 같은 금색 머리를 단정하게 뒤로 넘긴 얼굴을 치켜들고 날카로운 불꽃색 안광으로 나를 보았다.

"흥! 이 몸한테는 필요 없어. 공부 같은 거 안 해도 이 몸은 존재만으로도 충분히 가치가 있다고."

　내가 콧노래를 부르며 평소와 같은 대답을 한 순간, 형님이 내가 있는 나무를 걷어찼다. 쿵, 하는 진동과 함께 갑자기 나무가 흔들리기 시작해서 무심코 눈앞의 가지에 매달렸다.

"무슨 짓이야! 나무에서 떨어져서 이 몸이 다치기라도 하면……."

"차라리 그냥 다쳐서 방에 얌전히 박혀 있어라, 멍청한 놈아! 그러면 다 큰 왕자가 교사한테서 도망칠 걱정도 없어지겠지!"

"이 몸의 단정한 얼굴에 상처라도 생기면 어쩔 셈이야?!"

"알까 보냐, 당장 내려와!"라는 형님의 고함에 하는 수 없이 몸을 일으켰다. 잘 보니 재상인 달리오까지 소란을 듣고 달려와 형님 뒤에 서 있었다. 예전에는 미워했지만, 그 이상으로 몇 번이나 나에게 사죄한 사람 좋은 재상이다. 나에게 사죄한 횟수가 천 번을 넘은 뒤로 아직 마음은 열지 않았지만 용서할 수는 있었다.

이대로 뛰어내려도 되지만, 형님에게 붙잡히면 다시 교사에게 끌려가고 말 것이다. 나는 가지에서 일어서서 살짝 위쪽에 있는 성의 창문으로 손을 뻗었다. 조금 멀긴 하지만 점프하면 어떻게든 닿을 듯했다. 그런 생각을 하는 동안에도 형님이 "도망치지 마라!" 하고 다시 나에게 소리를 질렀다. 역시 다소 무리해서라도 도망치는 편이 좋을 것 같다.

"자, 잡아. 너무 무리하면 안 돼……."

갑자기 창문에서 손이 뻗어 나왔다. 위를 올려다보니 한 남자가 하얀 머리를 부드럽게 흔들며 얇은 안경알 너머로 금색 눈동자를 뜨고 나를 향해 웃고 있었다.

요안 린네 드와이트. 동갑인 형님과 달리 선도 가느다랗고 이목구비도 중성적이어서 언뜻 보면 미청년 같지만 우리 하나즈오 연합왕국의 반쪽인 차이넨시스 왕국의 국왕이다.

"역시 형은 형님과 달리 뭘 좀 안다니까."

요안…… 형의 손을 잡고 그대로 뛰어 창문을 통해 성안으로 들어갔다.

"요안! 세드릭한테 오냐오냐하지 마!"

형님의 고함이 창문 너머로 따라왔다. 형이 익숙한 모습으로 창문을 닫았고, 그와 동시에 형님의 고함이 작아지고 창문이 쾅, 하는 소리를 냈다.

"세드릭. 랜스를 너무 곤란하게 하면 안 돼. 국왕 일이 이제야 좀 익숙해지기 시작했잖아."

싱글싱글 웃으며 나를 나무라는 형에게 건성으로 대답하며 가까이에 있는 의자에 걸터앉았다.

"형님은 호들갑이 심하다니까. 이 몸은 공부 같은 거 안 해도 이 아름다움만 있으면 충분한데."

"세드릭, 너도 이제 열일곱 살이야. 그리고 이젠 공부를 피할 이유도 없잖아?"

형이 부드러운 목소리로 타이르자, 그만 입을 다물고 말았다. 형은 내가 공부를 피하는 이유를 오래전부터 알고 있었다. 아버지와 어머니가 길러 준 기억이 없는 나에게는 형님과 형만이 유일한 이해자이자 가족이었다. 형님이 왕위를 계승한 후 전왕인 아버지와 어머니는 역대 왕들과 마찬가지로 무대에서 물러났다. 원래부터 자식을 기르기는커녕 간섭한 적조차 없는 방임주의 부모에게 정은 없었다. 두 사람은 국내에 신분을 감추고 체재 중이지만, 그 장소를 아는 사람은 국왕인 형님뿐이다. 그리고 아마 두 번 다시 만날 수 없겠지.

결혼식은 고사하고 만약 우리가 죽는다 해도 장례식에 참석하지 않을 것이다. 자신의 공무에만 흥미가 있던 그 사람들과 우리는 그저 피가 이어졌을 뿐인 타인이었다.

형님이 나를 돌봐준 지 13년이 됐다. 형님의 친구가 된 형이 가끔 나를 돌본 지는 9년이 됐다. 그때 일을 한 번도 잊은 적이 없다. 형님과 형이 있어 줘서 지금 내가 이렇게 있을 수 있는 거니까.

형님도, 형도, 나도 현재 자기 위치에 진심으로 만족했다. 이 대로만 간다면 우리는 영원히 웃으며 지낼 수 있을 것이다.

"최소한 예의와 교양이라도 배워 보는 게 어때? 지금은 국내에만 있지만 머지않아 랜스가 나라를 개방하면 국외에서 사교계와 관련될 기회가 늘 거야. 그때 창피를 당하지 않도록……."

"필요 없어. 이 몸이 걷기만 하면 모두 시선을 빼앗기고 무릎을 꿇지. 이 미모만 있으면 뭘 해도 용서받아!"

형이 한 말을 평소에 하는 말로 받아쳤다.

형님과 형은 장래를 위해 하나즈오 연합왕국과 국외의 교류를 늘리려 한다. 형님은 옛날부터 '언제까지고 틀어박혀 있을 수는 없다. 세계 정세는 계속해서 변한다.'고 우리에게 말했다.

"세드릭…… 그건 네가 나라 안 상황밖에 모르니까 그런 거야. 국외로 나가면 분명히 네가 예의를 차려야 할 상대가 있어. 나나 랜스보다 대단한 사람도 말이야."

"형님과 형은 국왕이잖아? 그럼 그거나 마찬가지지. 뭐가 걱정이야? 그런 상대가 있으면 그냥 웃어 주면 그만인데."

내가 웃으면 누구나 기뻐하고, 여자는 볼을 붉힌다. 예의 따위는 어차피 우러러볼 상대가 없으면 필요 없다.

"그런 말만 한다니까……."

형은 한숨을 내쉬며 중얼거리고서 곤란한지 눈썹을 늘어뜨리고 문 쪽을 보았다. 어느새 쿵쿵거리는 불온한 발소리가 가까워지고 있었다.

"역시 조금 더 세게 말하는 편이 좋겠어."

몇 걸음 물러난 형이 손을 올려 문을 살짝 열었다. 끼익……하는 가벼운 쇳소리가 들림과 거의 동시에 "여기냐?!" 하는 우렁찬 목소리가 울렸다.

"세드릭! 오늘이야말로 정말 책상에 묶어 버리겠어!"

쾅! 하는 소리와 함께 형님이 방 안으로 쳐들어왔다. 콧김을 거칠게 내뿜으며 달려오길래 한 번 더 창문으로 도망치려 했는데, 형이 진로를 방해하듯이 내 앞을 막아섰다.

"도대체가 너는 옛날부터 내가 쫓아다녀도 요안이 설득해도 왜 이모양이냐! 나도 요안도 이젠 너만 돌보고 있을 수가 없단 말이다!"

"안 돌봐 줘도 돼! 형님이랑 형이야말로 공무는 어쨌어! 국왕이 그렇게 한가해?!"

"네가 얌전히 공부하면 이럴 필요도 없어!"

형님이 "바쁜 걸 알면 수고 좀 끼치지 마라 이 멍청한 놈아!" 하고 내 머리를 붙잡았다. 내가 "그만해, 머리가 흐트러지잖아!" 하고 소리치자, 형님이 머리를 더욱 세게 헝클었다. 내가 날뛰는 바람에 형님의 옷 아래에 있던 펜던트가 살짝 삐져나왔다. 형이 바로 익숙한 손놀림으로 형님의 옷 사이에 그걸 다시 집어넣었다.

형님이 좋다.

"세드릭, 랜스도 널 걱정해서 그러는 거야. 이대로 가다가는 장래에 섭정이나 재상 역할조차 맡길 수 없으니까."

"필요 없어! 섭정과 재상이라면 퍼거스와 달리오가 있잖아?! 나는 그저 나인 것만으로도 충분히 가치가……."

"그런 어린애 같은 생각부터 고쳐야지. 지금은 젊은 미남이지만, 50년 뒤에는 어쩔 셈이야?"

"나는 당연히 50년 뒤에도 아름다울 거라고!"

"사람에겐 노화라는 현상이 일어나."

"그런 건 나도 알아!"라고 외치자, 형은 또 한숨을 내쉬며 형님에게 신호를 보내듯이 고개를 끄덕였다. 그 순간, 등 뒤에서 형님이 팔로 있는 힘껏 내 목을 졸랐다. 생명의 위기를 느낀 내가 패배를 인정하며 교사에게 돌아가겠다고 목소리를 쥐어짜고 나서야 겨우 해방됐다.

"신의 이름 아래 맹세할 수 있어?"

형이 피식 웃으며 나와 형님의 모습을 바라보았다. 그리고 테이블에 기대어 목에 건 십자가 펜던트를 나에게 들어 보였다.

"신이 이 몸보다 아름다우면 맹세할게!"

형님의 목 조르기에 대한 화풀이로 형에게 소리쳤다. 그러자 형은 여전히 웃는 표정으로 내 양 볼을 좌우로 잡아당겼다. "신을 모독하면 안 돼."라고 부드럽게 말하는 형에게 수도 없이 고개를 끄덕이고 나서야 용서받았다.

형이 다스리는 차이넨시스 왕국은 우리 나라와는 달리 신앙이 깊은 나라다. 신에게 기도하고, 노래하고, 감사한다. 연합 왕국이 되고도 서로의 나라 형태를 그대로 유지한 것은 서시스 왕국과 차이넨시스 왕국의 문화 차이가 많이 난다는 이유가 크다.

문화와 종교, 모든 게 다른 두 나라가 먼 옛날 코페란디 왕국에게 침략을 받았다. 자신을 지키기 위해 옛날부터 다툼을 벌이던 두 이웃 나라가 통합해 하나의 나라가 되어 그 침략을 물리친 것이 106년 전 이야기다.

차이넨시스 왕국의 국왕인 형 역시 신앙이 깊었고, 나와 형님도 어릴 때부터 차이넨시스 왕국에 방문할 때마다 형이 기도하는 모습과 그 행사를 몇 번이나 보았다. 나도 형님도 신이니 기도니 하는 건 아직도 믿음이 가지 않았지만…… 신에게 나라의 평화를 기도하는 형의 모습은 싫지 않았다.

"세드릭. 이젠…… 괜찮아."

교사가 기다리는 방으로 돌아가기 직전에 내가 또 도망치지 않도록 따라온 형이 그렇게 말을 걸었다.

형의 미소는 쓴웃음으로도 보였지만 금색 눈동자만은 부드럽게 빛났다.

"나도 알아."

형에게서 눈을 돌리고 그대로 나도 방으로 돌아갔다.

형이, 좋다.

형님과 형. 이 두 사람이 행복하다면 그걸로 족하다. 어릴 때부터 내 곁에 있어 준 것도, 지켜 준 것도 이 두 사람뿐이었다.

이대로도 충분하다. 영원히 이대로 우리 나라는 좋은 방향으로 나아갈 것이다.

——그렇게 생각했다. 우리 나라에 코페란디 왕국의 사자가 발을 들일 때까지는.

"형님…… 형……."

프라이드와 함께 기사단을 방문하고 돌아오니, 이미 심야를 넘긴 시간이 되었다. 프리지아에 데려온 시녀와 병사는 모두 방 밖으로 물렸다.

취침할 시간이라는 건 알지만 잠이 올 리가 없었다. 방 안에 놓인 소파에 몸을 묻고 머리를 쓸어올리다가 견디지 못하고 머리를 양팔로 끌어안으며 몸을 앞으로 숙인 채 굳었다. 고개를 숙이고 눈을 꽉 감았지만 소용돌이치는 머릿속은 아무리 시간이 지나도 가라앉지 않고 불길한 생각만 떠올렸다. 좋지 않은 기억만 떠올렸다…….

'몇 번이고 말하겠습니다. 차이넨시스 왕국은 라지야 제국…… 또한, 우리 코페란디 왕국에 항복해야 할 것입니다.'

갑자기 우리 나라에 발을 들인 코페란디 왕국의 세 사자는 그렇게 말했다. 문 앞에서 위병이 쫓아내려 했으나 '나라가 기우는 대참사가 일어나도 괜찮겠느냐' 는 협박을 받는 바람에 우리 성까지 보고가 들어왔다.

전성기의 코페란디 왕국이 106년 전에 우리 나라를 침략하려 했던 과거는 있지만, 지금은 라지야 제국의 식민지다. 다시 말해 라지야 제국의 손길이 뻗친 나라라는 뜻이다. 사자의 단호한 발언에 미심쩍어진 형은 성으로 사자를 들였다. 그 이상 사태에 형님과 나도 형의 곁으로 달려갔다.

코페란디 왕국의 사자는 뻔뻔한 표정으로 형에게 선언했다. '모든 것은 라지야 제국이 뜻하는 바다.' '영토를 넓히기 위해 차이넨시스 왕국을 코페란디 왕국의 지배하에 두겠다.' 라고 했다. 조건도 무엇도 없는 단순한 습격이었다.

'이쪽도 자비를 베푼 겁니다. 현시점에서 우리가 바라는 것은 하나즈오 연합왕국이 아니라 어디까지나 차이넨시스 왕국입니다. 심지어 속주가 될지 식민지가 될지 선택할 권리까지 베풀지 않았습니까.'

뭐가 자비란 거냐. 결국에는 차이넨시스 왕국을 정복할 생각이잖아. 게다가 코페란디 왕국…… 라지야 제국의 지배하에 놓이면 형의 나라는 노예 생산국이 되고 만다. 자국 국민을 정기적으로 노예로 바쳐야 한다.

'한 달간 기다려 드리지요. 원하신다면 저항해도 상관없습니다. 하지만 이미 우리 나라만이 아니라 아라타 왕국, 라플레시아나 왕국도 궐기 준비를 시작했습니다. 기껏해야 변방의 소국 하나…… 설령 두 나라가 함께 온다 해도 우리에게 대적할 수 있을 것 같지는 않군요.'

굴욕이었다. 나도 형님도…… 형도, 그저 이를 악물 수밖에 없었다. 소국이었기에 통합해서 한 나라가 되어서 오랫동안 살아남았다. 주변 국가가 조금씩 라지야의 지배하에 들어간다는 사실은 형도 형님도 알고 있었다. 하지만 우리 나라는 통합된 뒤로 나라를 걸어 잠그고 타국에 참견하지 않고 중립적인 입장에 서서 타국의 간섭을 피했다. 그런데 그자들은 그런 건 상관없다고 말하듯이 아무 이유도 없이 하나즈오 연합왕국의 반쪽을 빼앗기로 '결정'했다.

심지어 라지야 제국도 아니고, 그 식민지인 코페란디 왕국이 지배한다. 우리 나라는 그보다 아래의 아래로 본다고 말하는 거나 마찬가지였다. 한 달의 유예도 우리 나라가 아무리 발버둥 쳐봤자 이길 수 없는 걸 알고 여지를 준 게 분명했다.

형은 대적할 수 없다면서 항복을 고민했다. 쓸데없이 국민을 희생시킬 수는 없다고, 최소한 나라 이름과 문화만이라도 지켜야 한다고 이야기했다.

'서시스 왕국과의 동맹도 해제할까. 언제 라지야 제국이 하나즈오 연합왕국인 서시스에도 항복을 요구할지 모르니까.'

"차이넨시스 왕국 국민도 그러기를 바랄 거야." 형님에게 그렇게 전한 형은 여전히 웃고 있었다. 그래도 형님은 함께 싸우자고, 동맹 해제라니 말도 안 된다고 형에게 소리를 질렀다.

오랜 시간 동맹을 맺고 폐쇄된 채 타국을 거부했던 만큼, 우리 나라는 국민끼리 결속이 단단했다. 차이넨시스 왕국이 서시스 왕국을 끌어들이길 원치 않듯이 반대로 서시스 왕국 국민은 모두 하나즈오 연합왕국으로 함께 싸우기를 원했다.

게다가 106년 동안 깊어진 서시스와 차이넨시스 왕국의 왕족과 상층부 간의 골도 형님과 형이 몇 년 만에 메웠다. 지금은 모든 국민이 서로의 나라를 아꼈다.

형님과 형의 대화는 계속 평행선을 그렸고 서로 한 치도 물러서지 않았다.

도움이 필요했다. 그때 내 머릿속에 떠오른 건 우리 나라의 개국 준비가 끝날 때까지 몇 번이나 교류와 동맹을 요청했던 나라 중 하나. 대국 프리지아였다.

동맹국을 늘리려는지 요 1년 전부터 프리지아 왕국에서 몇 번이나 동맹을 원하는 서신이 도착했다. 이제 이걸 이용하는 수밖에 없다.

나는 다음 날 바로 항구로 향했다. 형님은 예전부터 조금씩 타국과의 관계를 넓힐 준비를 해 왔다. 그 발판으로서 아네모네 왕국과의 무역도 즉위하기 전부터 진행시켰고, 1년 전부터 안정되었다. 그날은 마침 아네모네 왕국과 무역하기 위한 배가 올 예정이었다. 심지어 하늘이 구원의 손길을 내렸는지, 항구에 방문한 건 평소에 오는 상인들만이 아니었다.

아네모네 왕국의 제1왕자, 레온 아도니스 코로나리아도 있었다.

예전에 형님이 말했다. 이웃 나라 프리지아 왕국의 프라이드 제1왕녀가 레온 제1왕자를 통해 우리 나라와 교류하고 동맹을 맺고 싶어 한다고. 프리지아 왕국은 대국이고 최근에 동맹을 넓히고 있는 데다가, 동맹 공동 정책 같은 나라 간의 연결고리도 단단히 한다는 듯했다. 1년 전부터 빈번하게 도착하는 서신, 대국 프리지아, 그 동맹국의 왕위 계승자인 레온 제1왕자. 하늘이 우리 편을 들어 준다는 생각만 들었다.

'프라이드에게 꼭, 동맹 협상을 하고 싶다고…… 전해 달라는 말씀이십니까?'

'예, 오늘부터 11일 뒤면 프리지아 왕국에 도착힐 깁니다. 특히 저는 프라이드 제1왕녀 전하와 친해지고 싶습니다. 부디, 그 뜻을 프라이드 제1왕녀 전하께 전달해 주셨으면 합니다.'

레온 제1왕자에게 프리지아 왕국과 아직 사이가 좋은지 슬쩍 떠보자, 마침 아네모네 왕국으로 귀국하고 나서 바로 프리지아 왕국에 방문할 예정이 있다고 했다. 내 의뢰에 레온 제1왕자는 고개를 끄덕이며 귀국하는 대로 프라이드 제1왕녀에게 그 뜻을 전달하겠다고 했다.

대국 프리지아 왕국. 광대한 토지와 군사력을 가졌으며 노예 제도가 없는 우리 나라와 가치관이 통하는 나라다. 많은 나라와 교류하며, 타국의 두려움을 사던 특수 능력자의 나라. 이 나라의 협력만 얻는다면 하나즈오 연합왕국은 구원받을 것이다.

형님은 전쟁 때문에 지금까지 동맹을 거절했던 나라에 갑자기 동맹을 요청해도 받아들여질 리 없고, 적이 라지야 제국이라면 더욱 그럴 거라고 말했다. 형은 자기 나라 때문에 서시스 왕국에까지 수치를 줄 수는 없다고 했다. 그런 이유로 동맹을 요청하면 하나즈오 연합왕국은 자기가 필요할 때만 타국을 원하는 수치도 모르는 나라로 여길 거라고 했다. 하지만 그딴

거 알게 뭐야.

차이넨시스 왕국을 잃는 것보다 더한 수치가 있을까. 프리지아 왕국은 여왕제다. 나의 이 용모를 보면 여왕이든 왕녀든 모두가 나를 받들 것이다. 그렇게 내 매력으로 무릎 꿇린 다음에 우리 나라의 상황을 이야기하면 된다. 그렇게 하면 설령 라지야 제국이 적이라 해도 이 몸을 위해 동맹 체결을 확약할 것이다. 그런 뒤에 많은 원군과 함께 우리 나라로 돌아가기만 하면 된다. 프리지아 왕국을 아군으로 만든 걸 알면 분명 형도 형님도 하나즈오 연합왕국을 지키기 위해 일어서리라고 생각했다.

레온 제1왕자에게 전언을 부탁한 다음 날 아침. 최소한의 호위와 시녀만 데리고 우리 나라에서 뛰쳐나왔다. 형님과 형에게 '프리지아 왕국에 원군을 요청하겠다.', '한동안 나라를 비우겠다.'는 내용의 편지를 남기고 나왔다.

나의 이 용모를 보면 누구나 내 포로가 되니까 간단한 일이다. 이제 동맹 협상을 최대한 미루며 프라이드 제1왕녀의 마음에 들기만 하면 된다. 형님 말로는 아직 약혼자가 없다고 했다. 필요하다면 이 몸이 약혼해도 좋다. 우리 나라와의 협상을 우선적으로 진행한다면 그쯤은 상관없다. 내가 자국에서 나와도 우리 나라에는 형님과 형이 있으니까 문제없다. 보통 먼 나라와의 동맹 협상은 3일이 필요하다고 예전에 교사가 말했었다.

3일이면 충분하다. 내 포로로 만들어 동맹을 우선적으로 진행시키고 꼭 힘이 되고 싶다고 말하게 만들겠다. 아직 늦지 않았다. 그렇게 믿었는데…….

"……."

머리를 끌어안은 채 탁자에 팔꿈치를 부딪쳤다. 어쩌다 이렇게 됐지? 생각하면 생각할수록 알 수가 없었다. 내 움직임이 코페란디 왕국…… 라지야 제국에 들켰나? 왜 이렇게 사태가 안 좋게만 돌아가지? 이제 6일도 채 안 남았다. 지금도 적국이 하나즈오 연합왕국을 침공하려고 무기를 준비하고 있다. 그리고 형님은…….

"……."

생각만 해도 가슴속이 울렁거리고 파도가 휘몰아치듯이 몸 안쪽이 요동쳤다. 형님이 정신착란을 일으키다니 무슨 착각일 줄 알았다. 하지만 사실이었다. 내가 쓸데없는 걱정을 끼친 탓이다.

형님은 항상 나를 걱정했다. 형님만이 그때의 나를 구했다. 형만이 그때의 나를 이해했다. 다른 사람을 거부하고 불신감이 가득했으며 항상 보호받고 민폐만 끼쳤던 나를 형님과 형만이 포기하지 않고 감쌌다.

이제야 두 사람의 힘이 될 줄 알았는데 이 꼴이 되었다. 왜 항상 이렇게 되지. 왜 항상 형님과 형의 발목만 잡지?

형은 나와 형님, 서시스 왕국을 지킬 생각이다. 동맹을 파기해서 차이넨시스 왕국이 지배당한 뒤에도 최소한 라지야 제국과 우리의 연결고리만은 없애려 한다. 하지만, 하지만 나는…… 형님은, 국민은……!

목소리를 죽인 채 이를 너무 세게 깨문 탓에 턱이 아파 왔다. 내가 가라앉듯이 등을 웅크리다가 어느새 몸이 희미하게 떨리기 시작했을 때…….

똑똑. 갑자기 단순한 소리가 방 안에 울렸다.

그 소리에 뒤를 돌아보니 방문에서 소리가 들려왔다. 누군가가 밖에서 문을 두드리고 있었다. 호흡을 가다듬고 떨리는 목소리가 드러나지 않도록 "뭐냐." 하고 짧게 대답했다.

설마 우리 나라에 또 무슨 일이 생긴 건가. 아니면 라지야나 코페란디 왕국의 자객인가.

몸에 힘을 주고 문밖에서 대답이 돌아오길 기다렸다. 그러나 잠시 조용히 기다려도 대답은 돌아오지 않았다. 그 대신 똑똑똑, 하고 다시 노크 소리가 들려왔다.

꺼림칙하게 느끼면서도 문으로 다가갔다. 분명 문 앞에는 위병이 있었을 텐데. 위병이라면 당연히 내 말에 대답했을 것이다. 하지만 노크를 한 장본인은 아무 말도 하지 않았다.

"누구냐, 이름을 대라."

문 앞에서 한 번 더 목소리를 높였다. 습격을 받아도 대응하게 검을 들고 그 끝을 문으로 향했다.

"안녕. 프라이드 로열 아이비야."

프라이드?! 왜 그녀가……?!

너무 놀란 나머지 문에서 물러나 몸을 떨었다. 하지만 프라이드를 문밖에서 기다리게 했다는 걸 깨닫고 서둘러 문손잡이 위에 손을 올렸다.

"아니, 닫힌 채로도 상관없어. 이대로 이야기하자. 이상한 소문이 퍼지면 서로 곤란하니까."

뒤이어 "위병은 잠시 다른 곳으로 보냈어."라고 말하는 그 목소리는 틀림없이 프라이드였다.

"무슨, 용무라노……? 아니면, 아직 시죄가 부족해……?"

내 방까지 찾아온 의도도, 왜 이런 한밤중에 왔는지도 알 수 없어서 혼란스러웠다. 나는 문에 귀를 대고 프라이드에게 말했다.

"용무라고 할 정도는 아니야. 사죄는…… 네가 몇 번을 사과한들 충분하지 않을 거고."

억양이 없는 목소리를 듣고 가슴이 아파 왔다. 옷 너머로 펜던트를 붙잡고 그대로 가슴과 함께 움켜쥐었다. 역시 그녀는 아직 나의 행동을 용서하지 않았다.

프라이드의 마음에 들려고 손을 뻗었지만 그 모든 행동이 무례가 되었다. 수많은 여성이 바라던 입맞춤을 내가 먼저 선사하려 했으나, 그것도 무례라며 기사 아서와 칼럼이 막아섰다. 프라이드가 요리하는 걸 우연히 발견하고 이 몸이 먹어 주면 분명 기뻐하리라 생각했는데…… 반대로 울고 날 미워하게 만들었다.

한동안 방에 틀어박혔다가 기분 전환 삼아 정원으로 나가니, 기사들이 날 호위하려고 왕거 안에 들어와 있었다. 당황하던 모습을 프라이드에게 들켜 서둘러 그때까지 있었던 일을 사죄했는데 어째선지 내 계획이 들켰을뿐더러 매도당하기까지 했다.

'바보 아냐?!'

마치 내가 형님과 형을 구하려고 발버둥 치는 것 자체를 부정당한 것 같았다. 내 상식이 프라이드에게는…… 바깥 세계에는 전혀 통용되지 않았다. 형님과 형이 말한 대로였다. 오히려 행동하면 할수록 반대로 미움만 받았다.

프라이드만이 아니었다. 기사 아서에게는 범상치 않은 적의가 담긴 눈빛을 받았고, 그녀의 보좌이기도 한 스테일 제1왕자와 질베르 재상의 말을 듣고 지금까지의 행동이 모두 무례에 해당한다는 사실을 알았다. 이대로 가다가는 진짜 목적은커녕 동맹 체결마저 위태로우리라는 생각에 초조함과 위기감이 뒤섞였고 이내 그녀가 한 말을 듣고 폭발했다.

머리에 피가 몰려서 나도 모르게 그녀를 밀치고 말았다. 아무리 나라도 그게 문제가 된다는 사실은 알았다. 그런데도 분노를 제어 못 하고 그녀를 압박했다. 그러다 근위기사들에게 제압됐고…… 이제 모든 게 끝났다고 생각했다. 동맹은커녕 이젠 정말로 차이넨시스 왕국을 구할 수 없을 거라고, 나는 결국 형님에게도 형에게도 도움이 되지 못했다고——.

"걱정 마."

갑자기 내 마음을 읽은 듯한 말이 문 너머에서 들려왔다. 놀라 고개를 들자, 프라이드의 카랑카랑한 목소리가 조용히 이어졌다.

"어머님도 동맹에는 아주 긍정적이셔. 분명 다 잘될 거야."

덜컹, 하고 문이 가볍게 흔들렸다. 그와 동시에 문 너머에 있는 프라이드의 목소리가 낮은 위치에서 들려오기 시작했다. 그녀가 이 문에 기대어 앉았다는 걸 깨달았다.

"네 형님도…… 분명 괜찮으실 거야. 그리고 너 때문에 그렇게 된 게 아니야."

"어떻게…… 그렇게 말할 수 있는데?"

프라이드의 혼잣말과도 같은 나직한 목소리를 놓치지 않으려고 나도 문에 등을 기댔다. 그대로 천천히 바닥에 주저앉자, 문 너머에서 들린다고는 믿기지 않을 만큼 선명하게 "알아." 하는 목소리가 들려왔다.

"왜냐하면 나는 예지 능력자거든. 네 진짜 목적도, 차이넨시스 왕국이 노려지는 것도…… 모두 알고 있었잖아?"

"그럼 역시 차이넨시스 왕국은…… 침공을 받는 거구나."

프라이드는 예지로 차이넨시스 왕국이 습격당하는 광경을 봤다고 했다. 그렇다면 내가 아무리 발버둥 친들 코페란디 왕국의 공격을 받는다는 뜻이다.

"패전하지 않을 수도 있잖아. 그래서 나도 어머님도 움직이는걸. 분명 미래는 이미 움직이기 시작했을 거야."

"확증은 없어……."

프라이드의 말을 받아들이지 못하고 자꾸 부정했다. 원래라면 나를 불쌍히 여기는 제1왕녀에게 감사해야 하는데.

그러나 그녀는 전혀 신경 쓰지 않는다는 듯이 "괜찮아." 하고 말을 이었다.

"네가 한 일이 최악이어서 멀리 돌아오긴 했지만, 우리 나라에 온 것만은 틀리지 않았어. 형님을 위해서 그런 거잖아?"

형님. 그 말을 들은 것만으로도 다시 가슴이 짓눌리는 것처럼 아파 왔다. 형님은 지금도 괴로워할까.

형님이 그렇게 궁지에 몰렸을 줄은 몰랐는데.

옆에서 그 모습을 목격했을 형은 어쩌고 있을까? 친우인 형님이 미치는 모습 따위는 보고 싶지 않았을 텐데. 국왕의 책임에 쫓기고 의지하던 형님까지 정신착란을 일으켰으니 지금은 얼마나 괴로워할까.

형님과 형이…… 괴로워한다.

프라이드에게 대답하지도 못한 채 숨이 막혀 왔다. 아무렇게나 펴고 있던 한쪽 다리를 세운 뒤 팔에 힘을 주고 끌어안았다.

"세드릭……?"

대답이 없어서 의아하게 여겼는지 그녀가 내 이름을 불렀다. 하지만 목에 뭔가가 걸린 것처럼 목소리가 안 나왔다. 그래서 그 대신 손을 뒤로 돌려 두 번 노크해서 답했다.

"괜찮아……. 절대로 늦지 않을 거야, 약속할게."

마치 내 모습이 다 보이는 것처럼 아까보다 부드러운 목소리가 돌아왔다. 나를 안심시키려고 일부러 말을 신중히 하는 게 잘 느껴졌다.

"내가 있어. 프리지아 왕국이 붙어 있어. 그러니까 괜찮아."

나도 모르게 이를 악물었다. 그러지 않으면 목소리가 새어 나올 것 같았다.

"앞으로 6일밖에 없는 게 아니야. 앞으로 6일이면 모든 게 끝나는 거야. 6일만 지나면 다시 평소와 같은 일상이 돌아올 거야."

거슬리는 앞머리를 쓸어 올렸다. 떨리는 입술을 깨물며 참으니, 목이 묘하게 건조해지며 아팠다.

왜 프라이드는 항상······! 내 호의에 꿈쩍도 하지 않았으면서, 나에게 수많은 무례를 당했으면서······ 나를 싫어한다고, 용서하지 않겠다고 말했으면서······ 왜······.

"왜! 너는······ 그······렇게 나를 걱정하는 거야······?!"

목이 경련하며 목소리가 일렁였다. 토해 낸 목소리는 나도 놀랄 만큼 힘이 없었다. 목이 반쯤 쉬었지만 어떻게든 말을 끝마치자 목 안쪽이 막혀 왔다.

이 여자를 모르겠다. 왜 이렇게 나를 걱정하는 걸까. 나에게 전혀 호의를 보이지 않았으면서, 두 번이나 이 손을 이끌었다. 용서하지 않겠다고 했으면서, 나를 싫어한다고 했으면서 왜 이렇게 다정한 말을 하는 걸까.

"그만해······! 기대하게, 하지 마······. 내가······ 잘못했어······."

구할 수 있다는 말에 들떴다가 절망에 빠지고 싶지는 않다. 또 우쭐했다가 쓸데없는 짓을······ 그런 추태를 저지르고 싶지는 않다.

내가 하는 모든 행동이 역효과를 낳았다. 모두 내 잘못이다. 배워야 할 것을 전부 내팽개친 결과가 이거다.

양손으로 얼굴을 가리고 신음했다. 프라이드의 말을 거부하고 싶지만 끝까지 듣고 싶기도 했다. 어떻게 해야 좋을지 몰라서 양손으로 입을 누르며 눈 주위를 덮은 손가락에 힘을 주었다.

"딱히 너를 위해서 이러는 게 아니야. 이건…… 그저 속죄일 뿐이야."

그녀의 말이 담담히 들려왔다. 무슨 뜻인지 몰라서 침묵하자, 그녀는 잠시 쉬었다가 "머지않아 알게 될 거야." 하고 말했다.

"가족이, 소중한 사람이 괴로운 상황에 처한 걸 알면서도 아무것도 할 수 없어서 괴로워하고 슬퍼한 사람들을 몇 명이나 알거든……."

'몇 명이나.' 그 말은 어딘가 가라앉아 있었다. 그 무게에 이끌리듯이 내 등이 더욱 움츠러들었다. 나와 동갑인 프라이드는 도대체 지금까지 무엇을 봐 온 걸까.

"그래서 온 거야. 너도 싫어하는 내가 와 봤자 성가시기만 할 테지만."

아니야. 싫어하는 건 내가 아니야. 싫어하는 건 네 쪽이잖아. '네가' 나를 싫어하는 거잖아. 나는 너를 싫어한다고는 한 번도……!

그렇게 말하고 싶었지만 목이 말라서 말이 나오지 않았다. 목의 건조해지고 경련이 일어난 것을 문 너머에 들키지 않게 필사적으로 억눌렀다. 그러나 "그리고." 하고 이어지는 그녀의 말에 내 저항은 수포로 돌아갔다.

"혼자서 울기에 밤은 너무 길잖아."

내 눈이 휘둥그레지는 것이 느껴졌다. 숨을 삼키고 그 말뜻을 깨달았다. 양손으로 가렸던 얼굴에서 손을 떼어내고 흐릿해진 시야로 손바닥을 바라보았다. 축축하게 젖은 눈물이 물방울로 맺혀 손목에서 팔로 흘렀다. 손끝으로 볼과 목을 훑으니 그곳 역시 습기를 머금고 있었다.

필사적으로 목소리를 죽였는데——.

어떻게 알았냐고 묻고 싶었지만 그만두었다. 프라이드의 말을 인정하기 싫어서 그대로 침묵으로 일관했다.

"울어도 돼……. 말했잖아? 지금 나는 네 아군이라고."

나는 포기하고 코를 크게 훌쩍이며 양다리를 세우고 팔로 끌어안았다. 이런 모습은 형님과 형에게만 보였는데.

무릎에 눈을 문지르며 눈물을 멈추려고 해도 눈물이 쉴 새 없이 흘러내렸다. 쉰 목소리로 "이런 모습을 보여 줄 수 있을 리가 없잖아."라고 대답했다. 이미 그녀에게는 두 번이나 추태를 보였다. 이 이상은 나 자신이 용납 못 한다. 하지만 그녀는 "문 너머니까 안 보이잖아." 하고 정론으로 나를 가차 없이 공격했다.

"그리고 싫어하는 상대에게 가식 떨 필요는 없어. 그러니까 약한 소리를 해도 문제없어. 너는 …… 그만큼 필사적이었으니까."

내 모든 걸 아는 것처럼 그렇게 선언했다.

프라이드는 정말 정체가 뭘까. 코가 막혀서 이를 악물며 입으로 숨을 쉬니 눈물이 입 안에 들어왔다. 목이 경련하며 오열이 끊임없이 새어 나왔다. 그것을 억누르려고 말을 하려 한 순간, 지금까지 이상으로 온몸이 떨렸다. 나는 오열 섞인 목소리로 목을 떨며 말을 내뱉었다.

"형님이…… 발광하다니…… 말도 안 돼……!"

사실은 믿고 싶지 않았다. 나 때문이라는 건 알지만 그래도…… 그렇게 심지가 강한 사람이 꺾였다니, 제발 착오이기를 진심으로 바랐다.

"나, 때문에…… 계속…… 괴로워했어……! 그래도 꺾이지 않고…… 노력도…… 나를 원망하지도 않고…… 있어 줬어…… 형님이, 그런……!"

거짓말이었으면 좋겠다. 귀국하면 늘 그랬던 것처럼 미소를 지으며 속았구나, 하고 웃으면 좋겠다. 네가 멋대로 나라를 뛰쳐나가서 그런 거라고 고함쳤으면 좋겠다.

"형…… 어째서…… 함께, 나라를…… 지키겠다고…… 맹세했는데……! 형님이…… 그러기를 바랐는데…… 흑……왜…… 왜, 함께 짊어지지 못하게 한 거야……!"

나도 힘이 되고 싶었다. 그런 식으로 웃지 않기를 바랐다. 어떤 형태가 되든지 함께 하나즈오 연합왕국으로 살아가고 싶었다.

형님에게, 형에게 아무것도 보답 못 하고 이런 곳에서 두 사람의 짐이 된 자신이 원망스러웠다.

이젠 프라이드를 향한 호소인지 나 자신을 향한 토로인지도 알 수 없었다. 눈물이 끝도 없이 흘러나와서 숨조차 쉬기 힘들었다. 그런데도 말은 멈추지 않고 봇물이 터진 것처럼 계속해서 나왔다.

"왜…… 왜, 우리 나라인 건데……?! 흑……! 하필, 이 면…… 왜 우리 나라를…… 형님이, 형이…… 뭘 했는데……?!"

도와줘……. 제발, 아무라도 좋으니, 형님을, 형을, 우리 나라를, 국민을…….

"괜찮아……."

오열이 심하게 뒤섞이며 말도 안 나올 만큼 흐느끼는 와중에 문 너머에 있는 프라이드의 목소리만이 선명하게 들려왔다. 또 입에 발린 말을 하느냐고 생각하면서도 그 말에 매달리듯이 귀를 기울였다.

"전부, 지켜 내자."

너의 소중한 걸, 전부. 그렇게 이야기하는 그녀의 목소리는 맑은 물처럼 투명했다. 그리고 그 무엇보다도 망설임 없이 뱉은 말에서는…… 끝을 알 수 없는 강함이 느껴졌다.

눈에서는 아직 눈물이 흘렀지만 몸의 떨림은 멎었다. 목을 울리며 한 번 더 앞머리와 함께 얼굴을 쓸고 이를 악물었다.

그녀가 왜 그렇게까지 말할 수 있는지는 모른다. 하지만 이번에야말로 나는 대답했다.

"그래……!"

반드시 지키겠다. 나는 그러기 위해 지금 이곳에 있으니까.

"……. 무슨 의미신지요, 여왕 폐하."

날카롭게 빛나는 눈동자가 진홍색으로 불타올랐다. 온몸에서 분노와 증오가 넘쳐흐르는 것 같았다. 그녀의 말을 의심하는 듯한, 그리고…… 어딘가 예상했었다는 듯한 목소리였다. 여왕을 향해 발을 한 걸음 내디딤과 동시에 장신구가 짤랑거리는 소리를 냈다.

"뭐야? 몇 번이나 말하게 하지 마."

귀찮다는 듯이 대답한 그녀는 왕좌에서 다리를 꼬며 다시 입을 열었다.

"이번에 서시스 왕국을 우리 나라의 속주로 만들기로 했어. 침공한다……고 하면 이해하기 쉬울까?"

입가를 끌어올리고 추악하게 웃는 그녀의 모습에 세드릭의 단정한 얼굴이 한껏 일그러졌다.

세드릭……. 이건, 분명 게임의…… 회상 장면……. 아아, 싫어. 이제, 세드릭은…….

"어째서! 그로부터 1년간! 저희는 당신의, 프리지아 왕국의 요구대로! 변함없이 황금을 제공했는데!"

세드릭이 이를 드러내고 고함을 내지르며 분노했다. 적의와 살의를 느낀 위병이 무기를 겨눴다.

"그런 건 우리 나라의 속주가 돼도 계속할 수 있잖아."

그녀는 마치 무슨 실없는 소리를 하냐는 듯한 말투로 이야기했다. 손끝으로 자신의 붉은 머리카락을 빙글빙글 돌리고 만지작거렸다.

"딱히 저항해도 상관없거든? 금맥 빼고는 볼 것도 없는 약소국이 이길지는 모르겠지만."

세드릭이 이를 악물었다. 꽉 움켜쥔 주먹을 부들부들 떨며 눈빛만으로 불태울 기세로 여왕을…… 나를, 프라이드를 노려보았다.

"저희 나라의 안전은 보장하겠다고 하셨잖습니까. 그와 맞바꿔 저희는 닫혔던 문을 개방하고…… 입을 다물고 무상으로 프리지아에 황금을 바쳤는데."

세드릭은 조급해지는 마음을 억누르며 말을 이었다. 낮게 신음하는 듯한 목소리가 땅울림처럼 알현실에 울려 퍼졌다.

"1년 전에, 저를…… 저희 나라를 함정에 빠뜨린 당신에게……."

그 말을 들은 프라이드는 기분이 좋은지 입꼬리를 끌어올렸다. 단정한 얼굴이 일그러지는 게 즐거운지 황홀한 표정으로 눈을 빛냈다.

"그건 어쩔 수 없잖아? 나를 원망하면 안 되지. 동맹은커녕 교류도 없었던 주제에 굳이 와서 자국의 위기를 알린 네 잘못인걸. 그리고……."

프라이드는 팔걸이에 팔꿈치를 세우더니 느긋하게 턱을 괴고 웃었다. 잠시 말을 끊고 세드릭의 뜨거운 시선을 받으며 기분 나쁜 미소를 지었다.

"세상에서 제일 큰 보석함이 가지고 싶어졌거든."

광물의 나라, 차이넨시스 왕국. 프라이드가 지금은 사라진 그 나라의 이름을 부르지 않고 물건에 비유하자 세드릭의 온몸에서 살의가 흘러나왔다. 검고 꺼림칙한 그 기색에 여왕은 못 참겠다는 듯이 진심 어린 표정으로 황홀하게 웃었다.

"하지만 그렇지…… 조건을 받아들인다면 봐줄 수도 있어."

프라이드는 여성이 짓는다고는 믿기지 않는 미소를 지으며 그를 내려다보았다.

"조건……?" 하고 눈이 휘둥그레진 세드릭의 표정을 젠체하듯이 바라보던 프라이드가 뒤이어 말했다.

"나의 별 볼 일 없는 여동생, 제2왕녀 티아라는 올해로 열여섯 살이야. 그래서 네가 만약……."

프라이드가 마치 새로운 게임이라도 떠올린 듯한 말투로 이야기했다. 여전히 미소를 지은 그녀에 비해 세드릭의 얼굴은 점차 굳었다. 그는 눈을 부릅뜨고 입을 꽉 다물고서 그 말에 귀를 기울였다.

"그걸 제가 하라는……?!"

왜 그런 짓을 시키는 거냐고 묻고 싶은 듯한 표정을 보고 여왕의 눈가가 만족스럽게 휘었다. 프라이드는 후훗, 하고 숨죽여 웃더니 "왜냐하면……." 하고 말을 이으며 기쁘게 대답했다.

"사랑하는 남자에게 배신당해 절망과 증오로 물들고 죽는 그 아이의 얼굴이 보고 싶은걸?"

말하자마자 상상했는지 웃음소리가 새어 나왔다. 마치 제일 좋아하는 간식을 마지막까지 남겨 둔 소녀의 말투로 흘러나온 목소리에는 젊은 여성이라고는 믿기지 않을 만큼 짙은 광기가 배어 있었다.

"싫으면 안 해도 돼. 네 나라가 지도에서 사라질 뿐이니까. 별것 아니야."

프라이드가 진심으로 어찌 되든 상관없다는 듯이…… 그리고 세드릭의 반응을 가지고 놀듯이 참지 못하고 웃으며 내뱉었다. 세드릭이 고개를 숙이고 고민에 빠진 채 얼굴을 일그러뜨리자, 그녀의 입가가 더욱 올라갔다.

"하지만 그래도 괜찮을까? 딱 한 명만 속이고 죽이면 나라를 구할 수 있는데? 게다가 네 손은 이미 피투성이잖아?"

세드릭이 눈을 부릅떴다. 악문 이가 까드득 하는 소리를 냈다. 그는 떨리는 턱을 악물며 목구멍 밖으로 튀어 나갈 것 같은 목소리를 필사적으로 막았다. 프라이드는 세드릭의 갈등을 마치 꽃이라도 감상하는 듯한 눈빛으로 우아하게 바라보았다. 일부러 세드릭이 스스로 말을 꺼내길 기다리는 것처럼.

세드릭은 몇 초 망설이다가 각오를 다졌는지 입을 열었다. 그의 눈은 굴욕과 배덕으로 물들어 있었다.

"알겠습니다……. 저의 이 미모를 이용하면 탑에 틀어박힌 왕녀 한 명쯤 포로로 만드는 건 아주 쉬운 일이죠. 그 대신, 부디 저희 서시스 왕국의 안전을 보장해 주셨으면 합니다."

세드릭이 필사적으로 표정을 관리하며 괴롭게 선언하자, 프라이드가 기다렸다는 듯이 활짝 웃었다.

"그럼 덤으로 네 이웃 나라도 해방시켜 줄까?"

세드릭의 부릅뜬 눈이 격하게 불타올랐다. 숙였던 고개를 들고 입술을 떨며 들은 말을 확인하듯이 숨을 삼켰다.

"진심이십니까……?"

"그래, 진심이야."

프라이드는 "내가 손을 쓰면 그 정도는 간단하지." 하고 꼰 다리를 흔들거리고 놀며 우아하게 웃었다. 그 순간 세드릭은 무언가를 깨달았는지 입술을 깨물고 다시 험악한 표정으로 그녀를 노려보았다. 그 표정에서는 속지 않겠다는 확고한 의지가 느껴졌다.

"하지만…… 이미 전 차이넨시스 왕국은 라지야 제국의 속주입니다. 아무리 프라이드 여왕 폐하라 해도 프리지아 왕국만의 힘으로 해방할 수 있는 게……."

"가능해. 왜냐하면 지금 라지야는 나를 거스를 수 없는 이유가 있거든."

그녀는 힘 있는 목소리로 단언했다. 우월감에 젖은 듯한 그 목소리와 표정을 보니 아무리 생각해도 거짓말이나 허언으로는 보이지 않았다. 사람을 믿지 못하게 된 세드릭의 눈에도…….

"내가 제시한 조건을 모두 들어주면 너는 자국도 지키고, 1년 전 네 어리석음 때문에 구하지 못했던 이웃 나라까지 되찾을 수 있어. 어때……? 의욕이 생겼어?"

프라이드는 숨죽인 미소를 섞으며 웃었다. 그리고 세드릭이 눈동자가 차례로 당황과 기대, 의혹, 초조함을 띠며 몸을 떠는 모습을 황홀한 듯이 바라보았다. 그리고 그 기색이 하나로 합쳐진 순간, 그녀가 이때라는 듯이 입을 열었다.

"하지만 내 조건을 하나라도 충족하지 못한다면……."

프라이드의 양 입꼬리가 조용히 기분 나쁘게 올라갔다. 그와 동시에 세드릭의 얼굴에서 핏기가 가시는 것을 확인하자 보라색 눈동자가 환희로 물들었다.

"다음부터 서시스 왕국은 황금과 함께 국민도 '상품'으로 출하하게 될 거야."

여왕이 "노예 생산국으로서 말이지." 하고 덧붙이며 웃자 세드릭은 땀을 흘렸다. 그의 몸이 조금씩 공포에 좀먹혔다. 세드릭은 시간이 한참 지난 뒤에야 광기의 화신 같은 그녀에게서 시선을 뗄 수 있었다.

"그럼, 티아라 제2왕녀와 약혼을……."

"어머, 공짜로 약혼할 수 있을 줄 알았어?"

프라이드는 세드릭의 말을 가로막듯이 또렷한 목소리로 짐짓 그를 비웃었다. 그리고 유쾌한 표정으로 놀라 눈이 휘둥그레진 세드릭을 왕좌에서 내려다보았다.

"아무리 그래도 이 나의 여동생과 약혼하는 건데? 그렇게 간단히 할 수 있을 리가 없잖아."

그녀는 '이 나'라는 말을 강조하며 당황한 기색을 감추지 못한 세드릭을 짓누르듯이 말을 내뱉었다. 세드릭은 "하지만 그러면⋯⋯." 하고 일단 탑에 있는 왕녀를 사랑에 빠지게 만든 다는 전제조차 이루기 힘들다고 말하려 했다. 하지만 그녀는 다 알고 있다는 듯이 조소했다.

"글쎄⋯⋯ 뭐, 네 나름대로 성의를 보인다면 생각해 줄 수도 있어. 예를 들어⋯⋯."

그녀는 짐짓 고민하는 듯한 동작을 취하고 앞으로 제시할 조 건에 대비해 긴장한 세드릭을 눈만 움직여서 쳐다보며⋯⋯ 웃었다.

"내 구두라도 핥는다든가?"

불타는 눈동자가 경악으로 물들었다. 농담인가 의심하며 경 련이 일어날 정도로 눈살을 찌푸려도 그녀는 정정할 기색이 없었다. 오히려 여전히 입가에 미소를 지은 채 꼰 다리를 반대 방향으로 다시 꼬았다. 그리고 여왕의 절대적 권력과 우위가 담긴 표정으로 웃으며 턱을 치켜들고 세드릭을 천천히 내려 다보았다.

"지금 이 자리에서 말이야."

프라이드가 자신의 입술을 할짝이며 세드릭을 향해 명령하 듯이 잘 닦인 구두를 내밀었다.

보석 장식이 달린 얼룩 하나 없는 구두였다. 하지만 그런 문 제가 아니었다. 한 나라의 왕자에게 자신의 구두를 핥으라고 명령했으니 이보다 더한 치욕과 모욕은 없었다. 맨발도 아닌 구두이기에 맹세라 할 수도 없다. 단순히 강자가 약자에게 강 요하는 예속과 복종의 행위, 무엇보다 상대를 능욕하는 행위일 뿐이었다.

여왕은 번쩍거리는 구두를 자랑하듯이 발끝으로 흔들며 "왜 그래? 안 할 거야?" 하고 조소했다. 일부러 가벼운 의문을 담은 목소리로 물었다.

세드릭이 굴욕 때문에 끊임없이 몸을 떨며 거부하는 다리를 억지로 한 걸음씩 움직여 프라이드 앞으로 나갔다.

세드릭은 부서질 것처럼 이를 악물고 천천히 한쪽 다리를 구부리더니 프라이드의 발밑에 무릎을 꿇었다. 힘이 들어간 몸이 움직이는 소리와 발소리는 두꺼운 카펫에 흡수되었다. 그는 떨리는 손으로 살며시 여왕의 구두를 잡았다.

하나즈오 연합왕국과 자신을 배신해 함정에 빠뜨리고, 형의 마음을 망가뜨리고, 차이넨시스 왕국의 이름과 문화를 빼앗아 노예 생산국으로 전락시키고, 서시스 왕국을 인질로 잡은 악마와도 같은 여자의 구두를.

──아아, 싫다. 맞아, 게임에서 이 부분은 분명 실루엣만 나왔었는데…….

굴욕으로 얼굴을 한없이 일그러뜨리고 표정 근육을 경련시키면서도 서서히 입을 벌리며 프라이드의 구두에 얼굴을 가져다 대는 세드릭이.

자신의 자부심도 긍지도 존엄도 모두 내팽개친 세드릭이.

아무도 믿지 못하고 의심하며, 지금 이 행위가 정말로 서시스 왕국과 차이넨시스 왕국을 구할지조차 의문스럽게 여기면서도 눈앞의 유일한 수단에 매달릴 수밖에 없는 세드릭이. 형들과 국민을 위해 모든 것을 버리고 혀를⋯⋯.

——싫어. 그만둬⋯⋯.

아름다운 금색 머리가 혀보다 먼저 구두에 닿았다.

——이런 짓 해 봤자 소용없는데. 왜냐하면 프라이드는 처음부터⋯⋯!

세드릭이 각오를 다진 듯이 천천히 눈을 감았다. 마치 자기 마음을 억누르는 것처럼. 프라이드는 아름다운 왕자가 자신 앞에 무릎 꿇고 발밑에 엎드리는 모습을 보고 흥분해서 볼을 붉히며, 세드릭과는 반대로 눈을 활짝 뜨고 빛냈다. 그리고 마침내 그의 혀가 프라이드의 구두에⋯⋯.

——이런 건 바라지 않았어. 나는 이런 모습은 보고 싶지 않아. 자부심 많고, 형을 좋아하고, 너무 착해서 탈인 그의 이런⋯⋯ 이런 모습은.

"3일 동안 기다리느라 수고하셨습니다."

다음 날 아침, 어머님이 알현실에서 서로 인사를 마치자마자 세드릭을 향해 입을 열었다. 세드릭은 "아닙니다." 하고 대답하면서도 어머님의 답변을 못 기다리겠다는 듯한 표정으로 입을 굳게 다물었다. 그 모습에서 쓸데없는 말을 하거나 불경을 저지르지 않게 세심한 주의를 기울인다는 것이 느껴졌다.

어머님의 양옆에는 스테일과 베스트 숙부님, 아버님과 질베르 재상이 있었다. 시간에 맞춰 방문한 나와 티아라도 지정된 위치에 서려 했지만, 어머님이 웃으며 "그대로 있어도 괜찮아요."라고 하셨다.

　티아라는 제쳐두고, 아마 나에게 할 말이 있으신 듯했다. 어머님은 우아하게 미소 지으며 입을 열었다.

　"먼저 결론부터 말씀드리겠습니다. 우리 프리지아 왕국은 하나즈오 연합왕국, 서시스 왕국과의 동맹 체결을 받아들이기로 했습니다."

　어머님이 "당신의 말을 믿겠습니다."라고 덧붙여 말씀하자, 세드릭이 거칠게 숨을 들이쉬었다.

　"정말입니까……?!"

　그가 믿기지 않는다는 목소리로 그렇게 묻고 눈동자를 희망으로 반짝였다. 어머니가 짧게 긍정하고 이어서 "베스트, 스테일, 질베르가 확증을 얻었으니까요."라고 말씀하시는 걸 듣고 나도 안도하며 가슴을 쓸어내렸다. 역시 지성파 3인조다. 거기에 질베르 재상까지 협력하다니. 이제 드디어 나도…….

　"그런데 프라이드."

　갑자기 내가 화제에 올라서 입으로는 침착하게 대답했지만 심장은 두근거리며 크게 울렸다. 어머님 쪽으로 자세를 고쳐 서자, 어머님은 미소를 지으며 "그대에게도 전할 말이 있어요." 하고 말을 이었다.

　"이번 방위전에 어느 한 나라가 우리 프리지아 왕국과 함께 일어서겠다고 나섰습니다.”

어머님의 말씀에 나뿐만 아니라 세드릭도 놀라 탄성을 흘렸다. 그럴 만도 하다. 폐쇄적인 국가인 하나즈오 연합왕국을 위해 라지야 제국을 적으로 돌리겠다니. 대국인 프리지아 왕국이라면 몰라도, 도대체 어떤 나라가……

그렇게 머리를 굴리며 생각하는 사이, 어머님이 뒤쪽에 있던 스테일에게 눈짓으로 지시를 내렸다. 그에 응하듯이 스테일이 목례하고 한 걸음 앞으로 나왔다.

“우리 기사단이 방위전에 필요한 물자를 아네모네 왕국이 제공하겠다고 나섰습니다.”

레온이……?!

예상치 못한 나라 이름을 듣고 나는 벌어진 입을 다물지 못했다. 확실히 아네모네 왕국도 서시스 왕국과 교역하고, 우리나라와도 동맹 관계긴 한데! 하지만 나라 규모도 작고 지금은 무역이 안정적으로 진행되는 데다가 뭣보다 전쟁에 관여할 만한 나라가 아닌데!

스테일은 하고 싶은 말이 너무 많아서 말이 안 나오는 내 모습이 약간 우스운지 미소 지으며 이야기를 계속했다.

“약 이틀 전, 저에게 레온 왕자가 제안했습니다. 무기 및 필요 물자를 제공해서 돕고 싶다고. 어제 저녁에는 아네모네 왕국의 사자를 통해 국왕의 타진도 정식으로 받았습니다. 오늘 새벽에 이쪽에서도 사자를 보냈으니 아마 늦어도 내일 아침에는 많은 물자가 도착할 겁니다.”

스테일이 뒤이어 방위전이 5일 뒤로 정해졌고, 내일 오후에 출발할 예정이란 것도 적어서 보냈다고 말했다. 너무 갑작스러워서 아무리 그래도 어렵지 않을까 했는데, 그런 내 걱정을 읽었는지 스테일이 "첫 서신을 우리 나라로 보낸 시점에 이미 물자를 운송할 준비를 시작했다고 하니 괜찮을 겁니다." 하고 덧붙였다. 역시 최대 무역 국가. 타국에 보낼 정도로 자원이 남아도는 게 분명하다. 무기 같은 건 거의 쓰지 않는 나라니까 더더욱.

"프라이드 제1왕녀 전하의 첫 출진이라고도 적었으니 기대하셔도 좋을 것 같습니다."

미소를 짓는 스테일의 모습에 입가가 살짝 경직되고 말았다. 그렇게 중압감을 줄 필요는 없잖아! 전 약혼자인 나를 위해 물자를 제공해 달라고 적으면 레온과 국왕도 동맹국에 온 힘을 다할 수밖에 없겠지!

이틀 전에도 제안하러 왔었다는 말은, 나와 대화한 뒤에 둘이 만났다는 뜻이다. 스테일은 정기 방문 때도 레온과 만날 기회가 거의 없을 텐데 대체 어느새 그렇게 사이가 좋아진 걸까.

"아네모네 왕국과 연계하는 건에 관해서는 방위전과 마찬가지로 프라이드, 그대에게 전권을 맡기겠습니다."

어머님이 짓궂게 웃으며 "할 수 있겠어요?"라고 물으셔서 당황하면서도 고개를 끄덕이며 승낙했다. 연계라 해도 우리 나라에서 무기를 맡을 뿐이니 문제는 없을 것이다. 그건 그렇고 왜 갑자기 레온이⋯⋯? 이틀 전에 대화했을 때는 방위전에 가세하겠다곤 한마디도 안 했었는데.

"스테일과 베스트의 조사를 통해 하나즈오 연합왕국의 결백함도 증명되었습니다. 불필요한 의혹을 품어서 진심으로 사죄드립니다."

"당치도 않습니다. 저희 나라를 위해 일어서시다니 이 은혜는 평생 잊지 않겠습니다……!"

어머님은 고개를 숙이고 한쪽 무릎을 꿇으며 감사를 표하는 세드릭에게 부드러운 미소로 답했다. 그리고 모든 것은 동맹과 서로를 위해서라고 말하며 고개를 들라고 부탁했다.

"앞으로 우리 나라는 전력으로 당신들을 지원하겠습니다. 그럼…… 이제부터 할 이야기는 프리지아와 하나즈오, 서로에 관한 중대한 내용입니다."

어머님이 이번에는 질베르 재상에게 지시를 내렸다. 고개를 끄덕인 질베르 재상은 한 걸음 앞으로 나와 입을 열었다.

"어제부터 오늘 아침에 걸쳐 일곱 명의 죄인을 붙잡았습니다. 각각 수단은 다르지만 모두 적국 간첩임은 분명합니다."

질베르 재상이 차분하게 내뱉은 발언에 충격을 받았다. 나뿐만 아니라 티아라까지 너무 놀라서 양손으로 입을 가렸고, 세드릭에게서는 "일곱 명이나……?!"라고 하는 게 들려왔다. 나도 동감이었다. 우리의 반응에 짧게 맞장구 친 질베르 재상은 술술 설명하기 시작했다.

"처음 발견한 두 명은 짐수레에 실은 화약으로 기사단 연습장을 폭파하려다 붙잡혔습니다. 그리고 그 뒤에 다른 2인조도 비슷한 방법을 써서 성문을 지나려다 붙잡혔습니다. 또 한 명은 위병으로 변장했고, 한 명은 발칙하게도 저희 성을 드나드는 상류 귀족으로 변장했고…… 한 명은 성의 시녀를 협박해 안내하라고 하기에 유인해서 붙잡았습니다."

벌어진 입을 다물 수 없었다. 일단 그렇게 많은 사람이 성안에 침입했다는 사실 자체가 놀라웠다. 특히 왕도 곳곳에서는 반드시 위병에게 검문을 받는다. 그럼에도 불구하고 빠져나간 사람이 일곱 명이나 있었다는 뜻이다. 심지어 일시적이지만 변장해서 우리 성안에 침입했다는 것도 무시무시했다.

최근 몇 년 동안 나라 전체, 특히 왕도와 성의 경비가 삼엄해졌다. 지금은 세상에서도 손꼽히는 방위 체제가 구축되었다. 그런데 그 엄중한 경비를 빠져나간 일곱 명을 어떻게 그리 간단하게 붙잡은 걸까.

무엇 하나 놀랍지 않은 게 없었다. 우리가 놀라는 동안에도 질베르 재상은 "참고로 성 밖과 왕도 안에 침입하려다가 붙잡힌 자도 어제와 엊그저께만 두 자릿수 넘게 나왔습니다." 하고 말을 이었다.

"아마 국내에 침입을 시도한 시점에서 붙잡힌 자들의 수도 비슷할 겁니다."

질베르 재상이 담담하게 뱉은 말에 세드릭은 새삼스레 우리 나라를 끌어들인 것을 실감했는지 조용히 주먹이 떨릴 만큼 세게 움켜쥐었다.

"붙잡힌 자들은 기사단의 협력을 받아 모두 심문했으나, 의뢰인을 자백하는 자는 없었습니다. 돈을 받고 그저 시키는 대로 했을 뿐이라더군요. 그중에는 고집이 센 자도 있었으나 입을 여니 다른 자들과 거의 똑같은 말을 했습니다. 다만……."

잠시 말을 끊은 질베르 재상이 산뜻한 미소를 지었다. 그 눈부시고 시커먼 미소가 '수확은 있었습니다.'라고 말하는 듯했다.

"코페란디 왕국 사람이라는 것이 판명되었습니다."

그 이름에 무심코 목울대를 울리며 숨을 삼켰다. 역시 그자들은 우리 프리지아 왕국에 세드릭이 도움을 요청하러 왔다는 사실을 알고 있었다. 아마 그걸 방해하려고 간첩을 보낸 거겠지. 방위전에 프리지아 왕국이 참가하지 못하게, 혹은 철저하게 준비하고 임하지 못하도록 만들려고. 병력을 최대한 줄이고 프리지아 왕국까지 제압해서 차이넨시스 왕국을 수중에 넣기 위해.

역시 라지야 제국도 연관된 건가. 어머님에게 도착한 평화 협정 관련 서신도 우연히 보낸 것이 아닐 가능성이 높아졌다. 질베르 재상의 입에서도 아마 프리지아에 방해 공작을 펼치려고 보낸 간첩일 거라는 의견이 나왔다. 끝으로 "앞으로도 우리 성…… 우리 나라의 방위에 기사단과 연계해서 힘쓰겠습니다."라고 마무리한 질베르 재상에게서는 절대로 그 누구도 놓치지 않겠다는 강한 의지가 느껴졌다. '설마, 침입한 일곱 명을 붙잡은 사람도 질베르 재상인가……?' 하는 무서운 예감이 들었다.

"즉, 코페란디 왕국과 우리 나라는 정식으로 싸울 이유가 생졌다는 뜻입니다.”

어머님의 말씀이 무겁고 선명하게 우리에게 다가왔다. 다시 말해 더는 돌이킬 수 없다는 뜻이다. 뒤이어 어머님은 우아한 동작으로 나에게 시선을 돌렸다. 그리고 예전보다 더욱 따스함이 느껴지는 눈빛으로 웃으며 “프라이드.” 하고 다시 내 이름을 불렀다.

“ ‘여왕 대리’ 로서 그대에게 모든 권리를 대여하겠습니다. 그럼…… 맨 먼저 어떻게 할 건가요?”

어머님이 내가 무슨 말을 할지 이미 안다는 듯이 웃으며 말해 보라고 하셨다. 세드릭이 영문을 모르겠다는 눈빛으로 내 쪽을 살짝 돌아보았다.

어머님을 향해 고개를 끄덕인 나는 세드릭에게 설명할 겸 목소리에 힘을 주었다. 어차피 이렇게 할 예정이었다.

“기사단에서 ‘선행부대’ 를 편성하고, 내일 도착할 아네모네 왕국의 물자를 싣는 대로 선행부대의 힘을 빌려 출진하며, 그로부터 3일 후에 서시스 왕국과 합류하겠습니다.”

내 말에 그 자리에 있는 모두가 조용히 고개를 끄덕였다. 유일하게 세드릭만이 아직 이해 못 했다는 표정으로 할 말을 잃고 나를 바라봤다. 나중에 자세하게 설명해야 할 것 같다…….

어머님이 “좋습니다, 그럼 부탁해요.” 하고 웃으셨고, 내가 목례해서 답하려 했을 때였다.

“저, 저기……!”

갑자기 작게 들려온 목소리에 모두가 그쪽을 주시했다. 나도 무슨 일인가 싶어서 뒤를 돌아보니, 티아라가 가슴을 손으로 누르듯이 대고서 몸을 숙이고 등을 웅크린 채 어머님을 보고 있었다. 어머님이 눈이 살짝 동그래져서는 말없이 뒷말을 재촉하자 티아라는 잠시 꿀꺽, 하고 침을 삼키더니 다시 입을 열었다.

"저도…… 언니와 함께 하나즈오 연합왕국에 동행해도 될까요……?!"

뭐라고?! 나는 너무 놀란 나머지 "티아라?!" 하고 소리를 지르고 말았다. 하지만 티아라는 말을 취소할 생각이 없어 보였다. 오히려 긴장해서 입술을 꼭 깨문 얼굴을 새빨갛게 물들이고서 어머님을 바라보았다. 이에 모두가 놀라 할 말을 잃고 말았다. 스테일마저 눈이 휘둥그레졌고 벌어진 입을 다물지 못하는 듯했다.

"그 말은…… 그대도 전장에 서겠다는 뜻인가요, 티아라."

여전히 눈을 동그랗게 뜬 어머님이 티아라에게 천천히 물었다. 티아라가 한 치의 망설임도 없이 "네!" 하고 목소리를 높이자, 어머님 양옆에 있던 베스트 숙부님과 아버님, 질베르 재상까지 말없이 눈짓을 나눴다. 당황할 만도 하다. 아무리 제2왕녀라지만 티아라는 아직 미성년자다. 그리고 이번 행선지는 위험한 전장이다. 성 바깥으로 시찰 나가는 것과는 차원이 다르다.

"하나즈오 연합왕국은 중요한 동맹국이 될 나라예요. 언니와 오라버니도 전장으로 가는데 저만 피할 수는 없어요. 제 눈과 몸으로 직접 마주하고 싶어요!"

티아라의 그 강한 눈빛을 보니 굳이 묻지 않아도 놀이나 시찰과는 다르다는 것을 아는 듯했다.

어머님은 가볍게 이마를 누르며 고민하더니 작게 한숨을 내쉬었다.

"하나즈오 연합왕국 일은 프라이드에게 맡겼습니다. 그러니 그대의 판단에 맡기지요."

에에에에에에에엑?! 어머님! 잠시만요, 저한테요?! 저 따위에게 귀여운 티아라를 맡기셔도 되는 거예요?! 그보다 어머님도 제가 티아라에게 약한 걸 아시면서!

나는 그만 표정 관리가 안 된 채, 입을 뻐끔거리고 말았다. 마음속으로 '나중에 반드시 항의하겠어!' 하고 외치며 어머님을 바라보는데, 옆에서 "언니……." 하고 호소하는 목소리가 들려왔다. 고개를 돌리기가 무섭다. 절대로 못 이길 것 같다. 내가 머뭇머뭇 고개를 돌리자, 울먹이는 눈동자가 날 똑바로 바라보고 있었다.

지금까지 내가 위험한 곳에 갈 때는 반드시 성에 남았던 티아라. 표면적으로는 나도 티아라도 전장에 나간 경험이 없다. 하지만 실제로는 이미 이런저런 일을 저지른 나와 달리 티아라는 그런 경험이 전무했다.

하지만 분명히 제2왕녀 티아라에게도 필요한 경험이기는 하다. 아니……! 그러니까 그런 사회과 견학 같은 가벼운 게 아니잖아! '여동생에게 전장을 경험시키려고 데려왔다.' 라고 했다가 상대방이 격분해도 이상하지 않다. 하지만 그렇게 따지면 나도 비슷한 이유로 어머님에게 여왕 대리로서 전장으로 갈 권리를 받았는걸……! 무엇보다 지금까지 계속 참으며 우리를 몇 번이나 기다려 준 티아라가 하는 부탁이다. 전장이라 해도 우리의 역할은 지휘. 기사가 지켜 주니까 스스로 검을 들고 싸울 기회는 비교적 적다. 하지만 위험하다는 점에는 변함없고, 나도 전장에 섰을 때 티아라를 제대로 지킬 수 있을지…….

"언니, 약속할게요. 절대로 언니를 방해하지 않을게요. 제2왕녀로서 반드시 언니를 따를게요. 그저 운명을 같이할 수 있게 허락해 주세요."

내가 고민을 거듭하는 동안에도 티아라는 아름다운 눈동자로 나를 똑바로 바라보며 호소했다. 이번에는 내가 무심코 신음하며 침을 삼켰다. 그리고…….

"알겠어……."

결국 꺾였다. 나는 한숨을 토해 낸 뒤에 "단, 조건이 있어." 하고 빠르게 덧붙였다.

"티아라는 방위전이 진행되는 동안 서시스 왕국에서 대기해야 해."

전장의 무대가 되는 곳은 차이넨시스 왕국이다. 내가 군사를 이끌고 갈 때는 서시스 왕국에서 기다리게 할 것이다. 서시스 왕국도 전장이 되는 건 똑같겠지만, 적어도 전장의 한가운데에 있는 건 피할 테니까 더 안전하겠지. 티아라는 뭔가 하고 싶은 말이 있는 듯 했지만, 꾹 삼키고 알겠다며 고개를 끄덕였다. 분명 실은 차이넨시스 왕국까지 따라오고 싶다고 생각했겠지. 하지만 아무리 그래도 그건 너무 위험하다. 나는 "그리고……." 하고 말을 이었다.

"혹시 가능하다 질베르 재상께 동행을 부탁해도 될까요?"

그 직후, 몇 초간 숨을 삼키는 소리가 들려왔다. 스테일은 당연하고 질베르 재상도 눈을 깜빡거리며 "저…… 말입니까?" 하고 보기 드물게 되물었다. 나는 조금 미안한 마음이 들었지만 고개를 끄덕였다.

"네. 베스트 숙부님과 아버님은 라지야 제국과의 회합을 위해서 어머님과 같이 서시스 왕국에 가시기는 힘들다는 걸 압니다. 하지만 저에게 스테일이 있듯이, 저와 함께 가는 티아라에게도 호위와는 별개로 보좌할 사람이 필요하다고 생각해요."

무슨 일이 있을 때 내가 바로 지시를 내리지 못하는 상황이 올 수도 있다. 질베르 재상이라면 순간적인 판단 능력이 뛰어난 데다가 무엇보다 아주 강하고 머리도 좋다. 분명 그러면 티아라를 지켜 줄 것이다.

어머님은 납득했는지 "확실히 질베르를 붙이면 더할 나위 없겠군요."라고 대답하고서 질베르 재상에게 의사를 물으려는 듯이 고개를 돌렸다.

"여왕 폐하와 프라이드 제1왕녀 전하의 명령이라면 기꺼이."

어머님의 시선을 받은 질베르 재상은 깊이 고개를 숙이고서 나와 티아라를 향해 따뜻한 미소를 지었다. 사실…… 아내와 아이가 있는 질베르 재상을 전장으로 끌고 가는 건 정말로 미안하지만 어쩔 수 없다. 질베르 재상이 싫은 표정 하나 짓지 않고 부탁을 받아들인 게 그나마 위안이었다. 역시 질베르 재상도 귀여운 티아라가 걱정된 모양이다. 이런 때 티아라가 인망이 있어서 진심으로 다행이라고 생각했다.

"그럼 내일 출발할 때 잘 부탁드립니다. 갑작스럽기는 하지만 모두의 무운을 빌겠습니다."

뒤이어 "세드릭 제2왕자 전하에게는 나중에 설명해 드리겠습니다."라고 전하자, 세드릭은 말없이 고개를 끄덕였다. 그러자 우아하고 부드럽게 고개를 끄덕인 어머님은 그 하얗고 긴 팔을 옆으로 흔들었다.

"자, 그럼……."

주위에 있는 위병들이 신호를 받고 문을 다시 열었다. 우리를 퇴실시키려는 게 아니라 사람들을 물리려고 알현실 안에 있던 모든 위병이 빠르게 문밖으로 사라졌다.

모든 위병이 방에서 나간 뒤, 열린 문으로 기사단장과 부단장, 칼럼 대장과 그가 이끄는 3번대가 나타났다. 바깥에서 문이 닫히자, 기사들이 한 치의 흐트러짐도 없이 줄지어 질서 정연하게 들어왔다. 당당히 나타난 기사단장과 부단장의 모습을 정면에서 목격해서인지, 내 뒤에 있던 앨런 대장과 에릭 부대장이 침을 삼켰다.

기사들은 우리의 몇 걸음 뒤에 멈춰선 다음 그 자리에 무릎을 꿇었다. 모두가 동시에 무릎 꿇자 카펫 위임에도 불구하고 철컥, 하는 갑옷 소리가 났다.

"원래대로라면 제가 선행부대와 함께 서시스 왕국에 가야 합니다. 하지만 저는 그날 라지야 제국을 맞이해야 해요. 그리고 이건 이례적인 사태입니다. 동맹 체결은 일각을 다투고 있습니다."

무엇보다 여왕인 저 자신이 직접 서시스 왕국에 가서 이 눈으로 확인해야 합니다. 그렇게 말하며 긴 금발을 매끄러운 동작으로 귀에 넘긴 어머님은 세드릭을 향해 우아하게 미소를 지었다. 압도적인 위엄을 목격한 세드릭이 반걸음 뒤로 물러나듯이 살짝 비틀거렸다.

"그래서 이번에는 특례로 제 아들 스테일에게 힘을 빌리기로 했습니다."

스테일이 한 걸음 앞으로 나왔다. 그리고 작게 목례를 하고 가볍게 웃으며 세드릭을 쳐다보았다. 뒤이어 어머님이 허락하자 천천히 입을 열었다.

"원래 제 특수 능력은 비밀로 하고 있습니다. 능력을 아는 건 일부뿐입니다."

스테일은 "물론 제가 원해서 비밀로 하는 겁니다만." 하고 덧붙이더니 웃으며 내 쪽으로 힐끔 시선을 던졌다. 스테일은 자신의 특수 능력을 최대한 드러내지 않으려 한다. 그리고 옛날부터 내가 필요로 할 때만 쓰고 싶다면서, 자신의 특수 능력의 자세한 정보를 아버님과 어머님에게도 숨겼다. 나, 티아라, 아서도 스테일의 의사를 존중해서 특수 능력을 알게 된 사람에게는 반드시 입단속을 시켰다.

"그러니 이제부터 알려 드리는 사실은 부디 하나즈오 연합 왕국에서도 비밀로 해 주시길 부탁드립니다."

차분하게 말하는 스테일에게 세드릭이 아직도 당황스러운 표정을 지은 채 고개를 끄덕였다. 그러자 스테일은 만족스럽게 웃더니 계속해서 말했다.

"하지만 우리 나라의 동맹과 동맹국을 위해. 그리고 어머님과 누님을 위해서라면 저도 이 힘을 아낌없이 사용하겠습니다."

하나즈오 연합왕국과의 동맹 체결이 확정된 지금, 이제야 우리 나라는 기사단과 왕족의 특수 능력을 밝힐 수 있었다. 한 치의 망설임도 없이 내뱉은 그 발언과 당당한 태도는 그야말로 이 나라의 제1왕자 그 자체였다. 의식적으로 웃는 스테일의 미소에는 왕족의 위엄이 가득했다.

"하나즈오 연합왕국, 서시스 왕국의 '좌표'는 이미 확인이 끝났습니다."

스테일의 신호와 동시에 스테일의 호위로서 칼럼 대장과 3번대, 세드릭이 데려온 위병과 시녀들이 재촉을 받고서 짐을 끌어안고 그 옆으로 달려갔다.

"제 특수 능력은 순간이동입니다. 가고자 하는 장소의 좌표만 알면 순식간에 저에게 닿은 것을 이동시킬 수 있죠."

'좌표'를 통한 이동. 그 능력을 남들 앞에서 사용한 건 6년 전이 처음이자 마지막이었다. 특수 능력 자체도 공적인 자리에서 사용하는 건 이번이 두 번째다. 지금의 스테일은 옛날과는 달리 좌표만 알면 큰 어려움 없이 스스로를 포함해 순간이동 할 수 있다. 게다가 어른 여섯 명 정도라면 한 번에 간단히 순간이동 시킬 수 있다.

"일단 저와 세드릭 제2왕자 전하가 호위와 함께 성으로 가겠습니다. 그리고 국왕의 용태를 확인하고 제가 순간이동으로 어머님을 모시러 오겠습니다. 국왕 폐하가 복귀하셨다면 그 자리에서 날인을, 만약 어려울 것 같다면 세드릭 제2왕자 전하가 대리로 날인하는 식으로 괜찮을는지요."

스테일이 그 이후의 흐름을 술술 설명하자, 세드릭이 침을 삼키고서 대답했다. 솔직히 이 노도와 같은 흐름을 벌써 따라온 세드릭이 대단해서 조금 감탄했다.

"그럼 다녀오겠습니다. 누님."

"그래, 몸조심해."

스테일이 빙글 돌아 나를 보며 확인받았다. 나와 종속 계약을 맺은 스테일은 나에게 허가를 받지 않으면 먼 곳까지 나갈 수 없다.

마차는 여기에 두고, 입국 절차를 생략하겠지만 용서해 주시기를. 마차는 저희가 입국할 때 돌려 드리겠습니다. 스테일은 가벼운 말투로 그렇게 말하더니 칼럼 대장을 시작으로 3번 대 기사들을 순서대로 눈앞에서 사라지게 만들었다.

갑자기 소리도 없이 사람들이 차례로 사라지는 광경에 세드릭과 그 호위들의 눈이 휘둥그레졌다. 스테일은 그런 반응에도 아랑곳하지 않고 이번에는 세드릭의 가신들에게도 순서대로 손을 대서 순간이동 시켰다. 그리고 마지막으로 세드릭에게 자연스레 손을 내밀었다.

"세드릭 제2왕자 전하. 우리 나라에서…… 아니, '세계'에서 가장 빠른 이동 수단을 한 번 체험해 보시기 바랍니다."

스테일의 말에 세드릭이 숨을 크게 삼키는 소리가 들려왔다. 그는 약간 망설이는지 팔을 들어 스테일의 손을 잡기 직전에 내 쪽을 보았다. 입을 다문 채, 눈이 휘둥그레져서 스테일을 보던 불타는 눈동자를 그대로 나에게 돌렸다. 내가 스테일을 향한 신뢰를 담아 고개를 크게 끄덕이자, 세드릭은 각오를 다졌는지 스테일의 손을 단단히 잡았다. 그 순간, 세드릭과 스테일이 동시에 모습을 감췄다.

폐쇄된 국가, 하나즈오 연합왕국의 서시스 왕국…… 내부로.

세드릭 왕자와 함께 순간이동 해서 시야가 전환되자, 그곳에는 처음 보는 광경이 펼쳐졌다.

하나즈오 연합왕국의 서시스 왕국. 벽돌로 만든 작은 집들이 늘어서 있었는데 색은 미묘하게 달랐지만 모두 같은 구조였다. 분명 왕도로 순간이동 했을 텐데 시골 마을 같은 한적한 풍경이 나타나서 그만 맥이 빠지고 말았다. 금맥의 땅이라고들은 데다가 세드릭 왕자가 호화로운 장신구를 주렁주렁 달았기에 얼마나 휘황찬란한 수도일까 했는데, 실제로는 상상과 정반대였다.

"세드릭 님……!"

호위들과 함께 왕도를 나아가 성에 도착한 우리를 맞이한 것은 이 나라 섭정과 재상이었다. 그들은 다른 나라 사람인 우리를 보고 눈이 동그래지면서도 세드릭 왕자에게 달려가 진심으로 안도한 표정을 하고 맞았다.

"미안해……. 이런 상황에서도 용케 나라를 지탱해 주었구나. 그래서…… 형님의 상태는 어떻지?"

세드릭 왕자는 순서대로 한쪽 팔로 섭정과 재상을 각각 안았다가 그들의 어깨 위에 손을 올렸다. 낮아진 그의 목소리에 섭정이 말을 흐리고 재상이 고개를 숙였다. 아무래도 아직 국왕의 상태는 호전되지 않은 모양이었다. 그에 세드릭 왕자가 짧게 대답하자, 살짝 고개를 든 섭정이 "그자들은 누구인지요……?" 하고 물었다.

"프리지아 왕국의 기사단과 제1왕자 스테일 로열 아이비 전하셔."

세드릭 왕자의 소개에 맞춰 내가 한 걸음 앞으로 나왔다. 프리지아 왕국이라는 이름이 나오자 그 자리에 있던 성 사람 모두가 숨을 삼키고 할 말을 잃은 것처럼 입을 벌렸다.

"소개하겠습니다. 스테일 로열 아이비라고 합니다. 이번에 세드릭 제2왕자 전하와 어머님…… 로자 여왕의 명을 받고 찾아뵈었습니다. 우리 나라는 서시스 왕국과 동맹을 맺고 차이넨시스 왕국을 지키기 위해 함께 싸울 생각입니다."

스테일이 미소를 지으며 그렇게 말하자, 재상과 섭정이 "설마 정말로……!" "세드릭 님이……?!" 하고 탄성을 흘리며 중얼거렸다. 그다지 세드릭을 기대하지 않았던 모양이다…….

"만약 가능하다면 지금 당장에라도 동맹을 체결하고 싶습니다. 계약서는 이쪽에서 준비했으니 장소를 마련하고 허가만 받으면……."

그리고 "어머님도 곧 이곳에 도착하실 겁니다." 라고 덧붙이자 섭정이 동맹 체결을 위한 장소를 준비하기 시작했다. 그리고 세드릭 왕자에게 다가가 목소리를 죽이고 "랜스 국왕님 곁으로……." 하고 제안했다.

만일 국왕이 지금 시점에서 동맹을 체결하기 어렵다면 제1 왕위 계승자인 세드릭 왕자가 어머님과 동맹을 체결하게 된다. 어머님이 직접 그렇게 말씀하셨을 때 몹시 당황하던 그 남자가 여기까지 와서 겁을 안 먹었을 때의 얘기지만…….

실례한다고 말하고 양해를 받은 우리는 먼저 객실로 안내받았다. 세드릭 왕자는 일단 그 자리에서 우리와 헤어져 종종걸음으로 가신들과 함께 자리를 떴다. 아직이다…….

문득 스쳐 간 생각을 지우며 눈으로 그를 좇았다. 무의식적으로 손끝으로 검은 안경테를 올렸다.

나와 기사들은 재상에게 안내받은 대로 객실로 향했다. 순간이동으로 어머님을 데리러 가야 할지 고민했지만, 만에 하나 세드릭 왕자가 병상에 누운 국왕을 앞에 두고 겁먹어서 동맹 체결을 미룰 수도 있다. 그 경우에는 어머님을 부르기 전에 협박을 해서라도 납득시켜야 한다.

　잠시 객실에서 기다리니 조용히 문이 열렸다. 노크 소리에 일어서니 상대는 세드릭 왕자였다. 고개 숙인 얼굴은 핏기가 가신 상태였다. 국왕에게 가기 전에 비해 눈동자 색이 깊고 어둡게 가라앉아 있었다.

　"국왕은…… 아직 병상에 누워 계십니다."

　세드릭 왕자가 방 안이 이렇게 고요하지 않았다면 안 들렸을 듯한 목소리로 중얼거리듯이 말했다. "동맹 절차를 밟기에는 어려울 것 같습니다." 하고 힘없이 말을 잇는 그에게서 패기라고는 눈곱만큼도 보이지 않았다.

　역시 겁먹었나. 내가 "심심한 위로의 말씀을 드립니다."라고 대답하며 그러면 동맹은 제2왕자의 손으로 진행해야 한다고 충고하려 한 순간.

　"그러니……."

　갑자기 세드릭 왕자의 또렷한 목소리가 방 안에 울려 퍼졌다. 내 말소리를 훨씬 웃돌 정도로 큰 목소리였다. 내가 깜짝 놀라서 두 번이나 눈을 깜빡이자, 그는 고개를 들고 나를 정면으로 바라보았다.

　"국왕 대리로서 제2왕자인 이 세드릭 실버 로웰이 동맹 체결을 진행하겠습니다. 부디 로자 여왕 폐하를 이 자리로 불러 주시기 바랍니다. 스테일 제1왕자 전하."

　그곳에는 분명히 제2왕자가 서 있었다. 단호한 말투는 왕족 그 자체였다. 진지한 표정으로 등을 곧게 펴고 굳게 움켜쥔 주먹으로 자신의 가슴을 두드린 그의 얼굴에서 아까까지의 어두운 그림자는 흔적도 찾아볼 수 없었다. 내가 할 말을 잃을 만큼 강한 의지의 불꽃이 눈동자 안에서 타오르고 있었다.

"그럼…… 이걸로 동맹은 체결됐습니다. 4일 뒤에 반드시 우리 기사단이 원군으로 달려올 거예요. 부디 앞으로도 잘 부탁드립니다."

순간이동으로 어머님을 데려 오고 얼마 지나지 않아, 프리지아 왕국과 서시스 왕국은 무사히 동맹을 맺었다.

내일이면 기사단이 우리 나라를 떠나고 나는 누님과 함께 다시 이 나라를 방문할 것이다.

"감사합니다……!"

세드릭 왕자는 어머님의 말씀에 고개를 끄덕이며 굳게 악수를 나눴다. 그가 고개를 숙임과 동시에 주위에 있던 가신들도 모두 어머님을 향해 깊이 고개를 숙였다. 이 나라 사람들은 정상적으로 예의를 갖췄다……. 즉, 세드릭 왕자가 지금까지 저지른 무례는 전부 본인의 탓이라는 뜻이다.

나는 조용히 코로 한숨을 내쉬며 세드릭 왕자를 보았다. 아까 악수하려고 팔을 들자 손목의 장신구가 짤랑거리며 울렸고, 고개를 숙이니 목에 있는 장신구가 소리를 냈다. 그 한적한 왕도 거리에서 왜 혼자만 저렇게 휘황찬란한 모습일까. 하지만 대리가 되기로 결심했을 때나 어머님과 계약서에 날인할 때의 모습은 아무리 봐도 긍지 높은 왕족 그 자체였다.

"그럼 저희는 이만 실례하겠습니다. 진심으로 여러분의 무운을 빕니다."

그리고 국왕 폐하도 회복하시길 바란다고 말한 뒤 어머님이 인사를 나눴다. 베스트 숙부님도 재상과 섭정에게 설명을 마쳤으니 이제 돌아가기만 하면 된다. 기사단장도 가신들에게 인사를 마치고 부단장과 함께 발걸음을 돌렸다. 왔을 때와 마찬가지로 하나둘씩 순서대로 손을 잡고 내 손으로 순간이동시켰다.

마지막으로 3번대 기사에게 차례로 손을 대서 순간이동을 시키다가 일부러 칼럼 대장을 포함한 마지막 다섯 명이 남았을 때 잠시 손을 멈췄다.

"그러고 보니…… 죄송합니다, 세드릭 제2왕자 전하. 잠시 이야기 좀 할 수 있을까요."

"잠깐이면 됩니다." 미소를 지으며 그렇게 말하자, 세드릭 왕자는 고개를 살짝 갸웃거리면서도 승낙했다. 기사 중 한 명에게 잠시 세드릭 제2왕자와 이야기를 나누고 돌아가겠다고 어머님에게 전해 달라 부탁하고 호위를 위해 칼럼 대장만 남기고서 남은 기사들을 순간이동 시켰다.

"죄송합니다, 칼럼 대장님. 잠시 동행해 주시겠습니까."

칼럼 대장에게서 망설임 없이 알겠다는 대답이 돌아왔다. 역시 기사단 제일의 우수한 기사다. 갑작스러운 행동에도 바로 응했다. 대장에게 감사 인사를 하고 바로 세드릭 왕자 쪽을 돌아보았다.

"세드릭 제2왕자 전하. 지금 당장…… 국왕의 방까지 저희를 안내해 주십시오."

"뭐라고?!"

나는 목소리를 죽였지만, 그 직후에 세드릭 왕자가 소리 질렀다. 뭐, 당연한 반응이다. 병상에 누운 국왕에게 데려가라니, 보통은 말도 안 되는 이야기다. 심지어 안내자는 제2왕자다. 그야말로 이번에는 내가 상식을 의심받아도 할 말이 없다. 하지만…….

'스테일, 비밀로 부탁할 게 있는데…… 서시스 왕국의…….'

어제 기사단에 방위전 칙명을 전하러 갈 때 프라이드가 귀띔한 말을 떠올렸다. 마차가 준비될 때까지의 짧은 시간 동안 프라이드가 스스로 내 어깨를 끌어당기고 부탁했다. 그녀의 기대에 부응하기 위해서라도 여기서 밑 작업을 마칠 필요가 있다.

"단순한 확인일 뿐입니다. 안내만 해 주시면 바로 물러나겠습니다."

"확인……?"

의아한 표정을 짓는 세드릭 왕자의 모습에 이윽고 주위 가신들도 수상쩍다고 느끼기 시작했다. 하는 수 없이 빠르게 일을 마치려고 세드릭에게 얼굴을 가까이 대고 귀에 살며시 속삭였다.

"프라이드 제1왕녀 전하를 위해 병상에 계신 국왕님의 진위를 꼭 이 눈으로 확인하고 싶습니다."

"무례하다는 건 잘 압니다만." 하고 덧붙이자 세드릭 왕자의 눈이 휘둥그레지더니 이쪽으로 몸을 돌리고 한 걸음 물러났다. 경악이라는 말이 어울리면서도 뭔가 말하고 싶은 듯한 표정으로 입을 작게 벌렸다가 다시 굳게 닫았다. 그리고 잠깐 내리깔았던 시선을 곧장 들었다.

"이쪽입니다……."

세드릭 왕자는 가신들에게 걱정을 끼치지 않게 말해 두고서 우리에게서 등을 돌렸다. 몸을 움직이자 장신구가 또 짤랑거리는 소리를 냈다. 역시 프라이드의 이름을 들으니 움직이는군…….

프라이드의 이름을 멋대로 사용한 건 양심에 찔렸지만 결론적으로 보자면 거짓말은 아니다. 왠지 이 남자는 프라이드의 이름을 꺼내면 움직일 것 같았다. 그 이유가 3일 동안 저지른 무례가 켕겨서인지, 아니면 무례를 저질렀음에도 프라이드의 도움을 받아 어머님과 대면한 은혜 때문인지는 나도 모른다.

위병과 시녀들의 시선을 받으며 세드릭 왕자의 뒤를 따라 걸었다. 몇 번인가 시선이 꽂히는 듯한 기분이 들었지만 그냥 평소처럼 웃으며 흘리면 문제없다. 날인을 진행한 방에서 국왕의 방까지는 그렇게 멀지 않았다. 성 자체도 우리 성에 비하면 소규모라서 그런 것도 있다. 세드릭 왕자가 거의 사용되지 않는 오래된 남동, 중앙과 북동의 세 동으로 나뉘었다고 짧게 설명했다. 날인한 방에서 더 북쪽으로 나아가, 세드릭 왕자가 방 앞의 위병에게 문을 열라고 명령했다.

국왕의 방인 만큼 우리 나라와 마찬가지로 드넓은 공간과 많은 보물, 특히 금장식이 달린 세간들로 꾸며져 있었다. 그러나 방 전체의 커튼이 꽉 닫혀 있는 탓인지 지금은 그 반짝임도 둔해 보였다. 그리고 그 안쪽, 시녀와 위병들에게 둘러싸인 침대 위에 이 나라 국왕이 잠들어 있었다. 방에 세드릭 왕자가 들어온 순간, 시녀와 위병들이 고개를 숙였다. 그가 손을 흔들자, 자연스럽게 사람들이 방 안에서 나가기 시작했다. 그와 동시에 아까 전 모습이 거짓말이었던 것처럼 그의 등에서 느껴지던 패기가 옅어졌다.

이 남자가 변모하는 모습은 대체 뭐란 말인가. 적어도 내 눈에는 연기하는 걸로도, 가식을 부리는 걸로도 안 보였다. 아서에게서도 이 남자가 가식을 부린다는 말은 한 번도 듣지 못했다. 양쪽 다 진짜 모습이라면 어쩌다 그렇게 극단적으로 나뉘게 된 걸까.

우리를 향한 세드릭의 뒷모습에 이끌리듯이 국왕의 침대 옆으로 다가갔다. 세드릭 왕자는 국왕이 '급병'이라고 했었다. 하지만…….

"이건……."

나도 모르게 목소리가 흘러나왔다. 칼럼 대장도 말이 안 나오는지 손으로 입가를 작게 가렸다. 너무나도 끔찍한 참상에 나도 한 걸음 뒤로 물러났다.

이건…… 정말로 단순한 급병인가?

눈은 크게 떴으나 초점이 맞지 않았다. 호흡이 몹시 거칠었고, 마치 한창 목을 졸리고 있는 것처럼 목을 젖히고 신음했으며, 시녀가 방금 닦은 이마와 목덜미에서는 땀이 끝없이 흘러내렸다. 침대에 있는데도 몸이 움찔거리며 심하게 경련하듯이 떨렸다. 보는 사람이 더 괴로워지는 모습이었다. 가쁘게 숨을 내쉬며 "그만둬······." "안 돼······." 하고 그 외에도 잠꼬대를 하듯이 갈라진 목소리로 중얼거렸는데 거친 호흡 때문에 거의 알아들을 수 없었다.

무엇보다 몸이 너무 쇠약했다. 원래 근육이 많은 몸이었는지 버둥거리듯이 휘두른 손이 앙상하게 여위었고 볼이 홀쭉해지기 시작한 상태였다. 아무리 봐도 단순한 병이 아니라 발광한 것이었다.

칼럼 대장 역시 같은 의견인 듯했다. 코페란디 왕국의 침공, 동생의 부재, 라지야 제국에 대한 공포. 원인은 얼마든지 있다. 이유가 어떻든 이건 완전히 미쳐서 병든 인간의 모습이었다. 어머님에게 급병이라고 거짓말했음에도 불구하고 이 광경을 보인 걸 보면 아마 프라이드도 이 사실을 아는 거겠지······. 그래서 프라이드의 이름을 꺼낸 우리에게 숨김없이 사실을 밝힌 것이다.

방에 있던 마지막 한 사람이 나가며 문을 닫았다. 우리 세 명만 남자, 세드릭 왕자는 무겁게 입을 열었다.

"13일 정도 전부터······ 이 상태라나 봐."

눈은 떴지만 그 외에는 전혀 변함이 없는 모양이야. 세드릭 왕자는 중얼거리듯이 그렇게 말하더니 시녀가 두고 간 천으로 형의 이마를 살며시 닦았다.

"물과 식사도 최대한 주고 있지만 역시······ 부족하군."

세드릭 왕자는 "쓸데없이 몸집만 크니까 이렇게 되지." 하고 독설을 내뱉더니 언젠가부터 나에게 말할 때 경어를 쓰지 않았다. 힘없이 웃는 눈동자 속 불꽃이 애처롭게 흔들렸다.

문득 지금의 힘없는 모습이 처음으로 국왕을 보러 갔다 온 직후의 모습과 겹쳐 보였다. 자기 형의 이런 모습을 두 눈으로 보고 나면 동요를 감추지 못할 만도 하다. 오히려 완전히 꼬인 이 참상을 목격한 직후에 그렇게 강한 눈빛을 보인 게 신기했다. 우리 나라에 처음 왔을 때는 그냥 멍청이인 줄 알았는데…… 역시 그렇지만은 않은 모양이다.

"죄송합니다……."

나도 모르게 사죄했다. 사실은 이 방에 들어와서 바로 양해를 구하고 귀국하려 했다. 그러나 국왕이 발광해서 날인할 수 없다는 게 사실인지 확인하고 싶었다. 남의 상처에 소금을 뿌리는 짓이라는 걸 눈치챘어야 했는데.

죄책감이 들어서 고개를 숙인 나에게, 세드릭 왕자는 조용히 고개를 저었다.

"이쪽이야말로 보기 흉한 모습을 보여서 죄송합니다. 당신에게는 감사하고 있습니다. 스테일 제1왕자 전하."

"덕분에 이렇게 빠르게 형님 곁에 달려왔으니까요."라고 말하는 그 목소리에서는 전혀 억양이 없었다. 당연하다. 가족의 이런 모습은 보여 주고 싶지 않았을 테니까. 그래도 그는 프라이드의 이름을 꺼내자 제안을 받아들였다. 그렇다면 프라이드의 보좌로서 나도 성의에 응해야 할 의무가 있다.

나는 목례한 뒤에 이만 실례하겠다고 전했다. 그러자 세드릭 왕자는 인사에 답하고 4일 뒤…… 부디 잘 부탁한다며 다시 우리에게 고개 숙였다.

"그리고 이것도 제 특수 능력과 마찬가지로 비밀로 해 주십사 부탁드리고 싶습니다만."

칼럼 대장에게 안 들리게 세드릭 왕자에게 귀띔했다. 이번에는 세드릭이 바로 귀를 기울였다.

프라이드의 이름을 이용해서 이런 광경을 보게 해 달라고 강요한 것에 참회의 뜻을 담아 속삭였다.

"오늘 밤, 누님과 이쪽으로 찾아뵙겠습니다. 국왕 폐하와 바로 이야기를 나누고 싶으시다면 사람을 물리고 당신도 이쪽으로 와 주십시오."

세드릭 왕자가 한순간 호흡과 움직임을 멈췄다. 그 직후에 내 쪽으로 격하게 몸을 돌리고 영문을 모르겠다는 듯이 표정을 굳혔다. 나는 가식적인 표정을 지우고 그 반응을 있는 그대로 받아들였다.

"저도…… 누님도 당신의 성의에 답하겠습니다."

나는 등 뒤로 칼럼 대장에게 손을 뻗었다. 내 손을 잡은 것을 확인하고 그대로 순간이동하기 직전.

"……! …………! ……! …………!"

국왕이 또다시 신음했다. 잠꼬대였다. 바싹 마른 목에서 나오는 갈라진 목소리는 확실히 어떤 단어를 말하고 있었다.

'하나즈오', '차이넨시스를', '지킨다', '지킨다', '요안'.

나와 칼럼 대장은 그 말을 알아들은 순간 입을 다물었다. 세드릭 왕자가 눈을 내리깔며 "알아……." 하고 국왕에게 작게 중얼거렸다. 분명 방금 국왕이 한 말이야말로 세드릭이 스스로 대리가 되어 날인하기로 결심한 단 하나의 이유일 것이다.

"실례하겠습니다……."

목례하고 이번엔 정말 순간이동을 했다. 그 직전까지도 나는 아직 뭔가 하고 싶은 말이 있는 것처럼 흔들리던 세드릭 왕자의 그 불타는 눈동자에서 눈을 뗄 수 없었다.

심야가 되어 어느 나라에도 속하지 않은 평원에서 모닥불을 둘러싸고 있을 때였다.

"바르, 언제 프리지아로 돌아갈 거예요?"

바르가 살점이 달라붙은 뼈를 문 채 두 병밖에 남지 않은 술병을 들었을 때 케멧이 그렇게 물었다.

바르는 그 질문에 웅웅거리는 듯한 낮은 목소리로 "엉?" 하고 되물었다. 그 옆에서 식사를 마치고 특수 능력으로 만든 물로 손을 씻던 세펙도 고개를 갸웃거렸다.

"대략 일주일 정도 뒤에……."

오늘까지 프라이드가 맡긴 서신을 세 개나 배달했다. 하지만 그 자리에서 바로 답장을 받을 수 있는 건 아니다. 다음에는 이번에 서신을 배달한 나라들과 예전에 배달했던 나라로 답장을 회수하러 가야 한다. 빠르면 당일에 받을 수 있는 날도 있는가 하면 일주일 이상 기다려야 할 때도 있다.

마지막 서신을 배달하고 나면 평소처럼 배달한 곳의 왕도에서 며칠 지내도 되지만, 이번에는 별로 체재하고 싶은 나라가 아니었다. 프리지아 왕국의 동맹국이면서도 노예를 인정하는 국가인 그곳은 노예는 당연하고 인신매매도 활개를 쳤다. 다만 어디까지나 형벌적인 측면에서 용인할 뿐이고 아네모네 왕국과 마찬가지로 판매까지는 하지 않는다. 하지만 노예 대국인 라지야 제국의 식민지와 인접해서 인신매매 업자가 눈에 많이 띄었다. 그런 곳에서 지낼 바에야 식료품과 술만 사서 국외의 무인 지대에서 야숙하는 게 나았다.

마치 프리지아로 빨리 돌아가고 싶어 하는 듯한 케멧에게 바르는 "그건 왜?" 하고 물었다. 먹고 있던 고기를 양손에 든 채 시선을 잠시 떨군 케멧은 머뭇거리며 입을 열었다.

"저기…… 마지막으로 만났을 때 주인님이, 무척 곤란해 보여서……."

그리고 "걱정돼서요."라며 누굴 걱정하는지는 언급하지 않고 입을 다물었다. 출발하기 전에 프라이드와 만난 건 세드릭에게 정말 싫다고 말한 그녀가 스테일의 이야기를 듣고 서둘러 객실을 나갔을 때가 마지막이었다.

"관심 없어. 어차피 또 부탁받지도 않은 일에 고개를 내민 거겠지."

"누구 일에? 그 하나즈오의 왕자님?? 그렇게 싫다고 했었으면서?"

"원래 그런 꼬맹이야."

바르는 물고 있던 뼈와 함께 퉤, 하고 세펙의 말을 뱉어냈다. 그리고 술병 마개를 한 손으로 뽑으며 단언한 그에게 세펙이 눈을 동그랗게 뜨고 되물었다. 세펙에게도 프라이드가 정말 싫다고 했던 말은 인상적이었다. 그건 바르에게도 마찬가지였지만, 그와 동시에 프라이드가 '싫다' 는 이유만으로 누군가를 외면할 만큼 요령이 좋지 않다는 것도 몸소 겪어서 알았다. 안색이 바뀌어 방을 뛰쳐나간 그녀의 옆얼굴이 자꾸 뇌리에 얼쩡거리는 건 사실이었다. 하지만 그렇다고 굳이 얼굴을 보러 갈 마음은 안 들었다. 안 그래도 최근에는 옛날보다 얼굴을 보지 못하는 시간이 길게 느껴지는데, 또 쓸데없이 바쁜 프라이드를 만나러 갔다가 기다리는 신세가 되고 싶지는 않았다.

술병을 기울여 꿀꺽꿀꺽 하고 목을 두 번 울리며 적당한 바위에 등을 기댔다. 요즘은 날이 따뜻해졌는데 오랜만에 차가운 밤바람이 불어서 오늘 밤엔 또 셋이 딱 붙어서 자겠다며 딴 생각을 했다. 이렇게 한기를 느끼며 야숙할 때면 모닥불이 있어도, 대규모 토벽이 둘러싸도, 모래투성이 모포가 있어도, 두꺼운 윗옷이 있어도 세펙과 케멧은 항상 바르에게 달라붙고 싶어 했다. 지금도 세펙이 모래투성이 모포를 꺼내고 바르에게 슬금슬금 다가왔다.

진절머리가 나서 한숨을 내쉰 바르는 "다 먹었으면 불 끈다." 하고 아직 식사 도중인 케멧과의 대화를 끊었다. 케멧도 그걸 듣고서 황급히 남은 고기를 물어뜯었다. 허둥대는 케멧에게 바르가 "또 목 막힐라." 하고 어이없다는 듯이 말했고, 세펙이 "바르가 재촉하니까 그렇지!" 하고 얼굴에 물을 뿌리려 했을 때…….

"……! 무슨 용무냐."

바르는 날카로운 눈을 더욱 매섭게 치켜뜨고 갑자기 목소리를 낮췄다. 갑작스레 시야에 들어온 그림자에 한쪽 눈썹을 올리고 불쾌한지 얼굴을 찌푸렸다. 세펙과 케멧은 바르의 적의 섞인 목소리가 자신들을 향한 것이 아님을 깨닫고 숨을 삼키고 그가 노려보는 곳을 돌아보았다.

바르는 지금부터 상대해야 한다니 귀찮게 됐다며 목을 꺾었다. 기대던 등을 일으키고 혀를 차고는 송곳니 같은 이를 드러냈다. 이때를 시작으로 자신들의 소식과 함께 배달 일이 뚝 끊길 거라고는 생각지도 못한 채.

세드릭을 서시스 왕국으로 돌려보낸 뒤 스테일과 함께 우리나라로 돌아온 어머님 일행이 내일을 위해 준비를 시작해서 성안은 온종일 어수선했다. 만전의 태세를 갖추고 방위전에 임하기 위해서였다.

나는 취침 시간이 됐는데도 작은 빛을 남겨 둔 채 침대에 눕지 않았다. 잠옷으로도 갈아입지 않고 드레스를 입은 채 창문으로 흘러드는 달빛 아래에서 누군가를 기다렸다.

"……! 이런 밤중에 미안해. 아서, 스테일."

나는 제일 먼저 순간이동 해서 나타난 두 사람에게 사과했다. 내일은 둘 다 나와 함께 출국해야 하는데, 이런 심야에 불러내서 정말로 미안했다.

"당치도 않습니다. 저야말로 기다리게 해서 죄송합니다."

"아닙니다, 늦은 건 저 때문이라……. 이제 가는 거죠?"

나는 웃으며 대답한 스테일과 로브로 몸을 감싼 아서에게 단호하게 고개를 끄덕였다.

"그래. 저번에는 갑자기 부탁해서 미안해."

나는 출발하기 전에 제대로 사과해야겠다 싶어서 다시 한번 고개를 숙였다. 아무리 서두르고 있었다지만, 둘에게는 틈을 봐서 귀를 빼앗는 듯한 형태로 부탁하고 말았다. 그럼에도 둘 다 갑작스러운 부탁에 싫은 표정 하나 없이 고개를 끄덕였다. 지금도 귀찮다는 얼굴을 하기는커녕 눈앞에서 웃었다.

"오히려 바로 이야기해 주셔서 기뻤습니다."

스테일의 말에 아서도 고개를 끄덕였다. 두 사람의 다정한 표정을 본 나도 "그야, 약속했으니까."라고 말하다가 그만 웃음이 나오고 말았다.

'약속해 주십시오, 다음에는 반드시 의지하겠다고. 저희의 힘이 필요하든…… 아니든.'

나는 1년 전에 스테일에게 여러 가지로 걱정을 끼쳐서 다음에는 무슨 일이 있으면 반드시 이야기하겠다고 약속했다.

이 자리에 없는 티아라에게도 오늘 밤 우리가 뭘 할 생각인지 이미 말했다. 방위전 얘기를 꺼냈을 때 처럼 따라오려 할 줄 알았는데, 티아라는 세드릭을 조심하고 스테일과 아서에게서 떨어지지 말라고 충고할 뿐이었다.

"그럼…… 가시지요, 누님."

스테일이 말함과 동시에 아서가 후드를 깊게 눌러 썼다. 로브 차림은 처음 본다 싶었는데 에릭 부대장에게 빌려서 입고 온 모양이었다. 아서의 특수 능력을 어떻게 숨겨야 할지 고민했는데 이런 차림으로 와서 안심했다. 스테일을 향해 고개를 끄덕인 나는 아서와 함께 그의 손을 잡았다.

"그럼 우선 서시스 성으로 가서 세드릭을 찾아 국왕의 방까지 안내받……."

"아뇨, 국왕의 침실까지 안내받았었으니 직접 그곳으로 순간이동 하겠습니다. 세드릭 제2왕자도 그곳에 있을 겁니다."

스테일이 내 말을 가로막고 내뱉은 말에 무심코 "엑?!" 하고 얼빠진 목소리를 내고 말았다.

"누님이 '서시스 왕국의 국왕을 구하고 싶으니까 내일 밤에 아서와 함께 협력해 줘.' 라고 말씀하셨으니까요. 이러는 편이 더 빠를 거라고 판단했습니다."

"저도 프라이드 님이 '내일 밤에 서시스 왕국 국왕을 구하러 가고 싶어.' 라고 말씀하셔서, 이 로브를 빌리느라 늦었어요. 바로 스테일과 합류하려 했는데…… 죄송합니다."

내 반응을 보고 만족스럽게 웃은 스테일에 비해 아서는 그대로 고개를 숙였다. 그때 한 갈래로 묶은 긴 은색 머리가 후드 밖으로 빼꼼 흘러나와서 나도 모르게 웃고 말았다.

"고마워 스테일. 사과하지 않아도 돼 아서."

나는 "이렇게 로브까지 준비했잖아."라고 말했다. 그리고 아서가 긴 머리가 안 흘러나오게 후드를 벗었다가 다시 쓰려고 하자 그 손을 살며시 잡고 등 뒤로 돌아가 재빨리 머리를 동그란 경단 모양으로 모아서 묶었다. 이제 고개를 숙여도 후드에서 머리카락이 튀어나오지 않을 것이다.

"역시 두 사람에게 바로 이야기해서 다행이야. 그 뒤로 무척 안심이 됐거든."

두 사람에게 이야기해서 협력을 받아 낸 뒤로는 전혀 고민되지 않았다. 분명 잘될 거라고 생각했으니까.

그리고 "역시 스테일이야." 하고 스테일의 머리를 쓰다듬었다. 설마 국왕의 침실까지 직접 갈 수 있게 준비했을 줄은 몰랐다. 스테일은 아직 세드릭 곁으로 직접 순간이동 할 수 없는 줄 알고 성안으로 잠입할 각오도 했었는데. 심지어 내가 계획을 털어놓자 둘 다 그 계획을 뛰어넘어서 한 수 앞을 준비했다. 너무 대견해서 이대로 껴안고 싶었다.

"그럼 바로 국왕의 방으로…… 스테일? 아서?"

마음을 다잡고 출발하려고 고개를 들었는데 어째선지 둘 다 굳어 있었다. 스테일은 이제 와서 긴장됐는지 볼이 약간 발그레해져서 한 손으로 머리를 누르고 다른 손으로 입을 가렸고, 아서는 고개를 살짝 숙이고 로브를 깊게 눌러 쓴 상태에서 후드 양 끝을 붙잡고 잡아당겼다. 이래서는 얼굴은커녕 목도 안 보였다. 작은 목소리로 "머리……." 하고 중얼거리는 목소리가 들려왔다. 역시 경단 같은 머리 모양은 남자가 하기에 좀 부끄러운가.

"아닙니다…… 가시지요, 누님."

"으으…… 죄송합니다, 괜찮아요."

두 사람이 어찌어찌 대답해서 이번에는 정말 아서와 함께 스테일의 손을 잡았다. 다음 순간, 내 시야는 낯익은 방에서 다른 곳으로 전환됐다.

처음으로 눈에 들어온 것은 커다란 침대였다.

금장식이 달린 세간이 늘어서 있고 국왕으로 보이는 남자가 그것에 둘러싸인 듯한 모습으로 잠들어 있었다. 방 안에는 작은 등불이 수없이 놓여 있고, 그 불빛에 비친 남자는 머리 색도 그렇고 주위 세간에 반사된 빛까지 받아서 마치 금색으로 빛나는 것 같았다.

그 옆에는 세드릭이 있었는데 아직 우리를 눈치채지 못한 듯했다. 의자에 앉지도 않고 침대 옆 바닥에 무릎을 꿇고 있었다. 형이 잠든 침대 위에 양 팔꿈치를 올리고 기도하듯이 손을 맞잡고 있었다. 아니, 실제로 기도하는 걸지도 모른다. 손가락을 교차해서 굳게 맞잡은 손을 이마에 대고 고개를 숙인 채 움직이지 않았다. 그가 어떤 표정을 짓고 있을지 상상만 해도 가슴이 아팠다.

"세드릭……."

조심스레 그의 이름을 불렀다. 작은 목소리로 불러 보았지만 들리지 않는 듯했다. 조금 더 큰 목소리로 한 번 더 그를 부르며 이번에는 어깨를 건드렸다.

세드릭의 어깨가 격하게 떨리며 손을 대고 있던 이마가 천천히 우리 쪽을 향했다. 당장에라도 울음을 터뜨릴 듯한 얼굴이었다……. 눈물이 안 나오는 게 신기할 정도였다. 단정한 얼굴을 심하게 일그러뜨리고, 이를 악문 채 불타는 눈동자는 불안과 슬픔으로 가득 차 있었다. 4년 전 질베르 재상이 떠오를 정도였다.

신기하게도 우리가 나타난 것에는 그렇게 놀라지 않은 듯했다. 세드릭은 놀라서 눈이 살짝 커져서는 숨을 삼키는 듯한 얼굴로 나를 바라봤다. 그리고 마치 우는 걸 계속 참았던 것처럼 갑자기 눈동자가 촉촉해지기 시작했다.

"프라이드……."

그때와 똑같다. 자기 나라에서 서신을 받고 돌아가려 했을 때와 같은 표정이었다.

온몸으로 구해 달라고 외치는 소리가 들려오는 것 같았다.

"이제 괜찮아……."

나는 세드릭의 어깨 위에 살며시 손을 올리고 아서를 보았다. 세드릭이 마치 방금 발견했다는 듯이 "그자는……?" 하고 입을 움직였다. 온몸을 로브로 감싼 사람을 보고 약간 당황한 듯도 보였다.

"이자는 극비 존재입니다. 이 일은 부디 이 나라에도, 우리 나라…… 어머님과 다른 자들에게도 비밀로 해 주시기 바랍니다……."

스테일은 그렇게 말하고 아서의 등을 가볍게 두드렸다. 그 것을 신호로 후드를 써서 시야가 좁은 아서가 머뭇거리며 국왕에게 다가갔다.

천장을 보고 누운 국왕은 초점이 없는 눈을 부릅뜨고 있었다. 나는 바싹 마른 안구가 데굴거리는 모습에 무심코 몸을 뒤로 뺐다. 손과 볼이 야위어서 쇠약해진 것처럼 보이기도 했다. 아서가 그런 국왕에게 손을 뻗었다. 세드릭이 경계하듯이 일어섰지만 내가 어깨 위에 올린 손에 힘을 주었다. 세드릭의 어깨를 누르며 "괜찮아."라고 살짝 강하게 말하자, 그는 자기몸을 억누르듯이 주먹을 움켜쥐며 움직임을 멈췄다.

아서는 활짝 뜬 그 눈 위에 살며시 손바닥을 올리고 국왕의 눈을 감겼다. 마치 죽은 자에게 하는 행동 같아서 나까지 가슴이 조금 술렁였다. 뒤이어 아서는 조용히 국왕의 이마를 어루만졌다.

아서의 특수 능력은 만물의 병을 치유하는 힘. 정신착란…… '발광'이라 해도 전생의 의학으로 보면 정신병에 포함되는 질병의 일종이다. 그렇다면 일시적으로라도 아서의 힘으로 치유되지 않을 리가 없다.

손으로 이마를 만지기만 했는데도 국왕의 거칠었던 호흡이 서서히 평온해졌다. 젖혔던 목에서 조금씩 힘이 빠지듯이 침

대 쪽으로 기울었다. 끊임없이 흐르던 땀도 점차 썰물처럼 사라져 갔다. 격렬했던 몸의 떨림이 천천히 멈추더니 국왕의 입에서 조용히 숨을 내쉬는 소리가 들려왔다.

아서는 마리아의 병을 치료했을 때보다도 일찍, 부드럽게 이마에서 손을 뗐다. 국왕의 표정에서 힘이 빠져나가는 것과는 반대로, 내 옆에 있는 세드릭의 얼굴은 경악으로 물들었다. 휘둥그레진 눈과 벌린 입이 다물어지지 않는 듯했다. 뒤이어 그가 갈라진 목소리로 "형님……?!" 하고 중얼거렸을 때…….

"……?"

닫혔던 국왕의 눈이 다시 천천히 열렸다. 눈을 뜨는 모습이 꿈에서 깨어난 것처럼 기분 좋아 보였다.

"형님! 날…… 알아보겠어……?!"

세드릭이 조급해지는 마음을 억누르듯이 물었다. 그리고 몸을 앞으로 기울이고 직접 국왕의 얼굴을 들여다보며 호소했다.

국왕은 잠시 멍해 보였지만 눈을 몇 번 깜빡이더니 초점이 맞는지 세드릭에게 시선을 돌렸다. 한쪽 팔이 무거운지 천천히 들어 올리더니 세드릭의 머리 위에 손을 올리고 붙잡았다.

"돌아왔구나…… 세드릭……."

국왕이 희미하게 입가에 부드러운 미소를 짓고 갈라진 목소리로 말했다.

그 순간, 세드릭의 눈에서 마침내 눈물이 뚝뚝 흘러나왔다. 악문 이를 훤히 드러낸 그는 손등으로 눈을 문지르며 흐르는 눈물을 닦았다. 쉴 새 없이 닦으면서도 손끝에 힘이 들어가는지 앞머리를 쓸어올리며 움켜쥐었다. 헐떡거리는 목소리가 새어 나왔고, 눈을 꽉 감고서 필사적으로 저항하며 참으려 해도 역부족인 모양이었다. 손등으로 눈물을 닦을 때마다 손목에 달린 장신구가 짤랑거리는 소리를 냈다.

"······? 왜 그러지······."

국왕이 진심으로 의아하다는 듯이 중얼거렸다. 아직 눈치채지 못했나. 자신이 오랫동안 제정신이 아니었다는 것과 현재 상황을 파악할 만큼 머리가 돌아가지 않는 걸지도 모른다.

"국왕 폐하······."

우느라 말이 안 나오는 세드릭 대신 내가 국왕에게 말을 걸었다. 국왕은 내 목소리를 바로 알아듣고 목의 각도를 바꾸었다. 그리고 눈을 동그랗게 뜨고 "당신들은······?" 하고 말하며 어깨에 살짝 힘을 주었다. 그 말에 대답하듯이 이번에는 스테일이 한 걸음 앞으로 나왔다.

"처음 뵙겠습니다, 국왕 폐하. 제 이름은 스테일 로열 아이비, 프리지아 왕국의 제1왕자입니다. 그리고 이쪽에 계시는 분은 프라이드 로열 아이비 전하, 프리지아 왕국의 제1왕녀십니다."

"뭣······?!"

국왕이 경악하며 눈꺼풀이 뒤집힐 정도로 눈을 부릅뜨고 침대에서 몸을 일으켰다. 단숨에 머리가 각성했는지 덮고 있던 모포를 휙 제치고서 붉은 눈동자를 희번덕거렸다.

"프라이드······ 전하······?! 프리지아······!"

놀랄 만도 하다. 국왕의 기억은 아직 프리지아 왕국과 접점조차 없었던 시점에서 멈춰서 이쪽에서 동맹을 제안한 것과 친동생이 나라를 뛰쳐나간 것 말고는 모를 테니까.

"세드릭! 너, 정말로……?! 잠깐만! 지금이 언제지?! 도대체 어떻게 된 거냐?! 요안은…… 차이넨시스 왕국은……?!"

"부디 진정하십시오, 국왕 폐하."

스테일이 "다른 이들에게 들키겠습니다."라고 덧붙이며 국왕을 달랬다. 이제야 의식이 돌아오고 머리가 돌아가기 시작한 모양이었다. 현상황을 이해한 국왕은 휘둥그레진 눈으로 주위를 둘러보았다. 국왕이 한 번에 너무 많이 말한 탓에 건조해진 목에 불편함을 느꼈는지 목을 부여잡자, 세드릭이 옆에 놓인 유리잔을 내밀었다. 급하게 내미는 바람에 물이 국왕의 무릎 위로 몇 방울 튀었다.

세드릭은 아직도 한쪽 팔로 눈을 누르며 눈물로 얼굴을 벌겋게 물들이면서도 형을 생각해 유리잔을 내밀었다. 그 유리잔의 수면이 위태롭게 흔들렸다. 국왕은 반사적으로 받아들고 잔에 든 물을 단숨에 들이켰다. 그래서 조금 진정됐는지 숨을 내쉬며 깊게 심호흡하더니 다시 한번 우리 쪽으로 몸을 돌렸다.

"하나즈오 연합왕국, 서시스 왕국의 국왕. 랜스 실버 로웰이라고 합니다. 인사가 늦어졌을뿐더러 보기 흉한 모습을 보인 것에 거듭 사죄의 말씀을 드립니다."

그 자리에서 깊이 고개를 숙이는 랜스 국왕에게서는 잠옷 차림임에도 불구하고 국왕의 위엄이 분명하게 느껴졌다.

"혹시 괜찮으시다면 지금이 어떤 상황인지 알려 주시겠습니까……."

낮고 또렷한 음색은 아까까지 잠들어 있던 모습과는 완전히 다른 사람 같았다. 국왕은 세드릭과 같은 불타는 눈동자를 붉게 빛내며 우리에게 요청했다.

스테일이 고개를 끄덕이며 "제가 설명해 드리지요." 하고 진언했다. 설명을 하나라도 놓치지 않겠다는 얼굴로 집중한 랜스 국왕은 시종일관 경악에 휩싸였다.

지금까지 자신이 발광해서 며칠이나 의식을 되찾지 못했다는 것. 세드릭이 우리 나라에 동맹을 요청하러 와서, 오늘 서시스 왕국에서 국왕 대리로서 어머님과 동맹을 체결한 것. 거기다 차이넨시스 왕국이 동맹을 파기했다는 것까지. 모든 이야기가 놀랄 수밖에 없는 내용이었다. 게다가 코페란디 왕국이 침공 시기를 앞당긴 지 이미 10일 이상 지나서 동요하지 말라고 하기가 미안한 수준이다. 한순간 또 정신착란을 일으키면 어쩌지 하고 걱정했지만, 그런 기색은 전혀 보이지 않았다. 랜스 국왕은 한 손으로 머리를 부여잡으면서도 스테일의 이야기를 하나도 놓치지 않고 어찌어찌 이해했다.

스테일이 우리가 왔다는 사실은 어머님과 성 사람에게도 부디 비밀로 해 달라고 부탁하며 이야기를 마무리하자, 랜스 국왕은 고개를 끄덕이고는 수십 초 동안 침묵했다.

"일단은……."

침묵이 깨진 순간, 랜스 국왕이 옆에 서 있던 세드릭의 어깨를 붙잡았다. 국왕이 옷을 힘껏 잡아당기자, 방금 눈물을 멈춘 세드릭의 눈이 동그래졌다. 세드릭은 눈가에 남아 있던 눈물을 공중에 휘날리며 그대로 랜스 국왕 위로 쓰러졌다.

"이 멍청한 놈!"

세드릭은 랜스 국왕의 손 근처까지 끌려와서 주먹으로 머리를 맞았다.

세드릭이 크헉, 하고 신음하자마자 "뭐 하는 거야?!" 하고 항의했다. 그럼에도 랜스 국왕은 개의치 않고 동생의 금색 머리카락을 뽑아낼 기세로 움켜쥐었다.

"갑자기 나라를 뛰쳐나가더니! 내 대리로서 멋대로 동맹을 체결하다니!"

랜스 국왕이 숨죽인 목소리로 "요안이 말리지만 않았으면 즉시 병사를 보내 뒤쫓는 거였는데!" 하고 단숨에 쏘아붙이더니 이를 드러냈다.

"형님이 쓸모없으니까 어쩔 수 없잖아?! 이 몸 말고 누가 동맹을 체결한다고……."

"프라이드 제1왕녀 전하! 그리고 스테일 제1왕자 전하!"

세드릭의 말을 끝까지 듣지도 않고 우리를 향해 몸을 돌린 랜스 국왕은 움켜쥔 세드릭의 머리와 함께 있는 힘껏 고개를 숙였다. 세드릭도 국왕의 손에 짓눌리듯이 고개가 아래로 처박혔다. 그때, 랜스 국왕의 옷 속에서 낯익은 펜던트가 힐끔 엿보였다.

"제 어리석은 동생이 정말 터무니없는 폐를……! 제 동생은 아직 교양도 미숙한지라, 아마 무례도 많이 저질렀겠지요……!"

어쩌지, 국왕이 몇 번이고 고개를 조아리는데. 상황이 이런데 그 동생이란 사람이 처음 3일 동안 이런저런 일을 저질렀다고는 차마 말 못 하겠다. 황급히 양손을 흔들며 입을 열었지만 나도 모르게 "시……신경 쓰지 마세요." 하고 국왕의 예상을 긍정하는 듯한 위로만 나왔다.

"그만해, 형님! 이 몸의 머리가 흐트러지잖아?!"

"머리 따윈 처음부터 흐트러져 있었다, 이 멍청한 놈아! 됐으니까 너는 입 다물고 있어!"

저항이 무색하게 고개를 든 국왕과는 반대로 세드릭은 아직도 고개가 처박힌 채였다. 국왕은 야윈 팔에서 나온다고는 믿기지 않는 힘으로 동생을 제압했다. 그리고 한쪽 팔에 힘을 준 상태로 다시 한번 고개를 들고 나를 진지한 눈빛으로 바라보았다.

"지금까지 동맹 제안을 거절해 왔음에도 불구하고 궁지에 몰린 저희에게 힘을 빌려주셔서 감사드립니다……. 동맹을 맺어 주신 이상, 방위전이 끝나면 반드시 그에 상응하게 보답하겠습니다."

뒤이어 바로 동맹 계약서를 확인하겠다고 말한 랜스 국왕은 문득 우리 뒤에 서 있는 아서에게 눈길을 주었다. 랜스 국왕은 "그런데 그자는……?" 하고 수상하기 짝이 없는 실루엣을 보고 눈살을 살짝 찌푸렸다. 그걸 본 아서는 말없이 깊게 후드를 눌러썼다.

"우리 나라에서 온 자입니다. 국왕 폐하께서 정신착란을 일으키셨다는 소식을 듣고 이자의 힘을 빌렸습니다. 이자의 특수 능력은 저희 어머님조차 모르십니다. 부디 이 일은 비밀로 해 주십시오."

랜스 국왕이 맙소사, 하고 놀라더니 다시 한번 아서에게 감사 인사를 했다. 특수 능력자란 참 무시무시하다고 중얼거리다가 불현듯 뭔가 떠올랐는지 홀로 고개를 갸웃거렸다.

"하지만…… 제가 어쩌다 정신착란을……?"

듣자 하니 본인도 정신착란을 일으켰을 때의 기억이 없는 모양이었다. 코페란디 왕국에 기한을 앞당긴다는 선고를 받고 어떻게 할지 고민하다가 그 뒤로 기억이 뚝 끊겼다고 한다. 뭐, 스트레스를 많이 받았다고 하니 갑자기 발광해도 이상하지는 않다. 하지만 아서의 능력으로 제정신으로 돌아올 거라고 생각하긴 했지만 이렇게 깔끔하게 원래 모습으로 돌아오다니 조금 신기하다. 잠시만이라도 제정신으로 돌아와서 세드릭과 대화할 정도가 되어 프리지아 왕국의 원군이 온다는 사실만 알리면 된다……고 생각했었는데.

국왕은 눈을 뜨고 당황하기는 했지만 다시 발광할 기색은 전혀 안 보였다. 오히려 상황 이해가 빨랐고 그 뒤로도 훌륭하고 침착하게 행동했다.

설마 아서의 특수 능력은 그런 스트레스나 원인이 되는 기억마저 일부 제거해서 사람을 안정시키는 건가. 아니…… 그랬다면 4년 전에 임명식이 끝나고 축하연에서 아서와 악수를 나눴던 질베르 재상이 그렇게 폭거를 저지르지는 않았을 것이다. '병'은 전생에서도 정확히 정의 되어 있지 않았고 이 세계에서는 세세한 분류조차 안 되어 있으니 잘 모르겠지만, 원래 한 번 제정신을 되찾고 나면 이렇게까지 완벽하게 회복되나. 기본적인 원인이 해결되지 않으면 또 금세 비슷하게 이성을 잃고 미칠 줄 알았는데.

게다가 게임에서는 안 좋은 지금 상황과 더불어 프리지아에 배신까지 당해서 발광했었는데, 어째서 그 전에 이런 사태가 일어난 걸까. 프리지아에 배신당하는 것 이상으로 충격적인 사건이라도 있었나. 아니면 단순히 세드릭이 돌아온 걸 확인하고 안정된 건가? 하지만 지금 모습을 보면 그런 느낌도 아닌데. 그리고 게임과 타이밍이 다른 것도 위화감이 들었다. 기사단이 습격받거나 마리아가 죽는 날, 레온이 함정에 빠지는 날까지 어긋난 적은 한 번도 없었는데.

"몰라, 이 몸이 묻고 싶을 정도야."

랜스 국왕의 손에서 겨우 풀려난 세드릭이 자기 머리를 정리하며 형을 노려보았다. 세드릭이 팔짱을 끼고 "퍼거스랑 달리오, 다른 사람들한테도 걱정을 끼쳤으니까 나중에 제대로 사과해."라고 랜스 국왕에게 말하자, "너한테만은 듣고 싶지 않거든. 방탕 왕자."라는 대답이 돌아왔다.

"아무튼 프리지아 왕국의 힘을 빌릴 수 있다면 든든하겠군요. 내일 새벽에라도 제가 직접 차이넨시스 왕국에 이야기를 전하겠습니다. 일방적인 동맹 파기라니 용납할 수 없지요. 하나즈오 연합왕국이 사라지게 두지 않을 겁니다."

랜스 국왕의 선언을 듣고 나도 고개를 힘차게 끄덕였다. 나도 그런 건 절대로 용납 못 한다.

"네, 저도 그러길 바라요. 4일 뒤에 우리 나라 기사단과 함께 원군을 끌고 오겠습니다. 부디 그때까지 준비를 끝내 주세요."

"몸 상태 회복도 포함해서요." 내가 그렇게 덧붙이자 국왕은 다시 깊게 고개를 숙였다. 볼과 팔이 야위기는 했지만 온몸에서 용솟음치는 패기를 보면 걱정할 필요는 없을 듯했다. 그건 그렇고…….

국왕의 상태가 '이 정도' 라서 정말 다행이다.

게임에서는 랜스 국왕의 그림은 안 나왔고 목소리만 나왔다. 1년 뒤 게임이 시작될 때는 세드릭이 '이미 뼈와 가죽만 남은 상태' 라고 설명했었다. 세드릭 루트에서는 상투적인 기적의 전개로 마지막에 랜스 국왕이 눈을 뜨는 연출이 나오긴 했지만.

지금의 랜스 국왕은 약간 야위긴 했어도 몸은 건강하고 체격도 건장한 데다가, 무엇보다 세드릭을 한 팔로 제압할 만한 힘도 남아 있다. 이 정도면 4일 뒤에는 충분히 회복될 듯했다.

"프라이드, 스테일 제1왕자 전하."

우리 이름을 부르는 소리에 뒤를 돌아보자, 세드릭이 눈꼬리를 살짝 구부리고 나를 보고 있었다. 왜, 하고 묻자 말하기 조금 거북한지 내게서 시선을 돌렸다가 다시 똑바로 바라봤다.

"고마워……. 하나부터 열까지 고개를 들 수가 없군."

세드릭은 조용히 숨죽여 말한 뒤, 고개를 깊이 숙였다. 장신구가 또 짤랑거리는 소리를 냈다.

"하나, 괜찮을까……."

나는 고개를 숙인 세드릭에게 살며시 물었다. 세드릭은 약간 놀란 듯이 고개를 들고 짧게 승낙했고 나는 한 걸음 다가갔다.

"4일 뒤, 우리 기사단이 서시스 왕국에 방문할 때까지. 너에게 과제를 줄게……."

조용히 흘러나오는 자신의 목소리가 미세하게 낮아지는 것이 느껴졌다. 세드릭은 단정한 얼굴을 긴장시키고 "뭐든 말해."라고 대답했다. 옆에서 우리를 지켜보던 스테일도 딱딱한 표정으로 마치 눈빛으로 찌를 것처럼 세드릭을 가만히 노려보았다.

나는 잠시 말을 멈추고 단숨에 세드릭의 어깨를 양손으로 붙잡았다. 손끝에 힘을 단단히 주고서 그의 불타는 눈동자를 지긋이 쳐다보았다. 이제부터 내가 하는 말을 농담이라고 여기지 않도록.

세드릭의 어깨가 크게 들썩이며 얼굴이 순식간에 굳었다. 지금까지 나에게 비슷한 식으로 고함을 듣거나 발이 걸려 쓰러진 적이 있으니 당연하다.

방에서 목소리가 새어 나가지 않도록 세심하게 주의를 기울이며 숨을 들이쉬고 내뱉었다.

"공부해……!"

"……? 뭐……라고……?"

내 말에 세드릭이 영문을 모르겠다는 듯이 눈살을 찌푸리고 얼굴이 굳었다. 내 말을 이해하지 못한 그에게 다시 반복해 말했다.

"지금부터 죽을힘을 다해 방위전에 관한 온갖 지식을 배워. 전술이든 무기든 계략이든, 아무튼 뭐라도 좋으니까 배워. 제2왕자인 네 힘이 필요할 수도 있으니까!"

숨을 쉴 시간이 아까울 정도로 쏘아붙이자, 세드릭은 얼굴에서 힘이 빠지며 의아한 표정으로 나를 보았다. "그거…… 예지한 거야?"라는 질문에 "예지 이전에 이건 상식이야!" 하고 세차게 꾸짖었다. 지금의 그는 전장에서 어떤 폭거를 저지를지 모른다. 원래라면 고작 3, 4일 공부해서 해결될 리가 없으니 차라리 아무것도 하지 말라고 소리를 질러도 이상하지 않은 수준이다. 하지만 세드릭이라면……. 나는 확신에 차서 말할 수 있다.

내가 "그리고 형님이…… 국왕 폐하가 하시는 말 제대로 들어! 알겠지?!"라고 타이르자, 세드릭은 아직도 영문을 모르겠다는 표정이기는 했지만 알겠다며 고개를 끄덕였다. 눈앞에서 제2왕자를 꾸짖어서 랜스 국왕의 기분이 나빠지지는 않았을까 싶어 시선을 돌리자, 국왕은 매우 놀랐는지 눈을 깜빡거리고 있었다. 화가 나지는 않은 것 같지만 약간 기겁했을지도 모른다. 제1왕녀라는 사람이 이렇게 난폭하다니 당연히 기겁하겠지. 내가 서둘러 국왕에게 사과하자 그는 "아닙니다, 저야말로……."라고 말했지만 아직도 눈이 동그랬다. 나는 점점 부끄러워지기 시작했다…….

"그럼, 저희는 이만 실례하겠습니다. 부디 오늘 밤 있었던 일은 거듭 비밀로 해 주시길 부탁드립니다."

스테일이 내 위기를 눈치챘는지 눈치 빠르게 대화를 끊었다. 뒤이어 나와 우리에게서 한 걸음 떨어진 곳에서 기다리던 아서에게 손을 내밀었을 때였다.

"잠깐만!"

세드릭이 약간 허둥대는 몸짓으로 발을 내디디며 아서에게 달려갔다. 시야도 좁은데 세드릭이 갑자기 뛰쳐나와서 놀란 아서가 반걸음 물러났다. 그래도 세드릭은 개의치 않고 아서의 눈앞까지 다가가더니 당황하는 아서의 양손을 자신의 양손으로 잡았다.

"정말 고마워. 누군지는 모르지만…… 음, 손을 보니 역시 남자인가? 키도 상당히 크다 싶었는데. 뭐 아무튼 간에 당신 덕분에 형님이 살았어. 앞으로 무슨 일 있으면 사양 말고 나에게 와. 원한다면 내 직속 신하로 임명해 주지."

로브 너머의 아서에게 빠른 말투로 술술 이야기하는 세드릭의 모습을 보다가 머리가 아파졌다. 아니, 애초에 그 사람은 내 근위기사거든. 아무리 정체를 모른다지만 어떻게 제1왕녀 앞에서 바로 스카우트하려는 걸까. 아서의 특수 능력을 알면 어느 나라나 그를 원할 게 분명하다. 그걸 방지하려고 정체를 숨기는 건데, 이 사람이 정말.

내 옆에서 스테일이 조금 우스운지 쓴웃음을 지었다. 그러다 뒤를 돌아보며 "괜찮습니다, 이 정도면 그나마 나은 편이니까요."라고 말하기에 무슨 소린가 했더니, 랜스 국왕이 머리를 끌어안고서 어깨를 떨고 있었다. 국왕이 완전히 분노했다. 악문 이 틈새로 "정말…… 죄송합니다……!"라는 사죄가 흘러나왔다. 아마 목소리를 내도 되는 상황이었다면 크게 고함쳤을 것이다. 그러는 동안에도 세드릭의 맹공은 계속됐다.

"당신이 여자가 아닌 게 아쉽군. 만일 여자였다면 내 아내로 삼아서 더 좋은 추억을 만들어 줬을 텐데. 그래도 정말 고마워. 직접 눈을 보고 이름을 부를 수 없는 게 유감이지만……! 그렇지."

세드릭은 로브 너머로도 기겁한 게 느껴지는 아서의 손을 꽉 잡고 있다가, 갑자기 뭔가 생각났는지 손을 풀었다. 겨우 해방된 아서가 한 걸음 더 뒤로 물러나는 동안에 그는 전혀 개의치 않고 오른손 중지에 끼웠던 금색 반지 두 개를 한 번에 뽑았다. 뒤이어 허둥대는 아서의 손을 억지로 붙잡고 강제로 반지를 쥐여 주었다.

"보답치고는 적지만 받아 줬으면 해. 필요하다면 이 전쟁이 끝난 뒤에 얼마든지 준비하지. 이 은혜를 갚기 위해서라면 당신이 원하는 건 무엇이든 이루어 줄게. 꼭 다시 우리 나라에……."

갑자기 세드릭의 뒷통수로 베개가 날아왔다. 뒤를 돌아보니 랜스 국왕이 자신이 기대어 있던 베개를 내던진 직후였다.

"작작 해라, 세드릭. 이 이상 창피를 주지 마라."

국왕이 소리를 지르고 싶은 것을 필사적으로 억누르며 새빨개진 얼굴로 눈살을 찌푸렸다. 그리고 나와 스테일에게 다시한번 사과했다. 이렇게 몇 번이나 사과하다니 국왕이 조금 불쌍했다.

"무슨 소리야?! 성심성의껏 최대한 예를 다하고 있잖아?!"

세드릭은 머리를 누르며 "걱정하지 않아도 키로 보아 프리지아 왕족은 아니야!"라고 내뱉었다. 어쩐지, 여러모로 반박하고 싶다.

그래도 세드릭이 랜스 국왕의 말대로 아서에게 감사 인사를 하고 물러나려 하자, 이번에는 반대로 아서가 팔을 붙잡았다. 반지를 들고 세드릭에게 필사적으로 돌려주려 했다. 손짓 발짓을 하며 온몸으로 '이런 건 받을 수 없어요!' 하고 의사를 표현했다. 하지만 그 정도로 물러날 세드릭이 아니었다.

"아니, 받아. 사실은 이걸로도…… 내 양 손가락에 있는 걸 다 바쳐도 부족할 정도야. 만약 무례했다면 사과할게. 하지만…… 나는 지금 이런 것밖에 줄 수 없어."

세드릭은 반지를 돌려주려는 아서의 손에 한 손을 올렸다가 조용히 내렸다. 약간 복잡해 보이는 미소는 로브 너머의 아서에게는 안 보였겠지만 나지막한 목소리만으로도 마음이 충분히 전달된 듯했다.

"세드릭 실버 로웰의 이름에 걸고 진심으로 감사드립니다. 이름 없는 구세주님이여……."

세드릭은 작게, 오늘 하루 중에 제일 숨죽인 목소리로 그렇게 속삭였다. 세드릭은 이번에는 정말 멍하니 있는 아서에게서 등을 돌린 다음, 나와 스테일을 향해 고개를 숙였다.

"프라이드, 스테일 제1왕자 전하. 당신들에게도 진심으로 감사 인사를 드립니다. 모든 게 마무리되면 반드시 정식으로 예를 다하겠습니다."

세드릭이 진심으로 감사를 표하자 목 안쪽이 살짝 메었다. 사실은 세드릭에게 서신이 도착한 어제, 국왕의 방으로 달려 올 수도 있었다. 그렇지 않더라도 순간이동이나 병을 치유하는 특수 능력, 기사단의 선행부대 이야기를 했다면 세드릭이 조금 더 안심했을지도 모른다. 하지만 나는 말하지 않았다. 동맹이 결정될 때까지는 우리 나라의 특수 능력자에 관해 함부로 이야기할 수 없다. 만에 하나라도 함정이거나 세드릭이 스파이일 가능성을 감안한 결정이었다. 세드릭의 나라가 얼마나 억울한 입장인지 알고 있었는데도…….

그래서 어젯밤에는 세드릭과 함께 있었다. 아무것도 듣지 못하고 이후의 계획도 모른 채 그저 시간만 보내던 세드릭은 살아 있다는 느낌이 안 들었을 것이다.

나는 미안하다는 말을 속으로 삼키고 눈앞에서 들려오는 세드릭의 감사 인사에 말없이 고개를 끄덕였다. 지금 이 자리에서 내가 그런 말을 하는 건 비겁하다. 아무리 생각해도 세드릭이 용서해야 하는 상황에서 그런 말을 해 봤자 진정한 의미의 사죄는 받을 수 없다. 그래서 나는 그 대신 행동으로 표현했다.

"4일 뒤에 반드시 올게요. 저희 동맹국을…… '하나즈오 연합왕국'을 지키기 위해."

내 말을 듣고 이번에는 랜스 국왕도 강한 눈빛으로 고개를 숙였다.

우리도 목례하자 스테일이 나와 아서의 손을 잡았다. 시야가 전환되기 직전에 세드릭이 불타는 눈동자로 우리를 똑바로 바라보았다.

"고마워, 둘 다."

시야가 내 방 풍경으로 바뀌어서 스테일에게 고맙다고 전하자 살며시 손을 놓았다.

"아닙니다. 국왕이 무사히 건강해져서 다행입니다. 이제 4일 뒤에 있을 방위전은 안심이로군요."

스테일이 씨익 웃었고, 나는 고개를 끄덕였다. 랜스 국왕은 아주 건강해 보여서 당장 내일이라도 차이넨시스 왕국에 갈 것 같았다. 그런데 문득 대답이 없는 아서를 보니, 후드를 깊게 눌러 쓴 채로 굳어 있었다. 무슨 일이지, 역시 좀 지쳤나?

스테일도 그 모습을 보고 "야, 왜 그래?" 하고 약간 난폭하게 아서의 후드를 벗겼다. 아무런 저항 없이 후드가 내려가자 겨우 아서의 얼굴이 드러났는데…… 안색이 매우 창백했다.

이마에서 많은 양의 땀이 흐르고 입술이 부들부들 떨렸다. 설마 몸이 안 좋은가 했는데, 아서는 "이거……." 하고 덜덜 떨리는 손으로 우리에게 세드릭한테 받은 반지를 보였다.

"이렇게 비싼 물건을…… 어떻게 하면 좋죠……?"

그렇게 말하는 동안에도 동요를 감추지 못한 아서는 눈의 초점이 안 맞는 것 같았다. 동요하는 아서의 모습이 재밌어서 그만 웃음이 나오고 말았다. 스테일도 우스운지 입꼬리를 끌어

올리며 그의 떨리는 손바닥 위에서 춤추는 두 개의 반지를 내려다보았다.

"확실히 꽤 고급스러운 물건이네. 역시 금맥으로 이름 높은 서시스 왕국의 제2왕자야."

스테일의 말에 아서의 손이 더욱 단단히 굳으며 떨렸다. 고급 장신구에 익숙한 나와 스테일도 숨을 삼킬 정도의 일품이었다. 언뜻 보기엔 단순한 금색 반지지만, 잘 보면 로웰 왕가의 문장을 시작으로 장인의 세공과 조각이 곳곳에 들어가 있었다. 역시 나르시스트 왕자 세드릭. 온몸에 달고 다니는 모든 장신구가 보물 수준일 것이다. 그리고 그중 두 개. 황금 세공품으로 한정하면 나와 티아라가 한 것보다 고가일지도 모른다. 아서에게는 도저히 말할 수 없지만…….

"그냥 받아. 세드릭 제2왕자가 감사의 마음이라고 했잖아?"

"마음이 너무 무거워!"

스테일의 말에 아서가 몸을 앞으로 내밀고 소리를 질렀다. 아서는 반지를 떨어뜨리지 않게 꼭 쥐었지만 그러는 동안에도 손이 바들거리며 떨렸다.

"싫으면 팔래? 그 유명한 서시스 왕국의 물건이니까 값이 상당할 거야. 출처는 바로 들키겠지만."

"남한테 받은 걸 팔 리가 없잖아!"

역시 아서, 지당한 말이었다. 진심으로 어떻게 해야 좋을지 모르는 것 같았다. 남자는 특히 이런 액세서리를 쓸 곳이 별로 없겠지. 심지어 아서는 기사다. 평소에 반지 같은 건 절대로 안 낀다.

"그렇게 마음에 걸리면 세드릭 왕자의 요청대로 서시스 왕국의 기사가 될래? 하지만 말해 두겠는데 네 가치는 겨우 그정도가……."

"뭐라고. 안 돼, 아서는 내 기사인걸."

그렇게 간단히 서시스 왕국으로 이직하면 곤란하다. 특수 능력이 아니더라도 아서가 있었기에 위기를 빠져나오거나 살아난 적이 많다. 무엇보다 나와 티아라, 스테일에게도 소중한 사람이다. 스테일의 특수 능력이 있으면 이직해도 자주 만날 수 있겠지만, 그래도 마차로 10일 이상 걸리는 건 너무 멀다. 급료에 불만이 있다면 내가 질베르 재상이나 아버님과 제대로 상담하겠다. 그렇게 생각하며 말을 꺼냈다가, 스테일의 농담에 무심코 진심으로 끼어들었다는 것을 깨달았다.

아서는 내가 갑자기 대화에 끼어들어서 놀랐는지 몸의 움직임이 뚝 멈췄다. 스테일은 나와 아서를 번갈아 보며 웃었다. 아차…… 담소 분위기를 완전히 망가뜨리고 말았다.

"앗…… 아니, 미안해, 나도 모르게 그만."

두 사람의 대화에 끼어든 것을 서둘러 사과했다. 그러나 아서는 대답도 하지 않고 어째선지 아까 벗었던 후드를 말없이 뒤집어썼다. 그렇게 화가 났나.

스테일만이 즐거운 듯이 후드 속 아서를 들여다보며 "그렇다는데……. 감상이 어때?" 하고 짓궂은 미소를 지었다. 농담이 통하지 않는 왕녀라고 생각하면 어떡하지.

아서는 뒤집어쓴 후드를 누르며 아직도 침묵으로 일관했다. 설마 그렇게까지 화가 났을 줄은 몰랐는데. 어떻게 해야 할지 몰라 허둥대며 머뭇머뭇 아서의 어깨로 손을 뻗었다. 손끝으로 쿡, 하고 어깨를 찌른 순간, 아서는 무너지듯이 제자리에 주저앉았다.

"어어?! 앗…… 아서?!"

내 손만 닿아도 싫을 정도로 화가 난 거야?!

무심코 한 걸음 물러서서 아서에게 말을 걸었다. 스테일이 더는 못 견디겠다는 듯이 입을 가리고 웃기 시작했지만, 아서는 고개를 푹 숙이고 후드를 최대한 잡아당긴 채 굳었다.

"미, 미안해. 그 정도로 기분 나빠할 줄은 몰랐어……."

"으으…… 아니, 아니에요! 이건……."

이번에는 아서가 내 말을 가로막듯이 목소리를 높였다. 웬일로 내 말에 끼어들었나 싶었다. 그래서 도중부터 기어들어가는 아서의 목소리를 들으려고 입을 다물고 기다렸다.

"으으…… 기……기뻤을…… 뿐이에요……."

아서가 작게 중얼거린 말에 나는 고개를 갸웃거렸다. 뭐가 기뻤다는 거지. 혹시 스테일이 아서에게 네 가치는 겨우 그 정도가 아니라고 말하려 한 것 말인가. 확실히 그런 고급 반지보다 네가 더 가치 있다는 말을 들으면 기쁘고 쑥스러워할 만하다. 하지만 실제로 아서의 가치는 우리에게 있어 특수 능력을 제외해도 기사로서나 사람으로서나 반지보다 훨씬 높았다. 아서는 여전히 겸손하다는 생각이 들었다.

아서가 화나지 않아서 안심한 내가 화제를 돌리려고 "그러니 아서, 그 반지는 일단 받아 두는 게 어때?"라고 말하자, 아서는 후드를 잡아당긴 채 몇 번이고 고개를 세차게 끄덕였다.

"아니…… 이미 반지보다 훨씬 좋은 걸 받았으니…… 괜찮습니다……. 네. 아주…… 소중히 여길게요……."

이걸 볼 때마다 떠올리겠습니다……! 아서가 반지를 쥔 손을 가볍게 들며 그렇게 대답했다. 세드릭에게 감사 인사를 들은 게 그렇게 기뻤나. 뭐, 세드릭은 일단 서시스 왕국의 제2왕자니 그 기분은 이해가 간다. 아무튼 괜찮다고 말하는 걸 보면 반지를 받을 마음이 생긴 모양이니 다행이다.

스테일이 아직도 웃느라 어깨를 떨면서 "슬슬 내일을 위해 준비할까요." 하고 말을 꺼냈다. 그 말에 나는 고개를 끄덕이고 두 사람에게 다시 한번 오늘 고마웠다고 전했다.

스테일의 말에 비틀거리며 일어선 아서가 나에게 인사하려고 후드를 벗었다. 잘 보니 얼굴이 사과처럼 새빨갰다. 그렇게 후드를 깊게 눌러썼으니 더울 만도 하지. 아서와 인사를 나누자 스테일이 순간이동을 써서 아서가 눈앞에서 사라졌다.

그 다음 스테일이 "그럼 저도 실례하겠습니다." 하고 인사했고…… 나는 그런 스테일을 붙잡았다.

"앗…… 잠깐만, 스테일."

내가 말을 걸자 스테일은 눈을 깜빡거리며 움직임을 멈췄다. 왜 그러냐는 질문을 들으니 왠지 부끄러워졌다. 그래도 이미 붙잡았으니 스테일에게 달려가 있는 힘껏 안겼다.

"윽……?! 프……프라이드?!"

"미안, 잠시만 이러고 있자."

이런저런 일이 너무 많았는데 심지어 이젠 전쟁이 기다린다. 그 생각을 하니 머릿속이 복잡해서 견딜 수가 없었다. 너무나도 순식간에 며칠이 지났고, 두 사람이 오기 전까지 계속 머릿속에 온갖 생각이 휘몰아쳤다. 하지만 아서와 스테일이 온 순간…… 무척 마음이 놓였다.

말다툼한 지 얼마 안 된 세드릭과 만나러 갔을 때도, 병든 랜스 국왕을 목격했을 때도, 두 사람이 있으면 왕녀로서 의연히 있을 수 있겠다는 확신이 들었다.

내일이면 전쟁에 몸을 던지기 위해 나라를 떠나야 한다. 그러니까…….

"지금만이라도…… 응석 부리게 해 줘."

내일부터 다시 제1왕녀로서 서 있을 수 있게.

나보다 키가 큰 스테일의 어깨에 이마를 묻자, 스테일이 등에 살며시 손을 둘렀다. 그게 기뻐서 끌어안은 팔에 힘을 주었다. 너무 힘이 셌는지 스테일의 어깨가 희미하게 떨렸다. 하지만 그 후에 스테일이 내 등을 더욱 세게 안았다. 마치 동생이 아니라 오빠 같은 스테일의 강하고 다정한 따스함이 느껴져서 무척 안심됐다.

잠시 후, 나는 천천히 팔에서 힘을 풀었다. 스테일도 그에 맞추듯이 내 등에 둘렀던 손을 풀었다. 어깨에서 얼굴을 떼고 코앞에 있는 스테일의 얼굴을 들여다보자, 스테일은 역시 내 팔

힘이 괴로웠는지 얼굴이 새빨개진 채로 나를 마주 보았다.

"고마워 스테일, 기운이 났어."

아무리 그래도 남자에게 '여자 팔에 압박당해서 숨이 막히는 걸 참고 있었구나.'라고 지적할 수는 없다. 그 대신 고마움을 담아 웃어 보이자, 스테일은 한 걸음 물러나 입가를 손등으로 가렸다. 그리고 나에게서 눈을 돌리고 "하나 물어봐도…… 되겠습니까……?" 하고 반대쪽 손으로 검은 안경테를 올렸다. 물론이라고 짧게 대답하자 겨우 눈을 마주쳤다.

"왜 아서나 티아라가 아니라…… 저에게…… 갑자기……."

스테일이 작게 중얼거리는 걸 듣고 조금 쑥스러워져서 무심결에 손끝으로 볼을 긁적였다. 분명히 티아라는 내 여동생이고 아서도 곁에 있겠다고 말했다. 하지만…….

"스테일은…… 내 가장 꼴사납고 한심한 모습을 아니까."

1년 전 레온의 동생들을 증오하며 울고 만 나를 이해해 준 스테일이니까. 지금 이렇게 약한 나도 이해해 준 거라고 생각했다.

그렇게 말하며 나도 모르게 웃었는데 기분 탓인지 스테일의 얼굴이 더욱 빨개진 것 같았다. 혹시 그런 이유로 갑자기 예고도 없이 응석을 부린 누나에게 화가 난 걸까. 그래도 '한 번만 끌어안게 해 줘!'라는 말을 하면 더 부끄러울 것 같아서 하지 못했다.

"갑자기 껴안아서 정말 미안해. 다음부터는 삼갈게. 오늘은 기운을 좀 받고 싶어서……."

"삼가지 않아도 괜찮습니다……."

내가 황급히 사과하는데 갑자기 스테일이 끼어들었다. 내가 놀라서 말을 멈추자, 스테일이 새빨개진 얼굴로 시선을 돌린 채 자신이 한 말에 스스로도 놀랐는지 눈썹을 치켜올렸다. 내가 뒷말을 기다리자, 스테일은 머릿속을 정리 중인지 더듬더듬 말을 이었다.

"저……는…… 프라이드가 절 의지해서 기쁩니다. 그러니까 그…… 프라이드만 괜찮다면, 언제든지……."

마지막에는 기어들어 갈 듯한 작은 목소리였다. 아슬아슬하게 들렸지만 스테일은 들렸을 거란 확신이 없었는지 잠시 나를 힐끔 보더니 바로 눈을 돌려 버렸다. 하지만 그 다정함이 무척 기뻤다.

"고마워, 스테일. 아! 스테일도 언제든지 응석 부려도 돼!"

나는 스테일이 한 말이 제대로 들렸다는 것과 누나로서 꼭 날 의지했으면 한다는 뜻을 담아 전했다. 그러자 스테일은 또 작게 "아뇨, 저는……." 하고 중얼거리다가 멈추더니 입가를 가린 채 말없이 고개를 끄덕였다.

"역시…… 치사해……."

작은 목소리로 뭔가 말한 듯한 기분이 들어 "응?" 하고 물었다. 그러나 이번에는 스테일이 빠른 말투로 아무것도 아니라며 대화를 끊었다. 스테일은 아직도 약간 달아오른 얼굴을 하고 마음을 다잡았는지 몸을 돌려 이만 실례하겠다고 예의 바르게 인사한 뒤 순간이동을 써서 사라졌다.

나는 불을 끄고 옷도 갈아입지 않은 채 침대 속으로 파고들었다. 왠지 오늘은 이런저런 일이 많아서 피곤했다. 긴장이 풀린 순간 몸이 무겁게 느껴졌다. 잠옷으로 안 갈아입은 건 내일 롯데와 마리한테 혼나고 말지, 뭐.

내일이 되면 기사단과 아서, 질베르 재상, 스테일, 티아라와 우리 나라의 자랑스러운 선행부대와 함께 하나즈오 연합왕국으로 떠난다. 이동에 특화된 그들이라면 분명 늦지 않을 것이다.

뒤척거리다가 문득 아까 본 세드릭의 모습이 떠올랐다. 형인 국왕이 깨어나자 누구에게도 매달리지 않고 혼자 눈물 흘리던 모습. 아서에게 진심으로 감사를 전하고 지금 자신이 할 수 있는 선에서 최대한의 성의를 다하던 모습. 그리고 거만한 태도와 무례한 행동까지……. 모두 거짓 없는 모습이었다.

"괴로웠지……?"

게임 속 세드릭을 생각하니 나도 모르게 말이 흘러나왔다. 눈앞에 없는 먼 나라에 있는 세드릭에게 내뱉고 말았다. 게임에서 자기 나라를 볼모로 잡히고 여왕 프라이드에게 좋을 대로 이용당해 남을 못 믿게 된 그가 유일하게 솔직히 마음을 털어놓는 상대는 발광하여 침대에 누워만 있는 형뿐이었다.

게임이 시작될 때, 세드릭은 어디까지나 서시스 왕국 '제2왕자'였다. 국왕인 형이 정신착란을 일으킨 것을 국민과 다른 나라에 숨기고 쭉 '국왕 대리'로 행동했다. 언젠가 형이 눈뜰 것이라 믿고…….

괜찮아, 형을 생각하는 마음씨 착한 왕자님. 형제가 마주 보며 웃을 수 있는 날이 분명 올 테니까.

게임에서처럼 요안 국왕이 빠지는 건 용납하지 않아.

"이런…… 이렇게까지 늦어질 줄이야."

혼자 밤길을 걸으며 한숨을 내쉬었다. 질베르는 오늘도 역시 침입자를 붙잡았으나, 재상 일을 마치고 왕도를 중심으로 성 바깥을 구석구석 돌아다녀서 평소보다 귀가가 훨씬 늦고 말았다.

그는 자신도 모르게 오른쪽 어깨를 돌리며 "저도 늙은 걸까요." 하고 중얼거렸다. 자신의 특수 능력을 사용하면 젊은 신체를 쉽게 유지할 수 있지만 최대한 친구 알버트와 아내 마리안느, 사랑하는 딸 스텔라와 함께 늙어 가고 싶어서 아직 스스로에게 특수 능력을 쓰지 않았다.

오늘 붙잡은 남자들 역시 질베르의 예상대로 코페란디 왕국의 사람들이었다. 기사단에 엄중하게 심문하라고 명령한 결과, 프리지아 왕국에 침입한 자들이 두 명 남았다는 사실을 확인했다. 쥐새끼들을 처리할 수 있다는 전망이 보인 것만으로도 수확이었다. 질베르는 언덕을 오르며 가능하면 자신이 출국하기 전에 침입자를 근절시키고 싶다고 조용히 생각했다.

그가 익숙한 발걸음으로 귀로를 걸어, 소중한 자기 집에 도착하기까지 앞으로 몇 미터가 남았을 때…….

"질베르 버틀러로군."

갑자기 들려온 목소리에 이웃 사람인가 싶어서 가볍게 고개를 돌렸다. 그러나 그곳에는 언뜻 봐도 수상한 용모의 남자가 서 있었다. 모자를 깊게 눌러쓰고 춥지도 않은데 긴 코트를 걸친 남자였다.

"누구신지요……."

질베르는 매우 차분한 목소리로 남자에게 대답했다. 자신이 기억하는 사람 중 누구와도 일치하지 않는 남자를 보고 원래도 날카로운 눈이 더욱 가늘어졌다. 어떤 상황인지 대강 예상이 갔다.

"혼자서 잘도 이렇게까지 몰아넣었군."

남자는 질베르가 던진 질문에 대답하지 않고 계속해서 말했다. 그러자 질베르는 "그래……." 하고 딱히 놀란 기색도 없이 대답했다. 오히려 남은 쥐새끼 중 한 마리를 잡을 수 있어서 딱 좋다. 적당히 그런 생각을 하며 오른손 손가락을 꺾어서 소리를 냈다. 그것도 눈치채지 못한 남자는 웃으며 질베르에게 손을 내밀었다.

"명령이다. 너도 내 말이 돼라."

질베르의 움직임이 멈췄다. 구미가 당기는 권유여서가 아니다. 그저 '명령'이라고 할 정도면 그에 상응하는 협상 조건이 있을 것이라고 생각했기 때문이다.

질베르가 조용히 뒷말을 기다리자, 그가 동요했다고 착각한 남자는 입꼬리를 올렸다.

"코페란디 왕국을 위해 너희의 기사단을 하나즈오 연합왕국에 파견하지 마라. 아니면 그걸 방해해도 좋아. 그러면 원하는 포상을 내려 주지. 그리고…….

남자는 말을 끊고 질베르의 얼굴을 주시하며 웃었다. 이를 드러내며 웃고는 이제부터 자신들을 방해하던 재상의 얼굴이 떨릴 것을 기대하는지 혀를 움직였다.

"명령에 따르면 집도 아내도 아이도 무사할 거다."

남자는 질베르의 저택을 가리키며 조소했다. 아주 멀리서 질베르를 감시하던 그는 질베르의 저택을 알아냈다. 그리고 사랑하는 아내와 아이가 있다는 사실도. 재상이긴 하지만 왕족은 아닌 그의 집은 성과 비교하면 경비도 삼엄하지 않았다. 이미 다른 한 명의 동료에게도 이 사실을 보고한 상태였다. 2 대 1이라면 최소한 저택에 쳐들어가서 어린아이 한 명 정도는 죽여 버릴 수 있다. 질베르는 아직 다른 한 명의 동료가 어디에 있는지 모르니 막을 수단도 없다.

질베르가 고개를 숙이고 어깨를 심하게 떨기 시작했다. 그 모습을 본 남자가 질베르가 겁먹었든 화났든 이쪽의 명령에 따를 수밖에 없을 거라는 생각에 눈앞의 재상을 비웃으려 했을 때…….

"훗…… 하핫!"

어깨를 떨던 질베르가 더는 못 참겠다는 듯이 크게 웃음을 터뜨렸다. 남자가 질베르가 미친 건가 싶어서 의아하게 쳐다보자, 질베르는 웃음소리를 흘리며 "이런, 실례했습니다." 하고 손을 흔들고서 이상하다는 듯이 눈살을 찌푸린 남자 쪽으로 몸을 돌렸다. 그리고…….

절대영도의 미소를 지어 보였다.

오싹. 아무리 생각해도 자신들이 더 우세한데 뭐지? 남자는 반사적으로 도망치고 싶어졌다. 주먹을 움켜쥔 남자가 "뭐가 우습지?!" 하고 소리치자, 질베르는 망설이는 기색도 없이 남자 앞으로 다가가 자연스럽게 그의 목을 한 손으로 붙잡았다. 너무나 자연스럽게 목이 졸린 남자는 그제야 크억, 하며 발버둥 치기 시작했다. 그러나 발버둥 치면 칠수록 더욱 심하게 목이 졸렸다.

"이제 당신네 잔당은 고작 두 명뿐. 지금까지의 제 동향을 안 걸 보면 아마 지금도 남은 한 명이 저와 당신을 어딘가에서 감시하겠죠. 그렇다면…… 본보기를 보여 주는 게 좋겠군요."

가늘어졌던 질베르의 눈이 천천히 커졌다. 그와 동시에 남자가 말이 나오지 않는지 "크윽…… 아악!" 하는 목소리를 내기 시작했다.

"사랑하는 아내와 딸과 맞바꾸자고 하면 제가 명령을 들을 줄 알았나요? 하하……. 부끄러운 줄 모르고 잘도 그렇게 안이한 생각을 했군요."

질베르는 숨이 안 쉬어져서 산소를 갈구하는 남자의 목을 붙잡은 채 천천히 들어 올렸다. 남자는 공중에 다리가 떠올라 버둥거렸지만, 질베르에게는 전혀 영향이 없었다.

"다 압니다. 초조한 거죠? 사람이 줄고 무기도 잃었는데 라지야는 두렵고 코페란디 왕국이 압박까지 하니까요. 그런데 멀리 떨어진 땅에서 연락할 수단도 잃고, 현재 상황도 파악하지 못한 채 성과를 전혀 이루지 못하고 그저 시간만 흘렀겠죠."

절대로 목소리를 높이지 않고 이야기하는 질베르에게서 소리를 지르는 것 이상의 분노가 넘쳐흘렀다. 남자는 서서히 발버둥 치는 것도 잊고 죽지 않으려 필사적으로 변했다. 지금은 질베르의 말조차 머릿속에 들어오지 않았다.

"아아…… 참으로 하찮군요."

어딘가 황홀한 듯한 말투가 고막에 기분 나쁘게 꽂혔다. 남자가 필사적으로 노려보자, 질베르는 입가만 미소 짓고 날카로운 눈을 무서울 만큼 번뜩이며 빛냈다.

"다른 한 명의 동료가 어디서 보고 있을지는 모르겠지만, 이것만은 당신에게도 가르쳐 드리죠."

남자가 드디어 죽겠구나 생각한 순간, 목을 조른 손의 힘이 약해졌다. 목과 손 사이에 공간이 생겨 필사적으로 산소를 들이마셨다. 남자가 허억, 크헉 하고 손안에서 몸부림 치는 와중에도 질베르는 계속해서 말을 이었다.

"지금 저의 행복은 모두 어느 분께 받은 것입니다. 설령 코페란디 왕국 전체…… 아니, 이 세상 모든 것을 준다 해도 부족할 정도로 큰 은혜죠."

질베르가 남자의 반응을 맛보며 즐기듯이 다시 목을 졸랐다. 남자가 발버둥 치는 척하며 품속의 총에 손을 뻗자마자 질베르의 빈 다른 쪽 손이 총과 함께 그의 손을 으스러뜨렸다. 또다시 "끄아아악!" 하는 비명이 울렸다.

"아시는 바와 같이, 제 사랑은 사랑스러운 아내와 아이의 것입니다. 하지만…… 이 목숨과 인생은 각각 다른 것에 바쳤거든요."

남자의 비명이 격해지자, 질베르는 목소리가 멀리 퍼지면 곤란하니 목을 조르는 손에 가볍게 힘을 한 번 주었다. 입마개라도 한 듯이 남자에게서 비명이 사라졌다.

"저는 그날 받은 구원과 맞바꿔 이 자리에 있으니까요."

마침내 남자의 의식이 사라져 팔다리가 힘없이 늘어지고 나서야 질베르는 작게 숨을 토해 냈다. 가벼운 몸짓으로 남자를 땅바닥에 내던진 후 몸부림치던 남자의 침으로 더러워진 손을 닦았다.

"하아……. 이런 걸 저희 집 부지 안으로 들이고 싶지는 않은데요."

질베르는 어쩔 수 없다며 한숨을 내쉬고 남자를 둘러멨다. 그대로 천천히 걸어 저택 안에서 처음으로 위병과 만났다. 둘러멘 남자를 보고 위병의 눈이 동그래졌지만, 질베르는 개의치 않고 "오늘도 수고하십니다." 하고 인사했다.

"죄송하지만 통신병에게 연락 좀 부탁드립니다. 코페란디의 침입자를 붙잡았거든요."

질베르가 우아하게 웃으며 말하자, 위병은 서둘러 저택 안으로 뛰어 들어갔다.

코페란디 왕국에서 침입자가 올 가능성을 생각한 질베르는 이미 자신의 저택에 통신병…… 통신 특수 능력을 지닌 '위병'을 한 명 배치했다. 베스트 섭정은 위병이 아니라 기사를 파견하라고 했지만 거절했다. 질베르는 본인이 아무리 재상이라지만 왕족도 아닌 자신을 특별 대우할 여유가 있으면 그만큼 성 바깥의 방위 경비에 파견해야 한다고 생각했다. 성이나 기사단과 통신할 수 있는 통신병을 한 명 파견한 것만으로도 충분하고도 남는다. 그의 저택에는 신뢰할 만한 위병이 예전부터 상주하고 있으니까.

그로부터 한 시간도 지나지 않아 성에서 말을 타고 달려온 기사단이 남자를 연행해 갔다. 신문하면 마지막 한 사람이 붙잡히는 것도 시간문제일 듯했다. 고작 한 명이서 할 수 있는 일에는 한계가 있다. 기사단은 내일이면 출국한다. 그러면 설령 프리지아 왕국에서 무슨 짓을 저지른다 해도 전황에는 무의미하다. 기사단의 발을 묶는다는 목적을 이루지 못하면 남은 수는 자멸하거나 도주하는 것 정도다.

──절대로 그렇게 간단히 빼앗기지 않을 것이다. 그리고 이번에야말로 흔들리지 않을 것이다.

"다녀왔어, 마리아. 소란스럽게 해서 미안해……."

재상은 진심 어린 미소를 지으며 저택으로 들어갔다. 마음씨 착한 아내가 걱정했다며 웃으며 그를 맞았고, 통신병의 연락 때문에 잠에서 깬 딸이 눈을 비비며 침대에서 빠져나와 아버지의 귀가에 대고 함박웃음을 지었다.

"아버지……!"

질베르는 자기 딸을 끌어안고서 아내를 닮은 부드러운 눈빛을 받고 무의식적으로 입가가 풀어졌다. 그는 자신을 감싼 행복을 피부로 느끼며 아내와 딸에게 내일부터 있을 '원정' 이야기를 전했다.

걱정스러운 듯이 눈썹을 늘어뜨리는 아내의 머리를 쓰다듬고, 며칠 동안 만나지 못하다는 사실에 쓸쓸한 듯이 어깨를 움츠리는 딸에게 돌아오면 맛있는 거라도 먹으러 가자고 약속했다.

제3장 악덕 왕녀와 하나즈오 연합왕국

하나즈오 연합왕국의 서시스 왕국. 우리 나라 기사단의 선행 부대가 특수 능력을 써서 활약한 덕분에 왕족의 마차로 10일이 걸리는 거리를 예상대로 3일 만에 도착했다.

닫힌 문 앞에서 위병에게 말을 걸자, 이미 이야기가 전달됐는지 바로 안으로 통과됐다. 성 바깥을 걸어가니 서시스 왕국 국민들이 눈을 동그랗게 뜨고 말을 탄 우리 군대를 올려다보았다. 가끔 작은 목소리로 "저게 프리지아……?!" "분명 왕녀인……." "세드릭 님이 말씀하셨어."라는 대화가 들려오는 걸 보니 아무래도 우리가 오기 전에 세드릭이나 랜스 국왕이 국민에게도 이야기를 널리 퍼뜨린 모양이었다. 약간 무서워하는 것 같기는 하지만 프리지아는 특수 능력자의 나라다 보니 익숙한 일이다.

우리는 서시스 왕국에 도착하기 몇 킬로미터 전까지 특수 능력을 사용한 이동 수단으로 전진했지만 지금은 일반적인 말과 마차로 이동하고 있다. 나도 지금은 한 나라의 대표답게 말 위에 앉아 기사단을 이끈다. 티아라와 질베르 재상은 마차 안에 있지만, 보좌인 스테일은 내 뒤를 따라오는 형태로 똑같이 말을 타고 이동하고 있다.

"예전에 왔을 때와 비교해 국민의 모습이 크게 다르지 않네요……."

스테일이 등 뒤에서 목소리를 죽이고 알려 주었다. 지금 그는 왕족의 옷차림이 아니었다. 평소의 단정한 차림새가 아니라 갑옷을 껴입고 새까만 단복을 걸친 모습은 도수 없는 안경과 잘 어울려서 무척 남자다웠다. 원정과 방위전을 위해 맞춘 정식 전투복이다. 물론 정확히 말하자면 나와 스테일의 단복은 내전속 시녀 롯테와 마리가 직접 만든 거지만. 매번 만들고 개량하기를 반복하는 사이에 기사단의 전투복과 품질이 거의 차이가 없을 정도로 발전해서 급히 정식으로 사용하게 되었다.

나는 여성용 갑옷이라서 구조가 살짝 다르지만 대부분은 다른 기사들 것과 똑같다. 진홍색 단복이 얼마 없는 여성스러움을 연출한다……고 생각하고 싶다. 길고 붉은 웨이브 머리가 방해돼서 하나로 높게 묶은 탓에 여성스러움이 더더욱 옅어졌으니까.

성에서 마련한 정식 단복도 있었지만, 나는 이쪽이 더 편했고 어머님도 입는 걸 허가하셨다. 어째서 이런 옷이 있는지 얼버무리느라 힘들었지만…….

마차 안에 있는 티아라만이 왕족의 하얀 정식 단복을 입고 있다. 금발의 티아라에게 아주 잘 어울리고 귀여웠다. 나와 마찬가지로 긴 머리를 하나로 묶어 늠름함도 늘었다. 같은 머리 모양인데 여성스러움에 차이가 나서 슬프다.

"프리지아 왕국, 프라이드 로열 아이비입니다! 동맹국으로서 하나즈오 연합왕국의 원군으로 왔습니다!"

서시스 왕국의 최남단에 있는 성 앞에 도착했다. 위병만이 아니라 성안에 있을 랜스 국왕과 세드릭에게도 들리도록 우렁차게 선언했다. 서시스 왕성 자체는 프리지아 왕성처럼 과도하게 크지 않고 오히려 아담한 모양새였다. 이미 한 번 동맹 체결을 위해 방문한 적이 있는 스테일이 동 자체도 오래된 남동과 북동과 중앙, 세 동으로 나뉘었다고 알려 주었다. 게임 제작자의 설정이 지나치게 과한 거대 요새 뺨치는 프리지아 왕성과는 달리, 그림책에 나올 법한 귀여운 성이었다. 성 앞을 지키던 위병이 당황하며 성안으로 뛰어 들어갔다. 잠시 기다리며 성을 올려다보고 있으니 성안에서 "프라이드?!" 하는 목소리가 들려왔다. 세드릭이었다.

"약속대로 왔어, 세드릭."

성의 창문으로 이쪽을 내려다보는 세드릭을 올려다봤다. 멀어서 표정까지는 잘 안 보이지만, 그의 시선은 분명히 나를 향해 있었다. 어째선지 우리에게 대답도 하지 않고 굳어 있던 세드릭은 천천히 창문에서 물러났다. 우리가 있는 곳까지 내려오려는 걸까? 세드릭이 뒤를 돌아본 순간, 그의 금발이 잠깐 창문 밖으로 슬쩍 삐져나왔다.

성 앞을 지키던 위병이 우리를 성안으로 안내했다. "국왕 폐하께서 기다리십니다." 하고 약간 익숙하지 않은 모습으로 우리와 대군의 기사들을 맞이했다.

"프라이드……!"

말에서 내려 성 내부에서 알현실까지 안내받는 도중에 세드릭이 숨을 조금 헐떡이며 험악한 표정으로 우리에게 달려왔다. 그가 달릴 때마다 장신구가 또 짤랑거리는 소리를 냈다. 아서에게 준 반지가 있던 곳에는 새로운 반지가 끼워져 있었다. 모처럼 원군을 데리고 왔는데도 불구하고 전혀 안심한 표정이 아닌 걸 보니 무슨 일이 생긴 모양이었다.

"세드릭, 무슨 일 있어?"

세드릭이 눈앞까지 오자 내 뒤에 근위기사 아서와 칼럼 대장, 좌우에 티아라와 스테일이 다가와 섰다. 어째선지 일부 사람들에게서는 아직도 세드릭에 대한 적의가 느껴졌다.

세드릭은 내 질문에 잠시 입을 굳게 다물더니 눈살을 찌푸리고 고개를 돌렸다. 이제 랜스 국왕과 만날 텐데 지금 이야기해도 되는지 고민하는 듯했다. 하지만 몇 초 뒤에 무겁게 입을 열었다.

"형…… 차이넨시스 왕국의 요안 국왕이…… 우리 나라의 지원을 받기는커녕 국경을 완전히 봉쇄해 버렸어……!"

세드릭의 단정한 표정이 더욱 험악하게 사나워졌다. 괴로운 듯이 흘러나온 그 말에 나는 할 말을 잃었다. 이 낯익은 전개에 마치 게임이 엄청난 기세로 스킵되는 듯한 감각에 휩싸였다.

"서시스 왕국 국왕, 랜스 실버 로웰이라고 합니다. 처음 뵙겠습니다. 프라이드 로열 아이비 제1왕녀 전하."

알현실에서 랜스 국왕이 왕좌에 앉아 우리를 맞았다. 그는

'처음' 이라고 말하면서도 분명한 의미가 담긴 눈빛으로 나와 스테일을 바라보았다.

"처음 뵙겠습니다, 국왕 폐하. 프라이드 로열 아이비라고 합니다. 뵙게 되어 영광입니다. 급병이라고 들었는데 몸은 어떠신지요⋯⋯."

나도 그에 응하듯이 일부러 모르는 척하며 대답했다. 랜스 국왕은 조금 부드러운 눈빛으로 "문제없습니다. 그때는 정말 실례했습니다."라고 답변했다. 몸은 왕족 의상에 가려져 있지만 볼이 야위지 않은 걸 보니 정말 괜찮은 듯했다. 애초에 체격이 무척 좋은 사람이었으니 몸은 튼튼한 편이겠지. 저번의 모습이 거짓말이었던 것처럼 국왕답게 금 장신구와 망토를 두른 그는 머리끝부터 발끝까지 왕의 품격을 내뿜었다.

서로 소개를 마친 뒤, 드디어 본론으로 들어갔다. 랜스 국왕이 차이넨시스 왕국의 국경 봉쇄에 관한 자세한 이야기를 시작했다.

"제가 병상에서 일어난 다음 날 아침의 일이었습니다⋯⋯."

무겁게 입을 연 랜스 국왕의 이야기에 따르면, 그들은 아침 일찍 곧장 차이넨시스 왕국으로 가려고 했다고 한다. 원래 서시스 왕국과 차이넨시스 왕국은 인접한 나라이고 규모가 작아서, 왕도 간의 거리가 마을과 이웃 마을 사이 정도의 느낌인 듯했다. 문화 차이가 심하고 거리가 가까워서 서로 국토를 쟁탈하려 하거나 분쟁이 많았지만 연합왕국이 된 뒤로는 2대 도시로서 이름을 떨친 모양이다.

랜스 국왕이 세드릭과 함께 차이넨시스 왕국으로 떠났을 때는 이미 국경으로 이어지는 길에 높은 벽이 세워져 있었다고 한다. 차이넨시스 왕국이 외부와 완전히 단절한 것이었다…….

근처에 사는 주민 말로는 동맹이 파기된 직후부터 곧장 차이넨시스 왕국 측에서 강행 공사를 시작한 모양이었다. 랜스 국왕이 놀라 바로 벽을 넘으려 했으나 근처 주민이 말렸다. 공사가 시작된 직후에 서시스 왕국 주민 몇 명이 벽을 넘으려 한 순간, 벽 너머에 있는 위병이 위협 사격을 했다고 한다.

'동맹을 파기한 지금, 우리 나라와 서시스 왕국은 적이다! 누구 하나 통과시키지 말라고 국왕님께서 명령하셨다! 국경을 넘는 자는 설령 왕족이라도 용서하지 않겠다!'

모든 위병이 그렇게 선언한 모양이었다. 만에 하나 무리하게 국경을 넘으려다가 정말로 부상자가 생기거나 항쟁이 일어나면 동맹 복구는커녕 긴장 상태에 불이 붙고 만다. 그 때문에 랜스 국왕과 세드릭은 무리하게 국경을 넘을 수 없었다. 서신을 던지고, 랜스 국왕이 완치된 사실을 벽 너머로 호소해도 반응이 없었고, 그대로 고착 상태가 계속되고 있다. 나와 하나즈오 연합왕국 내 사정을 자세히 모르는 스테일과 다른 사람들 모두가 알 수 있었다. 차이넨시스 왕국은 자신들만 희생될 셈이라는 걸.

코페란디 왕국에 전면 항복한 데다가 침공당해도 인접한 서시스 왕국에는 피해가 가지 않게 철저하게 단절할 것을 결의했다. 전부 서시스 왕국을 지키기 위해서였다.

나는 잠시 랜스 국왕에게서 바닥으로 시선을 떨어뜨렸다. 게임이 시작될 때도 분명 차이넨시스 왕국은 국경에 벽을 세운 상태였다. 하지만 그것과 이번 일은 이유가 전혀 달랐다. 심지어 벽을 세운 건 침략을 받은 뒤에 일어난 일이었다.

"그래서 국왕 폐하께서는 어떻게 할 생각이신지요……."

내가 한동안 이어지던 침묵을 깼다. 대답에 따라서 우리는 아무것도 못 하게 될 수도 있다. 우리 프리지아 왕국이 동맹을 맺은 나라는 현시점에서는 서시스 왕국뿐이니까. 내가 "벌써 단념하실 생각이신지요." 하고 목소리를 억누르며 신중하게 묻자, 랜스 국왕은 격하게 고개를 젓고 이마를 부여잡았다.

"국경은 막혔지만 코페란디 왕국이 침공해 올 방향은 대강 예측했습니다. 국외로 돌아가서 경계 지대에 병사를 배치할까 생각 중입니다. 다만 그 경우에는 차이넨시스 왕국의 지원은 기대할 수 없겠지요. 요안 국왕도…… 차이넨시스 왕국 국민도 항복 의사를 굳혔으니까요."

다시 말해 지원하러 온 우리와 서시스 왕국의 세력만으로 코페란디 왕국과 그 외 두 나라와 맞부딪쳐야 한다는 뜻이다. 확실히 이 상황에서 차이넨시스를 구하려면 그 방법밖에 없겠지. 하지만 본인들이 각오했는데 우리가 끼어들어서 소란을 피우면, 그건 완전히 우리 쪽의 자기만족일 뿐이다. 에고라고도 할수 있다……. 최악의 경우, 우리가 소란을 피운 탓에 차이넨시스 왕국이 저항한다고 여겨서 속주로 만들 가능성도 있다.

"폐하께서는…… 그게 차이넨시스 왕국의 뜻을 거스른다는 걸 알고도 결단하신 건가요."

조금 무례한 말투인 걸 알면서도 거듭 질문했다. 그래도 이건 꼭 물어야 한다. 우리는 어디까지나 서시스 왕국을 위해서 여기까지 온 거니까.

랜스 국왕은 조용하게 깊이 고개를 끄덕였다.

"저희 나라…… 하나즈오 연합왕국은 오랫동안 폐쇄된 채, 넓은 세계 속의 작은 울타리 안에서 함께 살아왔습니다. 차이넨시스 왕국이 저희를 감싸듯이…… 저희 국민에게도 차이넨시스 왕국에 소중한 사람이 몇 명이나 있습니다."

랜스 국왕이 성에 매일같이 차이넨시스 왕국을 구하고 싶다고 따지러 오는 국민이 끊이지 않는다고 알려 주었다. 그 말에 세드릭과 섭정, 재상, 주위의 위병들까지 고개를 끄덕였다. 분명 그중에는 그들의 소중한 사람…… 가족이나 연인, 친구가 있겠지. 하나의 나라처럼 살아온 두 나라는 그만큼 밀접했으니까.

"버리다니…… 가능할 리가 없잖습니까."

랜스 국왕이 눈을 내리깔고 무겁게 뱉은 말이 넓은 방 안에 작게 울려 퍼졌다. 생각에 잠긴 그의 시선이 갈 곳을 잃고 바닥으로 떨어졌다. 세드릭에게 눈길을 살짝 돌리니, 역시 말이 안 나오는지 이를 악물고 반지가 파고들 정도로 세게 움켜쥔 주먹을 떨고 있었다. 가신과 위병 모두 심각한 표정으로 차이넨시스 왕국의 국민을 걱정하듯이 입술을 깨물고 있었다. 나는 그 모습을 보고…… 진심으로 안도했다.

"알겠습니다……. 폐하의 의사를 들어서 다행이에요."

나는 "몇 번이나 실례되는 말을 해서 죄송합니다." 하고 사죄하면서도 이어질 말을 하기 위해 힘껏 가슴을 펴고 숨을 들이쉬었다. 그렇다면 나도 망설일 필요가 없다.

시간이 없다. 내일이면 차이넨시스 왕국은 전장이 될 테니까.

"그럼 지금 당장 제가 차이넨시스 왕국에 가서 국왕님과 직접 담판을 짓겠습니다."

내 말이 울려 퍼짐과 동시에 랜스 국왕이 "뭣……?!" 하고 눈을 부릅떴다. 그리고 고민하듯이 움츠러들었던 어깨를 젖히고 몸을 숙이며 나를 쳐다보았다. 랜스 국왕뿐만 아니라 세드릭에 섭정에 재상, 위병들마저 귀를 의심하듯이 시선을 집중시켰다.

"차이넨시스 왕국의 국왕님이 설령 저희의 지원을 거부한다 해도, 최소한 저희 군대와 랜스 국왕님의 쾌차에 관해서는 전해야 합니다. 저희가 국경을 넘어 요안 국왕님과 직접 담판하러 가겠어요."

"마음은 감사합니다만…… 프리지아 왕국의 제1왕녀인 프라이드 전하, 당신에게 무슨 일이라도 생기면……!"

랜스 국왕의 목소리가 처음으로 동요로 떨렸다. 나는 그들을 안심시키려고 일부러 미소를 지었다.

"걱정해 주셔서 감사합니다. 하지만 문제없어요."

최종보스 프라이드의 전투 능력만 있으면 설령 위협사격이 아니라 진짜 사격받는다 해도 피하거나 받아칠 수 있다. 스테일의 순간이동 능력만 있으면 좌표를 확인하는 대로 벽을 넘어서 차이넨시스 왕국 안으로 침입할 수도 있다. 하지만 그럴 필요도 없다.

"지금 이 자리에는 우리 나라가 자랑하는 우수한 기사단이 있으니까요."

나는 미소를 지우지 않고 내 뒤에 서 있는 기사들과 기사단장을 손으로 가리켰다. 영문을 모르겠다는 표정의 세드릭 일행을 뒤로하고 기사단장을 돌아보았다. 웃으며 "어떠신가요?" 하고 묻자 기사단장에게서 진지한 눈빛과 동시에 망설임 없는 대답이 돌아왔다.

"임무는 국경을 가로막은 벽 공략. 차이넨시스 왕국 국민은 물론이고 '서로에게 한 명의 사상자도 내지 않고' 프라이드 제1왕녀 전하를 성까지 모시는 것. 맞습니까?"

전혀 문제없다고 말하는 듯한 기사단장의 반응에 랜스 국왕의 눈이 동그래졌다. 내가 "가능한가요?" 하고 확인하자 기사단장은 주저 없이 "지금 당장에라도 가능합니다." 하고 즉답했다. 스테일과 질베르 재상, 티아라도 그다지 놀라는 기색 없이 나와 기사단장의 대화를 지켜보았다.

"국왕 폐하, 부디 저희에게 맡겨 주세요. 반드시 서시스 왕국의 마음을 전달해 보이겠습니다."

나는 제1왕녀로서, 무엇보다 그들을 원호하기 위해 이 땅을 방문한 자들 중 한 명으로서 단복을 나부끼며 크게 허리를 숙였다.

나는 안다. 차이넨시스 왕국은 식민지가 되기를 전혀 바라지 않는다는 것을. 국왕 요안에게 아직 말을 전할 수 있으리라는 것을. 우리 기사단이라면 충분히 가능하다는 것을. 그리고…….

말만 전하면 차이넨시스 왕국은 반드시 일어서리라는 것을.

"이곳이 차이넨시스 왕성과 가장 가까운 길인가요?"

나는 소개받은 곳을 올려다보며 랜스 국왕에게 확인받았다.

"예, 지금은 이렇게 벽이 세워져서 완전히 봉쇄됐습니다만."

제일 먼저 섭정이 고개를 끄덕이며 대답했다. 올려다보니 어른이 목말을 해도 닿지 않을 정도로 높았고, 무엇보다 벽이 끝없이 넓게 옆으로 펼쳐져 있었다. 단순하게 기어 올라가는 것도 상당한 노력이 필요할 듯했다.

"요안 녀석, 여전히 일처리가 빠르군."

팔짱을 끼며 약간 짜증스럽게 중얼거린 랜스 국왕은 그 말과는 반대로 고민에 잠긴 듯이 표정이 흔들렸다. 섭정의 이야기에 따르면 요안 국왕이 동맹 파기를 선언한 건 랜스 국왕이 쓰러진 지 겨우 이틀 뒤였다고 한다. 그들이 마지막으로 들은 요안 국왕의 말은 '서시스 왕국에 신의 축복이 있기를.' 이라는 너무나도 다정한 말이었다. 아마 랜스 국왕은 자신 때문에 요안 국왕이 벽을 세울 만큼 궁지에 몰렸다고 생각할 것이다.

나는 다시 한번 벽을 올려다보며 게임의 설정을 떠올렸다.

차이넨시스 왕국, 그 나라의 국왕 요안. 공략 대상 세드릭에게는 랜스와 맞먹을 만큼 소중한 형과 같은 존재였다. 세드릭은 요안과 그의 나라를 구하기 위해 프리지아 왕국에 혼자서 원군을 요청하러 갔다. 그러나 프라이드의 배신으로 차이넨시스 왕국은 그 역사에 막을 내리고 말았다.

"그럼 프라이드 님. 프라이드 님만 저희 기사단과 동행하는 걸로 해도 괜찮겠습니까?"

기사단장이 기사들에게 지시를 내리며 나에게 확인했다. 그러자 내가 대답하기도 전에 먼저 스테일이 한 걸음 앞으로 나왔다.

"누님이 간다면 보좌인 저도 당연히 갈 겁니다."

스테일이 "질베르 재상은 이쪽에서 기다려 주시겠습니까?" 하고 정중한 말투로 물었고, 질베르 재상은 우아하게 웃으며 승낙했다. 그렇다면 가는 사람은 나와 스테일, 그리고…….

"세드릭. 넌 어떡할래?"

내가 뒤를 돌아보며 말을 걸었다. 세드릭은 내가 화제를 돌릴 줄 몰랐는지 눈이 동그래져서 목소리가 나오지 않는 것처럼 잠시 입을 벌린 채 굳었다가 말을 꺼냈다.

"나도…… 가고 싶어."

세드릭은 마치 아프기라도 한 듯이 자신의 손목을 팔찌와 함께 붙잡고서 침을 삼켰다. 하지만 그 눈동자만은 확실한 의지를 불태우며 나를 바라보았다.

세드릭의 발언에 랜스 국왕은 제지하려고 순간 입을 크게 벌렸으나…… 그 입에서는 아무런 말도 나오지 않았다. 그 대신 국왕은 내 쪽을 보며 나에게 대답을 맡기듯이 기다렸다.

"어떠세요…… 기사단장님."

나는 전체 지휘를 담당하는 기사단장에게 확인받았다. 기사단장이 "문제는 없습니다만."이라고 짧게 대답해서 다시 한번 세드릭에게 시선을 돌렸다.

"프리지아 왕국에만 맡길 수는 없어. 프라이드 제1왕녀 전하, 스테일 제1왕자 전하가 가겠다면 나도 같이 가겠어. 성까지 길 안내도 내가 할게. 직접…… 형…… 요안 국왕과도 이야기를 나누고 싶어."

각오를 다진 듯한 말이었다. '가고 싶다'가 아니라 '가야만 한다'는 의지가 확실히 느껴졌다. 내가 고개를 끄덕이며 알겠다고 말하자, 세드릭은 작게 숨을 토해 내며 어깨에서 힘을 뺐다. 그리고 긴장한 표정으로 고맙다고 감사 인사를 했다.

"그럼 저……저도 갈래요!"

이번에는 티아라까지 나섰다. 도대체 무슨 일이지? 스테일이 가겠다고 했을 때는 그냥 배웅할 느낌이었는데. 지금은 살짝 당황했는지 앞으로 나와서 몸은 나와 기사단장 쪽으로 돌리고 눈으로는 세드릭 쪽을 뚫어져라 보고 있었다. 한순간 설마 세드릭 루트에 돌입했나?! 하는 생각이 들었지만, 그 눈빛에는 완전히 적의가 담겼다. 쫓아가고 싶을 정도로 경계하는 모양이다.

기사단장도 이 모습에 약간 놀란 표정을 지었다. 세드릭보다 티아라가 나선 게 더 예상 밖인 듯했다. 티아라는 입술을 깨물고 내 옆으로 다가오더니 나와 기사단장에게 "부탁드립니다!"하고 소리 높여 말했다. 스테일이 입만 움직여서 "티아라, 그렇게까지 걱정할 필요는······." 하고 속삭였지만, 티아라는 고개를 저었다.

내가 말없이 티아라도 괜찮겠냐는 뜻으로 기사단장 쪽을 보자, 그는 마찬가지로 "가능하긴 합니다." 하고 고개를 숙였다. 오히려 내가 고개를 숙이고 싶었다······. 사람 수가 많이 늘어나고 말았다.

"그럼······ 저희 네 사람을 차이넨시스 왕국 국왕이 있는 곳까지 경호해 주세요. 그동안 저희는 기사들을 따를게요."

"괜찮지?" 하고 스테일, 세드릭, 티아라에게 확인을 받았다. 셋 다 고개를 끄덕였다. 그 모습을 본 기사단장도 승낙의 뜻을 담아 고개를 끄덕였다. 기사단장이 알겠다고 하며 인사하고는 드디어 기사들에게 지령을 내렸다. 맨 처음 앞에 나온 건 각 부대에서 특정한 특수 능력을 지닌 기사들이었다.

기사들이 각자 긴 로프 끝을 끌어안고 벽 앞에 섰다. 그리고 기사단장의 호령이 들린 순간, 단숨에 벽을 달려 올라갔다. 애매하게 굴곡진 벽을 어려움 없이 밟으며 무기를 꽂아 넣지도 않고 갑옷을 껴입은 몸으로 간단히 올라갔다. 옷차림이 가벼운 국민이라면 몰라도, 무거운 차림새를 한 기사들이 쉽게 벽을 오르는 모습에 세드릭이 "벽 타기가 이 사람들의 특수 능력인가······?" 하고 벌어진 입으로 중얼거렸다. 그 모습에 기사단장이 "아뇨, 이건 기사단 전원의 능력입니다." 하고 진지하게 즉답하는 바람에 그만 웃음이 나오고 말았다. 뭐, 벽 타기 특수 능력자도 분명히 있었던 것 같긴 하지만.

그렇게 모든 기사가 벽 위까지 올라갔을 때였다. 벽 너머에서 "누구냐?!" "벽을 오르지 마라!" "서시스 왕국으로 돌아가라!" "돌아가지 않으면 쏘겠다!" 하고 당황한 듯한 목소리가 들려왔다. 그와 동시에 위협하듯이 총성이 울렸다.

랜스 국왕과 세드릭, 섭정들도 이에 숨을 삼키고 "저래서는 언젠가 맞고 말 거야." 하고 걱정스럽게 목소리를 높였다. 하지만 그럴 걱정은 없다. 그들은 모두 총격 무효화 특수 능력자니까. 설령 갑옷을 입지 않았어도 총기 공격으로는 그 몸에 상처를 입힐 수 없다.

벽을 오른 기사들은 서시스 왕국 측 기사들이 로프 끝을 붙잡은 걸 확인하고 차이넨시스 쪽으로 강하했다. 벽을 지키던 차이넨시스 위병들은 발포까지 했는데 이쪽으로 뛰어내릴 줄은 몰랐던 모양이다. 오히려 벽 너머에서 놀라는 비명이 들려왔다. 몇 번이나 총성이 울렸고, 머지않아 그쳤다. 아무래도 벽 너머의 위병들을 모두 제압한 듯했다.

그들이 벽 너머로 로프를 몇 번 잡아당기며 신호를 보냈다. 로프 끝을 붙잡고 있던 기사들이 거의 동시에 "안전이 확인됐습니다." 하고 기사단장에게 보고했다. 그 말을 들은 기사단장이 "9번대, 앞으로." 하고 지시를 내렸다. 앞으로 나온 건 은폐 쪽으로 특화된 부대인 9번대였다. 먼저 기사 몇 명이 앞으로 나와서 벽의 로프를 붙잡더니 사라졌다.

그들만이 아니라, 그들이 붙잡았던 로프와 로프의 끝을 누르고 있던 기사들까지 통째로 사라졌다. 마치 스테일이 순간이동을 쓴 것처럼 순식간에 사라져서, 세드릭 일행이 다시 놀라 소리를 질렀다.

"투명화 특수 능력입니다. 기사들과 로프는 제대로 이곳에 있으니 안심하십시오."

질베르 재상이 우아하게 웃으며 설명했다. 더는 뭐라 반응해야 할지도 모르겠다는 듯이 입을 벌리고 있던 랜스 국왕이 입가를 손으로 가리듯이 덮고 고개를 한 번 끄덕였다.

투명화 특수 능력은 자신과 자신이 만진 물체와 그 물체에 닿은 것까지 모두 투명하게 만들 수 있다. 지금은 그들이 능력을 사용하고 로프를 붙잡아서 로프를 잡은 기사와 벽 너머에 있는 기사들까지 모두 모습이 안 보였다.

그들이 사라진 뒤, 로프 끝을 붙잡은 기사들이 있던 곳에서 의외로 금세 "전원 벽 위에 도착 완료했습니다!"라는 목소리가 들려왔다. 투명화 특수 능력자 모두가 벽 위로 올라간 듯했다.

아무것도 없는 곳에서 갑자기 목소리가 들려오자 세드릭이 어깨를 떨었다. 기사들이 있을 것으로 추정되는 곳을 뚫어져라 쳐다보았지만, 당연히 보일 리가 없다.

"그럼 프라이드 님, 스테일 님, 티아라 님, 세드릭 제2왕자 전하. 준비는 되셨습니까."

기사단장이 우리에게 확인을 받는 동안 9번대 기사대장이 각 기사에게 지시를 내렸다. 뒤이어 기사들이 각자 로프 끝에 있던 곳에 서서 대기했다.

나와 스테일, 티아라, 세드릭은 기사가 한 명씩 순서대로 로프로 올려 주기로 했다. 일단 맨 먼저 스테일이 로프 끝을 붙잡고 기사와 함께 사라졌다. 한순간 순간이동을 썼나 했지만 보이지 않는 곳에서 "먼저 실례하겠습니다, 누님, 티아라, 세드릭 제2왕자 전하." 하는 목소리가 들려왔다. 모습은 안 보였지만 끼익…… 하고 로프를 당기는 소리가 나서, 지금 한창 오르는 중임을 알 수 있었다. 기사 혼자 오르는 게 아니라 스테일을 보조하면서 오르는 거라 그런지 시간은 조금 걸렸지만 그래도 의외로 금방 다음 신호가 돌아왔다.

다음 차례는 티아라였다. 티아라는 나에게 인사하고 기사와 함께 모습을 감췄다. 그 직후에 "실례하겠습니다."라는 기사의 목소리와 동시에 로프를 당기는 소리가 났다. 아마 기사가 티아라를 안고 오르고 있을 것이다. 어려움 없이 올라갔는지, 혼자서 오를 때와 비슷한 시간이 지나고 신호가 돌아왔다.

"그럼, 프라이드 님."

다음은 나였다. 나에게 붙은 9번대 기사가 긴장했는지 약간 굳은 표정으로 얼굴 근육을 움찔거렸다. 분명 케네스 대장……이던가. 확실히 내가 티아라보다 더 무거우니 압박감이 조금 느껴질지도 모른다. 잘 부탁한다고 말을 걸자, 그는 벌벌 떨며 맡겨 달라고 대답했다.

로프를 붙잡기 전에 랜스 국왕과 질베르 재상에게 인사하고 세드릭을 보았다. 나를 계속 주시하던 그와 곧장 시선이 마주쳤다. 내가 노려보았다고 착각했는지 그의 어깨가 순간 떨렸다.

"세드릭, 기다릴게."

내가 짧게 전하자, 세드릭은 고개를 작게 두 번 끄덕였다. 시선을 로프가 있는 쪽으로 돌린 나는 손을 뻗었다.

딱딱한 감촉이 손끝에 닿았고, 그것을 붙잡은 순간 아까까지는 안 보이던 로프가 또렷하게 시야에 비쳤다. 벽 위를 올려다보니 로프를 붙잡은 기사가 이쪽을 향해 손을 흔드는 모습이 보였다. 두 번째로 올라간 투명화 능력자 기사다. 함께 투명화한 자들끼리는 서로의 모습이 보이는 모양이다. 투명화한 다른 능력자의 모습은 여전히 안 보이지만.

케네스 대장이 바로 나를 안으려 했지만 그전에 내 힘으로 살짝만 올라가기로 했다. 스테일은 처음부터 스스로 올라가려 했으니, 나도 시도하고 싶었다. 로프를 붙잡고 벽에 발을 걸쳤다. 등 뒤에 붙은 케네스 대장이 오르는 법을 설명하며 걱정스러운지 내 등을 받쳤다. 그대로 팔에 힘을 주고 벽을 향해 발을 내디뎌 단숨에! ……오를 수 없었다. 갑옷을 낀 손에서 로프가 주르륵 미끄러졌고 발을 걸쳤다기보다는 그저 벽에 발을 붙인 상태로 더 이상 오르지 못하고 팔만 부들거렸다.

최종보스 프라이드의 약점인 약한 힘. 그러고 보니 프라이드가 높은 곳에서 뛰어내리는 장면은 있어도 로프로 벽을 오르는 장면은 전혀 없었다. 여왕인 프라이드가 그런 짓을 할 필요는 없으니 당연한 이야기지만. 하지만 강철도 베는 프라이드가 로프 하나도 못 오르다니.

"죄송합니다……. 부탁드릴게요."

너무 부끄러운 나머지 아무에게도 들리지 않게 목소리를 죽이고 부탁했다. 케네스 대장은 어이없어하는 기색도 없이 알 겠다고 대답하며 한 팔로 나를 번쩍 들어 올렸다. 떨어지지 않게 내가 그의 목에 양팔을 두르자, 나를 끌어안은 왼팔과 자유로운 오른팔로 가볍고 능숙하게 벽을 올랐다. 아무리 여자라지만 갑옷을 입은 사람을 가볍게 안아 드는 기사의 힘에 나도 모르게 "역시 대단하네요." 하고 감탄의 목소리를 흘리고 말았다. 그 순간…… 케네스 대장의 안색이 또 빨개졌다. 내가 말을 건 탓에 안고 있는 것의 무게를 깨달았는지도 모른다. 왠지 조금 미안했다.

그래도 케네스 대장은 순조롭게 벽을 넘어, 내려갈 때도 벽면을 가볍게 밟으며 몇 걸음 만에 지면에 착지했다. 아마 뛰어내리는 정도는 나 혼자서도 가능했겠지만 로프를 붙잡지 않으면 다른 사람에게 보이기도 하고 도중에 내려가기도 미안해서 그대로 그의 힘에 기대기로 했다.

로프 끝을 붙잡은 스테일과 티아라가 웃으며 맞아 주었고, 케네스 대장의 품에서 내려온 나는 로프에서 손을 놓지 않도록 주의하며 둘과 합류했다. 뒤이어 세드릭과 다른 기사도 합류해, 우리는 무사히 차이넨시스 왕국 밀입국에 성공했다.

차이넨시스 왕국. 흰색을 베이스로 지은 건물이 무수히 늘어섰고, 곳곳에 작은 교회와 분수 광장 같은 아름다운 건축물이 있

고 북적거리는 나라다. 왕도쯤 되면 흙바닥보다 지면에 벽돌을 깐 곳이 많다. 평소였다면 여러 사람이 오갔을 대로에 지금은 인기척이 거의 없었다. 그 대신 각 교회와 광장의 십자가를 본뜬 조각상 앞에 많은 국민이 모여 기도하고 있었다. 그리고 그중에서 가장 사람이 붐비는 곳은 차이넨시스 왕성이었다.

서시스 왕국과 마찬가지로 나라의 최남단에 위치한 성, 그곳에 병설된 대교회는 나라에서도 가장 크고 오래된 종이 있다. 지금도 수많은 국민이 모여 내일을 대비해 기도드리고 있었다.

"국왕 폐하……. 그 몸으로 또 국민들 앞에 설 생각이십니까."

위병이 방문을 열었고, 조용히 들어온 섭정이 국왕에게 말을 걸었다. 방 창문으로 국민의 모습만 바라보는 국왕을 걱정하듯이 목소리를 억눌렀다. 요 며칠 동안 국왕이 제대로 잠들지 못했다는 사실은 섭정뿐만 아니라 온 성안 사람들이 알고 있었다. 눈 밑의 다크서클에 타고난 백발이 선이 가는 몸의 덧없음을 두드러지게 만들었다.

"그래……. 지금 나는 그것밖에 할 수 없으니까. 미안하지만 잘 부탁해."

국왕이 어딘가 서글프게 웃으며 내뱉은 말에 섭정은 괴로운지 얼굴을 일그러뜨렸다. 그가 지금 어떤 심정인지, 그 일면을 알았을 뿐인데도 모든 성 사람이 마음 아파했다.

말없이 다시 창밖을 바라보던 국왕은 조용히 목에 걸린 십자가 펜던트를 움켜쥐더니 시선을 성 바깥에서 더욱 먼 국경으로 향했다. 하나즈오 연합왕국의 역사가 시작된 뒤로 철거됐던 두 나라를 가로막은 벽이 지금 다시 세워지고 말았다. 다른 누구도 아닌 국왕 자신의 손으로…….

내일 코페란디 왕국의 침공을 받고 나면 신앙심 깊은 국민을 위해 많은 교회와 십자가 상징과 기도처가 있는 이 나라에 노예 보관소가 건설되겠지, 하고 국왕은 생각했다.

식민지가 되면 문화는 남는다. 국민은 변함없이 신에게 기도할 수 있다. 하지만 '신 아래에 인간은 평등하다', '우리는 동등하게 가족이자 친구이다', '친구를 믿고 사랑하라. 가족을 믿고 사랑하라. 약함을 믿고 사랑하라. 이웃을 믿고 사랑하라.'를 신조로 삼는 차이넨시스 왕국이 노예를 생산하다니 모순일 뿐이다. 분명 이 신앙심에도 금방 끝이 오겠지. 그때 국민의 분노는 어디로 창끝을 겨누게 될까.

코페란디 왕국일까, 라지야 제국일까, 무력한 이 나라와 자기 자신일까, 이 결과를 낳은 국왕일까. 요안은 차라리 모든 창끝을 자신의 목에 겨눠서 국민의 마음이 조금이라도 지켜진다면 좋겠다고 생각했다. 설령 진정한 의미로 그들이 구원받을 수는 없다 해도.

"내가 마지막으로 보는 광경은 단두대 위려나……."

"역사 깊은 이 나라를 엉망으로 만든 어리석은 왕으로서." 요안이 그렇게 스스로를 향해 작게 중얼거렸을 때였다.

"절대로 그렇게 되게 놔두지 않을 거예요."

이곳에는 여자가 아무도 없는데도 불구하고 갑자기 낭랑한 여자의 목소리가 방 안에 울려 퍼졌다. 드디어 환청이라도 들었나, 아니면 신의 목소리인가. 요안과 섭정들이 그런 생각을 하며 주위를 둘러보는데, 다시 목소리가 들려왔다.

"무례한 건 압니다만, 갑자기 멋대로 방문해서 정말 죄송합니다. 국왕 폐하."

그와 동시에 갑옷 차림의 여자가 갑자기 나타났다. 찰랑이는 진홍색 머리와 날카로운 눈빛을 한 여자였다. 그리고 여자의 뒤에도 여러 사람이 모습을 드러냈다. 요안은 너무 놀란 나머지 말문이 막혔으나, 곧바로 여자의 뒤에 서 있는 청년의 모습에 시선이 멈췄다.

"세드릭?! 왜 여기에……?!"

'벽은?', '위병은?', '어떻게 여기까지…….' 이런 생각들이 떠올라서 할 말이 정리되지 않았다. 눈앞에 있는 사람의 모습이 꿈인지 현실인지 판단되지 않아 손끝이 떨렸다. 섭정이 소리를 질러 달려온 위병이 총을 들었지만, 세드릭의 모습을 확인하자마자 망설여진 듯했다.

"형, 제발 이야기를 들어 줘."

조용히 이야기하는 그 목소리에 요안은 입을 다물었다. 그리고 얇은 안경테를 올리며 다른 손으로 주위 위병에게 무기를 내리라고 지시했다.

"원군이야. 프리지아 왕국이 우리 서시스 왕국과…… 하나즈오 연합왕국과 동맹을 맺었어. 지금 서시스 왕국에는 프리지아 왕국 기사단이 다수 모여 있어. 여기까지 올 수 있었던 것도 프리지아의 기사들 덕분이야."

요안과 가신들은 약간 머뭇거리듯이 설명하는 세드릭의 말을 한마디도 놓치지 않고 귀를 기울였다.

　'원군', '프리지아'라는 말에 가신들은 술렁이며 믿기지 않는다는 듯이 서로의 얼굴을 마주 보았다. 그런 와중에 국왕 요안만이 팔짱을 끼고 입술을 세게 깨문 채 세드릭을 뚫어져라 바라봤다. 세드릭이 하는 말은 이해했지만 아직 받아들이기는 망설여졌다.

　"그리고……."

　요안이 반응을 보이지 않자, 세드릭은 거북한 듯이 시선을 이리저리 움직이며 잠시 말을 끊었다. 몇 초의 침묵 뒤에 세드릭은 불타는 눈동자로 똑바로 요안을 바라보았다.

　"형님은 이제 괜찮아."

　세드릭이 오늘 그 어느 때보다 힘차게 말한 순간, 아까까지 경직되어 있던 요안의 눈동자가 커지며 심하게 흔들리기 시작했다.

　"랜스가……?"

　요안이 작게 웅얼거리는 목소리로 되물었다. 아직 믿을 수 없다고 의심하면서도 아주 작은 희망을 살짝 엿본 듯한 목소리였다. 프라이드 일행도 요안의 대답을 기다리듯이 숨죽이고 두 사람의 대화를 지켜보았다.

　"그래, 형님은 깨어났어. 지금은 평소대로야. 의심되면……아니, 그렇지 않아도 꼭 우리 성에 와 줘. 형님은 깨어난 뒤로 계속 형을 걱정하고 있어."

세드릭의 말에 요안의 금색 눈동자가 다시 흔들렸다. "랜스." 하고 그의 입술이 작게 움직였다. 마지막으로 본, 발광해서 대화도 제대로 불가능했던 랜스의 모습을 떠올리기만 해도 팔이 떨렸다. 가늘고 길게 숨을 내뱉으니 자연스럽게 내면의 응어리가 사라지는 것이 느껴졌다. 마지막까지 숨을 토하고 나서야 처음으로 부드러운 미소가 흘러나왔다.

"다행이다……."

진심 어린 안도였다. 입가가 풀어지고, 눈가가 부드러워졌다. 세드릭도 낯익은 그 표정에 한숨을 내쉬며 "형." 하고 한 걸음 더 다가가려 했을 때.

"지금 당장 서시스 왕국으로 돌아가, 세드릭."

요안이 단호하게 선을 긋는 듯한 말투로 선언했다. 낮은 음색이 섞인 그 목소리는 세드릭의 '형'이 아니라 '국왕'의 위엄으로 가득 차 있었다. 형의 예상치 못한 돌변에 세드릭이 입을 벌린 채 움직임을 멈췄다. 붉은 눈동자만이 요안에게 '어째서' 하고 호소했다.

"이 나라는 내일 전장이 될 거야. 아니…… 어쩌면 적이 오늘이라도 날짜를 앞당겨서 쳐들어올지 몰라. 그렇게 되기 전에 도망쳐."

"형! 들어 줘! 나는…… 서시스 왕국에는 싸울 의사가 있어! 설령 차이넨시스 왕국이 이대로 거부한다 해도 우리는 일어설 거야! 절대로 차이넨시스 왕국을 노예 생산국 따위로는……."

"패배하면 서시스 왕국까지 모든 걸 잃어!"

국왕 요안의 찢어질 듯한 목소리가 울려 퍼졌다.

그는 세드릭에게서 눈길을 돌리고 자신의 발밑을 향해 거세게 소리쳤다. 갑작스러운 큰 목소리에 세드릭도 몸을 젖히고 가신들도 입가를 가렸다. 그리고 프라이드도 마찬가지로 경악했다.

──설마, 세드릭의 말이 소용없을 줄이야.

게임에서는 세드릭이 프리지아 왕국 원군과 함께 서시스 왕국으로 돌아와 두 사람을 설득하자, 두 나라는 바로 코페란디 왕국에 함께 맞설 결의를 굳혔다고 나왔었다. 예상 밖의 전개에 놀라움을 감추지 못한 프라이드는 그저 세드릭과 요안만 번갈아 보았다.

갑자기 소리를 질러서 숨을 들이쉬려고 어깨를 들썩이며 필사적으로 호흡을 가다듬는 요안에게서 이를 악무는 소리가 새어 나왔다. 세드릭이 "형……?" 하고 눈이 휘둥그레져서 요안에게 말을 걸었다. 요안이 답하려고 입을 다시 열었다.

"랜스가 쓰러졌을 때 퍼거스 섭정과 달리오 재상이 정말 잘 대처했어."

제2왕자인 세드릭이 나라에 없는 상황에서 랜스의 정신착란은 하나즈오 연합왕국의 어떤 의사도 손 쓸 도리가 없었다고 한다. 당시 상황을 설명한 요안은 그때를 회상하듯이 목소리를 죽였다.

"하지만 우리 차이넨시스 왕국이 너희를 끌어들였다는 걸 깨달았어."

요안은 자신이 단호하게 흘린 말에 슬프게 웃었다. 세드릭은 경악했는지 눈동자 속 불꽃이 크게 흔들렸다.

"랜스를…… 성에서 사라진 너를 성 사람들 모두 몹시 걱정했어. 그리고…… 나라의 앞날도 모두가 두려워하고 우려했지."

'국왕님이 쓰러졌는데 우리 나라는 어떡해야 하지.' '세드릭 님은 어디에…….' '만일 신변에 무슨 일이라도 생겼으면…….' '국왕님 없이 어떻게 차이넨시스 왕국을 구해야 하지?' 하고. 계속되는 요안의 말에 그런 대화를 나누는 성 사람들의 모습이 모두의 머릿속에 쉽게 떠올랐다. 왕족이 한 명도 국민들 앞에 설 수 없는 상황이니 불안하지 않을 리가 없다.

"무서워졌어……."

툭 하고 짧게 내뱉은 그 말에 세드릭은 숨을 삼켰다. 요안을 형처럼 따르고 의지해 온 세드릭은 형의 약한 모습이 믿기지 않았다. 그리고 그만큼 현실이 그를 괴롭힌다는 것도 알았다.

요안은 얼굴이 굳은 세드릭에게 고개를 돌리고 조용히 웃었다. 무리하게 지은 그 미소는 눈빛과 입가, 모든 곳이 일그러져 있었다.

"서시스 왕국 국민까지 모든 것을 잃을 수 있다는 사실 때문에……. 분명…… 그때 국민들이 느꼈던 절망은 랜스가 쓰러졌을 때와는 비교도 할 수 없겠지."

프라이드는 거기까지 듣고 나서야 이해했다. 게임에서는 코페란디 왕국과의 전쟁이 시작된 직후에 랜스가 발광했었다. 그러나 현실에서는 그전에 발광을 일으켰다. 요안은 랜스가 쓰러지고 절망과 초조함에 물들어 흔들리는 서시스 왕국 국민을 목격하고 말았다. 패전 후의 미래를 방불케 하는 광경에 깨달았다. 자신들 차이넨시스는 서시스를 더욱 무시무시한 일에 끌어들이려 한다는 사실을.

하나즈오 연합왕국만으로는 전쟁에서 질 거라는 게 누가 봐도 확연했다. 그리고 국왕이 병을 일으켜 두려워하고 겁먹고 괴로워하는 성 사람들과 발광한 친우의 모습은 요안의 마음을 꺾기에 충분했다.

코페란디 왕국에 칼날을 겨누면 이번에는 차이넨시스 왕국뿐만 아니라 서시스 왕국마저 문화와 나라 이름과 역사에 이르기까지 모든 걸 빼앗길 테니까.

"적이 노리는 건 차이넨시스 왕국뿐이야. 그렇다면 그걸 짊어져야 하는 것 또한 차이넨시스 왕국이지. 너흰 관계없어……."

금색 눈동자가 빛나며 강한 시선이 똑바로 세드릭을 찔렀다. 요안이 이미 각오를 다졌다는 의지를 담아 선을 그었다. 랜스가 깨어났다면 더더욱, 동생인 세드릭과 서시스의 국민도 누구 하나 끌어들이고 싶지 않다.

그런 결의를 품은 요안이 일부러 험악한 말투로 지금 당장 돌아가라고 다시 말하려 했을 때…….

"'관계없다'고……?! 웃기지 마."

세드릭의 떨리는 목소리가 이번에는 요안의 말을 가로막았다. 어깨와 주먹이 부들거리며 장신구가 작게 짤랑거리는 소리를 냈다. 갑자기 말이 끊긴 요안의 눈이 휘둥그레졌다. 요안은 눈을 크게 깜빡이면서도 세드릭에게서 시선을 떼지 않았다. 그 순간 분노의 포효가 모두의 고막을 울렸다.

"우리는 한 나라잖아!!!"

그 소리가 찌릿찌릿 울리며 피부 표면이 떨렸다. 격정이라고도 표현할 수 있는 세드릭의 감정이 진동이 되어 직접 박혀 오는 듯했다. 세드릭은 감정을 훤히 드러내며 요안을 향해 발을 움직였다.

"아무리 문화와 이름이 다르다 해도 그건 변하지 않아. 둘 다 형님과 형이 지키겠다고 약속한 우리 나라잖아? 만일 서시스가 표적이 됐다면 형도 지금 우리처럼 바라지 않았겠어?"

세드릭은 쿵쿵거리며 빠른 걸음으로 신발이 부딪힐 만큼 요안에게 가까이 다가갔다. 한 번 열기를 내보낸 덕분에 목소리는 어느 정도 진정됐지만 몸 안에서 다시 뜨겁게 열이 끓어오르며 불타기 시작했다.

세드릭은 분노를 억누르듯이 숨쉴 틈도 없이 말을 이었다.

"끌어들인다고? 그건 모욕하는 거나 마찬가지야. 우리 하나즈오 연합왕국은 하나잖아. 서면상의 동맹 파기 따위에 의미가 있을 리 없지. '자국'의 국민을 지키는 데에 무슨 문제가 있는데?"

그 패기에 압도된 요안은 눈도 깜빡이지 않고 두 걸음 물러났다. 마지막으로 세드릭은 강한 눈빛으로 한 번 깊이 숨을 들이쉬었다가 내뱉었다.

"형. 나도 형님도…… 서시스 왕국의 국민도 '자국' 국민을 위협하고 궁지에 몰아넣고 상처 입히려 한 침략자들에게 분노하고 있어."

그렇게 단언한 세드릭은 잠시 입을 굳게 다물었다. 당장에라도 흔들릴 듯한 눈동자를 가늘게 뜨며 천천히 자기 손으로 요안의 손을 붙잡고 움켜쥐었다.

"포기할까 보냐. 형들을 희생시켜 얻은 안식 따위 의미 없어."

"나에게도, 형님에게도." 뒤이어 세드릭이 그렇게 말하자, 휘둥그레진 요안의 눈동자가 다시 심하게 요동쳤다. 일그러질 듯한 입가에 필사적으로 힘을 준 요안은 도망치듯이 고개를 돌려 세드릭에게서 시선을 피했다. 자신의 하얀 머리 색을 닮아 가는 것처럼 피부색까지 서서히 창백하게 물들었다. 세드릭이 움켜쥔 요안의 손이 손끝까지 미약하게 떨리기 시작했다.

각오를 다진 줄 알았다. 국민과 함께 마음을 전부 정리하고 신과 함께 자신의 운명을 받아들이려고 했다. 그런데 지금, 세드릭의 말이 그의 각오를 흔들어 놓았다.

다른 누구도 아닌 둘도 없는 친우의 대변과 소중한 동생의 호소였다.

주위 가신들도 모두 그런 망설임이 전염된 듯이 숨을 삼키고 "국왕 폐하……." 하고 작게 중얼거리며 국왕의 판단을 기다렸다. 국민에게도 방침을 전해야 하는데 침공이 내일로 다가온 이 상황에 항복에서 선전 포고로 방향을 틀겠다는 결단을 간단히 내릴 수 있을 리 없었다.

국왕인 자신의 결단에 모든 국민이 걸려 있으니까.

다시 찾아온 긴 침묵 뒤에 요안은 떨리는 몸을 억누르듯이 주먹을 쥐었다. 그리고 이번에는 세드릭이 움켜쥔 손을 마주 쥐었다. 요안의 거센 힘에 세드릭의 어깨가 크게 떨렸다.

잠시 눈을 꽉 감은 요안은 고개를 숙이더니 강한 눈빛과 함께 고개를 들었다.

"에스몬드 섭정. 서둘러 사제와 함께 '피의 맹세'를 준비하도록."

패기가 깃든 요안의 목소리에 섭정이 어깨를 크게 움찔거리며 "즉시 준비하겠습니다." 하고 당황한 모습으로 목소리를 높였다.

"형……?"

세드릭은 요안의 말에 미약하게 얼굴을 찌푸리며 물었다. 그리고 여전히 손을 움켜쥔 채 기도하듯이 요안을 바라보았다. 섭정이 위병에게 지시를 내리며 달려가는 것을 확인한 요안은 조용히 몸을 돌렸다.

"세드릭…… 다른 누가 아닌 네가 내린 판단이니까 믿을게."

요안의 말에 세드릭의 붉은 눈동자가 환한 빛을 내뿜었다. 숨을 삼키고 아주 작은 희망과 신뢰를 담아 "형." 하고 불렀다.

"단…… 내 의사가 바뀌었어도 국민들이 용납하지 않으면 아무것도 못 해. 그것만은 각오해 둬…….."

눈살을 찌푸리고 험악한 표정으로 입을 다문 요안의 말에 세드릭의 얼굴이 굳었다. 이미 국왕의 명령만으로는 어찌할 수 없는 사태라는 걸 알았다. 하지만…….

"괜찮습니다."

그녀가 단호히 선언했다.

다시 망설임과 어두운 그림자를 드리우려 하는 그들에게 틀리지 않았다는 것을 알리기 위해.

게임에서는 세드릭이 데려온 여왕 프라이드가 방약무인하게 행동하며 협박하고, 명령하고, 당황하는 그들을 억지로 움직였다. 물론 지금 그 방법은 사용할 수 없다. 국민 모두의 승낙과 협력을 얻지 못하면 지킬 목숨도 못 지키게 된다.

"만일에 하나라도 무슨 일이 생기면 제가 직접 폐하와 함께할 테니까요."

이때 이미 프라이드 로열 아이비는 각오를 다진 뒤였다.

차이넨시스 왕성 안에 있는 대성당은 성에 병설된 교회의 뒤를 잇는 또 다른 성역이다. 그곳에서 국왕 즉위식부터 생탄제, 탄생제, 왕족의 결혼, 약혼식 등의 의식, 왕의 선언식이나 거국적으로 시행하는 행사까지 많은 이벤트가 열렸다.

이날도 몇 번째인지 모를 왕의 연설을 듣기 위해 대성당에는 변함없이 많은 국민이 바글바글 모여 있었다. 이번 연설에는 중대 사항이 포함되어 있다는 선포를 듣고 성의 위병과 병사까지 모여 국민을 둘러싸듯이 서 있었다. 국민들이 이런 때 무슨 이야기를 하려는 건지 다양하게 추측하며 미래에 대한 불안을 한탄하는데, 그 소란을 지우듯이 국왕이 모습을 드러냈다.

차이넨시스 왕국의 역대 국왕 중에서도 우수하기로 이름 높은 요안 린네 드와이트.

지지도가 높은 왕의 모습이 보인 순간, 위병이 주의 주기도 전에 모든 국민이 입을 닫았다. 그리고 그들 중 대부분이 신앙의 상징인 십자가 아래, 그들의 머리 위에 있는 층계에 선 왕을 올려다보며 손을 맞잡고 기도하기 시작했다.

침묵이 무음이라는 이름의 소리가 되어 그들의 귀를 긴장시켰다. 그들은 눈을 부릅뜨고 국왕의 모든 행동을 주목하고 귀를 기울이며 국왕의 입에서 나올 말을 기다렸다.

긴 침묵 뒤, 국왕은 강한 의지와 각오를 다지고 입을 열었다.

코페란디 왕국에 대한 항복을 철회한다고.

서시스 왕국, 프리지아 왕국과 함께 군사를 일으켜 방위전을 개시하겠다는 국왕의 말에 모두가 귀를 의심했다. 탄식이 흘러나왔고 기도하던 국민들은 맞잡은 손을 풀며 고개를 들고 힘없이 입을 벌렸다.

"그대들이 당황할 만도 하다. 허나, 우리 나라가 서시스 왕국을 걱정하듯이 그들도 우리 나라를 구하려고 움직였다. 그들은…… 설령 우리가 항복한다 해도 코페란디 왕국 사이에 끼어들어 침공을 막으려고 군사를 정비했다."

국민들이 "그럴 수가." "서시스 왕국을 끌어들일 수는……." "어째서 그런……." "그러면 그들을……." "서시스 왕국을 지킬 수 없어." "우리가 한 모처럼의 각오는?" "신이시여." 하고 안색이 창백해져서 제각기 당황했다. 군중 속에서 한 사람이 "부디 랜스 국왕님을 설득해 주십시오, 폐하!" 하고 못 참겠다는 듯이 소리를 질렀다. 그 목소리에 주위 사람들이 "옳소, 옳소!" 하고 서로 고개를 끄덕이며 다시 생각해 달라고 호소했다.

그들이 걱정하는 건 자기 몸이 아닌 서시스 왕국의 안전이다.

요안은 그걸 알고서도 고개를 세게 저었다. "안 돼, 그들의 의사는 굳건하다."라는 요안의 말에 술렁임이 더욱 거세졌다.

"그들이 싸우게 두고 우리만 보호받을 수는 없다. 그들과 프리지아 왕국과 함께 군사를 일으켜 맞서는 것을 그대들이 허락해 주었으면 한다."

'프리지아'. 그 말에 요안에게 향했던 국민의 시선이 서로에게로 향했다. 오랫동안 나라를 폐쇄하고 외부를 차단해 온 그들에게 '프리지아 왕국'이란 별세계 이야기였다. 요안이 그 왕국을 라지야 제국에 필적하는 강국이라고 설명했지만, 그들은 신뢰해도 될지 확신이 없었다. 심지어 특수 능력이라는 정체불명의 개념에 프리지아가 신을 등지는 이단은 아닐지 걱정하는 국민도 꽤 있었다.

요안은 국민의 불안을 해소하려고 결사의 마음을 담아 가신들에게 신호를 보냈다. 사제와 그의 손에 들린 작은 도자기 그릇과 단검을 보고 수많은 국민이 목소리를 높이며 "저건……." "설마!" 하고 놀라움을 드러냈다.

'피의 맹세'.

차이넨시스 왕국 국교에서 행하는 절대적인 맹세의 의식이다. 맹세를 나누는 자끼리 계약과 함께 서로의 피를 나누고 그 맹세를 말이나 서면으로 남긴다. 그들에게는 목숨보다 무거운 맹세라 혼인과 종교적 결의가 있을 때 행한다. 정식 의식에 따라 맺은 계약을 신에게 맹세하고 나면 깨는 건 절대로 용납되지 않는다. 설령 왕족이나 사제라 해도 중벌로 단죄당한다.

"그대들의 불안과 망설임은 당연한 것이다. 그러니 나는 여기서 내 목숨을 걸고 이 나라를 식민지 따위로 만들지 않고 차이넨시스 왕국의 문화와 이름을 반드시 지키겠다고 맹세하겠다."

모두가 양손으로 단상을 짚고 단호하게 선언하는 요안을 주목했다. 그 옆에서는 사제가 정식 절차에 따라 신에게 기도를 올리고 맹세를 읊으며 그릇에 포도주를 부었다. 사제가 붓는 그 포도주는 '신'과 '국민'의 피를 대신한 것이다. 그것을 계약자의 피와 섞으면 신과 국민을 향한 확고한 맹세를 나누는 거나 마찬가지다.

사제가 여러 보석이 장식된 단검을 정중히 요안에게 바쳤다. 이제 그릇에 요안의 피를 한 방울 떨어뜨리기만 하면 된다.

요안이 국민들 앞에서 각오를 다지고 손끝을 향해 단검을 고쳐 쥐었을 때…….

"기, 기다려 주십시오!"

군중 속에서 한 국민이 비명과 같은 고함을 외쳤다. 쥐 죽은 듯한 고요 속에서 그 외침은 크게 울려 퍼졌고 국왕의 귀에 또렷하게 전해졌다. 요안이 손을 멈추고 그 사람에게 시선을 돌리자, 기도하듯이 손을 맞잡은 남자는 요안에게 황송함을 느끼면서도 필사적으로 호소하듯이 목소리를 높였다.

"국왕 폐하의 각오는 저희도 충분히 알겠습니다! 하지만 아무리 폐하의 각오가 고상하고 진심이시라 해도…… 이길 방법이 보이지 않는 적을 상대로 정말 프리지아 왕국을 신뢰해도 된다고, 저희가 궤멸하지 않을 거라고 확언할 수 있을까요?!"

부들부들 떨면서 눈에 눈물을 글썽이고 자기 발언이 무례하다는 걸 알면서도 필사적으로 소리치는 그 남자를 아무도 나무라지 않았다. 그리고 그 남자 역시 누구보다 자기 분수를 잘 알고서 말한 것이었다.

그 남자는 입을 다물고 오로지 자신만 바라보는 요안을 보며 눈을 깜빡이는 것도 잊고 계속해서 호소했다.

"저……저희는 만약 그 결과로 우리 나라가 코페란디 왕국에 패배한다 해도 국왕 폐하가 벌 받기를 바라지 않습니다! 게다가…… 게다가……!"

남자는 눈물을 흘리며 다음 말을 하는 걸 잊어버린 것처럼 이를 악물었다. 하지만 감정이 앞섰는지 이게 자신의 마지막 외침이 되어도 상관없다는 각오를 다지고 부르짖었다.

"만약 코페란디 왕국에 저항했다가 패배하고 그러는 와중에 폐하의 몸에, 목숨에 무슨 일이라도 생기면 그 맹세는 아무런 의미도 없게 됩니다!"

"그러니 부디 다시 생각해 주시기를……!" 하고 호소하는 남자를 본 주위 국민들이 마침내 입을 가리고 그만하라며 그 사람을 둘러쌌다. 불경을 나무라기 위해서가 아니라 그 남자가 벌 받을까 봐 감싸기 위해서였다. 하지만 그와 동시에 그 말을 들은 많은 국민이 그 남자에게 동의하며 "부디 다시 생각해 주십시오!" 하고 같은 말을 반복하기 시작했다. 그들 역시 소중한 국왕이 스스로 자기 몸을 내던지려는 것을 말리기 위해 필사적으로 목소리를 높였다.

국민들의 배려와 다정함을 온몸에 받은 요안은 단상에 짚은 손을 떨었다. '자신의 몸을 바쳐서 결심한 각오마저 국민의 안도로 이어지지 않는가?' 하고 무력감에 휩싸여…….

"각오가 부족하십니까. 그렇다면 제가 족쇄를 늘려 드리겠습니다."

높고 낭랑한 여자의 목소리가 울려 퍼졌다.

갑자기 목소리가 군중 속이 아니라 단상에서 들려오자 국민들이 다시 술렁였다. 요안이 어느 방향으로 뒤를 돌아보며 당황을 감추지 못하고 주춤거렸다. 그 시선 너머에 갑옷 차림의 여자 한 명이 나타났다. 민중들이 "저건……?" "국왕 폐하께 불경한……!" "도대체 무슨……." 하고 제각기 중얼거렸다.

갑옷 차림의 여자는 주저하지 않고 나아가 국왕 옆에 나란히 서더니 국민에게 시선을 던졌다.

"제 이름은 프리지아 왕국 제1왕녀, 프라이드 로열 아이비. 서시스 왕국 및 차이넨시스 왕국과 동맹과 지원을 약속한 이 소동의 근원입니다."

그녀가 당당히 선언하자 술렁임이 한층 더 격해졌다. "프리지아?" "저자가……." "쓸데없는 짓을……." "폐하가 모처럼 각오하셨는데……." 하고 곳곳에서 적의와 같은 기색이 술렁임 사이에 섞이기 시작했다.

요안이 눈을 휘둥그레 뜬 채 목소리를 죽이고 "어째서 그런 말투로……." 하고 그녀에게 물었다. 마치 그녀 자신이 두 국왕을 현혹한 악당이라고 하는 듯한 말투였다. 이래서는 국민이 프리지아 왕국과의 공투마저 거부할지 모른다.

그러나 그녀는 신경 쓰는 기색 없이 국민에게 드높이 외쳤다.

"그래도 국왕 폐하의 '각오'가 여러분에게 닿지 않는다면 폐하의 목숨도 걸도록 하지요. 만약 요안 국왕 폐하께서 맹세를 이루지 못한다면……."

프라이드가 말을 끊어서 모두가 다시 정적에 몸을 묻었을 때, 그녀는 다시 한번 국민에게 힘차게 선언했다.

"국왕 폐하를 산 채로 화형해서 그 죄를 갚는 건 어떻습니까."

'……?!'

비명과도 닮은 소리 없는 술렁임이 대성당에 메아리쳤다. 요안조차 너무 놀란 나머지 할 말을 잃고 입을 벌린 채 얼굴과 몸이 굳었다.

'이 무슨 불경한…….' '무례한 놈.' '프리지아의 악마 자식.' 하고 점점 적의가 담긴 목소리가 짙어졌다. 긴장과 초조함이 왕녀를 향한 감정의 칼날로 변해 날아갔다. 저자를 단상에서 끌어내리라는 말이 모여 당장에라도 한목소리가 되려던 순간…….

"그리고 저도 그 옆에 서서 같이 화형당하겠습니다."

그녀의 망설임 없는 말에 다시 대성당 안이 정적에 휩싸였다.

모두가 잘못 들었나 싶어서 귀를 의심하며 입을 다물고 확인하듯이 왕녀의 다음 말을 기다렸다.

그 정적을 손에 넣은 왕녀는 다시 입을 열었다.

"만약 저희 프리지아 왕국의 힘으로도 부족해서 이곳이 코페란디 왕국의 식민지나 속주로 전락한다면 요안 국왕 폐하와 함께 저도 이 몸을 불 속에 던지겠습니다. 옷, 피부, 살, 모든 것을 민중 앞에서 드러내고 제 심장을 여러분에게 바치겠습니다."

"국왕 폐하의 몸에 무슨 일이 생겨도 마찬가지로 말입니다."

아무렇지도 않게 그렇게 말을 잇는 왕녀의 모습에 국민들은 더는 술렁일 수 없었다. 서로 눈빛만으로 대화하며 왕녀가 제정신인지 의심하듯이 몸을 경직시켰다.

"저는 프리지아 왕국의 제1왕녀. 여러분의 '신'에게 무책임하게 맹세할 수는 없습니다. 그러니 그다음으로 고귀한 자에게 맹세하겠습니다."

모두가 몸과 입, 표정을 굳히고 왕녀를 주시했다. 그 사이에서 왕녀 본인만이 여유롭게 움직이며 아연실색한 요안에게 고개를 돌리더니 다시 국민들을 보았다.

"여러분이 사랑하고 존경하는 요안 국왕 폐하와 국왕 폐하께서 아끼고 사랑하시는 여러분, 국민에게 '피의 맹세'를 통해 차이넨시스 왕국의 '신' 앞에서 맹세하겠습니다."

그렇게 말하더니 왕녀는 아무렇게나 단검을 들고 자기 손끝을 얕게 베었다. 핏방울이 손끝에 동그랗게 맺히며 흘러나왔다. 그것을 확인한 그녀는 요안에게 단검을 내밀었다.

"저희 프리지아 왕국은 내일 동맹국이 된 하나즈오 연합왕국을 반드시 지켜 내겠습니다. 지키지 못한다면 국왕 폐하와 함께 이 몸을 숯으로 바꾸지요."

요안이 침을 삼키며 손끝을 벴다. 왕녀와 마찬가지로 손끝에서 핏방울이 부풀어 오르더니 흘러내렸다. 그리고 서로에게 신호를 보내듯이 포도주로 가득 찬 그릇을 향해 손끝의 핏방울을 기울였다.

똑, 하고 방울이 떨어지며 수면을 흔들었다.

뇌의 정보 처리 속도가 상황을 쫓아가지 못한 것처럼 술렁임이 넓게 물결쳤다. 지금 피의 맹세가 확실하게 이루어졌다.

프리지아 왕국의 예속이나 종속 계약과 달리 절대적인 구속력은 없다. 하지만 그 의식을 국민들 앞에서 행한 지금, 그것은 확고한 맹세를 뜻한다.

왕녀는 지혈도 하지 않은 손으로 허리춤의 검을 뽑았다. 요안이 놀라 무심코 한 걸음 물러났다. 국민들은 입을 벌린 채 소리 지르며 검을 올려다보았다.

그녀가 피와 맹세를 바친 자신의 결의를 선고했다.

"우리 나라는 광대한 토지와 강대한 군사력을 자랑하는 대국 프리지아! 여러분을 지키는 건, 긍지 높은 우리 왕국 기사단! 고작 '세 나라 따위'에 지지 않습니다!"

이번에는 아무도 프라이드의 당당한 발언을 타박하려 하지 않았다. 신의 상징인 십자가 아래에서 힘차게 외치는 그 모습은 성스러워 보였다.

"저희의 긍지는 우리 나라와 동맹 맺은 나라를 지키는 것! 그렇다면 여러분의 긍지는 무엇이죠?! 사랑하는 국왕 폐하와 서시스 왕국 국민의 각오도 믿지 않으면서 무슨 신을 믿는다는 겁니까?!"

그녀는 지금 다시 물었다. 패배를 각오하고 꺾인 그들의 마음에 호소했다.

'일어서라'고.

"국왕 폐하께서 사랑하시는 서시스 왕국의 제2왕자 전하가 우리 프리지아 왕국을 믿어 주셨습니다. 그리고 폐하도 그 제2왕자 전하를 믿고 우리를 믿어 주셨습니다. 그렇다면 다음은 여러분이 믿을 차례입니다!"

그녀가 제자리에서 단상이 부서지지는 않을까 걱정될 정도로 세게 발을 굴렀다. 그 뜨거운 소리에 어깨를 편 국민들은 이제 그 소리가 그녀의 발소리인지 자기 심장 소리인지조차 알 수 없었다.

그리고 마침내 그녀가 자신의 피를 바친 계약에 걸고 드높이 선언했다.

"이 나라의 미래를 바라는 요안 국왕 폐하와 함께 프리지아 왕국이 반드시 지켜 내겠습니다! 서시스도 프리지아도 국왕 폐하도 일어선 지금, 남은 건 긍지 높은 차이넨시스 왕국의 국민인 여러분뿐입니다! 차이넨시스 왕국은 폐하를 혼자서 싸우게 두려는 겁니까?!"

도발처럼 들리는 외침에 모든 국민이 할 말을 잃었다. 그들은 유일하게 이 나라의 미래를 포기한 사람이 다름 아닌 자신들이었다는 것을 이제야 깨달았다.

왕녀는 거기까지 내뱉고서 어깨를 들썩이며 몇 걸음 물러나, 요안 국왕만 남기고 그 뒤에 섰다. 그녀의 의도를 눈치챈 요안은 말도 필요 없다는 듯이 고개를 끄덕이고 다시 한번 단상 위에서 국민을 바라봤다. 멀리서 봐도 그들의 눈에 담긴 의지는 아까와는 전혀 달랐다. 입을 다문 침묵에도 초조함과 불안은 티끌만큼도 느껴지지 않는 강한 의지가 깃들어 있었다.

그래서 국왕이 맹세와 결의가 지금 국민들과 함께한다고 믿고 다시 외쳤다.

"우리 신께서 사랑하시는 이 나라를 이웃과 함께 지켜 내겠다. 나는 가겠다, 그대들의 아이의 미래를 위해. 국민들이여! 지금 나와 함께 다시 일어서다오! 이 나라의, 하나즈오 연합왕국의 미래를 위해!"

우오오오오오오오오오오오오오오오!!!!

군중들의 우렁찬 외침이 회오리처럼 돌아 나선을 그리며 대성당의 창문을 깰 듯한 패기를 휘감았다. "국왕 폐하, 하나즈오 연합왕국, 신, 프리지아와 함께!"라고 소리치며 울부짖고 주먹을 휘둘렀다.

누군가가 "신께서 우리와 함께하리라!"라고 외쳤고, 그에 응하듯이 국민의 목소리가 커졌다.

"프라이드 제1왕녀 전하……."

요안의 목소리는 국민의 함성에 반쯤 휩쓸려 거의 묻혔지만,

그는 등 뒤에 있는 프라이드를 돌아보았다. 프라이드도 귀를 스치듯이 들려온 그 목소리에 고개를 갸웃거리며 몸을 돌렸다.

"어째서 당신은……."

"요안 국왕 폐하 만세!"

"국왕 폐하 만세! 폐하! 폐하!"라고 하는 군중들의 목소리에 이번에는 그의 말이 완전히 묻히고 말았다.

그가 국민들의 말에 응하듯이 손을 들어 보이자 목소리가 더욱 커졌다. 프라이드도 그가 무언가를 말하려 했다는 건 눈치챘지만, 지금 그건 신경 쓰지 않고 요안을 향해 미소를 지었다.

그는 국민의 외침과 병사의 함성이 가라앉는 것을 기다리지 않고 프라이드에게 손을 내밀었다. 말하기 전에 먼저 국민들 앞에서 그녀에게 감사를 표하기 위해서다.

프라이드는 요안이 내민 손을 웃으며 망설임 없이 받아들였다. 그 손을 붙잡고 움켜쥐었다가 자신도 차이넨시스 국민에게 손을 흔들었다.

"누님!"

"언니!"

"프라이드 님!"

내가 요안 국왕을 남기고 한발 먼저 단상에서 내려오자, 스테일, 티아라, 아서, 칼럼 대장과 모든 기사가 어째선지 안색이

바뀐 채 달려왔다. 게다가 그들 뒤로 세드릭 일행도 따라왔다. 모두 내가 요안 국왕과 단상으로 올라간 뒤로부터 계속 근처에서 지켜봐 주었다.

"기다리게 해서 미안해요. 하지만 차이넨시스 국민이 함께 싸워 주겠다고……."

"어째서 그렇게 무모한 짓을 하신 겁니까?!"

……다시 만나자마자 제일 먼저 고함을 듣고 말았다. 스테일에게 고함을 듣는 건 좀처럼 겪기 힘든 일이라 그만 멍해지고 말았다.

티아라가 성 사람에게 빌려왔는지 서둘러 붕대로 내 손끝을 감았다. 맞다, 피의 맹세를 할 때 단검으로 손끝을 베었지. 솔직히 작은 상처고 그렇게 아프지도 않아서 잊고 있었다.

"괜찮아, 대단한 상처는 아니니까. 내일이면 피도 멎을 거야."

"그런 문제가 아니에요!"

이번에는 티아라에게 혼나고 말았다. 티아라는 능숙하게 붕대를 단단히 감으면서 눈을 살짝 글썽거렸다. 어떡하지, 날붙이 좀 사용한 게 이렇게까지 걱정 끼칠 일인가.

"알고 계십니까, 누님?! '피의 맹세'는 종교적인 의미 아래 행하는 의식입니다! 누님이 하나즈오를 지키지 못하면……."

"그래, 폐하와 함께 화형당하겠다고 맹세했어."

뭐야, 그 소리였구나. 단검을 든 게 위험하다고 여긴 게 아니라서 다행이라 생각한 나는 스테일 일행을 향해 미소 지었다.

내 반응이 의외였는지, 스테일이 말이 안 나온다는 듯이 입을 벌린 채 굳었다. 티아라도 마찬가지로 얼굴의 핏기가 약간 가신 것 같아서 오히려 내가 걱정스러워졌다.

"왜냐하면 그 정도는 해야 차이넨시스 국민이 프리지아 왕국을 믿어 줄 것 같았거든."

쓴웃음을 지으며 두 사람에게 그렇게 전해도 둘의 안색은 전혀 돌아올 기미가 없었다. 두 사람이 걱정한 대로 피의 맹세는 깰 수 없다. 수많은 국민 앞에서 맹세했으니 아무리 타국의 의식이라 해도 프리지아가 그걸 깼다간 이웃 나라를 볼 낯이 없다. 피로 지장을 찍고 서명도 했으니 더는 몰랐다는 말을 하며 도망칠 수 없다. 하지만……

"저희가 확실하게 이기면 프라이드 님이 그렇게 되실 일은 절대로 없는 거죠……?"

내가 말을 꺼내려던 순간, 아서가 먼저 입을 열었다. 무시무시하게 낮아진 목소리에 아까까지 안색이 창백해 있던 스테일과 티아라에 칼럼 대장까지 놀란 듯이 뒤를 돌아보았다. 목소리뿐만 아니라, 어째선지 피부가 따끔거릴 정도의 엄청난 패기가 아서의 온몸에서 뿜어져 나왔다. 늑대처럼 날카롭게 뜬 파란 눈이 나를 똑바로 바라보았다.

화가 난 걸까? 아무리 나라도 미소 띤 얼굴을 있는 힘껏 움찔거리고 말았다.

"그……그래, 물론이지. 하나즈오 연합왕국과 요안 국왕님을 지켜 내면 아무 문제없어. 그러기 위해서 맹세했으니까."

아서가 온몸에서 뿜어내는 엄청난 패기에 다른 9번대 기사까지 살짝 전율했다. 스테일이 "야, 아서." 하고 작게 말을 걸었고, 칼럼 대장이 아서의 어깨 위에 손을 올렸다.

"그럼 됐어요. 반드시, 지켜 낼 테니……!"

아서가 중얼거리는 것보다 작은 목소리로 "그렇지?" 하고 물으며 옆에 있는 스테일을 쳐다보았다. 스테일이 완전히 패왕 같은 눈빛을 한 아서를 보고 보기 드물게 그 기세에 약간 압도당한 듯이 말을 잃었다. 하지만 바로 "당연하지." 하고 역시 주위에 안 들릴 만큼 작은 목소리로 대답하며 갑옷 너머로 아서의 배를 때렸다.

칼럼 대장도 그 광경을 보고 다소 안도한 듯이 한숨을 내쉬며 아서의 어깨를 한 번 더 두드렸다.

"언니……."

티아라가 눈물을 글썽이며 나를 걱정스럽게 들여다보았다. 내가 걱정시켜서 미안하다고 사과하며 머리를 쓰다듬자, 티아라는 조용히 고개를 저었다.

"괜찮아, 모두가 반드시 이길 거라고 믿으니까. 난 전혀 무섭지 않아."

그렇게 말하며 웃어 보이자, 이번에는 스테일이 어깨에서 힘이 빠진 듯이 숨을 토해 냈다.

"이 건은 제가 직접 기사단장님에게도 보고하겠습니다."

'뭐라고?!'

나도 모르게 "엑, 아니 그건……!" 하고 당황하며 목소리를 높이고 말았다. 그러나 스테일은 가차 없이 칼럼 대장에게 "앨런 대장님과 에릭 부대장님에게 이 사실을 공유해 주십시오." 하고 이야기를 진행시켰다. 잠깐만! 기사단장한테 들키면 무조건 혼날 거야!

내가 매달리듯이 스테일의 옷자락을 붙잡자, 스테일은 "사기를 올리는 데에 수단을 가릴 수는 없으니까요." 하고 웃으며 단언했다. 왠지 스테일이 질베르 재상과 닮아 가고 있어! 이제 내 얼굴에서 핏기가 가실 차례가 되었다.

"만에 하나라도…… 패배할 수 없게 됐거든요."

'질베르에게는 '아직' 말하지 않을 테니 안심하십시오.' 라는 말을 들었지만 전혀 안심되지 않았다. 그보다 패배할 수 없다는 건 처음부터 그랬잖아?!

안경테를 올리며 그렇게 선언한 스테일에게서 시커먼 오라가 흘러나왔다. 어쩌지, 스테일도 아서도 화가 난 게 분명해.

"프라이드 제1왕녀 전하!"

갑자기 내 이름을 부르는 소리에 뒤를 돌아보니, 요안 국왕이 있었다. 마침 국민과의 이야기가 끝난 듯했다. 요안 국왕은 먼 거리를 온 것도 아닌데 숨을 헐떡이며 내 앞에 섰다. 그리고 얇은 안경테의 위치를 고치며 금색 눈동자로 나를 가만히 바라보았다. 서서히 호흡이 안정되기 시작하자 "어째서……." 하고 한마디를 흘리더니 뒤이어 말했다.

"어째서…… 당신은 동맹은커녕 지금까지 접점조차 없었던 소국을 지키려고 이렇게까지 하시는 겁니까. 대국 프리지아의 제1왕녀인 당신과 소국 차이넨시스의 국왕인 제 목숨은 균형이 안 맞습니다."

요안 국왕이 양 눈썹에 힘을 주고 매서운 표정을 지은 채 한
말은 겸손도 비하도 아닌 진심에서 우러나온 말이었다.

납득할 만한 답을 바라는 듯하면서도 어딘가 무모한 나를 나
무라는 듯한 말에 무심코 입을 다물고 말았다. 하지만 그 질문
에 대한 답은 간단하다.

"동맹국인 서시스 왕국의 랜스 국왕님, 세드릭과 약속했으
니까요."

"하지만 이런 소국을…… 저희 나라를 위해 당신까지 목숨을
걸 필요는……!"

"국민이 있으니까요. 국가에 국민보다 가치 있는 건 없어요."

"……!"

내가 단호하게 선언하자, 요안 국왕은 눈을 휘둥그레 뜬 채
할 말을 잃었다. 반사적으로 가슴께를 붙잡은 손이 목에 걸린
십자가 펜던트를 움켜쥐었다. 숨이 잘 쉬어지지 않는 것처럼
목을 떨며 중성적이고 단정한 얼굴을 경련시켰다.

대국 프리지아가 이렇게까지 관여하는 것을 의문스럽게 여
기는 건 당연하다. 하지만 최종보스 프라이드의 목숨 하나를
걸어서 차이넨시스 왕국 국민이 모두 일어선다면 충분히 균형
이 맞는다고 생각한다. 차이넨시스 왕국에도 국민이 있다. 그
들이 프리지아와 서시스 왕국의 손을 잡아 준다면 우리가 지켜
줄 수 있다. 모처럼 국민을 구할 방법을 찾았으니 어떤 수를 써
서라도 그들이 손을 잡게 만들어야 한다고 생각했다. 내 목숨

정도면 값싼 편이다. 게다가…….

"저는 어디까지나 맹세했을 뿐이에요. 국민들의 마음을 움직인 건 국왕 폐하입니다. 그리고 저희를 움직인 건 다름 아닌 세드릭이에요."

나는 요안 국왕에게서 시선을 돌려 눈으로 가리키듯이 우리 뒤쪽에 서 있던 세드릭을 돌아보았다. 세드릭은 갑자기 자신이 화제에 올라서 놀랐는지 한순간 어깨를 떨었다. 그리고 동그래진 붉은 눈동자로 나와 요안 국왕을 가만히 바라보았다.

"처음에 세드릭이 말한 대로, 저희를 부른 건 세드릭이에요. 국왕 폐하가 세드릭의 말을 믿고 움직이셨기에 저 역시 폐하에게 협력할 수 있었어요."

사실 세드릭의 신뢰가 있었기에 가능한 일이었다.

친우인 랜스 국왕이 정신착란을 일으킨 것과 그에 당황하는 성 사람들을 목격한 요안이 입었을 마음의 상처는 내 예상보다 깊었다. 세드릭과 요안 국왕에게 랜스 국왕이 그만큼 큰 존재였던 거겠지. 우리끼리만 요안 국왕을 방문했다면 움직이지 않았을지도 모른다. 랜스 국왕의 동생이자 요안 국왕과 친한 세드릭이 있었기에 요안 국왕을 움직일 수 있었다. 이렇게 서로를 신뢰하는 두 사람이, 게임에서는 서로 증오하고 증오받는 사이라니…….

게임이 시작된 시점에서 랜스는 발광한 상태로 하루하루를 보냈고, 세드릭은 타국에 형이 정신착란을 일으킨 것을 숨기며 나라를 지탱했다. 그리고 요안은 차이넨시스 왕국을 배신하고 속주로 전락시킨…….

세드릭을 몹시 증오하게 되었다.

세드릭이 '거짓' 원군 이야기를 해서 차이넨시스 왕국의 전면 항복을 말리지 않았다면 코페란디의 속주가 되지 않았을 것이다. 차이넨시스 왕국이 속주가 되자 친우인 랜스는 마음이 병들고 말았다. 그뿐만 아니라 세드릭은 프리지아 왕국이 반기를 듦과 동시에 프라이드에게 협박당해 영토의 모든 금맥을 프리지아 왕국에 양도한다는 계약서를 작성했다.

그 결과, 누가 봐도 세드릭이 프리지아 왕국과 내통해 차이넨시스 왕국을 판 것처럼 보였다.

믿었는데 배신당했다. 믿었던 자에게 국왕과 친우를 걱정하는 마음을 이용당했다는 분노와 슬픔이 증오가 되어 세드릭 한 사람에게 향했다.

게임 속 세드릭 루트에서 프리지아 왕국을 방문한 요안과 세드릭이 우연히 만나는 장면은 분위기가 몹시 험악했다. 어둡게 가라앉은 목소리로 "형……." 하고 말을 건 세드릭은 요안에게 몹시 겁을 먹은 눈치였다. 그러자 요안은 "그렇게 부르지 마……! 더러우니까……! 저주받은 아이인 주제에." 하고 증오스럽게 대답했다.

자기 나라의 국왕인 형이 발광하고, 형처럼 따르던 사람과 그 나라 국민에게도 증오를 받게 됐다. 자신이 프리지아 왕국에 도움을 요청하는 바람에, 쓸데없는 짓을 하는 바람에 모두를 불행하게 만들었다. 세드릭은 특히 형처럼 따르던 요안이 자신을 증오하는 것에 깊게 상처받아 남을 못 믿게 되었다. 절대적인 신뢰와 유대를 확신했던 요안에게 증오를 사자, 그가 믿던 모든 것이 무너져 내리고 말았다.

세드릭 루트에서 유일하게 그에게 남은 신뢰할 만한 상대는 랜스뿐이었다. 세드릭이 발광한 랜스에게 홀로 이야기하는 장면은 평소의 거만한 나르시스트 같은 모습에서는 상상할 수 없는 비통함으로 가득 차 있었다.

게임에서 세드릭과 요안은 프라이드 때문에 완전히 연이 끊겼다. 다만 최종 국면을 앞에 두고 요안은 프라이드의 명령으로 세드릭을 가로막았으나…… 마지막에는 길을 비켜 주었다. "널 위해서가 아니라 랜스를 위해서야."라고 주장하기는 했지만 역시 그만한 유대가 있었던 거겠지.

배신당한 충격 때문에 진심으로 세드릭을 증오하고, 세드릭은 증오를 받은 충격으로 심각한 인간 불신에 빠질 만큼 강한 유대가.

"세드릭……."

요안 국왕이 툭 내뱉듯이 그의 이름을 불렀다. 세드릭은 견디듯이 아랫입술을 살짝 깨물었다. 그 자리에 붙박인 것처럼 굳었지만 눈으로는 요안 국왕을 바라보았다. 그러자 요안 국왕이 먼저 천천히 세드릭 앞으로 걸어갔다. 장신의 세드릭보다 약간 작아서 시선을 들어 올려다보았다. 그리고 그의 머리 위로 살며시 손을 뻗었다.

"많이 컸구나……."

요안 국왕이 머리칼 끝까지 세팅한 금색 머리를 쓰다듬으며 흔들었다. 감개무량한지 그렇게 중얼거리는 요안 국왕을 보고 세드릭이 눈을 크게 뜨더니 시선을 피하듯이 고개를 숙였다.

"그만해 형…… 난 이제 열일곱 살이라고."

고개를 숙여서 표정이 보이지 않는 세드릭에게서 미약하게 떨리는 목소리가 들려왔다. 그러나 요안 국왕은 익숙하다는 듯이 부드럽게 웃으며 손길을 멈추려 하지 않았다.

" '이 몸의 머리가 흐트러진다고!' 가 아니라? 난 너보다 네 살이나 많거든."

요안 국왕은 마지막으로 세드릭의 머리를 정돈하듯이 한 방향으로 쓰다듬더니 자연스럽게 세드릭의 어깨 위에 손을 올렸다.

"고마워, 세드릭. 많이 괴로웠지……."

요안이 그렇게 말한 순간, 고개 숙인 세드릭의 눈에서 물방울이 뚝뚝 떨어졌다. 처음에는 기분 탓인가 싶을 정도로 작았던 물방울이 점차 굵은 눈물방울이 되어 흘러내렸다. 그 눈물 양에 비례하듯이 그의 어깨가 심하게 떨리기 시작했다.

게임 속 세상의 그가 줄곧 닿길 바랐던 그 손이, 이날 확실히 닿았다.

"그렇구나. 요안이……."

차이넨시스 왕국을 설득한 우리는 다시 서시스 왕성으로 돌아왔다. 무사히 돌아온 우리의 보고에 랜스 국왕은 안도의 한 숨을 내쉬었다. 처음보다 표정이 살짝 부드러워진 랜스 국왕의 모습을 보고 나는 고개를 끄덕이고 이야기를 계속했다.

"네, 요안 국왕님은 세드릭 제2왕자 전하의 설득 덕분에 차이넨시스 왕국과 함께 싸울 각오를 하셨어요."

여왕 대리인 나와 요안 국왕이 차이넨시스 왕국도 정식으로 하나즈오 연합왕국으로서 프리지아 왕국과 동맹을 체결하겠다는 합의 절차를 진행했다. 사실은 이 자리에 요안 국왕을 데려오고 싶었다. 하지만 한 번 연설했다고 모든 국민에게 싸우겠다는 의지가 전달된 건 아니다. 국민의 입을 통해 금세 소문이 퍼질 테지만, 전쟁 준비도 해야 해서 성 밖으로 나가기는 아직 힘들어 보였다.

"국경의 벽을 전부 허물기는 어려울 듯하지만 저희가 넘어온 벽 일부부터 서둘러 철거하겠다고 했고 모든 위병에게 벽의 경호를 해제하라는 명령이 내려갔어요. 아마 곧 있으면 군대도 문제없이 오갈 거예요."

순서대로 설명하는 나에게 랜스 국왕은 몇 번이고 고개를 끄덕이며 "하나부터 열까지…… 감사드립니다!" 하고 진심으로 고마워했다. 사실 나는 아무것도 안 했는데. 하지만 우리를 그 땅으로 보내 준 기사들을 향한 찬사라고 생각하며 고맙게 받아들이기로 했다.

"남은 문제는 방위전을 대비해서 각 나라의 진형 및 방어진을 어떻게 구성하느냐는 건데요……."

프리지아, 서시스, 차이넨시스. 이 세 나라가 힘을 합쳐 차이넨시스 왕국을 지켜야 한다. 아무리 소국이라 해도 하나의 국가다. 적국이 쳐들어올 방향이나 전력은 어느 정도 예상했다. 하지만 전쟁의 핵심은 저 배치에 달렸다. 내 질문에 랜스 국왕은 "그거라면 우리 나라에서도 어느 정도 준비하고 있습니다."라고 대답했다. 그러나 뒤이어 팔짱을 끼고 약간 어렵다는 듯이 신음했다.

"하지만 프리지아 왕국 원군과 차이넨시스 왕국의 협력을 얻는다면 배치를 다시 고민할 필요가 있겠군요."

"네. 그래서 말인데요……."

"정말 몇 번이나 송구스럽지만……." 하고 무심코 말끝을 흐린 나를 보며 랜스 국왕이 고개를 갸웃거렸다. 이 뒤의 내용을 말해야 한다……. 여기까지 발을 들여놓고서 이렇게까지 하다니 진짜로 게임 속 방약무인한 프라이드가 할 행동 같아서 싫지만…….

거기까지 생각하자마자 내 등 뒤로 무서운 기척을 느낀 나는 결심했다.

"우리 나라의 우수한 재상과 기사단장, 차기 섭정 스테일이 제안할 것이 있습니다. 이 자리를 빌려 '세 나라' 끼리 급히 작전 회의를 열고 싶은데…… 어떻게 생각하세요?"

내 소개와 동시에 질베르 재상, 기사단장, 스테일이 앞으로 나왔다. ……어느 두 사람에게서 엄청나게 무서운 패기가 뿜어져 나왔다.

랜스 국왕도 범상치 않은 패기를 느꼈는지 어깨를 움찔거리고 "'세 나라' ……?" 하고 되물었다. 그렇다, 세 나라다.

랜스 국왕의 질문에 질베르 재상이 "제가 설명하지요." 하고 손을 우아하게 어깨높이까지 들며 웃었다.

"소개가 늦었습니다. 프리지아 왕국의 재상인 질베르 버틀러라고 합니다."

질베르 재상이 만나 뵙게 되어 영광이라고 인사하고 그 손에 든 종이 다발을 가볍게 고쳐 쥐었다.

"아까 차이넨시스 왕국에서 여기로 돌아오기 전에 우리 나라 통신병 한 명과 기사 여럿을 요안 국왕님께 맡기고 왔습니다."

'통신병'이라는 익숙하지 않은 말에 랜스 국왕이 다시 얼굴에 의문을 드러냈다. 그 표정이 뜻하는 바를 눈치챈 질베르 재상이 등 뒤의 기사 중 한 명에게 신호를 보냈다. 설명했던 통신병과는 다른 통신병이었다.

통신병은 왕좌에서 가까운 기둥 위에 손을 올리더니 "여기는 서시스 왕국, '시점' 고정 완료. 즉시 통신을 연결하라."라고 몇 번 반복해서 외쳤다. 잠시 기다리자, 이번에는 왕좌 바로 앞에서 『여기는 차이넨시스 왕국, 영상을 확인. 지금 통신 중, 응답하라.』라는 목소리가 들리며 통신병의 영상이 나타났다.

그 모습에 랜스 국왕은 상당히 놀라서 "뭐지?!" 하고 큰 소리를 내며 눈을 부릅떴다.

"우리 나라의 특수 능력자를 통한 연락 수단입니다. 지금 차이넨시스 왕국의 상황이 이쪽에 영상으로 전송되고 있습니다.

반대로 저 기둥에서 보이는 영상을 차이넨시스 왕국으로 전송하고 있습니다."

질베르 재상이 랜스 국왕의 반응을 신경 쓰는 기색도 없이 간단히 설명했다. 저쪽에서도 기사가 비슷하게 설명했다. 차이넨시스 왕국에 있는 요안 국왕에게…….

『다행이다……. 정말로 건강해 보여서…….』

"요안?!"

익숙한 목소리에 랜스 국왕과 그 옆에 서 있던 세드릭까지 크게 반응했다. 영상 가득 비치던 통신병이 물러서자, 그 뒤로 왕좌에 앉은 요안 국왕의 모습이 보였다. 영상 속에서 요안 국왕은 정면에서 살짝 벗어난 곳을 보고 있었다. 아마 그쪽에서 영상이 보이는 듯했다.

『랜스. 정말 다행이야. 네 건강한 모습을 다시 봐서 기뻐.』

"그래, 쓸데없는 걱정을 끼쳐서 미안해. 보면 알겠지만 지금은 아무 문제없어."

영상 속에서 진심으로 기쁜 듯한 요안 국왕의 목소리가 들려왔다. 그 모습에 랜스 국왕도 힘차게 웃으며 대답했다. 뒤이어 랜스 국왕이 "오히려 네 안색이 더 안 좋아 보이는데. 그런 꼴로 싸울 수 있겠어?" 하고 질타하자, 요안 국왕은 대답 대신 우스운지 쓴웃음을 지어 보였다.

어깨의 힘이 빠진 것처럼 웃는 두 사람의 모습에 서로 얼마나 마음을 터놓은 사이인지 잘 느껴졌다. 아무 말도 하지 않는 세드릭이 신경 쓰여 시선을 돌리자, 그는 랜스 국왕 옆에서 기둥에 기댄 채 홀로 작게 미소를 짓고 있었다.

"그럼, 환담 중에 죄송하지만 본론으로 들어가도 될까요?"

질베르 재상이 타이밍을 재고 있었는지 조용한 목소리로 물었다. 화면 너머의 요안 국왕과 이 자리에 있는 모든 사람이 대답하며 의식을 돌렸다.

질베르 재상과 스테일, 기사단장이 자연스럽게 내일의 작전과 배치 형태를 제안했다. 질베르 재상은 스테일과 기사단장에게서 이상할 정도로 패기가 뿜어져 나오는 것을 분명히 눈치챘을 텐데도 전혀 겁먹지 않았다. 나는 그런 그가 새삼스럽게 존경스러웠다.

작전 회의 중에 요안 국왕이 『그런 목적의 진형이라면 이곳의 전력을 강화해서…….』라고 제안하거나 랜스 국왕이 "그렇다면 이 탑을 본진으로 삼으면 어떻습니까?"라고 제안했고 스테일은 "저라면 이곳을 공격하겠습니다. 만일을 위해 성의 경비에 우리 쪽 기사를 몇 명 배치하고 싶군요." "만일을 위해 오늘 밤 중으로 양국의 성안을 전부 안내해 주셨으면 합니다." 라고 진언하고 긴급 시의 종전 신호 방법에 관해 얘기하는 등 다양한 의견이 오갔다. 기사단장이 기사를 그렇게 배치하는 것이 가능한지 판단해 주었고, 나도 의견을 내거나 이야기를 듣는 동시에…… 머릿속으로 아까 전 일을 떠올렸다.

스테일은 세드릭 일행과 국경을 넘어 서시스 왕국 쪽으로 돌아오자마자 질베르 재상과 기사단장에게 요안 국왕을 설득했다고 간결하게 보고했다. 그리고 그 후에 기사단장만 따로 불러 내가 피의 계약을 맺었다는 사실도 보고했다.

　나는 국민에게 신뢰받으려면 어쩔 수 없는 선택이었고 우리 기사단이라면 이길 거라고 생각해서 그랬다고 필사적으로 변명했다. 하지만 무~척 혼났다. 내가 예상한 대로 어마어마하게 많이…….

　내가 요안 국왕의 연설에 난입했다는 걸 들었을 때는 기사단장이 한 손으로 머리를 부여잡을 정도였다. 그러나 내가 그 뒤에 약속을 못 지키면 화형당하겠다고 발언한 이야기를 들은 순간, 스테일과 나를 번갈아 보더니 눈을 최대한 크게 부릅떴다. 심지어 피의 맹세까지 맺었다고 듣자 마침내 양손으로 머리를 끌어안으며 "또……!" 하고 이를 악문 채 탄식을 흘렸다. 스테일은 "부디 사양 마시고 한 말씀 해 주십시오. 제1왕자인 제가 책임지고 허가하겠습니다." 하고 기사단장에게 발언을 허가했다. 그 순간, 기사단장은 엄청나게 무서운 얼굴을 하고, 멀찍이서 이쪽을 지켜보는 기사와 질베르 재상에게 들리지 않게 목소리를 억누르며 "어째서 자신의 목숨을 그렇게 간단히 저울질하시는 겁니까?!" "전쟁은 놀이가 아닙니다. '절대'라는 건 존재하지 않아요!" "이건 여왕 폐하와 부군 전하께 보고할 수 있는 영역을 넘었습니다!" "저희 군대에 있어 이 방위전이 의미하는 바가 완전히 달라집니다!" 하며 나를 혼냈다.

　나는 무심코 고개를 숙이며 어깨를 움츠렸고, 기사단장의 설교가 끝날 때쯤에는 완전히 거북이 같은 꼴이 되었다. 스테일은 시야 끄트머리에서 계속 동조하듯이 고개를 끄덕였고, 세드릭은 거북하다는 듯이 자기 목덜미를 누르며 눈살을 찌푸렸다. 감추고 있었던 유감스러운 왕녀의 모습이 훤히 드러나고 말았다. 근위기사 임무 때문에 나와 같이 있던 아서와 칼럼 대장은 기사단장의 무서운 얼굴을 보고 등을 곧게 펴면서 날 못 말린 걸 반성하듯이 입을 굳게 다물었다.

나는 거듭 사과하고 "하지만 전 그 정도 각오로 임하고 싶었어요."라고 전하자, 기사단장은 약간 포기한 것처럼 한숨 쉬었다.

"저희는 원래부터 이번 방위전에서…… 질 생각이 추호도 없었습니다. 다만……."

기사단장이 무겁게 입을 여나 싶더니 말을 끊고 지금까지와는 비교도 안 되는 중압감이 느껴지는 목소리와 무시무시한 패기가 폭풍처럼 뿜어져 나왔다. 그 엄청난 기세에 나뿐만 아니라 옆에 있던 티아라와 세드릭까지 아서 일행과 마찬가지로 단숨에 등을 곧게 폈다.

"이 방위전에는 하나즈오 연합왕국의 존속만이 아니라……."

기사단장은 거기까지 말하고 유일하게 태연한 스테일 뒤로 천천히 뒷걸음질 치듯이 물러났다. 뒤이어 스테일이 눈은 전혀 웃지 않은 채 입으로만 미소 지으며 발언권을 넘겨받았다.

그리고 내게 선언하듯이 이어서 말을 내뱉었는데……. 나는 그 말을 듣고 입가를 움찔거리며 "네."라는 대답밖에 할 수 없었다. 스테일의 말투가 한층 더 질베르 재상과 비슷해졌고 예전보다 더욱 날카로워진 가차 없는 면모는 베스트 숙부님과 겹쳐 보였다. 기사단장에게 혼나는 것도 이렇게 무서운데, 질베르 재상 귀에는 안 들어가서 다행이다. 9번대에도 함구령을 내렸고 세드릭에게도 비밀로 하라고 부탁했으며, 이 이상 혼란을 일으키지 않도록 질베르 재상과 랜스 국왕에게 비밀로 하기로 했다. 기사단장이 "저는 기사들의 사기를 올리기 위해 내일 배치하기 직전에 그들에게 보고하겠습니다."라고 말했지만. 일단 우리 나라 기사에게는 알리려는 모양이다.

질베르 재상에게 알리면 엄청난 일이 벌어지겠다는 생각에 새삼스레 무서워져서 조용히 스테일의 선언을 떠올렸다.

'이 방위전에는 하나즈오 연합왕국의 존속만이 아니라……우리 프리지아 왕국의 미래도 걸린 게 되는군요, 누님…… 차기 여왕 프라이드 제1왕녀 전하.'

태어나서 처음으로 죽을 각오로 살아남아야겠다고 명심한 순간이었다.

내일, 수많은 운명이 결정된다.

"불은 반드시 유지해라. 적의 습격에 대비해 이상이 있을 시에는 바로 보고해라."

기사단장인 로데릭이 호령하자마자 "예!" 하는 목소리가 일제히 들려왔다.

하나즈오 연합왕국에 가려고 프리지아 왕국을 나선 첫날 밤, 국외의 경로를 따라가던 그들이 오늘은 걸음을 멈췄다. 최단 거리로 가기 위해 최소한의 주변 국가만 경유해서 전진하던 그들은 오늘 밤에 야영하기로 했다. 순조롭게 주요 도로를 전진해 예정보다 약간 빠르게 야영 예정지에 도착한 그들은 무리하게 진군을 강행하지 않고 야영 준비를 시작했다. 원래대로라면 왕족용 마차로 10일은 걸리는 거리를 3일 이내에 돌파해야 하기에 조금이라도 오래 진군하는 게 좋지만 이번에는 기사단뿐만 아니라 왕족도 동행한 상황이다. 당초 계획대로 전진하고 있으니 무리하게 진군을 강행하는 게 오히려 어리석은 짓이다.

기사들이 순조롭게 펼친 텐트는 왕족 숙박용부터 작전 회의 본부, 기사단용 순으로 우선순위를 지키며 설치되었다.

밤이 깊어지고 모든 텐트 설치가 끝난 뒤에도 기사단은 긴장을 풀 틈이 없었다. 식사를 마치고 나서도 각 부대의 부서 담당과 말 관리 담당, 정비 담당의 역할 확인, 망보기 담당의 보고 업무 등으로 수많은 기사가 야영지 주변을 오갔다. 지금은 성안의 연습장도 아니고 신병이 동행하지도 않아서 대부분의 업무를 주력부대 기사가 분담해야 했다. 야간 망보기 담당 이외에는 교대 혹은 내일 아침까지 취침하라는 명령이 내려오고 나서야 온 기사단이 고요해졌다.

"언니. 밤중에 죄송해요……. 혹시 쉬고 계셨어요……?"

그때, 왕녀 한 명이 자기 텐트에서 빠져나와 베개를 끌어안고 찾아왔다. 티아라가 호위 기사의 보호를 받으며 발걸음을 옮긴 곳은 옆 텐트였다. 경호하는 기사가 텐트 주인에게 들어가는 걸 허락받자 입구를 지난 티아라는 불안한 듯이 얇은 눈썹을 늘어뜨렸다. 몇십 분 전에 '안녕히 주무세요.' 하고 인사를 나눴던 상대를 찾아가기가 주저되기도 했다. 하지만 익숙하지 않은 침상과 첫 야영은 티아라의 작은 심장을 뒤흔들었고 수면을 방해했다. 결국 티아라는 베개를 껴안고 잠옷 차림으로 언니를 찾아갔다.

"아니, 괜찮아. 나도 아직 잠이 안 오던 참이었거든."

프라이드는 어서 오라며 부드럽게 웃고 자신의 텐트로 여동생을 들였다. 그 말에 표정이 확 밝아진 티아라는 신나서 발소리를 내며 텐트 안으로 들어갔다. 원래도 경비가 많이 깔린 텐트였는데 왕족 두 명이 한곳에 모인 탓에 두 배에 가까운 인원이 주위를 둘러쌌다.

"오늘 밤엔 같이 잘까. 침대가 조금 좁긴 한데 괜찮아?"

"기사한테 옮겨 달라고 할까?" 하고 묻는 프라이드에게 티아라는 "괜찮아요!"라고 발랄하게 대답했다. 왕족을 위해 운반한 간이침대는 평소에 쓰는 것만큼 넓진 않지만, 날씬한 여자 둘이 자기에는 문제없었다.

프라이드가 자려고 혼자 침대에 누웠을 때, 잠이 안 오지는 않았지만 야영하느라 여동생이 불안해하지는 않을까 걱정됐다. 그런데 진짜 자신의 텐트를 찾아와서 살짝 웃음이 나왔지만 혼자서 무리하지 않고 자신에게 와 줘서 기뻤다. 스테일과 얘기해서 밤 동안만이라도 티아라를 성안의 본인 방으로 돌려보내는 편이 좋지 않을까 생각했지만, 일단은 같이 자면서 안심하길 바랐다.

"오라버니는 자고 있을까요? 이제부터라도 셋이서 자면 좋을 텐데……."

프라이드는 베개를 끌어안고 침대에 엎드린 티아라에게 "스테일은 남자잖아." 하고 쓴웃음을 지었다. 남매인 자신들이 텐트 하나를 개인실로 제공받았듯이, 의붓 남동생인 스테일 역시 당연하게도 개별 텐트에서 잔다. 솔직히 말하자면 티아라 말대로 스테일이 이곳에 와 주면 든든하겠지만, 많은 기사가 둘러싸고 있는 동안에는 힘들다. 아무리 개인실이라 해도 천으로 만든 텐트라 그림자가 보여서 들키기 쉽다.

"밖은 어땠어? 아직도 별이 잘 보여?"

"네. 몇 번을 봐도 무척 예쁜 별하늘이었어요. 그리고 마침 선행부대 기사들이 정비를 위해 탈 것을 이동시키는 걸 봤어요."

'선행부대'와 '탈 것'이라는 말에 프라이드는 낮의 이동을 떠올렸다. 선행부대는 기본적으로 각 부대의 대원으로 소속됐다가 필요한 사태가 일어나면 편성되는 특별 부대다. 프라이드는 6년 전 기사단 습격 사건 때 편성됐던 그 부대를 선명히 기억했다.

보통, 장거리를 이동할 때는 말을 타거나 짐마차를 끌고 가는 것이 일반적이다. 하지만 말은 생물인지라 그 체력과 다리에 한계가 있다. 일반적인 말보다 힘과 체력이 좋고 속도가 빠른 왕족용 마차나 기사단의 말을 타고 가도, 며칠이 걸리는 경우 도중에 휴식시간을 포함하면 하루에 이동할 수 있는 거리에 한계가 있다. 그러나 선행부대가 이동할 때만큼은 달랐다.

프리지아 왕국의 특제 짐마차는 튼튼한 데다가 방향 전환이 용이한 크기부터 프라이드가 전생에서 봤던 소형 및 대형 트럭, 대형 버스 급까지 있다. 짐뿐 아니라 말과 사람을 모두 태운 특제 짐마차와 프라이드 일행이 탄 마차의 각 차량 부분을 끄는 건 말이 아니었다. 선행부대가 이끄는 특수 능력제 이륜차였다.

선행부대는 상황에 따라 달리는 속도나 도약력이 뛰어나거나 말이 피로를 느끼지 않고 주행하게 하는 특수 능력을 지닌 자들로 구성한다. 하지만 기본적으로는 특수 능력제 이륜차를 운전하는 자들로 편성한다. 그 차를 움직이는 것은 과학 기술이 아니라 특수 능력이라서 기계라고 할 수는 없다. 그래서 연료로 움직이지 않기에 그걸 만든 특수 능력자 본인이 아니면 주행할 수 없다는 단점이 있다. 하지만 그와 동시에 평범한 기계로는 불가능한 것이 가능하다는 점이 특수 능력제 이륜차의 장점이다.

언뜻 보면 단순한 대형 오토바이 같은 인상이지만 짐마차와 각 차량을 연결하면 중량과는 상관없이 끌 수 있다. 자동차 정도는 아니고 말 한 마리가 달리는 것과 비슷한 속도지만 운반하는 짐의 중량과 관계없이 속도를 유지하면서 전진할 수 있다. 그 때문에 운전자만 괜찮으면 일정 속도로 상시 이동하는 게 가능했다. 짐마차가 너무 많아 방향 전환이 불편해서 선행에는 적합하지 않기에 보통은 사용하지 않지만 이번처럼 장기간 이동하면서 대량의 짐을 운반할 때는 큰 무기였다.

왕족이 타는 각 차량은 특수 능력제 이륜차에 하나씩 연결됐고, 다른 짐마차는 크기가 같은 차량끼리 연결한 뒤에 다시 이륜차에 연결해서 지붕 없는 전철이나 기차와 비슷한 모양새였다. 상식적으로는 끌고 갈 수 없는 중량의 짐마차를 어려움 없이 끌며 지칠 줄 모르는 이륜차는 기사단 주력부대의 말이 하루에 이동하는 거리를 고작 한 시간 만에 돌파했다.

'선행부대의 힘을 빌려 출진하였으며 3일 후에 서시스 왕국과 합류하겠습니다.'

세드릭이 남은 기간을 제시했음에도 프라이드와 로자가 흔들리지 않고 문제없다고 판단한 것도 그들이 있어서다. 타국에서는 흉내 낼 수 없다.

"내일도 같은 방법으로 진군하죠? 또 두근거릴 것 같아요."

"그러게. 하나즈오 연합왕국 부근에 가면 타국의 눈도 있으니 그냥 말로 이동하겠지만……."

프리지아 왕국 주력부대 기사 특유의 이동 방식은 타국에 경계 받기 십상이다. 그때는 짐마차에 실린 말과 이륜차를 교대해서 평범하게 이동할 것이다. 프라이드는 출국 전에 기사단에서 설명받은 내용을 머릿속으로 곱씹으며 걸터앉았던 침대 위에 드러누웠다. 그리고 티아라 흉내를 내며 자신도 베개를 끌어안고 엎드렸다.

"기분은 어때? 잠이 좀 와?"

"아직…… 언니는 어떠세요?"

티아라는 방긋 웃더니 그대로 베개에 턱을 묻었다. 혼자 텐트에 있을 때는 불안으로 가득했지만, 프라이드와 함께 잔다고 생각하니 이번에는 기뻐서 잠이 오지 않았다. 지금까지 자신이 잠들 때까지 언니와 오빠가 옆에 있었던 적은 있어도, 지금처럼 같은 침대에서 잔 적은 없었다.

작은 램프 빛으로 서로의 얼굴이 보이는 상황에서, 프라이드는 마음속으로 전생의 수학여행과 파자마 파티를 떠올렸다. 잠이 오지 않는다며 순진무구한 미소를 짓는 티아라의 모습에 프라이드까지 얼굴이 풀어지고 말았다. 내일 이동에 대비해 자야 한다는 건 알지만 이런 기회는 좀처럼 없다고 생각하니 밤샘하고 싶어졌다. 티아라와 얼굴을 마주 보며 한 번 웃고 나니 그 뒤로 계속 서로 키득거리며 웃음소리를 흘렸다.

"……맞다, 티아라. 이야기 하나 해 줄까?"

"정말요?"

티아라가 "꼭 듣고 싶어요!" 하고 무심코 텐트 안에 울려 퍼질 정도로 외쳤다. 독서가이기도 한 티아라에게 언니가 들려주는 이야기는 포상과도 같았다. 도대체 어떤 이야기를 해 줄까 하고 머릿속으로 지금까지 읽은 책의 제목을 늘어놓았다. 한 번밖에 안 읽은 책이든, 마음에 들어서 몇 번이나 읽은 책이든 프라이드의 입으로 이야기를 듣는 것 자체가 너무나 기대됐다. 침대 속에서 다리를 번갈아 움직이며 베개를 끌어안은 양팔에 힘을 주었다. 기대로 가득한 여동생의 눈빛에 프라이드는 쑥스러운 듯이 미소를 지으며 생각했다. 모처럼이니 티아라가 읽은 적 없는 이야기가 좋겠지, 하고 전생에서 유명했던 여러 동화를 떠올렸다. 티아라의 취향은 남매가 마녀를 무찌르는 이야기나 공주님과 왕자님 이야기일까, 하고 고민하던 프라이드는 대표적인 동화를 꺼내 들었다.

"신데렐라……는 어때?"

티아라는 그게 뭐냐고 하며 몸을 앞으로 숙이고 얼굴을 들이댔다. 기세가 지나친 나머지 프라이드와 코끝이 부딪혔다. 프라이드는 들어본 적 없는 제목에 금색 눈을 보석처럼 반짝이는 여동생을 향해 천천히 입을 열었다.

"옛날 옛날 어느 마을에…… 무척 마음씨 고운 여자가 살고 있었어요."

마치 너처럼 말이야. 그런 생각을 하며 프라이드는 이야기를 시작했다.

전생에서 여자라면 한 번쯤은 동경했을 왕자님과의 행복한 이야기를.

"그리하여…… 신데렐라는 왕자님과 함께 행복하게 살았답니다."

프라이드는 이야기의 종막을 알리듯이 느릿한 말투로 마무리했다.

그러자마자 티아라가 손뼉을 쳤다. 티아라는 이야기를 들으며 여러 번 몸을 뒤척였지만 지금은 프라이드를 보며 누워 있었다. 자신을 재우려고 이야기를 들려준 건 알지만, 오히려 프라이드가 해 준 이야기를 듣고 졸음이 달아나 버렸다. 신데렐라가 계모와 새언니들에게 괴롭힘을 당하는 건 슬펐지만 착한 마녀, 호박 마차, 유리구두 이야기까지 모두 가슴이 두근거렸다. 마지막에 '행복하게 살았답니다.' 라는 자신이 좋아하는 문구까지 포함된 이야기는 책이었다면 몇 번이고 다시 읽고 싶을 정도였다.

"정말 멋졌어요! 언니, 도대체 그런 이야기는 어디서 읽으신 거예요?"

"어디……였더라? 엄청 옛날에 읽었던 것 같은데."

옛날은커녕 전생에서 읽었다고는 말 못 한다. 프라이드는 티아라의 열띤 시선을 쓴웃음으로 얼버무리며 침대 안에서 다리를 교차시켰다. "읽어 보고 싶어요!" 하고 양손을 꼭 쥐고 열망하는 티아라를 달래듯이 그녀의 웨이브 머리를 쓰다듬었다.

동화가 아니라 여성향 게임이긴 하지만, 눈앞의 사랑스러운 여동생 역시 사실은 주인공이라고 조금 멍해진 머리로 감개무량하게 생각했다. 티아라는 언니의 어딘가 아득한 눈빛을 잠시 바라본 뒤, 문득 머릿속에 떠오른 것을 입 밖에 꺼냈다.

"역시 왕자님은 다정하고 소중히 여겨 주는 사람이 좋아요."

프라이드는 긍정하면서도 티아라의 너무나 귀여운 말에 간지러워져서 웃고 말았다. 그러나 티아라는 침대 안에 입가를 파묻은 채 아까까지 신났던 게 거짓말처럼 지금은 가녀린 어깨를 움츠리고 있었다. 프라이드는 대답을 잘못했나, 하고 고개를 갸웃거리며 티아라를 바라봤지만, 그 순간 언니의 눈빛을 눈치챈 티아라는 마음을 다잡듯이 표정을 풀었다. 그리고 분위기를 바꾸려고 눈앞의 언니에게 화제를 던졌다.

"만약 언니의 주변 분들이라면 어떤 왕자님이 될 것 같아요?"

프라이드는 눈을 크게 깜빡이며 "주변?" 하고 되묻고 말았다. 자신과 친한 남자들 하면 몇 명 정도 떠오르지만, 스테일과 레온은 이미 왕족이다. 게다가 사교계에서 만나는 남자 대부분이 왕후 귀족이나 왕족이거나 그에 가까운 신분이다. 그렇다면 그 외의 사람을 가리키는 걸까 했는데, 티아라가 "예를 들면……." 하고 힌트를 주었다.

"예를 들면 오라버니나 아서…… 질베르 재상님이나 바르, 레온 왕자님이나 근위기사분들이라면…… 신데렐라를 어떻게 행복하게 해 줄 것 같아요?"

티아라가 비밀 이야기를 하는 듯한 목소리로 조곤조곤 이야기하는 모습에 프라이드는 왠지 본격적으로 파자마 파티 날 밤이 된 것 같다고 생각했다. '왕족'이 아니라 '신데렐라에 나오는 왕자님'이라면 어떻겠냐고 묻는 미소녀 티아라에게서 어디까지나 자신을 신데렐라에 대입하지는 않는 동생의 조심스러운 면모가 느껴졌다. 프라이드는 "글세……." 하고 말을 흐리며 꿈꾸듯이 아련하게 미소를 지었다.

"먼저 스테일은…… 자신의 손으로 온 나라를 샅샅이 조사해서 금세 신데렐라를 찾아낼 거야. 설령 세계의 끝에 있다 해도 찾아낼 거야. 그럴 아이야……."

전생의 게임에서도 그랬다. 공략 대상과 성 바깥에 몸을 숨긴 티아라를 찾아낸 건 스테일인 경우가 많았다. 스테일은 순간이동을 사용한다는 특성도 있지만, 티아라가 자신과 사랑에 빠지지 않아도 둘도 없는 존재였던 그녀의 몸을 걱정했다. 그리고 현실의 스테일 역시 반드시 달려올 사람이었다. 한 번 놓치지 않겠다고 다짐하면 절대로 포기하지 않을 것이다. 끝까지 뒤쫓고, 비록 전 세계 사람들이 포기해도 계속해서 찾아다닐 것이다. 지금도 차기 여왕인 프라이드의 왕정을 준비하기 위해 섭정인 베스트 곁에서 열심히 배우고 있는 그 아이라면.

그리고 신데렐라를 찾아내면 마지막에는 그녀를 괴롭히던 계모와 새언니들은 무사하지 못할 것이다. 소중한 사람을 괴롭게 만든 존재를 절대로 용서하지 않을 것이다. 프라이드가 그렇게 말하자, 티아라도 눈을 크게 뜨며 "분명 그렇게 될 거예요……!" 하고 힘차게 고개를 끄덕였다. 너무나도 정직한 여동생의 반응에 프라이드는 웃음소리를 흘리며 "하지만 신데렐라를 반드시 소중히 여길 거야." 하고 덧붙였다. 지금도 가족과 친구를 소중히 여기니까 자신 있게 단언했다.

"아서는…… 유리구두를 줍기도 전에 쫓아올 것 같아. 신데렐라가 마차에 탔어도 자기 다리가 움직이지 않을 때까지 쫓아올 거야. 그리고…… 신데렐라는 아서가 쫓아오는 모습을 영원히 못 잊겠지."

전생의 게임에서 아서는 기사단장이라는 확고한 지위를 버리면서까지 티아라와 함께 성 바깥으로 도망쳤다. 그리고 공략 후에는 기사단장을 사임하고 티아라의 반려로서 부군이 됐다.

현실의 아서 역시 기사가 되겠다는 맹세를 지키고 지금은 부단장까지 승진했다. 소중한 사람과 맹세를 지키려고 열심히 뛰어다니는 그라면 마차에 탄 정도로 포기하지 않을 것이다. 설령 따라잡지 못한다는 걸 알아도 자신의 한계까지 나아갈 사람이라고 프라이드는 생각했다. 설령 한눈에 반했다 해도, 그게 자신의 운명의 사람이라고 여기면 반드시……. 그리고 그런 모습을 보고 나면 도망치는 쪽도 마차에서 내리고 싶어지겠지. 지금까지 고통받았던 자신을 단 한 명의 사랑했던 상대가 언제까지고 쫓아왔으니까. 아서라면 유리구두로 찾아내기 전부터 신데렐라에게 진정한 자신을 보일 용기를 줄 듯한 기분이 들었다.

티아라가 "분명 따라잡을 거예요!" 하고 머릿속으로 상상한 왕자 아서를 응원했고, 프라이드는 긍정하며 미소 지었다.

"질베르 재상님은 이미 마리아와 스텔라의 왕자님이지 만…… 마리아가 신데렐라라면 분명 한눈팔지 않고 가장 빠르고 효율적으로 찾아내겠지."

프라이드는 확신을 가지고 그렇게 말하며 전생의 게임에서 알게 된 질베르와 마리안느의 과거를 떠올렸다. 어디까지나 대략적인 내용밖에 모르지만 사랑하는 여자를 위해 하급층에서 재상까지 출세한 그의 열정과 사랑은 진짜였다. 애정이 너무 순수한 나머지 과거에 길을 잘못 들기도 했으니까. 왕자라는 권력을 가졌다면 좋은 의미로도 나쁜 의미로도 수단을 가리지 않을 거라고 현실적으로 생각했다.

아내와 딸을 더없이 사랑하고 소중히 여기는 그라면 분명 신데렐라인 마리아도 행복하게 살게 하겠지. 그렇게 생각하니, 그 부부는 어떤 세계에 있어도 웬만한 장애물은 뛰어넘어서 맺어질 것 같았다. 게임에서처럼 어쩔 수 없는 사별이 아니라면 말 그대로 인생을 몇백 번 다시 시작해도 전부 만나서 맺어질 듯했다. 질베르라면 그 정도는 해낼 거라는 확신이 들었다. 티아라도 "틀림없어요." 하고 자기 일처럼 자랑스럽게 동의했다. 프라이드가 "그리고 반드시 마지막까지 행복하게 해 줄 거야."라고 뒤이어 말하자, 티아라도 즉시 대답했다.

"바르는…… 찾지 않을 것 같아."

자기가 그렇게 말해 놓고 웃는 프라이드를 보고 티아라도 바로 따라 웃었다. 아무리 사랑에 빠졌다 해도 그가 특정 여자를 쫓아가는 모습은 잘 상상이 안 갔다. 한 번 만난 정도로는 연이 없었다며 깨끗이 포기할 것 같았다.

프라이드는 "오히려 주위 부하들이 더 열심히 찾아다닐 것 같아." 하고 농담을 섞어서 말했다. 프라이드가 아는 신데렐라 이야기의 구조상 왕자의 연인을 찾아야만 하는 부하들은 바르를 상대로 고생할 듯했다. 몇 번이나 저질스러운 말로 놀려 댔던 그를 떠올리니, 실례인 건 알지만 '왕자가 됐을 때 여자관계는 괜찮을까?' 하는 생각이 들었다. 그래도 어쨌든 진정한 반려를 찾기 위해 대신이 무도회를 열 거라는 결론을 내렸다. 그리고 그런 왕자가 진심으로 반한 상대라면 성의 사람들은 혈안이 되어 그 사람을 찾겠지.

"그러다 신데렐라를 찾아서 정체를 알면…… 같이 도망칠 거야."

신기하게도 성에 초대하는 게 아니라 오히려 바르가 성을 나가서 그녀와 살아갈 거라고 확신에 가깝게 생각했다. 프라이드가 부드러운 말투로 이야기하자, 티아라도 분명 언니의 상상대로 될 거라며 고개를 끄덕였다.

"레온은…… 그날 이후로 신데렐라가 한 번 더 나타날 때까지 몇 번이고 매일 밤 무도회를 열 거야. 레온이라면 천일 밤도 기다릴 거야."

전생의 게임에서 방에 틀어박혀 지내던 레온은 티아라에게 마음이 이끌린 뒤로 그녀가 찾아오기를 매일 기다렸다. 티아라가 가져다주는 요리와 갈아입을 옷을 기다렸듯이, 성에서 계속 신데렐라를 기다릴 것이다. 현실에서도 레온은 정기 방문 때마다 맹우인 프라이드를 아네모네 왕국에서 따뜻하게 맞이한다. 프라이드는 아마 몇 년이 지나도 레온은 '기다렸어.' 하고 부드러운 미소와 함께 양팔을 벌리고 신데렐라를 환영할 거라고 생각했다. 그리고 그때까지 아무리 매력적인 여자가 나타나도 눈길을 주지 않을 것이다. 큰 애정을 쏟는 그라면 신데렐라 한 명만 사랑하겠다고 정하면 다른 여자는 거들떠보지도 않겠지. 신데렐라와의 재회를 이룰 때까지 꿈에서도 그녀를 보면서 그리워하리라고 생각했다. 프라이드의 말에 티아라도 살짝 황홀한 듯이 "멋지네요." 하고 대답했다. 그런 사랑 이야기 역시 진심으로 낭만적이고 멋지다고 생각했다.

티아라의 소녀 같은 반응에 프라이드는 분명 레온이라면 신데렐라가 도망치기 전에 마음을 전하지 않을까 상상했다. 그러자…… 급격히 뺨이 뜨거워졌다. 프라이드는 마치 그곳만 촛불로 달군 듯한 감촉에 뺨을 한 손으로 누르며 몇 초 동안 입술을 깨물었다. 그러다 문득 이번에는 출국 전 새벽에 아네모네 왕국에서 기사단 앞으로 온 짐과 거기에 첨부된 자신 앞으로 온 편지를 떠올렸다.

대량의 물자와 무기 및 탄약. 프리지아 왕국에서도 얻기 힘들 듯한 최신예 무기가 많이 실려 있었고, 너한빛 시리즈 첫 게임에서는 본 적 없는 수류탄과 프라이드가 보기에도 무시무시한 형상을 한 총에 대포까지 갖췄다. 사용 방법을 파악하지 못한 무기를 바로 전력으로 쓰기에는 위험하다는 로데릭의 판단하에 최신예 무기 대부분은 프리지아 왕국에 두고 왔지만, 그래도 남아돌 정도로 방대한 응원 물자였다. 첨부한 편지에는 프라이드를 치하하고 건투를 비는 말이 쓰여 있었고 끝에는 '그때 한 약속을 지킬게.' 라는 짧은 문구로 마무리되었다. 그 편지를 떠올리니, 어쩌면 지금의 레온이라면 무도회에서 기다리기만 하지는 않을지도 모른다고 생각을 고쳤다. 이렇게 스스로 물자 제공을 제안한 것이 그 증거다. 게임과 달리 완벽한 왕자 레온은 자국의 발전과 무역을 위해서라면 스스로 바다도 건너는 행동력까지 겸비했다. 프라이드는 고민하다가 티아라를 향해 "역시 찾으러 갈지도……." 하고 혼잣말을 하듯 중얼거리며 정정했다. 오늘 아침의 소동을 본 티아라도 프라이드의 말에 그녀가 무엇을 떠올린 건지 예상하고서 어깨를 흔들며 웃었다. 다 알아차린 듯한 티아라의 웃음소리에 프라이드도 똑같이 웃음으로 대답하고 이번에는 "다른 근위기사라면……." 하고 입을 열었다.

"앨런 대장님은…… 애초에 처음부터 놓치지 않을 거야. 신데렐라가 달려 나가자마자 쫓아가서 손을 잡을 것 같아."

호위를 통해 아서 이외의 근위기사와 빠르게 친해진 프라이드는 그들의 성격도 그럭저럭 파악했다. 앨런이 신체 능력이 뛰어난 기사라는 사실도 알았다. 아서와 에릭에게서 그런 평가를 듣기도 했지만, 몇 번인가 기사단을 시찰하러 갔을 때도 그를 주시하다 보면 명백하게 느껴졌다. 기사대장으로서 대원을 감독하는 모습 이외에도 대련하며 연습을 봐주는 모습을 보면 특히. 게임에서 기사단장인 아서가 현시점에서 아직도 맨손 승부로는 못 이길 때가 많다고 이야기한 이유를 잘 알 수 있었다. 그런 그라면 신데렐라를 절대로 놓치지 않을 것이다. 프라이드는 그야말로 유리 구두를 떨어뜨릴 새도 없을 거라고 생각했다.

"그리고 시간이 다 돼서 신데렐라의 마법이 풀려도…… 분명 받아들일 거야."

프라이드가 쿡쿡 웃으며 "그런 옷차림도 괜찮네요."라고 말할 것 같다며 말을 이었고, 티아라도 눈을 감으니 그 광경이 쉽게 상상이 갔다.

근위기사로 임명받은 지 얼마 안 됐을 때는 프라이드에게 누구보다도 긴장한 티를 내던 앨런이었지만, 최근에는 익숙해져서 오히려 근위기사 중에서 가장 스스럼없이 대하는 기사이기도 하다. 말을 걸면 "아주 좋다고 생각합니다!" "휴일에는 보통 술집에 가요." 하고 잡담에도 응해 주었다. 저번에 열리다가 실패한 아서의 승진 축하 파티 때도 프라이드가 직접 요리할 것을 제안했고 맛보기 담당과 감시 담당으로도 입후보했다. 에릭에게서 부하 기사에게 절대적인 존경과 동경을 받는다는 평판을 들었을 때도 납득이 갔다. 프라이드는 그런 앨런이라면 신데렐라가 숨긴 정체나 누더기를 입은 모습을 봐도 전혀 동요하지 않고 환한 미소를 보일 거라고 생각했다.

2년 전 섬멸전에서 치마가 미니스커트 길이가 된 자신에게 윗옷을 슬쩍 벗어 주었던 것을 생각하면, 신데렐라에게도 그렇게 하는 모습이 상상이 갔다. 왕녀인 자신이 그런 꼴을 했는데도 싫어하지도 비웃지도 않고 태연하게 행동한 그라면 신데렐라의 마법이 풀려도 전혀 놀라지 않을 것이다.

"칼럼 대장님은…… 공개적으로는 찾지 않을 것 같아. 분명 신데렐라가 비밀을 숨기는 걸 알아차리고 변장을 해서라도 남몰래 찾을 거야."

근위기사로 임명되기 전부터 아서가 특히 많이 언급한 인물이기도 한 칼럼은 최우수 기사대장으로도 뽑힌 엘리트 기사다. 예전부터 아서가 침이 마르도록 칭찬한 탓에 프라이드 일행도 칼럼이 능력, 인격 모두 훌륭한 사람이라는 건 알았지만, 실제로 근위기사로 붙여 보니 아서가 역설한 대로였다. 프라이드 일행의 전속 시녀와 근위병 잭의 이름을 빠르게 외웠고, 분위기 파악도 빠르고 눈치도 좋았다. 기사단을 시찰하러 가면 연습 때뿐만 아니라 휴식 시간이나 연습 사이에 틈만 나면 기사들과 대화하는 걸 볼 수 있다. 게다가 자신이 담당하는 3번대 이외의 기사나 주력부대가 아닌 신병의 상담도 들어 주고, 자기 쉬는 시간을 줄여 가면서까지 정확하게 지시를 내리고 지도하려 힘쓴다. 몸이 안 좋거나 고민이 있는 기사가 있으면 바로 눈치채고 말을 거는 장면도 본 적이 있다. 프라이드는 그런 그라면 신데렐라가 도망친 시점에서 그녀의 기분을 고려하고 최선으로 움직일 거라고 생각했다. 신데렐라가 정체를 숨긴다면 성 바깥으로 그녀의 소문이 퍼지지 않게, 그녀의 입장이 위태로워지지 않게 움직이리라는 생각마저 들었다.

예를 들어 신데렐라가 장을 볼 때 딱 마주친다면……. 프라이드는 몸을 돌려 옆으로 누워 텐트 꼭대기를 올려다보며 말을 이었다.

"어쩌면 재회했을 때 신데렐라가 알아차리지 못하면 정체를 안 밝힐지도 모르겠네. 신데렐라의 사정을 확인하고, 그녀의 소원을 알고 난 다음…… 구혼할 거야."

'한 명의 남자로서.' 프라이드는 항상 신사적이고 기사의 거울 같은 칼럼을 떠올리며 그렇게 읊조렸다. 프라이드는 머릿속으로 왕자의 신분을 숨긴 칼럼이 낡아 빠진 누더기를 입은 신데렐라에게 다정하게 손을 내미는 모습을 상상했다. 서로 한 번씩 신분과 입장을 위장한 사랑도 멋지다는 생각이 들었다. 섬멸전 때도 바르가 세펙, 케멧과 합류한 뒤, 당시에 어린아이 모습으로 위장했던 프라이드 일행을 그 사실을 모르는 칼럼이 배려한 적이 있다. '무서웠지? 이젠 괜찮아.' 하고 약한 입장인 상대에게도 마음을 써 주는 신사적인 칼럼이라면 분명 신데렐라가 어떤 모습을 해도 사랑할 것이다. 티아라도 프라이드 옆에서 고개를 끄덕거렸다.

"에릭 부대장님은…… 신데렐라를 그리워할 뿐만 아니라 걱정할 거야."

'서둘러 떠난 걸 보니 용무가 있었나?' '늦지는 않았을까?' '내가 싫었나?' '여자가 밤에 마차에서 뛰쳐나가도 괜찮을까?' '유리 구두를 신고 춤추다가 한쪽이 벗겨진 채 달리면 발이 아프지 않을까?' '이 유리 구두를 떨어뜨리고 가도 되나?' 하고. 에릭이라면 분명 빠짐없이 이런 걱정을 하리라 생각한 프라이드는 손가락을 꼽으며 말을 이었다.

섬멸전에서 붙잡힌 인신매매 피해자를 구출할 때 최후방을 맡아 지켜 주었다는 아서의 이야기를 듣고 그가 남을 위해 행동하는 사람이라는 걸 알았다.

"신데렐라를 찾아내면…… 아마 신데렐라 몫까지 울지 않을까. 그리고 마지막에는 찾아서 다행이라며 끌어안을 거야."

'부모님을 잃고 외톨이가 되어 하녀 취급까지 받다니 정말 힘들었겠군요.' 하고. 그렇게 말하며 순수하게 울어 줄 사람이라고 프라이드는 생각했다. 자신이 사랑한 여자를 만나서 기뻐하기보다는, 그녀가 무사함에 안도하고 지금까지 겪었을 고난을 상상하고 울어 줄 다정한 사람이라고 진심으로 생각했다.

아서의 승진을 알았을 때도 자기 일처럼 기뻐하던 에릭을 떠올리면 확신에 가까웠다. 나중에 임명된 세 근위기사 중에서 왕족인 프라이드 일행에게 가장 늦게 긴장이 풀렸지만, 익숙해진 뒤로는 아주 소소한 대화에도 기쁘게 웃고, 걱정스러운 듯이 안색을 바꾸고, 밤색 눈을 휘둥그레 뜬다. 또한 세드릭이 무례를 저지른 뒤에 사죄하자 그를 용서하면 안 된다고 못 박았을 때도 프라이드 대신 화를 낸 사람 중 한 명이었다. 언행이 부드럽고 온후한 에릭이 화를 낸 건 당시에는 의외였지만, 그만큼 남의 마음을 잘 헤아리는 사람이라는 뜻이겠지. 공감 능력은 칼럼이나 앨런보다 높지 않을까 싶지만 본인은 아마 자각하지 못할 것이다. 1번대의 우수한 부대장인 데다가 앨런이 자랑할 정도의 기사임에도 불구하고 스스로 항상

"아뇨, 저는 그렇지 않습니다…….""아직 멀었습니다."라고 겸손하게 대답했다. 프라이드는 아서에게 에릭은 신병 때 능력을 비약적으로 향상시킨 노력가이기도 하다고 들은 적이 있어서 도대체 어떤 계기로 그 소질을 꽃피웠을지 궁금해졌다.

프라이드가 너무 깊이 생각에 잠기는 바람에 그만 말을 멈추자, 티아라는 눈을 감은 채 끄덕…….

"왜냐하면 그렇게나 다정한 사람이니까. ……티아라?"

그때, 프라이드는 문득 티아라의 말수가 적어졌다는 사실을 깨달았다. 고개를 돌리자, 티아라의 두 눈이 감겨 있었다. 귀를 기울이니 색색거리는 숨소리도 들려왔다. 자신은 상상의 나래를 펼치며 즐거워졌을 뿐이지만, 다정한 근위기사들 이야기를 들으면서 잠들었다면 좋은 꿈을 꿀 수 있겠다며 프라이드는 티아라의 머리를 살며시 쓰다듬었다. 침대로 들어왔을 때 차분하지 못했던 게 거짓말처럼 꿈쩍도 하지 않고 얌전히 잠든 티아라의 얼굴을 바라보던 프라이드는 그 순간 또 한 명의 '왕자'를 떠올렸다. 게임에서는 주인공 티아라의 메인 공략 대상이자, 현실에서는 미움받는 경계 대상이 된 왕자를.

세드릭은 어떠려나…….

소리 내서 말하지는 않고 마음속으로 스스로에게 물었다. 최소한 도망치는 신데렐라를 쫓아가고, 유리 구두를 주워서 찾게 시키는 정도는 하겠지. 그리고 지금까지 이야기한 다른 왕자님들과 마찬가지로 설령 그녀가 수억 명 사이에 숨는다 해도 놓치지 않고 잘못 보지도 않고 무사히 찾아낼 것이다. 프라이드가 거기까지 생각했을 때…….

"이봐! 무슨 일이야 에릭, 아서! 경호 중에 자세 똑바로 하지 않고."

갑자기 텐트 밖에서 들려온 목소리에 프라이드는 반사적으로 몸을 굳혔다. 바로 익숙한 목소리임을 알아차렸지만 눈앞에서 "으음……." 하고 작게 웅얼거리며 자는 티아라를 발견하고 입을 닫았다. 그리고 '앨런 대장님.' 하고 마음속으로 읊조리며 귀를 쫑긋 세웠다.

"앨런, 너도 목소리 좀 죽여. 왕족의 텐트라는 걸 잊지 마."

앨런의 조심성 없는 목소리에 칼럼이 지적했다. 칼럼은 "맞다." 하고 목소리를 죽인 앨런을 흘겨보고 앞머리를 손끝으로 누르며 프라이드 일행이 있는 텐트와 눈앞에 있는 두 사람에게 시선을 돌렸다.

그들은 성에서 취침 시간 이후 일은 근위병에게 맡기고 기사단 연습장으로 돌아가지만, 야영 중인 지금은 달랐다. 위험이 많은 야외에서 왕족을 지키려고 많은 기사와 함께 근위기사인 그들도 교대하며 시종일관 프라이드의 호위로 붙게 되었다. 그들은 오전과 오후에 교대로 프라이드의 호위를 맡았고, 다시 밤이 되어 오전 담당인 앨런과 칼럼이 교대하려고 텐트를 찾아왔다. 그리고 지금까지 프라이드의 텐트 앞에서 그녀를 경호하던 아서와 에릭은…….

얼굴이 완전히 빨개진 상태로 등을 웅크리고 있었다.

"으으…… 죄송합니다……."

"실례……했습니다……. 교대…… 감사합니다……."

두 사람은 앨런에게 지적받은 뒤에도 바로 정신을 차리진 못했다. 아서는 팔로 입가를 누르고 고개를 숙였고 에릭은 양손을 늘어뜨린 채 주먹만 굳게 쥐고 열기를 내뿜었다. 둘 다 숨도 제대로 못 쉬는 상태로 선배 기사와 눈을 마주치지 못했다. 고개를 크게 갸웃거린 앨런과 두 사람과 주위 기사를 번갈아 보던 칼럼도 그 모습에 의아한 듯이 눈살을 찌푸렸다. 주위에서 자초지종을 듣고 있던 기사들만이 뭐라 형용할 수 없는 미소를 지으며 두 사람을 바라보았다.

두 왕녀가 한곳에 모인 텐트 앞에는 두 호위 대상을 지키는 기사들이 모여 있었다. 그리고 그녀들을 지키기 위해 대부분이 텐트 주위를 둘러싸고 있었다. 잡담이 허용되지 않는 데다가 주변을 경계하려고 주의를 기울이며 신경을 날카롭게 세우던 그들에게…… 첫 텐트 야영에 들뜬 프라이드 일행의 목소리가 들리는 건 당연한 일이었다. 심지어 벽이 가로막고 있는 것도 아니고 텐트였다.

그래도 처음에는 흐뭇했다. 키득거리며 즐겁게 웃는 소리가 흘러나왔고, 제1왕녀가 여동생을 재우려고 한 이야기에 무심코 주의가 쏠린 기사도 적지 않았다. 아서와 에릭도 그랬다. 여자다운 꿈이 가득한 이야기를 들은 호위 기사들은 갑옷 아래가 간질거리는 듯한 감각과 함께 마음이 훈훈해졌다. 티아라가 예상치 못한 폭탄을 투하하기 전까지는…….

'왕자?! 왕자라고?! 그 사람들 이야기를 하는 건가? 우리가

들어도 되는 건가.' 당황한 기사들이 입을 굳게 다물고 휘둥
그레진 눈으로 시선을 교환하는 와중에 아무것도 모르는 왕
녀들의 걸즈 토크가 이어졌다.

맨 처음에 스테일 얘기를 할 때는 괜찮았다. 그러나 다음 화
제가 나오자마자 아서는 그 자리에서 '좀 봐주세요!' 라고 소
리 지르고 싶은 것을 필사적으로 참았다. 하지만 지금은 왕족
의 취침 시간이고, 엄중 경계 태세로 기사 전원이 긴장한 상황
이라 아서가 그렇게 소란을 피울 만한 권리가 있을 리 없었다.
얼굴이 점점 빨개지던 아서는 존경하는 기사들이 자신과 관
련된 이야기를 다 듣자, 입 안을 두 번 깨물었다. 호위 임무 중
만 아니었으면 모든 기력을 잃어서 주저앉고 싶었지만, 지금
은 그것도 허용되지 않아 다리에 힘을 주고 필사적으로 견뎠
다. 자신을 그런 사랑 이야기에 나오는 왕자에 비유한 것도 부
끄러웠지만 무엇보다 마차를 타도 쫓아갈 거라는 말을 듣고
말았다. 연애에 그렇게 열정적인 사람으로 보였다는 것이 놀
라웠다. 그와 동시에 달리는 마차 정도라면 확실히 쫓아갈 만
하겠다는 생각이 들었고…… 그 마차에 탄 사람을 신데렐라
가 아닌 다른 제1왕녀로 상상한 자신이 이 자리에서 사라지고
싶을 만큼 부끄러웠다. 그러나 프라이드가 처음에 '마음씨 고
운 여자' 라고 말했을 때부터 계속 신데렐라를 프라이드로 상
상해서 어쩔 수가 없었다.

그리고 에릭 역시 지금은 아서를 도울 만한 상황이 아니었
다. 처음에 티아라가 스테일과 아서라면 몰라도 근위기사까

지 예로 들어서 다음은 자기 차례임을 금방 알 수 있었다. 앨런부터 칼럼, 자신의 이야기까지 끝난 지금, 에릭은 심장이 너무 빠르게 뛰어서 숨도 쉬기 힘들었다. 몇 번이고 얕게 호흡을 반복해도 혈류만 빨리 흐를 뿐 가슴이 답답한 건 여전했다. 늘어뜨린 양손으로 주먹을 쥐고 의식을 유지했지만 이야기를 들을수록 자신의 칭찬만 이어져서 숨을 돌릴 여유가 없었다. 안 그래도 자신을 지나치게 과대평가하는 프라이드의 말에 머리가 뜨거워지는데, 마무리 공격으로 마치 뭉게구름처럼 부드러운 목소리로 '다정하다.'는 말까지 듣고 말았다.

프라이드의 근위기사가 된 지 1년밖에 안 된 에릭은 프라이드가 자신을 소재 삼아 상상의 나래를 펼쳤다는 것 자체가 믿기지 않았다. 근위기사로 발탁되기 전에도 프라이드와 접점이 조금 있었지만 겨우 몇 번뿐이었다. 예전에는 그저 멀리서 지켜볼 수밖에 없었던 프라이드가 자신을 그렇게 생각했다는 게 기뻤다. 최근에는 대화에 많이 참여하게 됐지만, 처음에는 근위기사가 되고서도 맞장구치기는커녕 프라이드가 자신에게 화제를 돌리기만 해도 가슴이 벅차올랐다. 6년 전, 기사단 습격 사건에서 아직 신병이었을 때부터 1년 전까지만 해도 에릭에게 프라이드는 그 정도로 구름 위의 존재였다.

'바위 때문에 움직일 수 없게 된 기사단장님은 저희를 도망치게 하려고 혼자서 적들을……'

당시의 무력감은 지금도 가슴의 상처가 되어 깊게 남았다. 로데릭을 움직이지 못하게 한 바위가 떨어졌을 때, 에릭은 바로 그 옆에 있었으니까. 에릭은 지금도 자신이 미숙하지 않았더라면 그때 로데릭이 바위에 안 깔렸을 거라고 생각했다. 당시에 로데릭과 신병들을 구한 프라이드에게는 아직도 존경과 동경과 감사가 끊이지 않았다.

그날 비참해서 죽고 싶을 만큼 했던 후회와 프라이드에게 느낀 이 모든 감정 덕분에 지금 그가 이렇게 부대장으로 서 있는 것이다.

'나도 언젠가 저분처럼 되고 싶다.' 1번대 부대장이 된 뒤에도 에릭의 소원은 변함없었고, 그러기 위해 지금도 노력을 게을리하지 않는다.

그런 에릭에게 동경 그 자체인 프라이드가 친근하게 말을 거는 것이 당시에는 심장에 좋지 않았다. 신병이었던 에릭의 목숨과 기사로서의 마음을 구하고 지금의 에릭으로 바꿔 준 유일무이한 사람이니까. 에릭은 자신 이외에도 당시 프라이드에게 구원받은 신병들이 마찬가지로 프라이드를 연모한다는 것과 자신이 기사단 사람 중에서 딱히 눈에 띄게 돋보이는 재능을 가진 게 아니라는 사실을 누구보다 잘 알았다. 그래서 부대장인 지금도 자신은 기사단에서 전혀 특별하지 않다고 생각했다. 어디까지나 프라이드를 연모하는 그 외 대다수의 사람 중 한 명일 뿐인데 그런 자신이 아무리 예시라지만 프라이드에게 '왕자님' 취급을 당하니 당연히 견딜 수 없었다.

사실 상관인 앨런과 칼럼에게 목소리를 죽이고 설명해야 하는데 말이 나오지 않았다. 설마 다른 사람도 아닌 프라이드가 자신을 그런 식으로 말하다니, 입을 열기도 전에 시야가 흐려졌다. 프라이드의 근위기사가 된다는 말을 들은 날 밤도 한동안 눈물이 멈추지 않았었다.

에릭이 입술을 바들바들 떨자, 칼럼이 먼저 알아차렸다. 칼럼이 앨런을 부르며 어깨를 두드리고 주위 기사들에게 눈짓하자 앨런은 다시 기사들 쪽으로 고개를 돌렸다. 자초지종을 듣던 기사들이 아무 말 없이 시선으로 에릭 일행과 프라이드가 있는 텐트를 가리켰을 때…….

"저기…… 죄송합니다……. 혹시, 들렸나요……?"

프라이드의 가녀린 목소리에 이번에는 그 자리에 있는 기사들 모두의 어깨가 들썩였다. 그녀는 앨런의 목소리가 들린 뒤로 입을 다물었다. 하지만 누가 봐도 상태가 이상한 듯한 에릭과 아서를 걱정하는 목소리와 의외로 작게 말해도 들리는 텐트의 얇은 벽을 깨닫고 나니 지금 상황을 추측할 필요도 없었다. 프라이드는 아까까지 했던 부끄러운 상상이 다 들리고 있었다는 것을 깨닫고 침대 속에서 온몸에 열이 오르는 걸 느꼈지만 용기를 쥐어 짜냈다. 아서와 에릭의 상태가 좋지 않은 것도 자신이 멋대로 이상한 상상의 표적으로 삼아서 거북해졌기 때문이 아닐까, 혹여나 기분이 나빠졌거나 화난 건 아닐까 고민하던 프라이드는 자수를 시도했다. 어느 쪽이든 자신의 발언 때문에 아서와 에릭의 상태가 안 좋아진 게 분명하다고 생각했다. 티아라가 깨지 않게 목소리를 죽인 프라이드는 텐트 너머의 대화가 뚝 그치자 역시 자신들의 대화가 다 들리고 있었다고 확신했다.

프라이드가 다시 들렸냐고 묻자, 기사들은 대답을 망설였다. 왕녀의 부름에 응해야 하지만 그러면 아까까지의 대화를 듣고 있었다는 사실도 인정하게 된다. 그들에게 그럴 의도가 없었다 해도 나쁘게 해석하면 기사라는 자들이 왕녀들의 대화를 훔쳐 들었다고 여길 수도 있다. 차라리 그냥 듣지 못했다고 해야 하나 싶어서 모든 기사의 생각이 충돌했다.

기사들의 반응에 앨런도 여러 가지를 눈치채고 머리를 긁적였다. 앨런은 애초에 자신이 두 사람에게 말을 걸지 않았다면 프라이드에게 안 들켰을지도 모른다고 생각했다. 그래서…….

"아~ 죄송합니다. 앨런입니다. 쉬고 계시는데 큰 소리를 내서 죄송합니다. 뭔가 이야기하고 계셨습니까?"

일부러 몸을 앞으로 숙이고 자진해서 프라이드의 상대를 맡았다. 방금까지 이곳에 있지도 않았던 앨런이 상황도 모른 채 사이에 끼어들자, 아서와 에릭도 반응해서 눈을 동그랗게 떴다. 앨런에게서 대답이 돌아오자 프라이드도 "괜찮아요, 계속 깨어 있었거든요."라고 말한 뒤 침대 속에서 머뭇거리며 얼굴만 살짝 들었다.

"사실 지금 티아라와 같이 있어요. 티아라는 이미 잠들었지만 아까까지 비유해서 이야기하고 있었는데, 그만 아서와 에릭 부대장님…… 앨런 대장님과 칼럼 대장님도 화제에 올랐어요. 실례되게도 저 혼자서 여러분을 멋대로 상상에 이용해서…… 죄송합니다."

뒤이어 프라이드는 주위에 있을 기사들에게도 시끄럽게 해서 미안하다며 사죄했다. 다 들리게 이야기한 건 완전히 자신들의 실수였지만, 기사들이 불침번으로 자기네를 위해 망을 봐 주는데 태평하게 떠든 게 미안했다. 예상치 못한 프라이드의 사죄에 주위 기사들이 각자 대답했지만 평소처럼 정연하지 않았다. 거북한 것도 있었지만, 티아라가 자고 있다는 말을 들은 이상 함부로 목소리를 높일 수는 없었다. 그런 와중에 앨런만이 태연하게 다시 입을 열었다.

"일단 저는 어떻게 이야기하셔도 상관없습니다! 오히려 프라이드 님이 화제로 삼아 주시다니 영광이죠! 아, 만약 저에게 단점이 있다면 사양 마시고 말씀해 주십시오! 고치겠습니다!"

앨런이 아무렇지도 않게 말하자 이번에는 프라이드가 당황해서 "그런 거 아니에요!" 하고 크게 소리치는 바람에 티아라가 작게 끙끙거렸다. 설마 자신이 앨런 일행의 험담을 했다고 착각하다니, 차라리 부끄러운 상상을 해서 그 이야기를 하는 중이었다고 알려 주는 편이 나을 것 같았다.

"앗, 저기…… 사실은 아까까지 티아라에게 공주님 이야기를 하고 있었는데 그 왕자님이……."

당황한 채 빠르게 설명하던 프라이드가 비유 이야기까지 가니 점점 발음이 뭉개지기 시작했다. 정말 부끄러운 이야기를 했다는 걸 자각하면서도 가냘픈 목소리로 끝까지 설명을 마쳤다. 결국 얼굴을 양손으로 가리고 말았다. 앨런과 칼럼에게까지 독선적인 상상을 고백하고 나니 얼굴이 불같이 뜨거웠다. 하지만 여기서 말을 흐렸다가 아서나 에릭이 알려주는 게 더 거북하고 부끄러웠다. 그럴 바에야 나쁜 뜻은 없었다는 것도 포함해서 오해하지 않게 스스로 고백하는 편이 나았다.

프라이드의 망상 고백에, 앨런의 한 걸음 뒤에서 말없이 이야기를 듣던 칼럼은 얼굴이 달아올랐다. 앞머리를 누르고 입안을 깨물며 견뎠지만 그래도 안색을 제어할 수 없었다. 칼럼은 잠시 눈을 감고서 아서와 에릭과 비슷하게 어깨를 움츠렸다. 그리고 앞머리를 누른 손가락으로 얼굴을 살짝 가렸다.

칼럼은 프라이드가 아서와 에릭, 앨런의 반응을 상상하면서 본인들의 특징을 제법 정확하게 포착한 걸 보고, 자신도 객관적으로 보면 그런 느낌일까 하고 머릿속으로 침착하게 받아들였다. 확실히 신데렐라 같은 여자가 사교계에 나타나면 자신은 우선 그녀의 사정부터 걱정할 거라는 생각이 들었다. 먼저 본인의 의사에 따라서 방법을 고민할 거라는 말도 사실이었다.

다만 마을 한가운데에서 구혼하는 모습까지 상상한 건 아마 1년 전 아네모네 왕국에 극비 방문했을 때 있었던 사건 때문이 아닐까 싶었다. 칼럼은 레온이 볼에 입을 맞춰서 당황을 감추지 못하는 프라이드 님께 조언하려던 게 그만…… 하고 당시의 일을 떠올리자 머리에서 김이 나왔다. 다른 일반적인 여자라면 몰라도, 프라이드를 상대로는 아무리 칼럼이라도 수치를 느꼈다.

'여러분은 기사입니다! 직접 국민을 지키는, 우리의 희망이자 빛이란 말입니다! 기사 한 명의 죽음이 앞으로 구해야 할

수많은 사람들을 구하지 못하는 결과를 불러일으키리란 걸 모르시나요?!'

칼럼 역시 6년 전에 프라이드에게 마음이 흔들린 기사 중 한 명이니까.

칼럼은 엘리트 기사라고 불리며 최우수 기사대장으로 뽑혀 식전에도 몇 번이나 출석을 허가받았지만, 원래 왕족을 향한 경의나 흥미는 없는 거나 마찬가지였다. 아무리 신성시하고 몸을 바쳐 봤자 왕족에게 자신은 '칼럼 보르도'가 아니라 '기사대장 중 한 명'에 지나지 않는다는 걸 알았다. 기사인 자신만을 긍지로 여겼던 칼럼은 오로지 기사로서 높은 곳으로 올라가기 위해 실력을 갈고닦았다.

그렇기에 기사의 긍지와 삶의 방식, 위대함을 전부 이해하고 기사 한 명 한 명을 인정한 프라이드의 선언이 가슴에 와닿았다. 심지어 단순한 궤변이나 연설만 하는 게 아니라, 그녀는 실제로 직접 몸을 던져 기사단장인 로데릭의 목숨을 구하기까지 했다.

그분에게는 기사인 이 몸을 바쳐도 좋다. 칼럼은 처음으로 왕족에게 그런 생각을 품었다. 6년 전 그 선언을 들었을 때부터 마음속으로 단 한 사람, 프라이드에게만은 충성을 맹세했다. 지금까지 기사로서 높은 곳을 노리기 위해, 눈앞의 국민들을 구하기 위해, 동료를 위해 최선을 다한 결과로 따라왔을 뿐이라고 생각했던 최우수 기사대장이라는 칭호를 프라이드에게 직접 인사할 수 있는 명예로 인식하게 되었다. 프라이드가 질베르의 파티에 기사들을 초대했을 때는 기사단의 초대자 권리 쟁탈전에서 앨런의 '주먹다짐' 제안을 덥석 받아들였을 정도로. 식전보다 규모가 작은 파티라면 프라이드의 진짜 됨됨이를 다시 볼 기회라는 생각이 들어서 양보할 수 없었다.

예전의 칼럼이었다면 아무리 아서의 추천이라도 왕족의 근위기사 자리는 황송해서 정중하게 거절했을 것이다. 하지만 지금은 이렇게 프라이드에게 평가받는 것만으로도 얼굴이 달아올랐다. 옛날부터 스테일을 통해 교류해 온 듯한 아서라면 몰라도, 아직 알고 지낸 지 얼마 되지 않은 자신들의 행동까지 구체적으로 상상할 정도로 잘 이해한다고 생각하니 화가 나기는커녕 오히려 감동적이었다. 다만 그래도 자신의 인간성을 너무 노골적으로 칭찬받은 건 아무리 침착하게 받아들이려 해도 얼굴에 열이 올라서 어쩔 수가 없었다. 텐트 너머라서 다행이라고 생각한 칼럼은 심호흡을 세 번 하고 보이지 않는다는 걸 알면서도 프라이드에게 "과찬이십니다." 하고 허리를 깊이 숙였다. 아서와 에릭보다 훨씬 빨리 정신을 차린 칼럼이었으나, 그 직후에 눈앞에서 목 뒤를 문지르며 말하는 동기의 모습에 바로 고개를 들었다.

"이것 참, 그렇게 생각해 주시다니 영광입니다! 그 신데렐라? 는 누군지 잘 모르겠지만 프라이드 님이 상대라면 드레스가 아닌 맨발이라도 반드시 쫓아가겠습니다!"

앨런이 웃으며 아무렇지도 않게 말해서 칼럼은 한순간 그의 뒤통수를 내리칠 뻔했다. 그 대신 말없이 그의 귀를 잡아당기

며 경악해서 말도 못 하는 기사들을 대변해 목소리를 최소한
으로 줄이고서 "불경하잖아!" 하고 귀에 직접 외쳤다. 속삭이
는 듯한 목소리임에도 불구하고 그 패기와 안광에 칼럼이 화
가 났다는 걸 금방 깨달았다.

앨런은 미안하다고 말하면서도 반성하지는 않았다. 앨런은
프라이드를 동경했을 당시에는 그녀와 직면하기만 해도 딱
딱하게 굳을 때가 많았지만, 근위기사가 된 최근 1년 동안 많
이 익숙해졌다. 원래 왕족이라는 이유만으로 주눅 들지 않았
던 앨런은 프라이드와 친해지는 것도 빨랐다. 하지만 그런 앨
런이 오늘 오후에 교대하기 직전까지 프라이드의 전투복 차
림을 보고 긴장해서 얼굴이 빨개진 채 쩔쩔맸다는 사실을 칼
럼은 알고 있었다. 지금은 텐트 너머니까 태연하게 말하지만,
전투복을 입은 프라이드였다면 굳어서 대답도 제대로 못 했
을 거라고 말없이 확신했다. 앨런은 프라이드의 어떤 여성스
러운 옷차림을 봐도 노출을 목격해도 아무렇지 않았지만 전
투복을 입었을 때만은 달랐다. 왜냐하면 앨런이 프라이드를
연모하게 된 이유 역시…….

'각오해. 이 악당 놈들!'

6년 전에 작전 회의실의 영상을 통해 그녀의 전투를 직접 목
격했기 때문이니까.

당시에 겨우 열한 살이던 소녀가 일어서서 홀로 산적들을 상
대하며 사격과 검, 체술까지 모든 면을 압도하던 모습은 마치
벼락에 맞은 것처럼 앨런의 오감을 빼앗았다. 그녀가 열한 살

이었을 때를 떠올리면 존경할 수밖에 없었다. 무엇보다 그 가련하면서도 깔끔한 전투 방식은 지금도 앨런의 뇌리에 선명히 새겨져 있었다. 앨런은 '1번대', '주력부대 기사'라는 자리의 힘으로 술집에서 여자에게 고백받은 적도 적지 않았지만, 그전까지는 단련하느라 여자에게 관심이 눈곱만큼도 없었다. 하지만 6년 전 그때, 고작 열한 살 소녀였던 프라이드에게 처음으로 '여자'라는 존재의 매력을 느꼈다.

지금은 그렇게 동경하던 프라이드의 근위기사가 되었지만, 앨런이 6년 전부터 프라이드를 존경하고 동경했다는 건 모든 기사단 사람이 아는 사실이었다. 기사단 습격 사건이 있고 나서 다시 기사단 연습장을 방문한 프라이드에게 누구보다 먼저 "제 이름은 앨런입니다." 하고 자신을 소개한 그의 무용은 당시에도 여전했다. 입대 동기이기도 한 칼럼이 거리낌없이 '체력 바보', '단련 바보'라고 부를 만큼 단련을 빠뜨리지 않는 앨런이 기사와 단련 이외의 무언가에 이렇게까지 빠지는 경우는 흔치 않았다. 연애 자체에 관심이 없었던 앨런은 프라이드를 동경하게 된 뒤로 다른 여자는 눈에 들어오지도 않았다. 이번 방위전에서도 호위하는 역할이기는 하지만, 기회가 있다면 프라이드가 전투하는 모습을 보고 싶다는 게 앨런의 진심이었다. 그리고 언젠가는 대련해 보고 싶다고 생각했다. 6년 전, 소녀였던 프라이드의 압도적인 전투력도 대단했지만 2년 전 섬멸전에서도 압도적인 검술을 목격한 앨런은 전사로서 프라이드를 향한 동경이 사그라들기는커녕 강해지기만 했다. 제대로 전투복을 입은 프라이드는 앨런의 이상 그 자체였다. 앨런 스스로도 텐트 너머라서 평소처럼 말할 수 있는 거라고 생각했다. 내일 또 그 산뜻한 전투복을 입은 프라이드를 옆에서 호위한다고 생각하니 벌써 긴장되고 가슴이 두근거렸다. 앨런은 신데렐라가 아무리 미인이고 성격이 좋아도 특별한 이유가 없으면 쫓아가지 않겠지만 반대로 그게 프라이드라면 무슨 일이 있어도 쫓아갈 거라고 생각했다.

"넌 왜 매번 그렇게 극단적인 거야!"

칼럼이 목소리를 죽이고 화를 냈지만, 앨런은 귀를 누르며 대답 대신 웃어 보였다. 동경하는 사람에게 칭찬받았으니 온 힘을 다해 기꺼이 호의를 돌려주는 게 앨런 나름의 예의이기도 했다. 오히려 앨런은 칭찬을 받았는데 예의를 중시해서 텐트 너머로 고개를 숙이는 칼럼이 딱딱하게 느껴졌다.

프라이드가 가느다란 목소리로 "감사합니다……." 하고 쑥스러운 듯이 대답해도, 앨런은 아니라고 하며 전혀 동요하지 않았다. 오히려 시선 끝으로 겨우 호흡을 정돈하며 땀을 닦는 아서와 에릭을 쳐다볼 만큼 여유가 있었다. 앨런이 두 사람에게 너희는 교대할 시간이니까 쉬라고 가볍게 말을 걸며 그 등을 퍽퍽 두드렸다. 앨런의 재촉에 에릭과 아서는 프라이드에게 인사한 뒤 휴식하러 가기 위해 등을 돌렸…….

"저……저기, 프라이드 님!"

아서가 결심했다는 듯한 목소리로 외쳤다. 그리고 겨우 붉은 기가 가라앉고 있던 얼굴을 다시 빨갛게 물들이고서 에릭과 함께 돌렸던 등을 다시 혼자서 크게 돌렸다.

당연히 아서가 그대로 떠날 줄 알았던 프라이드는 왜냐고 물으며 몸을 돌렸다. 앨런과 에릭도 눈썹을 올리며 바라보는 와중에 칼럼만이 "목소리 좀 더 낮춰." 하고 주의를 줬다. 칼럼의 지적에 잠시 기세를 죽이는 것처럼 침을 삼킨 아서는 양 주먹을 힘껏 쥐었다.

"그……! 저도 프라이드 님이라면 반드시 쫓아서 따라잡을 거예요! 그러지 못한대도 반드시 찾아서 발견할 겁니다!"

아서가 갑자기 씩씩거리며 선언하자, 프라이드는 눈이 휘둥그레졌다. 한순간 무슨 소린지 이해가 안 됐지만 곧바로 방금했던 신데렐라 이야기와 앨런이 한 선언의 연장선이라는 걸 깨달았다. 그러고 보니 나는 아서가 마차를 따라잡기 전까지만 상상했었다. 어쩌면 그것 때문에 아서는 자신이 다른 선배들처럼 신데렐라를 찾아내지 못할 거라고 상상했다고 해석했는지도 모른다. 아서라면 단순하게 신데렐라를 쫓아갈 거라는 인상이 강했을 뿐인데 자신도 찾을 수 있다고 정정하는 게 귀엽다는 생각이 들었다. 아서도 훌륭한 기사라는 사실은 프라이드도 처음부터 알았다. 심지어 선배인 앨런을 따라 일부러 자신이 상대라면 쫓아갈 거라고 말하는 면이 고지식한 아서답다고 생각해서 침대에서 미소를 지었다.

프라이드가 보는 것도 아닌데 주먹을 움켜쥐며 선언하는 아서의 모습에, 지켜보던 기사들도 말없이 반쯤 웃는 표정을 짓고 말았다. 약삭빠른 앨런은 프라이드에게 기사로서 충성을 표현하는데, 아서는 자신이 부끄러워하기만 하고 아무런 대답도 못한 게 분했다. 시간이 지나면 이 화제도 꺼내기 힘들어진다. 특히 스테일 앞에서는 부끄러워서 도저히 말할 수 없다. 다른 사람도 아닌 프라이드가 직접 왕자 취급하며 비유했다는 걸 알고 즐거운 듯이 짓궂게 웃으며 놀리는 스테일의 모습이 상상됐다. 그렇기에 아서는 지금 이곳에서 상대가 신데렐라라면 몰라도 프라이드라면 기사인 자신이 반드시 찾아낼 거라고 선언해 두고 싶었다. 왕자님 역할이 전제된다는 사실도 잊고 단언한 아서는 입을 닫고 나서도 어깨를 들썩일 만큼 호흡이 흐트러져 있었다.

앨런이 "열렬하네……." 하고 웃으며 재밌다는 듯이 아서를 바라보자, 칼럼이 마찬가지로 작은 목소리로 "네가 할 말이냐."라고 받아쳤다. 애초에 아서가 프라이드에게 이렇게까지 선언하게 된 건 앨런 때문이다. 에릭은 스스로 부채질하며 아서와 텐트를 지켜보았다. 텐트에서 몇 초 동안 대답이 없자 아서는 설마 프라이드까지 잠들었나, 아니면 너무 주제넘은 말을 했나 하고 불안이 스쳤다. 그리고 다시 3초 후…… 키득거리는 작은 웃음소리가 흘러나왔다.

"고마워, 아서."

그 말과 함께 다시 따스한 웃음소리가 들려왔다. 고요한 밤, 또 기사들이 다 듣고 말았다며 새삼스레 후회한 아서는 양어깨에 힘을 주고 프라이드의 뒷말을 기다렸다. 그리고…….

"내 기사잖아. 괜찮아, 알고 있어. 신데렐라한테 양보하지 않을 거거든."

또다시 웃음과 함께 흘러나온 자랑스러워하는 듯한 목소리를 듣고 아서는 이번에야말로 폭발했다. 얼굴뿐만 아니라 머리카락 끝까지 불타오르는 듯한 감각에 입을 살짝 벌린 채 비틀거렸다. 에릭이 황급히 아서를 지탱하느라 어깨가 살짝 닿기만 했는데도 범상치 않은 열이 선명히 느껴졌다. 프라이드가 "편히 쉬어." 하고 기쁜 듯한 목소리로 대화를 마무리하자, 목소리가 안 나오는 아서 대신 에릭이 "안녕히 주무십시오." 하고 대답했다. 뒤이어 아서에게 "잘됐네." 하고 진심을 담아 어깨를 두 번 툭툭 두드렸지만 반응이 없었다. 그러나 에릭은 머리 한구석으로 프라이드가 주는 좋은 승진 축하 선물이 되지 않았을까 하고 생각했다. 세드릭 때문에 승진 축하 파티는 연기했고 그 연기한 당일에 깜짝 파티는커녕 검은 패기를 짙게 두른 스테일에게 최악의 보고를 선물 받았으니까.

'세드릭 제2왕자가, 누님을 울렸어.'

그 말을 듣자마자 파란 눈 색을 바꾸고 살기를 내뿜은 아서를 에릭 일행은 분명하게 기억하고 있다. 자신을 위한 깜짝 파티였다는 사실은 모르지만, 그 뒤에 '누님이 특별한 이유로 만든 것'이었던 요리를 세드릭이 먹어 버렸다는 스테일의 설명을 듣고 세드릭을 향한 아서의 분노는 다음 날에도 가라앉지 않았다. 달래야 할 선배 앨런마저 "아서! 너만은 화내라!" 하고 분노로 가득한 눈을 번뜩이며 아서의 양어깨를 붙잡았고, 칼럼과 에릭도 부정하지 않았다. 세드릭의 사정을 알게 된 지금은 아서도 그를 향한 짜증이 사그라들었고 프라이드와 함께 힘을 빌려주고 싶다고 생각하게 됐지만, 자신이 너무나도 큰 피해를 입었다는 사실은 아직도 몰랐다.

하지만 에릭과 선배 기사들은 이렇게 기사로서 프라이드에게 기쁜 말을 들은 것만으로도 아서에게는 충분히 포상이 됐으리라고 생각했다.

에릭이 먼저 실례하겠다며 새빨개진 아서를 끌고 교대하며 그 자리를 뒤로했다. 기사들의 이변을 눈치채고 왕녀의 텐트를 찾아온 로데릭과 엇갈려서…….

. 얼굴이 빨개진 에릭과 질질 끌려가는 아서의 옆얼굴, 텐트 주변의 묘한 공기와 앨런의 기분 좋아 보이는 표정을 보고 로데릭은 프라이드가 자는지 확인하지도 않고 "안녕히 주무십시오, 프라이드 님." 하고 낮은 목소리로 못을 박았다. 예상치 못한 로데릭의 등장에 프라이드는 깜짝 놀란 목소리로 대답하며 다시 침대에 귀까지 몸을 파묻었다.

머리 한구석으로 의도치 않게 수학여행에서 순찰 담당 선생님에게 혼난 기분을 맛봤다고 생각하며.

후기

안녕하세요, 텐이치입니다. 책을 구입해 주셔서 감사합니다.

여러분 덕분에 드디어 모든 공략 대상이 모였습니다. 이번 이야기는 '동맹 협상편'으로 왕자 세드릭과 프라이드를 주축으로 진행됩니다. 어느새 수많은 사람에게 둘러싸여 사랑과 연모를 받게 된 왕족 프라이드를 다시금 확인해 주시면 좋겠습니다.

스즈노스케 선생님, 이번에도 멋진 일러스트를 그려 주셔서 감사합니다. 특히 번외편 일러스트가 무척 멋지고 호화로워서 깜짝 놀랐습니다. 세드릭의 세세한 부분까지 그려 주셔서 정말 기뻤습니다.

마지막으로 이 책을 구입해 주신 여러분. 웹 연재판을 지켜 봐 주시는 독자분들, 스즈노스케 선생님, 만화화 담당 마츠우라 분코 선생님, 팬레터를 보내 주신 분들, 이치진샤 직원분들, 출판 및 단행본 관계자 여러분. 이 책을 판매하고 가게에 비치해 주신 영업자님들, 서점 사장님들, 그리고 서포트해 주신 담당자님, 지탱해 주는 가족, 친구, 모든 분께 진심으로 감사드립니다.

마음씨 착한 여러분과 다시 만날 기회가 있기를 바랍니다.

비극의 원흉이 되는 최강악역 최종보스 여왕은
국민을 위해 헌신합니다 4

2023년 04월 20일 제1판 인쇄
2023년 04월 25일 제1판 발행

지음 텐이치
일러스트 스즈노스케

발행 영상출판미디어(주)
등록번호 제 2002-000003호
주소 07551 서울특별시 강서구 양천로 570 NH서울타워 19층
대표전화 032-505-2973

ISBN 979-11-380-2644-4
ISBN 979-11-380-1616-2 (세트)

구매 시 파손된 도서는 구매처에서 교환하실 수 있습니다.
기타 불편사항, 문의사항이 있으신 독자님께서는 노블엔진 홈페이지
[http://novelengine.com] 에서 Q&A 게시판을 이용해 주시기 바랍니다.